등대로

To the Lighthouse

세계문학전집 316

등대로

To the Lighthouse

버지니아 울프

이미애 옮김

민음사

차례

1부
창

1

"그래, 물론이지. 내일 날이 맑으면 말이야." 램지 부인이 말했다. "하지만 종달새가 지저귈 때 일어나야 할걸." 그녀가 덧붙였다.

원정을 가는 것이 확정되기라도 한 듯, 어머니의 말은 아들에게 특별한 기쁨을 안겨 주었다. 어두운 밤을 보내고 한나절 배를 타고 가기만 하면, 몇 년이나 지난 듯 오랜 시간 바라 마지않았던 그 놀라운 곳에 닿을 수 있을 것 같았다. 여섯 살 나이에도 그 아이에겐 이런저런 감정들을 서로 떼어 놓지 않고 가까이 있는 현실에, 기쁘거나 슬픈 미래에 대한 예감을 덧씌우는 대단한 인간들의 속성이 있었고, 그런 사람들에겐 매우 어린 시절에도 감정 변화가 일어날 때마다 어둠이나 광휘가 발산되는 순간을 응결시켜 마음에 새겨 두는 능력이 있으므로, 마룻바닥에 앉아 아미 앤드 네이비 잡화점[1] 상품 목록에서 냉장고 사진을 오려 내고 있던 제임스 램지는 어머니의 말을 들은 순간 더없는 기쁨을 그 사진에 쏟아부었다. 그 사진에 환희의 테두리가 둘러졌다. 손수레며 잔디 깎는 기계, 포플러가 바스락거리는 소리, 비 내리기 전에 하얗게 변하는 이파리들, 까악까악 울어 대는 떼까마귀, 부딪히는 빗자루, 사각거리는 드레스. 이 모든 것들이 마음속에 또렷이 채색되고 각인되어 그 아이는 이미 내밀한 암호와 은밀한 언어를 만들어 냈다. 그렇지만 인간의 나약함이 드러난 광경에 절로 찌푸려지는 넓은 이마와 한없이 정직하고 티 없이 맑은 푸른 눈 때문에 그 아이는 타협할 줄 모르는 엄격함의 화신처럼 보였다. 그래서 그의 어머니는 냉장고 사진을 가위로 말끔하게 오려 내는 아이를 바라보면서, 붉은 옷에 담비 가운을 두르고 판사석에 앉아 재판하거나 국사가 위기에 처했을 때 엄중하고 중대한 기획을 지휘하는 그의 모습을 상상했다.

"하지만." 그의 아버지가 응접실 창 앞에서 걸음을 멈추고 말했다. "날이 맑지 않을 게다."

도끼나 부지깽이, 아니면 아버지의 가슴에 구멍을 낼 수 있는 어떤 무기라도 가까이 있었다면, 바로 그때 그 자리에서 제임스는 그것을 움켜잡았을 것이다. 램지 씨가 옆에 있기만 해도 아이들의 가슴에는 그처럼 극단적인 감정이 일었다. 칼처럼 야위고 칼날처럼 가느다란 몸으로 지금처럼 옆에 서서 아이들의 기대를 깨뜨려 버리고, 어느 모로 보아도 자신보다 만 배

---

1) 회원들에게 최저 가격으로 음식, 의복, 생활용품 등을 제공하던 판매 업체.

나 더 나은(제임스의 생각에는) 아내를 조롱하면서 즐거워하고, 또 자신의 정확한 판단력에 은밀히 자부심을 느끼면서 신랄하게 웃을 때 말이다. 램지 씨의 말은 옳았다. 그의 말은 언제나 옳았다. 그는 거짓말을 할 수 없는 사람이었다. 어느 누구(특히 자기 자식들)의 기쁨이나 편의를 봐주려고 사실을 임의대로 고치지도 않았고 불쾌한 말을 바꾸지도 않았다. 자기 갈빗대에서 생겨난 자식들은 모름지기 삶이란 힘겨운 것이고, 사실이란 타협할 수 없는 것이며, 가장 빛나던 우리의 희망이 꺼지고, 부서지기 쉬운 우리의 배가 어둠 속에서 버둥거리며 전설적인 땅으로 나아가는 여정에는(이 부분에서 램지 씨는 등을 똑바로 펴고, 작고 푸른 눈을 가늘게 뜨며 수평선을 바라보았다.) 무엇보다도 용기와 진실, 인내력이 필요하다는 것을 어린 시절부터 알아야 한다.

"하지만 날이 맑을지도 몰라요. 나는 그럴 거라고 생각해요." 램지 부인은 뜨고 있던 적갈색 양말을 약간 비틀면서 조급하게 말했다. 오늘 밤에 이 양말을 다 짤 수 있다면, 결국 등대에 가게 된다면, 이 양말을 결핵성 고관절염을 앓는 등대지기의 아들에게 줄 것이다. 더불어 낡은 잡지와 담배 약간, 그리고 실제로 필요하지도 않은데 방 안에 어수선하게 뒹굴고 있는 물건들을 그 가엾은 사람들에게 가져다줄 것이다. 그들은 등잔을 닦고 심지를 손질하고 손바닥만 한 뜰에서 갈퀴질을 하는 것 말고는 소일거리가 없어 하루 종일 몹시 지루하게 앉아 있을 테니까. 테니스 코트만 한 바위섬에서 한 달 내내, 폭풍우가 몰아치는 날씨에는 그보다 더 오래 갇혀 있다면 어떤 기분일까. 그녀는 묻곤 했다. 편지나 신문도 오지 않고 만날 사람이 단 한 명도 없다면. 결혼하여 가족이 있지만, 아내도 보지 못하고 아이들이 어떻게 지내는지, 자식들이 병에 걸리지나 않았는지, 넘어져서 다리나 팔이 부러진 것은 아닌지를 알지 못한다면. 한 주, 또 한 주가 지나도 늘 한결같이 부서지는 황량한 파도를 바라보고, 그러다가 거센 폭풍우가 몰려와서 창문이 물보라에 뒤덮이고 새들이 등대에 부딪히고 등대가 흔들리고 바다로 휩쓸려 갈까 겁이 나서 문밖으로 얼굴도 내밀 수 없다면? 그렇다면 어떤 기분이겠느냐고 그녀는 특히 딸들에게 물었다. 그러니 위안이 될 수 있는 거라면 무엇이든 가져다주어야 한다고 그녀는 다른 어조로 덧붙였다.

"정서풍이 부는군요." 램지 씨와 함께 테라스를 서성이며 저녁 산책을 하던 무신론자 탠슬리가 뼈만 앙상한 손가락들을 펼쳐서 그 사이로 바람을 흘려보내면서 말했다. 말하자면, 등대에 정박하기에 가장 나쁜 방향으로 바람이 불고 있다는 것이었다. 그래, 저 사람이 하는 말은 불쾌하다고 램지 부인은 인정했다. 심술궂게 그런 말을 해서 제임스를 더욱 실망시키다니 밉살스러운 사람이었다. 그렇다고 다른 사람들이 그를 비웃게 내버려 두지는 않을 것이다. 아이들은 그를 "무신론자"라고 불렀다. "꼬마 무신론자"라고. 로즈가 그를 조롱했고, 프루도 그를 조롱했으며, 앤드루, 재스퍼, 로저도 그를 조롱했다. 심지어 늙어 빠진 개 배저는 이빨 하나 없으면서도 탠슬리를 물었다. (낸시 말에 따르면) 가족끼리 오붓하게 지내는 것이 훨씬 더 편안한데 그들 가족을 따라서 헤브리디스 군도[2]까지 쫓아온 백열 번째 청년이 탠슬리였기 때문이라는 것이다.

 "말도 안 돼." 램지 부인이 아주 엄격하게 말했다. 자식들이 자신에게서 물려받은 과장된 말투와 자신이 사람들을 너무 많이 초대하는 바람에 몇 명은 마을에서 잠자리를 구해야 했다는(실제로 그러했다.) 말에 숨은 의미는 별도로 치더라도, 그녀는 손님들, 특히 몹시 가난한 젊은이들에게 무례하게 대하는 것은 참을 수 없었다. 남편 말에 따르면 그들은 "비범하게 유능한" 청년들이었고, 그의 찬미자들이었으며, 휴가를 보내려고 그곳에 온 것이다. 실로 그녀는 모든 남성을 보호하고 있었다. 스스로도 명확히 설명할 수 없는 어떤 이유 때문에, 어쩌면 그들의 기사도 정신과 용기 때문에, 그들이 조약을 협상하고 인도를 통치하고 재정을 관리하기 때문에, 마지막으로 자신을 대하는 태도 때문에 그리했다. 어린애처럼 신뢰하고 존경하는 태도는, 나이 든 여자가 조금도 품위를 잃지 않고 청년에게서 받아들일 수 있는 것으로, 어떤 여자라도 기분 좋게 느끼고 유쾌하게 생각할 만했다. 그런 태도의 진가를, 그런 태도에 담긴 모든 의미를 속속들이 느낄 수 없는 아가씨(자신의 딸들은 결코 그런 여자가 되지 않기를!)에게 슬픔이 있으라!

 램지 부인은 낸시를 엄한 눈으로 바라보았다. 탠슬리는 우리를 쫓아온 것이 아니야. 그녀가 말했다. 그는 초대를 받은 손님이란다.

 이런 상황에서 벗어날 방법을 찾아야 해. 더 간단하고 덜 힘

---

2) 스코틀랜드 북서쪽 해안에 있는 일련의 섬들.

겨운 방법이 있을지도 모른다고 생각하며 그녀는 한숨을 쉬었다. 거울을 들여다보고 희끗희끗한 머리칼에 뺨이 푹 꺼진 쉰 살의 얼굴을 보면서 그녀는 생각했다. 어쩌면 일을 더 잘 꾸려 나갈 수도 있었을 텐데. 남편과 돈, 그의 저서들. 하지만 한순간도 나 자신의 결정을 후회하거나 어려움을 회피하거나 의무를 소홀히 않겠어. 그녀는 단호한 표정을 지었다. 그녀가 찰스 탠슬리와 관련해서 아주 엄한 훈계를 마치고 나서 침묵이 흐르는 동안에야 비로소 그녀의 딸들(프루, 낸시, 로즈)은 접시에서 눈을 들어 어머니의 삶과는 다른 삶을 동경하는, 마음속에서 들끓는 이단적인 생각에 빠져들 수 있었다. 어쩌면 파리에서, 이런저런 남자들을 늘 돌봐 줄 필요 없이 좀 더 자유분방하게 살 수 있을지도 몰라. 그 딸들은 모두 존경심이나 기사도 정신, 영국 은행과 인도 제국, 반지 낀 손가락들과 레이스에 대한 의혹을 마음속에 품고 있던 것이다. 하지만 이 모든 것들에는 아름다움의 정수 같은 것이 있어서 그 딸들의 처녀다운 마음에서 씩씩한 기상을 불러냈고, 어머니의 눈길을 받으며 식탁에 앉아 있는 그들의 마음에서 기이하게도 엄격하고 극도로 예의 바른 어머니에 대한 존경심을 자아냈다. 스카이 섬[3]으로 그들을 졸졸 쫓아온(아니, 정확히 말하자면, 그들과 함께 지내도록 초대를 받아 온) 그 처량한 무신론자 일로 딸들을 몹시 엄하게 나무란 어머니는 마치 진창에서 거지의 더러운 발을 끌어내어 씻기는 여왕 같았다.

---

3) 헤브리디스 군도 북쪽에 있는 가장 큰 섬.

"내일은 등대에 정박할 수 없을 겁니다." 그녀의 남편과 함께 창가에 서 있던 찰스 탠슬리는 손뼉을 치면서 말했다. 정말이지 그의 말은 이미 충분했다. 그녀는 그들이 자신과 제임스를 내버려 두고 그들 둘이서만 계속 이야기를 나누기를 바랐다. 그녀는 그를 바라보았다. 그는 울퉁불퉁한 얼굴에 너무나 볼품없이 생긴 괴짜라고 아이들이 말했다. 그는 크리켓을 칠 줄 몰랐다. 그는 쓸데없이 참견하기를 잘했다. 그는 발을 질질 끌고 다녔다. 그는 잘 빈정대는 혐오스러운 인간이라고 앤드루가 말했다. 그가 무엇을 제일 좋아하는지 그들은 알고 있었다. 램지 씨와 함께 끝없이 오르락내리락 걸어 다니며 말하는 것이었다. 이 상을 받은 사람이 누구인지, 저 상을 받은 사람은 누구인지, 라틴어 시의 "제일인자"는 누구인지, "탁월하지만 제 생각에 기본적으로 불건전한 사람"은 누구인지, 의심할 여지 없이 "베일리얼 대학[4]에서 가장 유능한 사람"은 누구인지, 브리스틀 대학이나 베드퍼드 대학에서 잠시 빛을 숨기고 있지만 나중에 수학이나 철학의 어떤 분야에 관한 자신의 서문이 빛을 보게 될 때 틀림없이 이름을 날릴 사람이 누구인지를. 탠슬리는 그 서문의 처음 몇 쪽 교정본을 갖고 있으므로 램지 씨가 보고 싶어 한다면 보여 드릴 것이다. 이런 것들이 그들이 나누는 이야기였다.

그녀는 때로 혼자 웃지 않을 수 없었다. 일전에 그녀는 "산

---

4) 옥스퍼드 대학교의 가장 오래된 단과 대학 중 하나로 1263년에 설립되었다.

더미처럼 높은 파도"라고 말했다. "네, 파도가 약간 거칠더군요."라고 탠슬리는 고쳐 말했다. "뼛속까지 흠뻑 젖지 않았어요?"라고 묻자 "축축하지만 젖지는 않았어요."라고 탠슬리 씨가 소매를 집어 보고 양말을 만져 보며 대답하는 것이었다.

하지만 우리가 싫어하는 것은 그런 점이 아니에요. 아이들이 말했다. 문제는 그의 얼굴이 아니에요. 그의 매너도 아니에요. 바로 그 사람, 그의 성향이에요. 우리들이 흥미로운 사람들이나 음악, 역사, 그 무엇에 대해서 이야기를 나누더라도 심지어 날이 맑으니 밖에 나가 앉아 있는 것이 좋겠다고 말하더라도, 찰스 탠슬리는 모든 것을 뒤집어서 어떻게든 그게 자신을 돋보이게 하고 우리들을 형편없게 보이게 만들어 놓고, 모든 걸 신랄하게 난도질해서 어떻게든 우리 모두를 불안하게 해 놓아야 직성이 풀리는 사람이기 때문이에요. 아이들은 불평했다. 그리고 그는 화랑에 가곤 하는데 그때마다 자기 넥타이가 마음에 드는지를 묻곤 했어요. 아이들이 말했다. 맹세코, 그런 걸 누가 마음에 들어 하겠어요? 로즈가 말했다.

램지 부부의 자녀 여덟 명은 식사가 끝나자마자 밀고자처럼 슬쩍 식탁에서 빠져나가서 자기들의 침실로 갔다. 달리 사적인 공간이 없는 집 안의 그 요새에서 그들은 무엇에 관해서든 이야기를 나눴다. 탠슬리의 넥타이나 수정 법안의 통과,[5]

---

5) 1832년 선거법 개정 법안. 이후 1867년과 1884년의 개정 법안으로 점차 남성 선거권자의 수가 확대되었다. 이 소설 1부의 배경은 1909년 9월로 설정되어 있고, 따라서 귀족에게 남은 정치권력을 단호히 빼앗은 1911년 의회령에 이르기까지 선거법 개정 법안은 여전히 중요한 화젯거리였다.

바닷새와 나비들, 사람들에 대해서. 그러는 동안 나무판자 하나로 나뉘어져 발걸음 소리가 또렷이 들리고 그리종의 어떤 골짜기에서 암으로 죽어 가는 아버지를 생각하며 흐느끼는 스위스인 하녀의 울음소리가 들리는 그 다락방들에 햇빛이 쏟아져 들어와 야구 방망이, 운동복, 밀짚모자, 잉크병, 페인트 통, 딱정벌레, 작은 새의 두개골 들을 비추었고, 벽에 걸린 길고 주름진 해초 줄기에서 소금과 해초 냄새를 끌어냈다. 그 냄새는 해수욕으로 모래 범벅이 된 수건에도 배어 있었다.

존재의 결, 그 속으로 뒤얽혀 들어가는 분쟁과 분열, 이견, 편견 들. 아, 그런 것들이 이렇게나 일찍부터 싹트다니. 램지 부인은 탄식했다. 그녀의 아이들은 너무나 비판적이었다. 그들은 너무나 터무니없는 이야기를 했다. 그녀는 형제자매들과 함께 가지 않으려 했던 제임스의 손을 잡고 식당에서 나왔다. 맹세코, 그러지 않아도 사람들은 이미 서로 다른데, 그런데도 차이를 더 만들어 내려는 것은 너무나 어처구니없는 일 같았다. 지금 존재하는 차이들만으로도 차고 넘칠 지경이라고 그녀는 응접실 창가에 서서 생각했다. 이 순간 그녀가 떠올린 것은 부자들과 빈자들, 지체가 높은 자들과 낮은 자들의 차이였다. 혈통에 대해 생각해 보자면 그녀는 내키지는 않더라도 혈통이 좋은 사람들을 존중하기는 했다. 자신의 핏줄에도 약간 전설적이기는 하지만 대단히 고귀한 이탈리아 가문의 피가 흐르고 있지 않았던가. 그 가문의 딸들은 19세기 영국의 여러 응접실들에 흩어져서 매력적인 혀짤배기 소리를 냈고 매우 자유분방하게 행동했다. 그녀의 재치와 몸가짐, 기질은 모두 그들에게서 물려받은 것이지, 굼뜬 영국인이나 냉정한 스코틀랜드인에게서 온 것이 아니었다. 그러나 그녀는 다른 문제들, 부자와 빈자 들의 차이에 대해서 더 곰곰이 생각했다. 여기에서나 런던에서 방문한 미망인들이나 가방을 들고 버둥거리는 부인들에게서 매일 매주 직접 목격했던 것들을 생각했다. 그리고 일부러 꼼꼼하게 세로줄을 그어 임금과 지출, 고용과 실업을 연필로 기입해 두던 공책을 생각했다. 그렇게 기록함으로써 그녀는 자선 활동을 통해 분노를 절반만 달래고 호기심을 절반만 채우는 사사로운 여자에 그치지 않고, 교육받지 못한 자신의 마음이 매우 흠모했던 대로, 사회 문제를 명쾌하게 설명할 수 있는 연구자가 되기를 바랐다.

여기 제임스의 손을 잡고 서 있는 그녀에게 그런 문제들은 해결할 수 없는 것처럼 여겨졌다. 그가, 아이들이 비웃었던 젊은이가, 그녀를 따라서 응접실로 들어왔다. 그는 탁자 옆에 서서 어색하게 무언가를 만지작거리고 있었는데 자신이 주위에 어울리지 않는다고 느끼는 모양이었다. 돌아보지 않아도 그녀는 알 수 있었다. 그들, 아이들은 나가고 없었다. 민타 도일과 폴 레일리, 오거스터스 카마이클, 그녀의 남편, 그들 모두 응접실에 없었다. 그래서 그녀는 한숨을 쉬고는 몸을 돌려 말했다. "탠슬리 씨, 나와 함께 가면 지루하지 않겠어요?"

마을에 따분한 볼일이 있거든요. 편지 한두 통을 써야 하는데 어쩌면 십 분 내로 돌아올 거예요. 모자를 쓰고요. 그러고는 십 분이 지나자 바구니와 양산을 들고 그녀는 산책을 갈 차림새로 준비가 끝났다는 느낌을 풍기며 다시 나타났다. 그녀는 테니스 코트를 지날 때 잠시 걸음을 멈추고는 카마이클 씨에게 필요한 것이 있는지를 물어보았다. 고양이처럼 실눈을 뜨고 햇볕을 쬐고 있던 그의 노란 눈에 흔들리는 가지들과 지나가는 구름이 비쳤지만, 그가 무엇을 원하는지 그 내면의 생각이나 감정을 넌지시 드러내는 일은 전혀 없었다.

우리는 대단한 원정을 가는 길이에요. 그녀가 웃으며 말했다. 마을에 가는 길이에요. "우표나 편지지, 담배가 필요하지 않으세요?" 그녀는 그의 옆에 멈춰 서서 물었다. 그러나 아니, 그는 필요한 것이 전혀 없었다. 이런 유혹적인 질문에(그녀는 매력적이었지만 약간 불안한 기색이었다.) 친절하게 대답하고 싶지만 할 수 없다는 듯이 그는 움켜쥔 양손을 넓은 올챙이배에 올려놓고 눈을 끔벅거렸다. 그는 그들 모두를 에워싼 우중충한 녹색의 졸음기, 말이 필요 없는 상태에 빠져서, 온 집안과 온 세상과 모든 사람들이 잘되기를 바라는 막막하고도 너그러운 무감각함에 젖어 있었던 것이다. 그가 점심 식사 때 자기 잔에 뭔가[6]를 몇 방울 떨어뜨렸고, 바로 그 때문에 우유처럼 흰 콧수염과 턱수염에 선명한 샛노란 줄이 생긴 거라고 아이들은 생각했다. 그는 필요한 것이 없다고 중얼거렸다.

그는 위대한 철학자가 되었어야 했어요. 램지 부인은 어촌으로 내려가면서 말했다. 하지만 결혼 생활이 불행했던 거예요. 검은 양산을 똑바로 들고, 마치 모퉁이를 돌면 누군가를 만나기로 한 듯이 뭔가 설명할 수 없는 기대에 찬 기색으로 걸음

---

6) 아마도 아편.

을 옮기면서 그녀는 카마이클 씨에 대한 이야기를 들려주었다. 옥스퍼드 재학 시절에 어떤 여자와 연애해서 일찌감치 결혼했고, 가난했고, 인도에 갔고, '내 생각으로는 아주 아름답게' 시를 약간 번역했고, 사내애들에게 페르시아어나 인도 공용어를 가르쳤지만, 그런 것들이 사실 무슨 소용이 있겠어요? 그래서, 우리가 보았듯이, 그는 잔디밭에 누워 있는 거예요.

이 이야기에 찰스 탠슬리는 우쭐해졌다. 조금 전까지만 해도 냉대를 받았지만, 램지 부인이 들려주는 이런 이야기가 마음을 달래 주었다. 그는 기운이 났다. 비록 쇠퇴하고 있더라도 남자의 지성은 위대하다고 은근히 암시하고, 또한 모든 아내가(부인이 카마이클 부인을 탓한 것은 아니었고 그 결혼은 그 나름대로 충분히 행복했으리라고 믿었지만) 남편의 노고에 순종해야 한다고 넌지시 암시하는 그녀의 말에 그는 전보다 더 자신에게 만족감을 느낄 수 있었다. 그래서 그들이 마차를 탔더라면 그는 기꺼이 마차 삯을 냈을 것이다. 부인의 작은 가방을 들어 드려도 될까요? 아니, 괜찮다고 그녀가 말했다. 나는 가방을 늘 직접 들고 다녀요. 그녀는 실제로 그렇게 했다. 그래, 그는 그녀에게서 그런 의지를 느꼈다. 그는 많은 것들을 느꼈고, 어떤 것들은 특히 그를 자극하고 불안하게 했지만 자기도 그 이유를 알 수 없었다. 탠슬리는 대학 예복을 입고 등에 천을 두르고 행진하는 자기 모습을 그녀에게 보이고 싶었다. 특별 연구원이나 교수, 그 무엇이든 될 수 있다고 느꼈고, 자신의 그런 모습을 떠올렸다. 그런데 그녀는 무엇을 보고 있는 것일까? 벽보를 붙이는 어떤 남자였다. 펄럭이는 큰 종이를 편평하게 펼치고 붓을 밀 때마다 건강한 다리와 굴렁쇠와 말, 아름답고 매끄럽게 반짝거리는 붉은 공과 푸른 공 들이 드러났고, 마침내 벽 절반이 서커스 광고로 뒤덮였다. 말에 탄 남자 백 명과 바다사자, 사자, 호랑이 스무 마리의 공연……. 그녀는 근시였기에 목을 쭉 빼고 소리 내어 읽었다. "……이 마을을 방문할 예정입니다." 외팔인 남자가 저런 사다리 꼭대기에 서 있는 건 몹시 위험한 일이라고 그녀는 큰 소리로 말했다. 남자의 왼팔은 이 년 전에 추수용 기계에 잘려 나갔었다.

"다 같이 가도록 해요!" 걸음을 옮기며 그녀는 마치 말에 탄 사람들과 말들 때문에 어린애처럼 기쁨에 들떠 동정심을 잊은 듯이 소리쳤다.

"가지요." 그는 그녀의 말을 반복했지만 뭔가 마음에 걸리는 듯이 혀를 차는 소리를 냈고, 그 어조에 그녀는 움찔했다. "서커스에 갑시다." 아니, 이 남자는 그 말을 제대로 발음하지 못했어. 그것을 제대로 느낄 수 없는 거야. 하지만 왜 할 수 없는 걸까? 그녀는 의아했다. 그렇다면 그에게 뭐가 잘못된 것일까? 이 순간 그에 대한 따뜻한 마음이 우러났다. 어린 시절에 서커스에 가 본 적이 많지 않았어요? 그녀는 물었다. 한 번도 없습니다. 그는 대답하고 싶었던 바로 그것을 그녀가 물은 듯이 대답했다. 서커스에 간 적이 없었다고 말하기를 며칠 내내 열망하고 있었던 듯이. 그의 집은 자식이 아홉 명이나 되는 대가족이었고 그의 부친은 노동자였다. "아버지는 약제사예요, 램지 부인. 가게를 내셨어요." 그 자신은 열세 살 때 자립했다. 두꺼운 외투 없이 겨울을 날 때도 종종 있었다. 대학 시절에 남들에게서 "대접을 받고 보상"(그는 이렇게 건조하게 표현했다.)을 한 적이 한 번도 없었다. 물건을 다른 사람들보다 두 배는 더 오래 써야 했다. 제일 싸구려 담배를 피웠다. 부두에서 늙은이들이 피우는 것 같은 살담배였다. 그는 열심히 연구했고, 하루에 일곱 시간을 바쳤다. 지금 그가 몰두하는 주제는 뭔가가 누군가에게 미치는 영향이었다. 그들은 계속 걸음을 옮겼고, 램지 부인은 정확한 의미를 이해하지 못한 채 그저 이따금 논문, 특별 연구원, 전임 강사, 교수 같은 단어들만 포착했다. 그녀는 덜거덕거리며 질주하듯 재빨리 지나가는 고약한 대학 용어들을 이해할 수 없었지만, 서커스에 가자는 말에 왜 그의 콧대가 꺾였는지, 가엾은 젊은이가 왜 자기 부모와 형제자매에 대한 이야기를 즉시 꺼냈는지를 이제 알겠다고 생각했다. 아이들에게 그를 더는 비웃지 않겠다는 다짐을 받을 것이다. 프루에게 그 점에 대해 말할 것이다. 그는 램지 가족과 입센[7] 공연을 보러 갔었다고 말할 수 있었더라면 좋아했을 거라고 그녀는 생각했다. 그는 무척이나 학자 행세를 하려는 사람이었고, 아, 그래, 참을 수 없이 지루한 사람이었다. 이제 마을에 도착해서 큰 도로에 들어섰고 수레들이 자갈길 위를 삐걱거리며 지나고 있어도 그는 여전히 사회 복지관[8]에 대

---

7) 「인형의 집」으로 유명한 노르웨이의 극작가 헨리크 입센은 당대의 가장 영향력 있는 예술가로, 급진적인 사상을 표방했다.

8) 대도시 빈민 지역에 세워져 사회봉사나 개혁에 관심 있는 사람들이 거주한 곳으로 1884년 사회 개혁가 아널드 토인비의 친구들이 세운 토인비 홀이 대표적이다. 옥스퍼드나 케임브리지 학부생들이 방학 중에 머물면서 도시

해서, 가르치는 일과 노동자들, 자기 계층을 돕는 일, 그리고 강의에 대한 이야기를 쉬지 않고 늘어놓았기에, 그녀는 그가 자신감을 완전히 되찾고 서커스 얘기에서 회복되었으며 이제 그녀에게 말하는 거라고(또다시 그에 대한 다정한 마음이 일었다.) 짐작했다. 그러나 이제 양쪽 집들이 멀어지면서 부두에 닿았고, 눈앞에 펼쳐진 만의 풍경에 램지 부인은 큰 소리로 외치지 않을 수 없었다. "아, 너무 아름다워요!" 방대한 접시처럼 둥근 만을 가득 채운 푸른 물이 눈앞에서 넘실거리고 있었으니까. 만 한가운데 멀리 회백색 등대가 준엄하게 서 있고, 오른쪽으로는 아스라히 먼 곳에 잡초로 덮인 녹색 사구들이 물가의 부드러운 주름에 감싸여 자취를 감추곤 했는데, 사람이 살지 않는 어떤 달나라로 계속해서 달아나려는 것 같았다.

남편이 좋아하는 풍경이에요. 그녀는 걸음을 멈추고 눈을 점점 잿빛으로 물들이며 말했다.

그녀는 한순간 말을 멈추었다. 그러나 잠시 후 말을 이었다. 화가들이 여기 왔어요. 실제로 거기 몇 걸음 떨어진 곳에 화가 한 사람이 서 있었다. 파나마모자를 쓰고 노란 장화를 신은 그 사람은 사내애들 열 명이 지켜보고 있는데도 진지하고 부드러운 태도로 그림에 열중한 채 둥글고 붉은 얼굴에 지극히 만족한 기색을 띠고 풍경을 바라보다가 봉긋이 솟아오른 녹색이나 분홍색 부드러운 물감에 붓 끝을 적셨다. 폰스퍼트 씨

빈민의 생활을 향상하기 위해 봉사했다.

가 삼 년 전에 여기 온 후로 그림들은 모두 그러했다고, 녹색과 잿빛 바탕에 레몬색 돛단배와 해변의 분홍빛 여자들뿐이라고 그녀는 말했다.

그러나 우리 할머니의 친구분들이 가장 고생을 많이 하셨어요. 그와 함께 지나가면서 그녀는 신중히 그림을 바라보고 말했다. 그분들은 먼저 안료를 직접 섞고, 그다음에는 그걸 갈아 놓고 축축하게 유지하려고 젖은 천을 덮어 두었지요.

그래서 탠슬리 씨는 부인이 말하려는 의도가 그 화가의 그림이 어딘지 부족하다는 것을 알려 주려는 거라고 생각했다. 그 말은 그런 의미였을까? 색채에 안정감이 없다는 것? 그게 그 말의 의미였을까? 산책하는 동안 점점 커진 그 특별한 감정, 정원에서 부인의 가방을 들어 주고 싶었던 때부터 시작하여 마을에서 자신의 신상에 대해 모든 것을 들려주고 싶었던 때에 더욱 강렬해진 그 감정에 취해서, 자기 자신과 자신이 지금까지 알았던 것 모두가 약간 비뚤어져 있었다는 의식이 서서히 떠올랐다. 몹시 이상한 느낌이었다.

부인이 어떤 여자를 만나러 잠시 위층에 올라간 사이에 그는 그녀가 데려간 비좁고 작은 집의 응접실에 서 있었다. 위층에서 그녀의 빠른 발자국 소리와 경쾌하게 높았다가 낮게 가라앉은 그녀의 목소리가 들려왔고, 식탁 매트와 차를 담는 깡통, 유리로 만든 갓등이 눈에 들어왔다. 그는 집으로 돌아가기를 열렬히 고대하며 초조한 마음으로 기다렸고, 가는 길에는 그녀의 가방을 들어 주겠다고 결심했다. 잠시 후 그녀가 나오는 소리가 들려왔다. 문이 닫혔고, 창문은 열어 두고 문은 닫아 두어야 한다[9])는 말과, 필요한 것이 있는지를 묻는(부인은 어떤 아이에게 말하고 있음이 분명했다.) 소리가 들리더니, 갑자기 응접실에 들어선 그녀는 잠시 말없이(마치 위층에서는 어떤 시늉을 내다가 지금 잠시 자신의 모습으로 돌아온 듯이) 푸른 가터 훈장을 걸고 있는 빅토리아 여왕의 초상화에 기대어 꼼짝 않고 서 있었다. 별안간 그는 깨달았다. 바로 이것이었다. 그녀는 자기가 지금까지 본 사람들 중에서 가장 아름다웠던 것이다.

별빛이 빛나는 눈, 베일을 두른 머리칼에 꽂힌 시클라멘과 야생 제비꽃……. 이 무슨 터무니없는 생각을 하고 있는 걸까? 부인은 적어도 쉰 살은 되었다. 자식이 여덟 명이나 있었다. 꽃들이 만발한 들판을 걸으면서 움튼 봉오리들과 갓 태어난 새끼 양들을 가슴에 품고, 별빛이 총총한 눈, 머리카락 사이로 지나는 바람……. 그는 그녀의 가방을 들었다.

"잘 있어요, 엘시." 그녀가 말했다. 그들은 거리를 따라 올라갔다. 그녀가 양산을 똑바로 들고 마치 모퉁이를 돌면 누군가를 만나리라고 기대하는 듯 걷는 동안, 찰스 탠슬리는 난생처음으로 유난히 뿌듯한 마음이 들었다. 하수구에서 땅을 파던 남자가 일을 멈추고 부인을 바라보았다. 그는 팔을 늘어뜨린 채 그녀를 바라보았다. 찰스 탠슬리는 특별한 자부심을 느꼈다. 바람과 시클라멘과 제비꽃이 느껴졌다. 난생처음 아름다운 여자와 걷고 있었으니까. 그는 그녀의 가방을 꼭 잡았다.

---

9) 아마도 바닷가 집들의 습기를 막고 결핵에 걸릴 위험을 줄이기 위해서일 것이다.

2

"제임스, 등대에 가는 건 불가능해." 창가에 서서 어색한 말투로, 하지만 램지 부인을 존중하여 적어도 좀 다정하게 들리도록 목소리를 부드럽게 내려고 애쓰면서 탠슬리가 말했다.

불쾌한 남자 같으니. 램지 부인은 생각했다. 무엇 때문에 저런 말을 계속하는 걸까?

3

"어쩌면 네가 깨어날 때 햇살이 빛나고 새들이 노래하고 있을 거야." 그녀는 어린 아들의 머리카락을 쓰다듬으며 다정하게 말했다. 날이 맑지 않을 거라는 남편의 모진 말에 소년이 상심했음을 알 수 있었던 것이다. 이 등대 원정을 소년이 열렬히 바란다는 것을 그녀는 알고 있었는데, 내일 날이 맑지 않을 거라는 남편의 몰인정한 말로 충분치 않은 듯이 그 불쾌한 젊은 남자가 또다시 끼어들어서 심술궂게 되풀이한 것이다.

"어쩌면 내일 날이 맑을 거야." 그녀는 아이 머리카락을 쓰다듬으며 말했다.

그녀는 아이가 냉장고 사진을 잘라 낸 솜씨에 감탄하고는, 잡화점 상품 목록을 넘기면서 솜씨가 좋고 조심스러워야 잘라 낼 수 있을, 날과 손잡이가 달린 갈퀴나 잔디 깎는 기계 같은 것을 찾을 수 있기를 바랄 뿐이었다. 이 청년들은 모두 남편을 흉내 내고 있을 뿐이야. 그녀는 생각했다. 남편이 비가 올 거라고 말하면, 그들은 틀림없이 폭풍이 몰려올 거라고 말했다.

그러나 목록을 넘기며 갈퀴나 잔디 깎는 기계 그림을 찾던 그녀는 돌연 멈췄다. 이따금 파이프를 입에서 떼거나 물 때만 끊어지던 굵직한 중얼거림, (창가에 앉아 있었기에) 무슨 말인지 알아들을 수 없었지만 남자들이 기분 좋게 이야기를 나누고 있음을 줄곧 확인해 주던 말소리가 그쳤던 것이다. 여태 삼십여 분간 지속되었던 그 소리는 방망이에 공이 부딪히는 소리나 크리켓을 하는 아이들이 갑자기 날카롭게 "아웃이야? 아니야?"라고 이따금 질러 대는 소리처럼 끊임없이 밀려드는 높고 낮은 소리들 속에 끼어 마음을 달래 주었다. 그 말소리가 멎자 해안에 부서지는 단조로운 파도 소리가 밀려왔다. 파도는 대개 규칙적으로 철썩철썩 부딪히면서 그녀의 생각에 위안을 주었고, 아이들과 함께 앉아 있는 그녀에게 옛 자장가의 노랫말, "너를 지켜 주고 있어, 너를 떠받치고 있어."라는 자연의 중얼거림을 연신 들려주면서 달래 주는 듯했다. 하지만 어떤 때는, 특히 그녀의 마음이 실제로 하고 있던 일에서 약간 떠나 있을 때는 그리 친절한 의미를 담지 않고, 오히려 인생의 박자에 맞춰 무자비하게 두들기는 유령의 북소리처럼 갑자기 그녀를 강타해 와, 섬이 부서져 바닷속에 침몰해 버릴 거라는 불안감을 일으키고 그녀의 나날이 신속히 이런저런 행동을 연달아 하는 가운데 슬그머니 지나가 버려 모두 무지개처럼 덧없이 사라질 거라고 경고했다. 지금껏 다른 소리들에 가려 숨어 있던 파도 소리가 갑자기 그녀 귓속에서 공허한 우레처럼 울리자 그녀는 충격적인 공포에 휩싸여 고개를 번쩍 들었다.

그들이 이야기를 멈춘 것이었다. 그것으로 설명이 되었다. 다음 순간에 그녀는 자신을 사로잡았던 긴장감에서 벗어나 불필요한 감정 소모를 보상하려는 듯 다른 극단의 차분하고 명랑하면서 약간은 심술궂은 감정에 빠져들며 가엾은 찰스 탠슬리와는 이제 끝이라고 결론을 내렸다. 그녀에게는 그리 중요하지 않은 일이었다. 만일 남편에게 희생양이 필요하다면(실로 그에게는 희생양이 필요했다.) 그녀는 기꺼운 마음으로 찰스 탠슬리를 바칠 것이다. 자신의 어린 아들을 윽박지른 사람이니까.

고개를 들고 한순간 더 그녀는 어떤 습관적인 소리, 규칙적이고 기계적인 소리를 기다리듯 귀를 기울였다. 그러고 나서 남편이 정원에서부터 테라스를 이리저리 오가며 내는, 말 같기도 하고 노래 같기도 한, 울음소리와 노랫소리의 중간쯤 되는 운율적인 소리[10]가 들리자 그녀는 다시 안심이 되었고, 모두 다 괜찮다고 다시 확인했다. 그러고는 무릎에 놓인 책을 내려다보면서 날이 여섯 개 달린 주머니칼 그림을 찾아냈다. 제임스가 무척 조심해야지만 잘라 낼 수 있을 것이었다.

갑자기 반쯤 잠이 깬 몽유병 환자가 내지르듯 커다란 소리

---

10) 울프는 자신의 아버지 레슬리 스티븐이 걸어 다니면서 그 순간에 떠오른 온갖 시들을 암송하곤 했다고 회상했다.

가 들렸다.

빗발치는 탄환과 포탄의 습격을 받으며[11]

귓전에 울리는 더없이 강렬한 소리에 그녀는 다른 사람들이 그 소리를 들었는지 알아보려고 근심스럽게 몸을 돌렸다. 그저 릴리 브리스코만 보일 뿐이라서 그녀는 마음을 놓았다. 릴리라면 문제가 되지 않았다. 하지만 잔디밭 끝에 서서 그림을 그리고 있는 그녀를 보자 자신이 릴리의 그림을 위해 될 수 있는 대로 머리를 움직이지 않기로 했던 생각이 떠올랐다. 릴리의 그림이라! 램지 부인은 미소를 지었다. 중국인처럼 눈이 작고 이맛살을 찌푸리곤 하는 그녀는 결코 결혼하지 못할 것이다. 그녀의 그림을 진지하게 받아들일 수는 없는 일이었다. 하지만 그녀는 체구는 작으나 독립적인 사람이었고, 그 때문에 램지 부인은 그녀를 좋아했다. 그래서 약속을 기억하면서 부인은 고개를 숙였다.

---

11) 앨프리드 테니슨의 시 「경비병 여단의 돌격」에서 인용된 부분. 이 시는 크림 전쟁의 핵심적인 교전이었던 발라클라바 전투(1854년 10월 25일)에서 있었던 경비병 공격을 다룬다. 이 전투에서 상관이 명령을 오해하는 바람에 전투에 출장한 건장한 경비병 673명 가운데 247명이 전사하거나 부상을 입었다. 이 시가 유명해지면서 그 악명 높은 공격은 군사적 무능력과 군인의 용기를 상징하는 용어로 쓰이게 되었다.

4

실은 램지 씨가 팔을 흔들면서 "용감하게 우리는 말을 달렸지."[12]라고 소리치며 갑자기 돌진해 오는 바람에 릴리의 이젤이 넘어질 뻔했다. 그러나 고맙게도 그는 민첩하게 방향을 돌려 말을 달렸고, 발라클라바의 언덕에서 장렬하게 전사하러 가는 모양이라고 그녀는 생각했다. 그렇게 우스꽝스러우면서도 무시무시한 사람은 예전에 없었다. 그러나 그가 그렇게 팔을 흔들며 소리를 지르는 한, 그녀는 안전했다. 가만히 멈춰서서 그녀의 그림을 바라보지 않을 테니까. 그렇게 된다면 참을 수 없었을 것이다. 그녀는 크기와 선과 색채, 창가에 제임스와 함께 앉아 있는 램지 부인을 번갈아 보는 동안에도, 누군가 살그머니 다가와서 갑자기 자기 그림을 들여다보는 일

---

12) 앞에서 인용된 부분(「경비병 여단의 돌격」)의 다음 행.

이 없도록 주위에 촉각을 곤두세우고 있었다. 이제 그녀의 온 감각이 실로 활발히 일깨워져서 담벼락과 그 너머 큰꽃으아리의 색깔이 자기 눈에서 불타오르도록 긴장하여 바라보면서도, 그녀는 누군가 집에서 나와서 자기 쪽으로 다가오는 것을 의식했다. 하지만 걸음걸이로 미루어 윌리엄 뱅크스[13]라고 짐작했고, 그래서 탠슬리 씨나 폴 레일리, 민타 도일이나 그 밖의 다른 사람이라면 그림을 잔디밭 위에 엎어 놓았겠지만, 지금은 그대로 놔두었다. 윌리엄 뱅크스가 그녀 옆에 와서 섰다.

그들은 마을에 숙소를 얻어서, 숙소를 드나들거나 늦은 시각에 문 앞에서 헤어지며 수프나 아이들, 이러저러한 것들에 대해 사소한 이야기를 나누다가 가까워졌다. 그래서 그가 재판관 같은 태도로(그는 그녀 아버지뻘인 연로한 식물학자이자 홀아비였고, 비누 냄새를 풍기는 매우 꼼꼼하고 깨끗한 사람이었다.) 옆에 와서 섰을 때 릴리는 그저 가만히 있었다. 그는 그저 거기 서 있었다. 그는 그녀의 구두가 아주 훌륭하다고 말했다. 발가락들이 자연스럽게 벌어질 수 있게 해 주는 구두였다. 그녀와 같은 집에서 머물기에 그 또한 그녀가 매우 규칙적인 사람이라는 것을 알고 있었다. 그녀는 아침 식사 전에 일어나서 그림을 그리러 혼자 나가는 모양이었다. 아마도 가난할 테고,

---

13) 윌리엄 뱅크스는 적어도 부분적으로는 찰스 다윈의 차남인 조지 다윈을 모델로 그려진 인물이다. 다윈은 1883년부터 케임브리지 대학교의 천문학과 실험 과학 교수였고 "훌륭한 매너와 정결함을 좋아했으며 (아가씨들이 종종 간과하는) 좋은 구두의 중요성에 대해서 우리에게 훈계했다."라고 울프는 기록했다.

도일 양처럼 안색이 좋거나 매력적이지 않은 것은 분명했지만, 그가 생각하기에 브리스코 양에게는 그 젊은 아가씨보다 훨씬 돋보이는 분별력이 있었다. 예컨대 방금 램지가 소리를 지르고 이상한 몸짓을 하면서 그들에게 들이닥친 것도 브리스코 양이라면 이해할 거라고 그는 믿었다.

누군가 큰 실수를 저질렀지.[14]

램지 씨는 그들을 노려보았다. 그들을 노려보면서도 그들을 보지 않는 것 같았다. 그래서 그들은 둘 다 막연한 불안감을 느꼈다. 자기들에게 보여 주려는 의도가 없었던 것을 함께 보았기 때문이다. 그들은 사적 영역을 침범했던 것이다. 그래서 거의 그 즉시 뱅크스 씨가 날이 으스스하다고 말하면서 산책을 하자고 제안한 것은, 램지 씨의 고함 소리가 들리지 않을 곳으로 옮겨 가려는 속셈이었을 거라고 릴리는 생각했다. 그래요, 산책을 가겠어요. 하지만 그림에서 눈을 떼기는 쉽지 않았다.

그 큰꽃으아리는 밝은 보라색이었고 담벽은 선명한 흰색이었다. 그 밝은 보랏빛과 선명한 흰색을 마음대로 바꾼다면 정직하지 않다고 느껴졌을 것이다. 폰스퍼트 씨가 그 지역에 온 이후로 모든 사물을 흐릿하고 우아하며 반투명하게 그리는 것이 유행이었지만, 그녀는 그 색깔들을 그렇게 보았으니

---

14) 앞의 시 「경비병 여단의 돌격」에 나오는 행.

까. 그리고 그 색깔 아래에 형체가 있었다. 사물을 바라볼 때면 그녀는 그 모든 것을 매우 뚜렷하게, 무척 당당하게 볼 수 있었다. 그러나 그녀가 붓을 손에 든 순간 모든 것이 달라졌다. 풍경에서 캔버스로 옮겨 가는 그 비상의 순간에, 악마들이 그녀를 덮쳐서 종종 눈물을 흘리도록 몰아갔고, 구상에서 작업으로 이어지는 과정을 어린애가 깜깜한 복도를 지날 때처럼 무시무시하게 만들었다. 종종 그녀는 자신이 그런 어린애 같다고 생각했다. 무서운 적에 맞서 용기를 잃지 않으려 애쓰고, "하지만 내가 보는 건 바로 이거예요. 내게는 이렇게 보인다고요."라고 말하려 하고, 그리하여 수천 가지 힘들이 전력을 다해 찢어 낸 그녀의 풍경에서 남은 초라한 자투리를 가슴에 끌어안으려는 어린애 같았다. 또 그림을 그리기 시작하려면 다른 것들이, 가령 브롬프턴 로드[15]에서 아버지를 위해 살림을 꾸려 가는 자신의 무능함이나 하찮음이 그녀 의식에 밀려 들어와 가슴에 서늘한 바람을 일으켰고 램지 부인의 발치에 몸을 던지고 털어놓고 싶은 충동을(다행히도 지금까지는 늘 억제해 왔다.) 억누르느라 큰 고통을 겪어야 했다. 그러나 부인에게 무슨 말을 할 수 있을까? "난 당신을 사랑해요."라고? 아니, 사실이 아니었다. 산울타리와 집과 아이들에게 손을 흔들면서 "난 이 모든 걸 사랑해요."라고? 터무니없고, 불가능한 말이었다. 자기 의도를 도저히 말로 표현할 수 없는 것이다. 그래서 그녀는 이제 붓들을 가지런히 상자에 집어넣고 윌리

---

15) 런던 중앙부의 남서쪽에 있는 거리.

엄 뱅크스에게 말했다.

"갑자기 쌀쌀해지네요. 햇살의 온기가 식은 것 같아요." 그녀는 주위를 돌아보며 말했다. 아직 날이 화창했고, 풀은 여전히 부드러운 진녹색이었으며, 집을 둘러싼 초록 수풀에 보랏빛 시계풀이 별처럼 점점이 박혀 있고, 높고 푸른 하늘에서 떼까마귀가 서늘한 울음소리를 내려보냈다. 그러다가 무언가 움직이며 번쩍이더니 공중에서 은빛 날개를 뒤집었다. 그러고 보면 9월이었고, 그것도 중순이었으며, 저녁 6시가 지난 시각이었다. 그래서 그들은 평소에 다니던 대로 천천히 정원을 지났고 테니스 코트를 지나 억새밭을 지나서는 울창한 산울타리가 갈라진 틈새로 갔다. 활활 타오르는 석탄 화로처럼 붉은 트리토마[16]가 호위하고 서 있는 산울타리 틈새로 만의 푸른 물결은 전보다 더 파랗게 보였다.

그들은 어떤 필요에 이끌려 저녁마다 늘 그곳으로 산책을 나갔다. 마치 만의 물결이 마른 땅 위에서는 정체되어 있던 생각들을 띄워서 출항시키고, 그들의 몸을 편안하게 해 주는 것 같았다. 처음에는 고동치는 푸른색이 만에 넘쳐흘렀고 그와 더불어 마음이 확장되고 몸이 유영했지만, 다음 순간에는 주름진 파도 위에 내려앉은 가시처럼 뾰족한 어둠으로 억제되고 냉각되었다. 그러고 나면 거대한 검은 바위 뒤에서 거의 저녁마다 하얀 물이 분수처럼 간헐적으로 뿜어져 나왔다. 그래

---

16) 꽃이 부지깽이(red-hot poker)를 닮아서 레드핫 포커 또는 토치 릴리(torch lily)라고 불리는 남아프리카 식물. 키가 크고 붉은 꽃이 핀다.

서 그들은 그것을 지켜보게 되었고, 물이 분출할 때면 즐거움을 느꼈다. 그리고 기다리는 동안, 파도가 거듭 밀려오면서 어슴푸레한 반원형 해안에 또다시 부드럽게 진줏빛 엷은 막을 흩뿌리는 것을 지켜보았다.

그들은 거기 서서 미소를 지었다. 그들 둘 다 움직이는 파도와 돛단배의 신속하고 날카로운 질주에 고무되어 함께 희열감을 느꼈다. 그 배는 곡선을 그리며 만을 스치듯 지나가서 멈추었고 돛을 펄럭이다가 내렸다. 이 신속한 질주가 끝난 후 그들 두 사람은 그 장면을 완성하려는 자연스러운 본능으로 멀리 떨어진 모래 언덕을 바라보았다. 그러면 즐거움이 아니라 어떤 서글픔이 밀려왔다. 부분적으로는 사물이 완결되었기에, 그리고 부분적으로는 멀리 보이는 광경이 바라보는 사람보다 백만 년은 더 오래 지속될 것이고(릴리는 그렇게 생각했다.) 완전히 휴식에 잠든 땅을 바라보는 하늘과 무언의 대화를 나누는 듯했기 때문이다.

멀리 있는 모래 언덕을 바라보면서 윌리엄 뱅크스는 램지를 생각했다. 웨스트몰런드[17]의 어떤 길을 떠올렸고, 램지가 자신에게 자연스럽게 어울리는 듯한 고독에 휩싸여 혼자서 터벅터벅 길을 걷던 것을 생각했다. 그러나 작은 병아리들을 보호하려고 날개를 펼친 암탉 때문에 그의 걸음이 중단되었던 것을(실제로 일어난 사건이었음에 틀림없다.) 윌리엄 뱅크스

---

17) 웨스트몰런드는 1974년까지 영국 북서부의 한 주였다. 지금은 컴브리아주에 속한다.

는 기억했다. 램지는 걸음을 멈추고 지팡이로 암탉을 가리키면서 "예쁘군, 예뻐."라고 말했었다. 뱅크스는 그 묘한 사건이 램지의 심정을 드러냈다고 생각했다. 그 사건은 램지의 소박한 마음, 보잘것없는 존재에 대한 공감을 보여 주었다. 하지만 그곳, 죽 뻗어 나간 그 길 위에서 그들의 우정은 끝난 것 같았다. 얼마 뒤에 램지는 결혼했던 것이다. 그 후 이러저러한 일들 탓에 그들의 우정에서 달콤한 과육이 사라졌다. 누구 잘못이었는지 모르지만, 얼마 후에는 그저 반복이 새로움을 대신하게 되었다. 그들의 만남은 반복될 뿐이었다. 그러나 이처럼 말없이 모래 언덕과 대화를 나누면서 그는 램지에 대한 자신의 애정이 결코 줄지 않았다고 주장했다. 저기 토탄층에서 입술에 선명한 붉은색을 띤 채 백 년 동안 누워 있는 젊은이의 몸처럼 예리하고 생생하게, 그의 우정은 만 너머 모래 언덕들 사이에 누워 있었다.

그는 이 우정 자체를 위해서, 그리고 어쩌면 자신이 바짝 말라서 오그라들었다는 자책을 마음속에서 떨쳐 내기 위해서도(램지는 넘치는 자식들 속에서 살고 있는 반면 뱅크스는 아이 없는 홀아비였다.) 간절히 바랐다. 릴리 브리스코가 (그 나름의 방식으로 위대한 사람인) 램지를 경멸하지 않기를. 그리고 그들의 관계가 어떠한 것인지 이해하기를. 오래전에 시작된 그들의 우정은 암탉이 병아리들 앞에서 날개를 펼치던 웨스트몰런드의 길 위에서 점차 소멸했다. 그 이후에 램지는 결혼했고, 그들은 서로 다른 길로 나아갔고, 분명 누구의 잘못도 아니었지만, 그들의 만남은 그저 반복되는 경향이 있었다.

그래, 바로 그것이었다. 그는 회고를 끝냈다. 그는 그 풍경에서 몸을 돌렸다. 그리고 다른 길로 돌아 차도로 가려고 몸을 돌리면서 뱅크스 씨는 그 모래 언덕에서 입술에 붉은색을 띤 채 토탄층에 누워 있는 우정의 사체(死體)를 보지 않았더라면 관심 두지 않았을 것들(예컨대, 램지의 막내딸인 어린 소녀 캠)을 예리하게 의식했다. 아이는 둑에서 애기냉이꽃을 따고 있었다. 아이는 거칠고 맹렬했다. 보모가 시키는 대로 "꽃 한 송이를 신사분께 드리려" 하지 않았다. 아니, 아냐, 아냐, 안 줄 거야! 아이는 주먹을 꼭 쥐었다. 발을 굴렀다. 뱅크스 씨는 늙었다는 생각에 서글픈 기분이 들었고 어쩐지 그 아이가 램지와의 우정에 대해 자신을 비난한 것 같았다. 그는 메마르고 오그라들었음이 분명했다.

램지 부부는 부자가 아니었으므로, 그들이 어떻게 이 큰 살림을 꾸려 가는지는 놀라운 일이었다. 아이가 여덟이라니! 철학자로 자식 여덟 명을 키우다니! 이번에는 그중 또 다른 아이, 재스퍼가 어슬렁거리며 걸어갔다. 그 아이는 새를 잡으러 간다고 태평하게 말했고 지나가면서 릴리 손을 잡아 펌프 손잡이처럼 마구 흔들었기에, 뱅크스 씨는 그녀가 아이들에게 인기가 있는 모양이라고 씁쓸하게 말했다. 이 "대단한 패거리", 무럭무럭 자라고 있고 고집 세고 인정머리 없는 애들에게 필요할, 매일매일 닳아 없어질 신발이며 양말은 말할 것도 없고 교육도 생각해야 한다.(램지 부인에게 어쩌면 재산이 약간 있을 것이다.) 어느 아이가 누구인지, 나이 순서가 어떻게 되는지 그는 도무지 알 수 없었다. 그는 속으로 아이들을 영국 왕들과 여왕들의 이름을 따서 불렀다. 사악한 캠, 무자비한 제임스, 공정한 앤드루, 아름다운 프루. 프루는 미모가 뛰어나질 거라고 그는 생각했다. 어떻게 그렇지 않을 수 있겠는가? 앤드루는 머리가 좋을 것이다. 차도를 따라 걸으면서 릴리 브리스코가(그녀는 그들 모두를, 이 세상을 사랑하니까.) 그의 말에 네 혹은 아니요라고 대답하는 동안 그는 램지의 상황을 가늠해 보았고, 마치 램지가 자신의 젊은 시절을 빛나게 장식했던 고독과 금욕의 온갖 영광을 스스로 벗어 버리고 퍼덕이는 날개와 꼬꼬댁거리는 가정생활에 스스로를 가두고 속박하는 것을 보기라도 한 듯이, 램지를 동정하고 질투했다. 가정생활이 램지에게 뭔가를 준 것은 분명했다. 윌리엄 뱅크스는 그 사실을 인정했다. 캠이 내 코트에 꽃 한 송이를 꽂아 주거나 자기 아버지에게 하듯이 내 어깨에 올라앉아서 베수비오 화산이 폭발하는 그림을 보았더라면 기분이 좋았을 텐데. 그러나 램지의 옛 친구들은 그 가정생활이 또한 뭔가를 파괴했다고 느끼지 않을 수 없었다. 낯선 이들은 지금 어떻게 생각할까? 릴리 브리스코는 어떻게 생각할까? 습관이 그의 몸에 배었다는 사실을 알아차리지 못했을까? 어쩌면 기이한 버릇이나 나약함도? 그만한 지성을 지닌 사람이 그렇게까지 영락(하지만 이것은 너무 가혹한 표현이었다.)할 수 있다는 것, 그렇게나 사람들의 찬사에 매달릴 수 있다는 것은 놀라운 일이었다.

"그렇지만." 릴리가 말했다. "그의 업적을 생각해 보세요."

그녀는 "그의 업적을 생각"할 때마다, 늘 커다란 식탁을 눈앞에 선명히 떠올리곤 했다. 앤드루 때문이었다. 부친의 저서들이 무엇에 관한 것인지 아느냐고 그녀가 물었을 때, "주체와 객체, 실재의 본질"[18]에 관한 것이라고 앤드루가 대답했던 것이다. 그녀는 "맙소사."라며, 그것이 무슨 뜻인지를 물었다. "그렇다면 식탁을 생각해 보세요."라고 앤드루가 말했다. "당신이 그 앞에 있지 않을 때 말이죠."

그래서 그녀는 램지 씨의 저서를 생각할 때마다 잘 닦인 식탁을 떠올렸다. 그것은 이제 배나무의 갈라진 나뭇가지에 걸려 있었다. 그들은 과수원에 이르렀던 것이다. 마음을 집중하려고 힘겹게 노력하면서 그녀는 은빛 돌기가 붙어 있는 나무 껍질이나 물고기 모양 이파리가 아니라 어떤 식탁의 환영에 초점을 맞추었다. 도톨도톨한 표면에 옹이가 있는 판자를 문질러 만든, 몇 년간 성실하게 문지른 덕분에 그 미덕이 적나라하게 드러난 것 같은 그 식탁은 네 다리를 허공에 드리운 채 거기 걸려 있었다. 이 각진 실체를 바라보면서 하루하루를 보내는 사람이라면, 이 아름다운 저녁 시간을, 진홍빛 구름들과 푸른빛, 은빛이 어우러진 풍경을 다리 네 개 달린 흰 제재목 탁자에 이처럼 몰아넣는 사람이라면(그렇게 한다는 것은 특출한 마음을 드러내 주는 증거였다.) 그런 사람이라면 물론 평범하다고 평가할 수 없다.

---

18) 램지는 철학적 관념론의 옹호자다. 램지와 유사하게 레슬리 스티븐은 「유물론이란 무엇인가」라는 에세이에서 "우리는 우리 자신의 의식을 벗어날 수 없다. 우리의 의식, 생각, 감각, 감정, 의도 등의 중재 없이는 어떤 것도 직접적으로 알 수 없다. (……) '이것이 탁자다.'라는 말은 무엇보다도 내게 어떤 일련의 조직된 감각-인상이 있다고 단언하는 구절이다."라고 썼다.

뱅크스 씨는 그녀가 "그의 업적을 생각"하라고 말했기 때문에 그녀를 좋아했다. 그도 이에 대해서 자주 생각했었다. 헤아릴 수 없이 여러 차례 말했었다. "램지는 마흔이 되기 전에 최고 업적을 내는 사람들 가운데 하나라네." 램지는 어떤 짧은 저서를 통해서 명백히 철학에 공헌한 적이 있었고, 그때 그는 스물다섯 살에 불과했다. 그 후에 나온 저서는 다소 부연 설명이거나 반복에 그쳤다. 그러나 어떤 일에서든 뚜렷한 공헌을 남기는 사람들은 극히 적은 법이지요. 뱅크스 씨는 배나무 옆에서 걸음을 멈추고는 세련되게 다듬어지고, 빈틈없이 정확하며, 절묘하리만치 공정한 태도로 말했다. 그의 손동작 때문인지 지금껏 축적된 그에 대한 인상들의 무게가 갑자기 한쪽으로 기울었고, 그녀가 그에 대해서 느꼈던 모든 감정이 묵직한 눈사태처럼 쏟아져 내렸다. 특별한 느낌이었다. 그런 다음에 그의 본질이 연기처럼 피어올랐다. 또 다른 느낌이었다. 그녀는 자신의 강렬한 감각에 꼼짝할 수 없이 사로잡혔다고 느꼈다. 그것의 정체는 그의 엄밀함이었다. 그의 선량함이었다. 나는 당신을 속속들이 존경해요.(그녀는 잠자코 그에게 말했다.) 당신은 허영심이 없는 사람이에요. 당신은 더없이 공정하지요. 당신은 램지 씨보다 더 섬세해요. 당신은 내가 아는 가장 섬세한 사람이에요. 당신에게는 아내도, 아이도 없지요.(성적인 감정을 조금도 느끼지 않으며 그녀는 그 외로움을 품어 주고 싶었다.) 당신은 과학을 위해서 살아요.(감자의 절단면[19]이 느닷없이 눈앞

___
19) 현미경으로 관찰할 만한 것.

에 떠올랐다.) 찬사는 당신에게 모욕이겠지요. 관대하고, 순수
하고, 영웅적인 사람! 하지만 동시에 그녀는 그가 그곳까지 시
종을 데리고 왔다는 사실을 기억했다. 그는 개들이 의자에 올
라가는 것에 반대했고, 몇 시간씩이나(램지 씨가 문을 꽝 닫고
방을 나갈 때까지) 야채 염분[20]과 영국 요리사들의 죄악상에 대
해서 지루한 이야기를 늘어놓곤 했다.

　그렇다면 이 모든 것은 결국 어떻게 되는 걸까? 사람들을
어떻게 판단하고, 사람들을 어떻게 생각할 수 있을까? 이것과
저것을 더해서 좋아한다고 느끼거나 싫어한다고 결론을 내리
는 일이 어떻게 가능할까? 그리고 결국 이런 말들에 어떤 의
미가 있는 것일까? 배나무 옆에서 꼼짝도 하지 않고 서 있는
지금, 이 두 남자에 대한 인상들이 강렬하게 밀려왔고, 그녀의
생각은 너무 빨라서 연필로 받아 적기 힘든 목소리를 따르듯
이 이어졌다. 그리고 그 목소리는 자신의 목소리였다. 그것은
부정할 수 없고, 지속적이며, 상반되는 것들을 누가 일러 주
지 않아도 줄줄이 늘어놓았으며, 그래서 배나무 껍질의 갈라
진 틈과 옹이들마저 그 자리에서 돌이킬 수 없이 영원히 마음
에 새겨졌다. 당신은 위대해요. 그녀는 속으로 그에게 말했다.
하지만 램지 씨는 전혀 그렇지 않아요. 그는 마음이 좁고, 이
기적이고, 허영심이 강하고, 자기중심적이에요. 그는 응석받
이고, 폭군이에요. 그는 램지 부인을 죽도록 지치게 해요. 하
지만 그에게는 당신에게 없는 것이 있어요.(그녀는 계속해서 속

---

20) 야채를 지나치게 삶거나 요리하면 그 속의 염분이 용해된다.

으로 뱅크스 씨에게 말했다.) 작열하는 탈속성이랄까. 그는 하찮은 일들에 대해서는 전혀 알지 못해요. 그는 개들과 자기 아이들을 사랑하지요. 아이가 여덟이지요. 당신에게는 한 명도 없고요. 전날 밤에 그가 코트 두 개를 입고 내려와서 램지 부인에게 자기 머리카락을 다듬어 달라고 해서는 푸딩 그릇 가득 잘라 내지 않았던가요? 이 모든 말들이 각다귀 떼처럼 춤추며 오르내렸고, 각각 끊어진 말인데도 눈에 보이지 않는 탄력적인 그물망 안에서 놀랍게도 모두 통제되었고, 릴리의 마음속에서, 그리고 램지 씨의 마음에 대한 그녀의 깊은 존경을 상징하는 매끈하게 닦인 식탁이 아직도 걸려 있는 배나무 가지들 안팎에서 춤추며 오르내렸다. 마침내 그녀의 생각은 점점 더 빨리 회전하게 되었고 그 강렬함을 배겨 내지 못해 폭발했다. 그녀는 풀려난 느낌이었다. 가까이에서 총소리가 울려 퍼졌고, 찌르레기 한 떼가 겁에 질려, 앉아 있던 무리에서 솟아오르듯이 소란스레 날아올랐다.

"재스퍼!" 뱅크스 씨가 말했다. 그들은 테라스 너머 찌르레기가 날아간 방향으로 몸을 돌렸다. 하늘에서 재빨리 날아가는 새 무리를 따라가던 그들은 높은 산울타리의 터진 틈을 지나다 곧장 램지 씨와 마주쳤다. 그는 "누군가 큰 실수를 저질렀지!"라고 그들을 향해 우렁차게 비극적으로 소리 질렀다.

벅찬 감정으로 흐릿해진 그의 눈은 비극적으로 강렬하고 도전적인 눈빛으로 순간 그들의 눈과 마주쳤고 그들을 알아보려는 찰나에 흔들렸다. 그러나 그는 고통스럽고도 언짢은 수치심에 휩싸여 그들의 일상적인 시선을 피하고 털어 내려

는 듯이, 자신도 어쩔 수 없으니, 모른 척해 달라고 그들에게
간청하려는 듯이, 방해를 받아서 화가 난 어린애 같은 감정을
그들에게 각인하려는 듯이, 하지만 발각된 순간에도 참패를
당하지 않고 이 감미로운 감정에, 부끄럽지만 자신이 몰입해
있는 이 불순한 열정적 서사시에 매달리겠다고 결심한 듯이,
손을 반쯤 얼굴로 들어 올리고는 갑자기 몸을 돌렸고, 마음의
내밀한 문을 쾅 소리가 나도록 그들에게서 닫아 버렸다. 릴리
브리스코와 뱅크스 씨는 불안하게 하늘을 올려다보면서, 재
스퍼가 총을 쏘아 쫓아 버린 찌르레기 떼가 느릅나무 우듬지
에 내려앉았다고 말했다.

5

"내일 날이 맑지 않더라도." 램지 부인은 눈을 들어 윌리엄 뱅크스와 릴리 브리스코가 지나가는 것을 흘끗 바라보면서 말했다. "내일은 또 다른 날이 될 거야. 자." 릴리의 주름진 희고 작은 얼굴을 가로지르는 중국인 같은 눈이 매력이지만, 현명한 사람이라야 그 매력을 알아볼 수 있을 거라고 생각하면서 그녀는 말했다. "자, 일어서라. 네 다리를 재 보게 해 주렴." 결국에는 등대에 갈 테니까. 그러니 양말 목 부분을 4~5센티미터 더 길게 짜야 하지 않을지 확인해야 한다.

바로 이 순간에 놀라운(윌리엄과 릴리가 결혼한다면 좋겠다는) 생각이 머리를 스치고 지나갔기에 그녀는 미소를 지으며 뜨개바늘이 교차하고 있는 혼색 모직 양말 윗부분을 제임스 다리에 대보았다.

"아가, 좀 가만히 서 있으렴." 그녀가 말했다. 등대지기의 어린 아들을 위해서 줄자 역할을 하는 것이 마음에 들지 않은 제임스가 질투심에서 일부러 몸을 움직였던 것이다. 네가 그렇게 움직이면 양말이 긴지 짧은지 어떻게 알 수 있겠느냐고 그녀는 물었다.

그녀는 고개를 들어 사랑스러운 막내 아이가 어떤 심술에 사로잡힌 것일까 하고 방을 둘러보면서 의자들이 몹시 낡았다고 생각했다. 앤드루가 일전에 말했듯이 그 의자들의 "내장"이 나와서 바닥에 온통 흩어져 있었다. 하지만 좋은 의자들을 사서 여기서 겨우내 못 쓰게 내버려 두면 무슨 소용이 있겠어? 그녀는 생각했다. 겨울이면 습기가 차서 물이 뚝뚝 떨어지는 이 집을 돌봐 줄 사람은 노파 한 명밖에 없는데. 신경 쓸 필요가 없었다. 이 집 임대료는 정말이지 무척 쌌다. 아이들은 이 집을 사랑했다. 그녀의 남편에게도 그의 서재와 강의와 학생들에게서 5000킬로미터, 정확히 말하자면 500킬로미터는 떨어져 있는 것이 도움이 되었다. 그리고 손님을 위한 방도 있었다. 런던에서 사용할 수 없을 낡은 요와 야전 침대, 흔들거리는 유령 같은 의자와 탁자 들이 여기에서는 충분히 쓸모가 있었다. 그리고 그림 한두 장과 책들. 책들은 저절로 늘어난다고 그녀는 생각했다. 그녀에게는 책을 읽을 시간이 전혀 없었다. 유감스럽게도! 그녀에게 헌정된 책들, 그리고 시인이 직접 헌정사를 써넣은 책들. "이 여성의 소망에 따라"……. "우리 시대의 더욱 행복한 헬렌에게"……. 부끄러운 말이지만, 그녀는 그 책들을 읽은 적이 없었다. 그렇다고 마음에 관한 크롬의 책이나 폴리네시아의 야만적 관습에 대한 베이츠의 책("아가, 가만히 좀 있으럼." 그녀가 말했다.)을 등대로 보낼 수는 없었다. 어떤 순간에는, 이 집이 너무 낡아서 어떻게든 해야겠다는 생각이 들었다. 아이들에게 발을 닦으라고 하고 바닷가에서 주운 것들을 집 안에 들이지 못하게 가르칠 수 있다면 그것으로도 상당히 도움이 될 것이다. 앤드루가 진심으로 게를 해부해 보고 싶다면 그것은 허락해야 했다. 재스퍼가 해초로 수프를 만들 수 있다고 믿는다면 그것도 막을 수 없었다. 또 조개껍질, 갈대, 돌 같은 로즈의 물건들도. 그녀의 아이들에겐 재능이 있으니까. 하지만 모두 전혀 다른 방식이었다. 그래서 결국 매년 여름을 나면서 물건들이 더더욱 낡아진다고, 그녀는 제임스의 다리에 양말을 대보면서 방바닥에서 천장까지 훑어보며 한숨을 쉬었다. 깔개는 색이 바랬고, 벽지는 벽에서 떨어져서 펄럭였다. 벽지에 장미 무늬가 있다는 것을 더는 알아볼 수 없었다. 하지만 집 안의 문이란 문이 죄다 늘 열려 있다면, 그리고 스코틀랜드의 어떤 열쇠장이도 빗장을 고칠 수 없다면, 물건들은 못 쓰게 될 수밖에 없다. 액자 틀에 녹색 캐시미어 숄을 걸쳐 놓는다고 무슨 소용이 있겠는가? 이 주일만 지나면 완두콩 수프 색깔로 변할 것이다. 그러나 정작 그녀 속을 태운 것은 문이었다. 문들이 모두 열려 있었다. 그녀는 귀를 기울였다. 응접실 문이 열려 있었다. 현관문도 열려 있었다. 침실 문들도 열려 있는 것 같았다. 층계참 창문은 열려 있는 것이 확실했다. 그녀가 직접 열었으니까. 창문은 열고 문은 닫아 두어야 한다. 그렇게 간단한 일인데도, 제대로 기억할 수 있는 사람이 아무도 없다는 말일까? 밤에 하녀들 방에 들어가 보면 창문이 오븐처럼 꼭 닫혀 있곤 했다. 스위스 태생인 마리의 방만 예외였는데, 그 하녀는 신선한 공기를 마시지 못하느니 차라리 목욕을 하지 못하고 지내는 편을 택했을 것이다. "고향의 산들은 너무나 아름다웠어요."라고 그녀는 말했었다. 전날 밤에 창밖을 내다보며 눈물을 글썽이면서 그렇게 말했었다. "고향의 산들은 너무나 아름다웠어요." 그녀의 아버지가 그곳에서 죽어 가고 있다는 것을 램지 부인은 알고 있었다. 그가 떠나면 그의 자식들은 아버지 없이 남게 될 것이다. 마리가 그렇게 말했을 때, 햇살 속을 날아다니던 새의 날개가 고요히 접히고 깃털의 푸른빛이 선명한 검푸른 색에서 연보랏빛으로 바뀌듯이, 하녀를 꾸짖고 (프랑스 여자처럼 손을 오므렸다 펼치면서, 침대 정리하는 법과 창문 여는 법을) 몸소 보여 주던 일들이 모두 그녀 주위에서 고요히 접혀 포개졌다. 할 수 있는 말이 없었기에 그녀는 거기 잠자코 서 있었다. 그녀의 아버지는 후두암에 걸렸던 것이다. 자신이 거기 서 있던 것, 그 하녀가 "고향의 산들은 너무나 아름다웠어요."라고 말했던 것, 그리고 그녀 아버지에게 가망이 전혀, 조금도 없다는 사실을 떠올리자 그녀는 갑자기 짜증이 일어서 날카로운 목소리로 제임스에게 말했다.

"가만히 서 있어라. 성가시게 굴지 말고." 아이는 어머니의 엄한 태도가 진심이라는 것을 즉시 알아차렸고 다리를 똑바로 폈다. 그녀는 양말 길이를 쟀다.

솔리의 어린 아들이 제임스보다 발육이 좋지 않을 것을 감안하더라도, 양말 길이가 적어도 1∼2센티미터가량 짧았다.

"너무 짧구나."라고 그녀가 말했다. "너무 짧아."

어느 누구도 그렇게 슬퍼 보인 적이 없었다.[21] 어둠 속에서, 태양빛에서 심연으로 이어진 빛줄기의 절반쯤 되는 어두운 곳에서, 어쩌면 쓰라린 검은 눈물이 한 방울 고였을 것이다. 눈물이 떨어졌다. 이리저리 흔들리던 물결은 눈물을 받고 고요해졌다. 어느 누구도 그렇게 슬퍼 보인 적이 없었다.

그러나 그 슬픔은 그저 표정에 불과한 것이었을까? 사람들은 말했다. 그녀의 아름다움과 광채 이면에는 무엇이 있을까? 남자가 권총으로 머리를 쏘아 자살했느냐고 사람들은 물었다. 그들이 결혼하기 전 주에 그 남자가 죽었을까? 소문에 들리던 예전의 어떤 애인이? 아니면 아무것도 없을까? 그저 비길 데 없는 아름다움이 있을 뿐이고, 그녀는 그 뒤에서 살아오면서 그 아름다움을 깨뜨릴 수 없었던 것일까? 강렬한 열정이나 실패한 사랑, 좌절된 야심에 대한 이야기들을 듣게 되는 친밀한 순간에, 그녀 역시 그런 일을 직접 알았고, 느꼈고, 경험했다고 쉽사리 말할 수도 있었겠지만, 그녀는 결코 말하지 않았다. 그녀는 늘 입을 다물었다. 그때 그녀는 알고 있었다. 그녀는 듣지 않고도 알았다. 그녀의 소박한 마음은 영리한 사람들이 왜곡한 것을 꿰뚫어 보았다. 정직한 마음으로 그녀는 돌처럼 수직으로 떨어졌고 새처럼 정확히 내려앉았다. 이처럼

---

21) 울프는 『존재의 순간』에서 자기 어머니가 슬픔을 느낄 무언가를 알고 있었다고 언급했다. "어머니 자신의 슬픔이 어머니의 이면에서 은밀히 침잠할 수 있도록 기다리고 있었다. (……) 어머니는 말하고 있지 않을 때면 무척 슬퍼 보였다."

정신이 급강하하여 당연히 진실에 닿았고, 그 진실 덕에 즐겁고 편안하게 버텨 나갈 수 있었다. 어쩌면 허위였는지도 모르지만.

("자연에는." 전에 그녀의 목소리를 전화로 들었을 때 뱅크스 씨는 그녀가 기차에 대해서 말했을 뿐이지만 그 목소리에 무척 마음이 흔들려 말했다. "당신을 빚은 진흙이 거의 없습니다." 그는 전화선 끝자락에 있는 그녀, 푸른 눈에 코가 오뚝 솟은 그리스인의 얼굴을 보았다. 그런 여자와 전화를 하고 있다니 얼마나 생경한 느낌이었던지. 그 얼굴을 만들기 위해서 미의 세 여신이 아스포델[22]의 초원에서 손을 맞잡은 것 같았다. 그래, 나는 유스턴[23]에서 10시 30분 기차를 탈 겁니다.

"하지만 어린애처럼 그녀에겐 자신의 아름다움에 대한 의식이 전혀 없어." 뱅크스 씨는 수화기를 내려놓고 방을 가로질러 자기 집 뒤편에 호텔을 짓고 있는 인부들이 얼마나 작업을 했는지 바라보며 말했다. 완성되지 않은 벽들 사이의 부산한 움직임을 바라보면서 그는 램지 부인에 대한 생각에 빠져들었다. 늘 뭔가 어울리지 않는 것이 섞여 들어가 그녀 얼굴과 조화를 이룬다고 그는 생각했다. 그녀는 사냥꾼 모자를 아무렇게나 머리에 눌러쓰기도 했다. 아이를 위험에서 구하려고 고무 덧신을 신은 채 잔디밭을 가로질러 달려가기도 했다. 그래서 그저 그녀의 미모에 대해서만 생각한다면, 그 떨리는 것, 그

---

22) 그리스 신화에서 삶의 즐거움을 드높이는 세 여신(아름다움, 우아함, 기쁨)은 제우스와 헤라의 세 딸인 탈리아, 에우프로시네, 아글라이아이다. 아스포델은 꽃이 피는 백합과 식물로, 여기서 수선화의 이름이 유래되었다.
23) 1837년에 지어진 런던의 우아한 기차역으로 1963년에 철거되었다.

살아 있는 것을 기억하고(그는 작은 판자 위에 벽돌을 실어 나르는 인부들을 바라보았다.) 전체 그림 속에 섞어 넣어야 한다. 혹은 그녀를 그저 여자로 생각한다면, 그녀에게 어떤 별난 특이함이 있음을 인정해야 한다. 혹은 자신의 아름다움과 남자들이 미모에 대해 경탄하는 온갖 말에 권태로워진 나머지 그저 다른 사람들처럼 대단치 않은 존재가 되기를 바라는 듯이, 자신의 여왕다운 자태를 벗어 버리려는 욕망이 숨어 있음을 인정해야 한다. 그는 어느 쪽인지 알지 못했다. 알 수 없었다. 그는 다시 일을 시작해야 한다.)

금박을 입힌 액자와 그 틀에 걸쳐 놓은 녹색 숄, 미켈란젤로의 공인된 걸작[24]을 배경으로 어울리지 않게 머리 윤곽을 드러낸 채 적갈색 털양말을 짜던 램지 부인은 조금 전의 모진 태도를 누그러뜨리고 고개를 들어 어린 아들의 이마에 입을 맞추었다. "잘라 낼 다른 그림이 있는지 찾아보자꾸나."라고 그녀가 말했다.

---

24) 르네상스 시대의 유명한 화가 미켈란젤로 그림의 복사본인 듯하다.

6

하지만 무슨 일이 일어난 걸까?

누군가 큰 실수를 저질렀다니.

생각에 잠겨 있다가 흠칫 놀라서, 그녀는 오랫동안 무의미하다고 치부해 온 말에 의미를 두었다. "누군가 큰 실수를 저질렀지." 이제 자신에게 접근하는 남편을 근시안으로 뚫어지게 응시하면서 그녀는 그가 가까이 옴으로써 무슨 일이 일어났는지, 누가 큰 실수를 저질렀는지가(그녀의 머릿속에서 같은 소리가 반복되어 계속 울렸다.) 드러날 때까지 차분히 기다렸다. 그러나 무슨 일인지 도무지 가늠할 수 없었다.

그는 몸서리를 쳤다. 그는 부르르 떨었다. 부하들의 선두에 서서 벼락처럼 사납게, 매처럼 맹렬하게 말을 달려 죽음의 계곡을 지나온 자신의 찬란한 업적에 대한 허영심과 만족감이 부서지고 파괴된 것이다. 빗발치는 탄환과 포탄을 받으며 우리는 용감하게 말을 달렸지, 일제히 쏟아지는 사격으로 천둥처럼 울리는 죽음의 계곡을 스치듯 지나서.[25] 곧바로 릴리 브리스코와 윌리엄 뱅크스에게로 돌진하더니 그는 몸을 떨었다. 그는 몸서리를 쳤다.

무슨 일이 있어도 그녀는 남편에게 말을 걸지 않을 것이다. 시선을 돌리고 몸을 감싸서 평정심을 회복할 은밀한 공간을 확보하려는 듯이 기이하게 온몸을 사리는 그 익숙한 징후로 보아, 남편이 화가 났고 고통스러워하고 있음을 알 수 있었으니까. 그녀는 제임스의 머리카락을 쓰다듬었다. 그녀는 남편에 대한 감정을 아들에게로 옮겼다. 그리고 아들이 아미 앤드 네이비 잡화점 목록에서 흰 신사용 와이셔츠에 노란색을 칠하는 것을 지켜보면서 그가 위대한 예술가가 된다면 얼마나 기쁠지를 생각했다. 그렇게 되지 못할 이유가 어디 있겠는가? 아이의 이마가 말끔한데. 조금 뒤에 남편이 또다시 옆을 지나갔을 때 그녀는 고개를 들어 올려다보면서 그 황폐함이 베일에 가려 있음을 알고 마음을 놓았다. 가정생활이 승리를 거두었고, 익숙한 습관이 나지막이 읊조리는 리듬은 마음을 달래 주었다. 그래서 다시 돌아와서 그가 일부러 창가에서 걸음을 멈추고 장난치듯이 변덕스럽게 몸을 굽혀 잔 나뭇가지로 제임스의 맨종아리를 간질였을 때, 그녀는 '그 가엾은 젊은이' 찰스 탠슬리를 서둘러 집 안으로 들여보낸 것에 대해 그를 나무랐다. 탠슬리는 논문을 써야 한다고 그가 말했다.

_____

25) 앞의 시 「경비병 여단의 돌격」에 나오는 행들을 조금 바꾸어 쓴 부분.

"제임스도 조만간 자기 논문을 쓸 날이 오겠지." 그는 잔가지로 찰싹 치면서 빈정대듯이 덧붙였다.

아버지를 미워했으므로 제임스는 자기를 간질이는 잔가지를 밀어냈다. 아버지는 엄격함과 유머가 뒤섞인 그만의 독특한 방식으로 막내아들의 맨종아리를 지분거리고 있었던 것이다.

나는 내일 솔리의 어린 아들에게 보내려고 이 지루한 뜨개질을 끝내려 애쓰고 있어요. 램지 부인이 말했다.

내일 등대에 갈 가능성은 조금도 없소. 그는 성을 내듯 딱 부러지게 말했다.

어떻게 알아요? 그녀가 물었다. 바람이 종종 바뀌잖아요.

터무니없이 무분별한 그녀의 말, 여자들의 어리석은 마음에 그는 화가 치밀었다. 그는 말을 달려 죽음의 골짜기를 통과했고 산산이 부서졌고 몸서리를 쳤다. 그런데 이제 그녀가 사실에 정면으로 도전해서, 자식들이 전적으로 불가능한 것을 바라도록 만들었다. 요컨대 거짓말을 한 것이다. 그는 돌층계 위에서 쾅쾅 소리가 나도록 발을 굴렀다. "빌어먹을." 하고 그가 말했다. 하지만 그녀가 무슨 말을 한 것일까? 그저 내일 날씨가 좋을지도 모른다는 것이었다. 그럴지도 모르는 일이다.

기압계의 눈금이 떨어지고 바람이 정서쪽으로 불고 있는 한은 그렇지 않소.

그처럼 놀라울 정도로 다른 사람들의 감정을 배려하지 않고 진실을 추구하는 것, 교양의 얇은 베일을 그렇게나 마음대로, 그렇게나 야만적으로 찢어 놓는 것은 인간의 품위를 끔찍하게 짓밟는 일이었으므로, 그녀는 얼떨떨하고 혼란스러워서 아무 대꾸도 없이 고개를 숙였다. 세차게 내리치는 깔깔한 우박, 억수같이 퍼붓는 구정물이 그녀를 더럽혀도 비난하지 않고 내버려 두겠다는 것처럼 아무 말이 없었다.

그는 말없이 그녀 옆에 섰다. 이윽고 아주 겸손한 말투로 그녀가 원한다면 해안 경비원에게 가서 물어보겠다고 말했다.

그녀는 자기 남편을 누구보다도 존경했다.

당신의 말을 그대로 받아들일 생각이에요. 그녀가 말했다. 다만 그렇다면, 샌드위치를 준비할 필요가 없겠군요. 그게 다예요. 그녀가 여자였기에, 하루 종일 사람들은 으레 이러저러한 문제로 그녀를 찾았다. 어떤 사람은 이것을 원했고, 다른 사람은 저것을 원했다. 아이들은 자라고 있었고, 그녀는 종종 자신이 사람들의 감정에 흠뻑 젖은 스펀지일 뿐이라고 느끼기도 했다. 그런데 남편이 "빌어먹을."이라고 말했다. 그는 "틀림없이 비가 올 거요."라고 말하거나 "비가 오지 않을 거요."라고 말했다. 그러면 그 즉시 그녀 앞에 안전한 천국이 펼쳐졌다. 그녀가 남편보다 더 존경하는 사람은 없었다. 자신에겐 그의 구두끈을 묶을 만한 자격도 없다고 그녀는 느꼈다.

자기 부대의 선두에 서서 돌격했을 때의 성급한 언동과 흥분한 몸짓을 벌써 부끄러워하면서 램지 씨는 다소 수줍게 아들의 맨다리를 다시 한 번 찔렀고, 그러고 나서는 아내의 허락을 얻기라도 한 듯이, 기묘한 몸짓으로 저녁 공기 속으로 돌진했다. 동물원에서 물고기를 받아 삼킨 후 몸을 뒤치고 뒤뚱뒤뚱 멀어지면서 수조 속 물이 한쪽에서 다른 쪽으로 출렁이게 하는 거대한 바다사자를 연상시키는 몸짓이었다. 이미 한층 옅어진 저녁녘 공기는 이파리들과 산울타리에서 정수를 끌어내고 있었지만 그에 대해 보상이라도 하려는 듯 장미와 패랭이꽃 들에게는 낮에 볼 수 없던 광채를 되살려 주고 있었다.

"누군가 큰 실수를 저질렀지."라고 그는 테라스를 성큼성큼 오르내리며 다시 말했다.

그러나 그의 어조는 얼마나 특이하게 달라졌는지! 6월이 되면 곡조가 맞지 않는 뻐꾸기 같았다. 새로운 기분을 표현할 구절을 찾으려고 시도해 보다가 쓸 만한 문장이 그것밖에 없어서 비록 손상되었지만 사용한 듯했다. 그러나 아무런 확신도 없이 질문하듯 읊조리자 그것("누군가 큰 실수를 저질렀지.")은 우스꽝스럽게 들렸다. 램지 부인은 미소를 짓지 않을 수 없었고, 아니나 다를까 이내 그는 우물거리던 것을 그만두고 잠잠해졌다.

그는 안전했다. 자신의 내밀한 자유를 되찾은 것이다. 그는 걸음을 멈추고 파이프에 불을 붙였고, 창가의 아내와 아들을 한번 바라보았다. 급행열차를 타고 가면서 책을 읽다가 눈을 들어 바깥의 농장과 나무, 빽빽이 모인 오두막들을 바라보며 거기에서 책에 기술된 내용의 실례를 발견하고 확인하고는 마음이 든든해지고 흡족해서 다시 책으로 눈길을 돌리듯이, 그는 아들인지 아내인지 구별할 수 없어도 그들을 본 것만으로도 마음이 든든하고 흡족해졌으며, 이제 자신의 탁월하고 강력한 지성을 사로잡고 있는 문제를 완벽히 명료하게 이해하려는 노력은 성스러운 것이 되었다.

그의 지성은 탁월했다. 만일 생각이라는 것이 피아노 건반처럼 나누어져 있거나 알파벳처럼 스물여섯 개 철자로 정렬되어 있다면, 그의 탁월한 지성은 조금도 어려움을 겪지 않고 그 철자들을 확고하고 정확하게 하나씩 넘어가는 데, 예컨대 Q까지 가는 데는 어떠한 문제도 없었다. 그는 Q에 도달했다. 영국 전역에서 Q에 도달할 수 있는 사람은 극소수에 불과했다. 제라늄 꽃이 피어 있는 돌 항아리 옆에서 한순간 걸음을 멈추고 그는 이제 아주 멀리 떨어진 창가에 앉아 있는 아내와 아들을 보았다. 성스럽고도 천진난만하게 조가비를 줍는 애들처럼 발치에 놓인 사소한 것들에 정신이 팔려 있고 그가 감지한 몰락의 운명으로부터 스스로를 조금도 방어할 줄 모르는 그들을. 그들은 그의 보호가 필요했다. 그는 그들을 보호해 주었다. 그러나 Q 다음에는? 그다음에는 무엇이 오는가? Q 다음에도 많은 철자들이 있고, 마지막 철자는 인간의 눈에 거의 보이지 않으며, 아득히 멀리서 희미하게 붉은색으로 빛난다. Z에는 한 세대에 오직 한 인간만이 단 한 번 도달할 수 있다. 하지만 그가 R에 도달할 수 있다면, 그것만으로도 대단한 일일 텐데. 적어도 여기 Q가 있었다. 그는 Q에서 자기 위치를 고수했다. 그는 Q를 확신하고 있었다. 그는 Q를 증명할 수도 있었다. 그런데 Q, Q라면, R은……. 이 부분에서 그는 파이프를 꺼내 숫양 뿔로 만든 돌 항아리 손잡이를 두어 번 톡톡 두드리고 계속 생각했다. "그렇다면 R은……." 그는 마음을 단단히 먹었다. 이를 악물었다.

비스킷 여섯 개와 물병 하나밖에 없이 타는 듯이 뜨거운 바다에서 좌초한 선원들을 구해 주었을 자질들(참을성과 공정함,

예지, 헌신, 기술)이 그에게도 도움이 되었다. 그렇다면 R은, R
은 무엇일까?

도마뱀의 것 같은 눈꺼풀이 그의 강렬한 눈 위에서 껌뻑였
고 철자 R을 덮어 버렸다. 그 순간의 암흑 속에서 그는 사람들
의 말 "그는 실패작[26]이에요. R은 그의 능력 밖에 있어요."를
들었다. 그는 결코 R에 도달하지 못할 거예요. 다시 한 번 R을
향해 전진. R은…….

냉랭하고 고독한 극지방을 가로지르는 황량한 탐험[27]에서,
결코 낙관적이지도 비관적이지도 않은 기질로 닥쳐올 위험을
평정한 마음으로 바라보게 하고, 그를 용감하게 맞서는 지도
자이자 안내자, 조언자로 만들어 주었을 자질들이 다시 그에
게 도움이 되었다. R은…….

도마뱀의 눈이 다시 한 번 껌뻑였다. 그의 이마에서 핏줄이
불거졌다. 항아리의 제라늄 꽃이 놀랍도록 선명하게 보였고,
그 이파리들 사이에서 드러나는, 두 부류 인간들의 그 뚜렷하
고도 유구한 차이를 원치 않아도 보는 수밖에 없었다. 한쪽에
는 초인적인 힘으로 차분히 인내심을 발휘하여 알파벳 전체
를 순서대로, 모두 다해 스물여섯 철자를 처음부터 끝까지 되

---

26) 울프의 아버지 레슬리 스티븐은 노년에 자신의 업적을 과소평가하며 스
스로를 실패작이라고 간주하기에 이르렀다.
27) 아버지에 관한 에세이에서 울프는 "마지막까지 아버지는 위대한 등반
가들과 탐험가들에 대해 찬탄과 시기심이 특이하게 뒤섞인 심정으로 이야
기하곤 했다."라고 기록했다. 이 부분에서 램지는 자신을 로버트 팰콘 스콧
과 동일시한다. 스콧은 1902~1904년에 남극 탐험을 성공적으로 마쳤으며,
1910년에 시작하여 1912년에 실패로 끝난 탐험으로 더욱 유명해졌다.

풀이하는 사람들이 있었다. 다른 쪽에는 재능과 영감이 있는 사람들이 철자들을 모두 한 덩어리로 단번에 취급했고 이것이 천재의 방식이었다. 그에게는 천재적인 재능이 없었다. 그는 천재성을 주장하지 않았다. 하지만 그에게는 A부터 Z까지 알파벳의 모든 철자를 정확하게 순서대로 되풀이할 수 있는 힘이 있었고, 아니, 아마도 있을 것이었다. 그러나 그는 Q에서 옴짝달싹할 수 없었다. 그렇다면 R을 향하여 계속 전진.

이제 눈이 휘날리기 시작해서 산꼭대기가 안개로 덮였으므로 자신이 아침이 오기 전에 쓰러져 죽으리라는 것을 아는 지도자에게는 부끄럽지 않았을 감정들이 슬그머니 그를 에워쌌고, 그의 눈빛을 부옇게 만들었으며, 테라스에서 몸을 돌리고 있는 그 이 분 동안 그를 쇠약하고 허옇게 센 노인으로 바꾸어 놓았다. 하지만 그는 쓰러져 죽지 않을 것이다. 그는 돌출된 바위를 찾을 것이다. 그곳에서 몰아치는 폭풍을 뚫어지게 응시하며 끝까지 어둠을 꿰뚫으려고 노력하다가 서서 죽을 것이다. 그는 결코 R에 도달하지 못할 것이다.

그는 제라늄 꽃이 흐드러지게 피어 있는 항아리 옆에 돌처럼 꼼짝 않고 서 있었다. 10억 명 가운데 결국 Z에 도달하는 사람은 얼마나 될까. 그는 생각했다. 분명 가망 없는 선봉대의 지도자는 스스로 그렇게 물을 테고, 뒤에 있는 원정대를 기만하지 않고 "어쩌면 한 명."이라고 대답할 것이다. 한 세대에 한 명. 그렇다면 자신이 그 한 명이 아니라고 해서 스스로를 탓해야 할까? 자신이 정직하게 노고를 기울였고 더 이상 줄 것이 남지 않을 때까지 최선의 능력을 쏟아부었다면? 그리고 자신의 명성은 과연 얼마나 오래 남을 것인가? 죽어 가는 영웅도 훗날 사람들이 자신에 대해서 어떻게 말할지를 죽기 전에 궁금해할 수는 있다. 그의 명성은 어쩌면 이천 년간 지속되겠지. 그리고 이천 년이란 무엇인가?(램지 씨는 산울타리를 응시하며 빈정대듯 물었다.) 산 정상에 올라서서 장구한 시대의 긴 폐허를 내려다볼 때, 실로 그것이 무엇인가? 구둣발에 걷어차이는 돌멩이도 셰익스피어보다 오래 남아 있을 것이다. 자신의 작은 빛은 그리 환하지 않게 일이 년 정도 빛나다가 그다음에는 좀 더 큰 빛에 삼켜질 테고, 그다음에는 그보다 더 큰 빛에 삼켜질 것이다.(그는 어둠 속을, 복잡하게 뒤얽힌 나뭇가지들을 들여다보았다.) 그렇다면 결국 세월의 폐허와 별들의 소멸을 볼 수 있을 만큼 높이 올라선, 그 가망 없는 선봉대의 지도자를 누가 탓할 수 있을 것인가? 만일 죽음이 다가와 그의 수족이 뻣뻣이 굳어 움직일 수 없기 전에 그가 마비된 손가락들을 의식적으로 이마에 올리고 어깨를 똑바로 펴서, 구조대가 왔을 때 자기 초소에서 죽은 군인의 훌륭한 풍채를 발견하게 된다면? 램지 씨는 항아리 옆에서 어깨를 쭉 펴고 꼿꼿한 자세로 섰다.

얼마간 그런 자세로 서 있으면서 그가 명성이니, 구조 대원이니, 감사하는 추종자들이 그의 뼈 위에 세울 돌무덤에 대해 생각한다 하더라도, 누가 그를 비난할 것인가? 마지막으로, 실패할 탐험의 지도자가 최대한 위험을 무릅쓰고, 마지막 한 방울까지 남은 힘을 모두 다 쓰고, 자신이 깨어나든지 말든지 그리 개의치 않고 잠에 빠져들었다가, 문득 발가락을 쑤시는 통증 때문에 자신이 살아 있음을 느끼면서, 살아 있다는 것에 대체로 이의를 제기할 생각은 없지만 동시에 다른 사람들의 공감과 위스키, 자신의 고통스러운 모험담을 들어 줄 사람을 원한다 한들, 누가 그를 비난할 것인가? 누가 그를 탓할 것인가? 그 영웅이 갑옷을 벗고 창가에 멈춰 서서 자기 아내와 아들을 쳐다본다면, 어느 누가 속으로 기뻐하지 않을 것인가? 처음에는 아득히 멀리 있지만 조금씩 가까워지고 마침내 입술과 책, 머리가 눈앞에 선명히 드러날 때까지, 자신의 치열한 고독과 세월의 폐허와 별들의 소멸과 동떨어져 있지만 여전히 사랑스러운 그 모습을 바라본다면. 그리고 마침내 파이프를 주머니에 넣고 자신의 당당한 머리를 그녀 앞에 숙이면서 세계의 아름다움에 경의를 표한다면, 누가 그를 비난할 것인가?

7

하지만 그의 아들은 그를 미워했다. 아버지가 가까이 다가
왔기에, 걸음을 멈추고 내려다보았기에, 그를 미워했다. 자신
과 어머니를 방해했기에 그를 미워했다. 그의 의기양양하고
숭고한 몸짓 때문에, 그의 당당한 머리 때문에, 그의 가혹함
과 자기중심적인 면모 때문에(그가 서서 자기에게 관심을 기울이
도록 명령했기에) 그를 미워했다. 그러나 무엇보다도 아버지가
자신의 들떠 있는 감정을 울리는 소리를 미워했다. 그 소리는
그들 주위에서 진동하면서 그와 어머니의 더없이 소박하고
평온한 관계를 어지럽혔다. 제임스는 책을 뚫어지게 바라봄
으로써 아버지를 다른 곳으로 걸어가게 하고 싶었다. 손가락
으로 글자를 가리키면서 어머니의 관심을 되돌리고 싶었다.
아버지가 걸음을 멈춘 순간 어머니의 관심이 흩어지는 것을
느끼고 화가 났던 것이다. 그러나 아니었다. 어떻게 해도 램지

씨는 꼼짝하지 않을 것이다. 그는 거기에 서서 공감을 요구하고 있었다.

아들을 팔로 감싸고 느긋하게 앉아 있던 램지 부인은 마음을 다잡고 반쯤 몸을 돌려 애써 일어나며, 빗발치는 에너지를, 한 줄기 물보라를 공중에 곧바로 쏟아 내는 것 같았다. 동시에 자신의 온 에너지가 응집되어 환히 타오르는 힘이 솟아난 듯(그녀는 다시 양말을 집어 들고 조용히 앉아 있었지만) 생기 있고 활기차게 보였다. 그리고 이 감미로운 풍요로움에, 이 생명의 샘과 물보라에, 남성의 치명적인 불모성이 메마르고 적나라한 놋쇠 부리처럼 파고들었다. 그는 공감을 원했다. 그는 실패작이라고 말했다. 램지 부인은 바늘을 반짝이며 뜨개질을 계속했다. 램지 씨는 그녀의 얼굴에서 조금도 눈을 떼지 않고 자신이 실패작이라고 거듭 말했다. 그녀는 상대하지 않았다. "찰스 탠슬리는……." 하고 그녀가 말했다. 그러나 그는 그 이상의 것을 얻어야 했다. 그가 원한 것은 공감이었다. 무엇보다도 자신의 재능을 확인받고 그다음에 생기 넘치는 곳에 받아들여져서 따뜻함과 위안을 얻고 자신의 감각을 회복하고 자신의 불모성을 풍요로운 것으로 만들고 집 안 모든 방들(거실, 거실 뒤편 부엌, 부엌 위쪽 침실들, 그리고 그 너머 놀이방들)을 생명으로 채우는 것이었다. 그것들은 채워져야 하고, 생명으로 가득 차야 했다.

찰스 탠슬리는 당신을 현대의 가장 위대한 형이상학자로 생각한다고, 그녀가 말했다. 하지만 그는 그 이상의 것을 얻어야 했다. 그는 공감을 받아야 했다. 그 자신도 삶의 한가운데서 살았고, 여기뿐 아니라 온 세상이 자신을 필요로 한다는 확신을 얻어야 했다. 자신 있고 꼿꼿한 자세로 앉아서 바늘을 번뜩이면서 그녀는 거실과 부엌을 창조했고, 그 모든 것을 타오르게 하고는 거기서 쉬라고, 들어가고 나가라고, 즐거움을 찾으라고 그에게 명했다. 그녀는 웃었고, 뜨개질을 했다. 몹시 뻣뻣한 자세로 어머니의 무릎 사이에 서 있던 제임스는 어머니의 온 힘이 확 타올랐다가 놋쇠 부리에 흡수되고 꺼지는 것을 느꼈다. 남성의 메마른 언월도(偃月刀)는 공감을 요구하며 무자비하게 거듭 휘둘러졌다.

나는 실패작이야. 그는 되풀이했다. 자, 그렇다면 보세요. 그렇다면 느껴 보세요. 바늘을 번뜩이면서, 주위를 돌아보고, 창밖을 내다보고, 방 안을 둘러보고, 제임스를 바라보면서, 그녀는 그녀의 웃음과 평정한 마음과 능력으로(횃불을 들고 어두운 방을 가로지르며 간호원이 성 잘 내는 아이를 안심시키듯이) 이것이 실제라고, 집에 생기가 가득 차 있다고, 정원에 꽃이 피어 있다고, 일말의 의혹도 없이 그를 안심시켰다. 만일 그가 그녀를 절대적으로 믿는다면, 그 무엇도 그를 해치지 못할 것이다. 아무리 깊은 곳에 스스로를 파묻더라도, 아무리 높은 곳에 오르더라도, 단 한 순간도 그는 그녀 없이 홀로 있다고 느끼지 않을 것이다. 그렇게 감싸 주고 보호해 줄 수 있다고 자신하면서 그녀에게는 스스로를 알아볼 수 있는 겉껍데기조차 남지 않았다. 모든 것을 아낌없이 주었고, 다 써 버렸다. 어머니의 무릎 사이에서 뻣뻣하게 서 있던 제임스는 그녀가 이파리들과 춤추는 나뭇가지들이 너울거리고 장밋빛 꽃이 만발한 과일나무로 우뚝 솟는 것을 느꼈고, 그 아버지, 자기중심적인 남자의 메마른 언월도, 놋쇠 부리가 공감을 요구하며 그 나무에 파고들어 찔러 대는 것을 보았다.

그녀의 말에 충족된 그는 젖을 실컷 먹고 잠이 든 아이처럼 마침내 활기를 되찾고 기운을 얻어서 겸손하게 고마워하는 눈길로 그녀를 바라보며 한 바퀴 돌고 오겠다고 말했다. 크리켓 경기를 하는 아이들을 보러 가겠다며, 그는 갔다.

그 즉시 램지 부인은 꽃잎 하나가 다른 꽃잎 속에 포개지듯 온몸이 접히는 것 같았다. 기진맥진하여 무너져 내리면서 그녀는 극도의 피로감에 절묘하게 몸을 내맡겼고, 그림 형제의 동화책[28]을 따라 손가락을 움직일 힘밖에 남지 않았다. 그동안 창조를 이루어 냈다는 황홀감이, 완전히 늘어났다가 이내 부드럽게 멈춘 스프링의 진동처럼 그녀의 몸속에서 고동치며 지나갔다.

그가 걸어가는 동안, 이 진동이 울릴 때마다 그녀와 남편을 감싸고 그 두 사람에게 위안을 주는 것 같았다. 함께 울리는 높고 낮은 서로 다른 두 음조가 결합하면서 서로에게 주는 위안. 하지만 그 울림이 사라지고 다시 동화책에 관심을 돌

---

28) 여기 나오는 그림 형제의 동화는 「어부와 아내」로, 주문에 걸려 커다란 넙치가 된 왕자를 잡은 가난한 어부에 관한 이야기다. 왕자가 바다로 돌려보내 줄 것을 청하자 어부는 그 청을 들어주지만 그의 아내는 어부를 꾸짖고 왕자에게 소원을 들어 달라고 요청하도록 강요한다. 왕자는 그들에게 멋진 집과 정원, 성을 주고, 왕, 황제, 교황이 되게 해 달라는 소원을 들어주지만, 어부의 아내가 신의 능력을 요구하라고 어부를 보내자 바닷가에 폭풍우를 일으키고 그들을 원래 살던 초라한 오두막으로 돌려보낸다.

렸을 때, 램지 부인은 육체가 소진된 듯이 느꼈을 뿐 아니라 (그때는 아니더라도 나중에는 늘 그렇게 느꼈다.) 이 육체적 피로에서 뭔가 다른 데서 생겨난 미약하나마 불쾌한 느낌을 받았다. 「어부와 아내」 이야기를 소리 내어 읽는 동안, 그 불쾌감이 어디에서 비롯된 것인지를 그녀가 정확히 알았던 것은 아니다. 또한 낭독을 멈추고 페이지를 넘기다가 무력하고 불길하게 부서지는 파도 소리를 들으며 그 불만스러운 감정의 근원을 깨달았을 때 그 감정을 말로 표현하지도 않았다. 즉 그녀는 단 한 순간도 자신이 남편보다 더 훌륭하다고 느끼고 싶지 않았고, 더욱이 남편과 이야기할 때 자신이 하는 말의 진실성을 완전히 자신하지 못하는 것을 견딜 수 없었다. 그를 원하는 대학들과 사람들, 강연과 저서 들, 이런 것들이 가장 중요하다는 사실을 그녀는 한순간도 의심하지 않았다. 그러나 그녀를 불안하게 했던 것은 그들의 관계, 누구라도 볼 수 있게 공공연히 남편이 그녀에게 그처럼 다가온다는 사실이었다. 그러면 사람들은 그가 그녀에게 의존한다고 말했으니까. 실은 그들 두 사람 가운데 그가 무한히 더 중요한 인물이고 그녀가 세상에 준 것은 그가 준 것과 비교해 볼 때 하찮기 그지없음을 사람들이 알아야 하는데 말이다. 그러나 또 다른 이유도 있었다. 그에게 진실을 말할 수 없다는 것. 예컨대 온실 지붕과 그것을 수리하는 데 들어갈 50파운드가량 되는 비용에 대해 걱정하면서도 말할 수 없다는 것, 그리고 그의 저서들에 대해 최근에 출판된 건 그가 가장 잘 쓴 책이 결코 아니라는 일말의 의혹(그녀는 윌리엄 뱅크스의 말에서 그렇게 짐작했다.)을 그가 의식하리라고 염려하면서도 말할 수 없다는 것이었다. 또한 일상의 사소한 일들을 남편에게 숨겼고, 그런 사실을 아는 아이들에게 부담을 지웠다는 것, 이 모든 것들로 인해서 두 음조가 함께 소리를 낼 때의 완전한 기쁨, 순수한 기쁨이 사그라졌고, 그 소리는 이제 그녀의 귓전에서 음울하고 단조롭게 사라져 갔다.

책 위에 그림자가 드리웠다. 그녀는 위를 올려다보았다. 오거스터스 카마이클 씨가 발을 끌며 지나가고 있었다. 바로 지금, 고통스럽게도 인간관계의 불완전함, 가장 완벽한 관계에도 흠이 있다는 사실을 깨닫고, 남편을 사랑하면서도 진실에 대한 본능적 갈구 탓에 진실을 직시하려 하지만 견딜 수 없던 바로 그 순간에, 고통스럽게도 자신의 무가치함이 입증되었다고 느끼고 이런저런 거짓과 과장 탓에 자신에게 주어진 역할을 하지 못했다고 느끼는 순간에, 고양된 기분의 여파로 이처럼 비참하게 초조해진 바로 이 순간에, 카마이클 씨는 노란 슬리퍼를 신고 발을 질질 끌며 지나가고 있었고, 내면의 어떤 악마적 충동으로 그녀는 지나가는 그를 소리쳐 부를 수밖에 없었다.

"안으로 들어가세요, 카마이클 씨?"

8

그는 아무 말도 하지 않았다. 그는 아편 중독자였다. 아이들은 그의 턱수염이 아편 때문에 노랗게 물들었다고 말했다. 어쩌면 그럴 것이다. 그녀에게 분명한 사실은 그 가엾은 사람이 불행하고, 해마다 피난처 삼아 그들 집에 온다는 것이었다. 하지만 해마다 그녀는 그가 그녀를 신뢰하지 않는다는 느낌을 받았다. "마을에 가는 길이에요. 우표나 편지지, 담배를 사다 드릴까요?"라고 말할 때마다 그가 움츠리는 것을 느꼈다. 그는 그녀를 믿지 않았다. 그의 아내 탓이었다. 그녀는 그의 아내가 그를 악랄하게 대했던 것을 기억했다. 그 가증스러운 여자가 그를 집 밖으로 쫓아내는 것을 직접 두 눈으로 보았을 때, 세인트존스우드[29]의 그 불쾌한 작은 방에서 그 여자는

---

29) 런던 북서쪽 주거 지역. 비교적 비싸지 않고 매력적인 집들이 늘어서 있

강철처럼 냉혹하고 완강하게 변했었다. 그는 칠칠치 못했다. 옷에 뭔가를 잘 떨어뜨렸다. 세상에 할 일이 전혀 없는 노인네처럼 지루하게 굴었다. 그리고 그 여자는 그를 방에서 쫓아냈다. "이제, 램지 부인과 둘이서만 잠깐 이야기하고 싶어요."라고 그 여자가 밉살스럽게 말했고, 램지 부인은 그의 생활에서 벌어졌을 숱한 불행을 눈앞에서 일어나는 듯 생생히 볼 수 있었다. 그에게 담배를 살 돈이 있었을까? 돈을 달라고 그녀에게 구걸해야 했을까? 반 크라운을? 18페니를? 아, 그 아내 때문에 그가 겪었을 사소한 모욕들을 생각하면 그녀는 참을 수 없었다. 그리고 언제나 그렇듯이 지금(어쩌면 그 여자 때문이리라는 것 외에는 다른 이유를 짐작할 수 없었다.) 그는 램지 부인 앞에서 몸을 사렸다. 그는 그녀에게 절대로 말을 건네지 않았다. 그러나 그녀가 무엇을 더 할 수 있겠는가? 그에게 햇볕이 잘 드는 방을 주었다. 아이들은 그에게 친절하게 굴었다. 그를 반기지 않는다는 기색을 드러낸 적이 한 번도 없었다. 실은 더욱 다정하게 대했다. 우표가 필요하세요? 담배가 필요하세요? 당신이 좋아할 만한 책이 있어요. 등등. 그리고 어쨌든(이런 경우는 드물지만, 이 부분에서 자신의 아름다움이 의식되자, 그녀는 자기도 모르게 몸을 움츠렸다.) 그녀는 사람들이 자기를 좋아하게 만드는 데 대체로 어려움이 없었다. 예를 들어 조지 매닝이나 윌러스 씨 같은 유명한 사람들도 저녁녘에 조용히 그녀

___

으며 런던 시내와 가깝고 공기가 깨끗하기 때문에 예술가, 작가, 철학자, 과학자 들이 주로 거주했다.

를 찾아와서 난롯가에 앉아 그녀와 이야기를 나누곤 했다. 자신에게 미모의 횃불이 있음을 그녀는 깨닫지 않을 수 없었다. 그녀는 어느 방에 들어서든지 그 횃불을 꼿꼿이 들고 다녔다. 결국 그녀가 횃불을 베일로 덮고 단조로운 자세를 벗어나려 해도, 그녀의 아름다움은 또렷이 드러났다. 그녀는 늘 흠모를 받아 왔다. 그녀는 사랑을 받아 왔다. 애도하는 사람들이 앉아 있는 방에 들어서면 사람들이 그녀 앞에서 눈물을 흘렸고, 남자들과 여자들 모두 복잡다단한 사정을 더 이상 생각하지 않고 그녀와 함께 소박한 위안을 나누었다. 카마이클 씨가 몸을 움츠리는 것에 그녀는 마음이 상했다. 그것에 상처를 받았다. 하지만 떳떳하지도 않았고 정당하지도 않았다. 남편에 대한 불만스러운 마음 외에 덧붙여 그녀가 우려한 것은 바로 이것이었다. 즉 카마이클 씨가 겨드랑이에 책을 끼고는 노란 슬리퍼를 신고 발을 질질 끌며 그녀의 물음에 그저 고개를 끄덕이면서 지나갈 때 그녀가 받았던 느낌, 즉 그가 자신을 의심하며, 베풀어 주고 도와주려는 자신의 모든 욕구가 허영심에 불과하다는 느낌이 신경에 쓰였다. 그녀가 그렇게 본능적으로 도와주고 베풀어 주려던 것은 오로지 자기만족을 위해서였을까? 사람들이 자신에 대해서 "아, 램지 부인! 친애하는 램지 부인…… 아무렴 램지 부인이지요!"라고 말하고, 자신을 필요로 하고, 자신을 불러오게 하고, 자신을 흠모하게 하려고? 그녀는 속으로는 바로 이런 것을 바랐을까? 그래서 카마이클 씨가 지금 그랬듯이 그녀에게서 몸을 사리면서 방해받지 않고 글자 퀴즈를 풀 수 있는 구석으로 달아났을 때, 그녀는 그저 자신의 본능이 냉대를 받았다고 느낀 게 아니라, 자신의 어떤 치졸한 부분을 의식하고, 인간관계에 어떤 결함이 있는지, 얼마나 비열한 것인지, 얼마나 이기적인 것인지를 돌아보지 않을 수 없었다. 이제 초라하고 초췌해져서, 어쩌면 (뺨이 폭 꺼지고 머리칼이 하얗게 세어) 사람들의 눈을 기쁨으로 채워 준 놀라운 미인이 더는 아니었으므로, 그녀는 「어부와 아내」에 마음을 쏟아 민감하기 이를 데 없는 아들 제임스(이 아이는 그녀의 자식들 중 누구보다도 민감했다.)의 마음을 달래 주어야겠다고 생각했다.

"어부는 마음이 무거워졌어요." 그녀는 소리 내어 읽었다. "그는 가고 싶지 않았지요. 그는 속으로 생각했어요. '그건 옳지 않아.' 하지만 그는 갔어요. 그가 바닷가에 닿았을 때 바닷물은 더 이상 녹색과 노란색이 아니라 짙은 보라색과 검푸른 잿빛으로 탁해져 있었어요. 그러나 여전히 고요했지요. 그는 거기 서서 말했어요……."

이 순간 램지 부인은 남편이 멈춰 서지 않기를 바랐을 것이다. 그는 왜 자기가 말했던 대로 크리켓 경기를 하는 아이들을 보러 가지 않았을까? 그러나 그는 아무 말도 하지 않았다. 그저 바라보고, 고개를 끄덕이고, 수긍하고, 계속 걸어갔다. 중단된 사색을 거듭거듭 되돌아보고 어떤 결론을 암시하던 눈앞의 산울타리를 바라보고, 아내와 아이를 바라보고, 마치 신속히 책을 읽으며 메모를 적어 두는 종잇조각인 양, 사고 과정이 기록된 이파리들을 장식처럼 매달고 있는 붉은 제라늄 꽃이 늘어진 항아리를 다시 바라보면서, 그는 매년 셰익스피어의 집을 방문하는 미국인 수에 관한《타임스》기사를 생각하고 그와 연관된 사색에 거침없이 빠져들었다. 셰익스피어가 존재하지 않았다면, 세상이 오늘날과 많이 달라졌을까? 그는 물었다. 문명의 진보는 위대한 사람들에게 달려 있는 걸까? 오늘날 평범한 사람들의 운명은 파라오의 시대보다 더 나아진 것일까? 하지만 평범한 인간의 운명이 과연 문명의 척도를 판가름하는 기준이 되고 있는 걸까? 그는 생각했다. 어쩌면 그렇지 않을 것이다. 어쩌면 최대 이익을 얻기 위해서는 노예 계층이 존재할 필요가 있을 것이다.[30] 지하철 승강기 운전사는 영원히 필요한 존재다. 혐오스러운 생각이었다. 그는 머리를 뒤로 젖혔다. 그런 사고를 피하기 위해서 그는 예술의 우월성을 무시하는 방법을 찾을 것이다. 그는 세상이 평범한 인간을 위해서 존재한다고, 예술은 고작해야 인간 삶의 표면을 장식하는 것에 불과하다고, 예술은 삶을 표현하지 않는다고 주장할 것이다. 또한 셰익스피어도 삶에 필요하지 않다. 그는 자신이 왜 셰익스피어를 얕보고 싶어 하는지, 왜 승강기 운전에 영원히 종사하는 사람을 구조하는 데 나서고 싶어 하는지를 정확히 알지 못한 채 산울타리에서 이파리 하나를 재빨리 땄다. 이 모든 것을 다음 달에 카디프 대학 젊은이들에게 그럴듯하게 들려주어야겠다고 그는 생각했다. 여기 자신의 테라스에서 그는, 어렸을 적부터 알아 온 시골의 오솔길과 들판

---

30) 블룸즈버리 그룹 일원이자 울프의 형부였던 클라이브 벨은 자신의 저서 『문명』(1928)에서 문화 창조를 위해 노예 계층이 필요하다고 주장했다.

들 사이를, 말 타고 편하게 지나가면서 장미를 한 다발 꺾으려고 혹은 견과류를 호주머니에 채우려고 손을 뻗치는 사람처럼(그는 조금 전에 딴 이파리를 언짢은 듯 내던져 버렸다.) 그저 이리저리 돌아다니고 있었다. 이 모퉁이, 저 돌계단, 들판을 가로지르는 지름길, 그 모두가 친숙했다. 몇 시간이고 이렇게 파이프를 들고 오랫동안 익숙했던 오솔길들과 공유지의 위아래와 안팎을 생각에 잠겨 거닐며 저녁나절을 보낼 것이다. 저기에는 한 전투의 역사가, 여기에는 한 정치가의 생애가 박혀 있고, 시들과 일화들, 또한 사상가나 군인 들의 흔적이 모두 활기차고 선명하게 도처에 남아 있었다. 그러나 마침내 그 오솔길과 들판, 공용지, 열매가 잔뜩 매달린 개암나무와 꽃이 핀 산울타리를 지나 더욱 굽은 길에 이르렀고, 그곳에 다다를 때면 그는 늘 말에서 내려 말을 나무에 묶어 놓고는 홀로 걸어서 나아갔다. 그는 풀밭 끝에 이르러 그 아래 펼쳐진 만을 내려다보았다.

그가 바랐든 그러지 않았든 간에, 바닷물이 서서히 잠식하고 있는 육지의 뾰족한 곳에 그처럼 나와서 고적한 바닷새처럼 홀로 서 있는 것은 그의 운명이자 그의 특성이었다. 없어도 좋은 것들을 별안간 모두 떨쳐 버리고, 작아져서 육체적으로도 더 헐벗고 빈약해진 느낌이었지만 본연의 강렬한 마음을 조금도 잃지 않는 것은 그의 능력이자 타고난 재능이었다. 그래서 자신의 작은 바위 턱에 서서 인간 무지의 심연을, 우리는 아무것도 모른다는 사실과 우리가 딛고 서 있는 땅이 바다에 잠식되고 있다는 사실을 직시하는 것은 그의 숙명이자 재능이었다. 말에서 내렸을 때 온갖 제스처와 겉치레, 견과와 장미의 트로피를 모두 던져 버리고 명성뿐 아니라 자기 이름도 기억하지 못할 정도로 오그라들었지만, 그는 그 폐허 속에서도 어떤 망상도 허용하지 않고 어떤 환상에도 빠져들지 않으며 경계심을 유지했다. 바로 이러한 습성 덕분에 그는 (이따금) 윌리엄 뱅크스에게, (그를 추종하는) 찰스 탠슬리에게, 그리고 지금 고개를 들어 풀밭 끝에 서 있는 그를 바라보는 아내에게 심심한 존경과 연민, 감사하는 마음을 불러일으켰다. 갈매기가 내려앉고 파도가 부딪치는 밀물 바닥에 박혀 있는 말뚝이 홀로 해협을 표시해 주는 소임을 다할 때 배에 탄 흥겨운 무리에게 고마운 감정을 일으키듯이.

"그러나 자식을 여덟이나 둔 아버지는 어쩔 수 없지……." 반쯤 소리 내어 중얼거리다가 그는 말을 멈추고 몸을 돌려 한숨을 쉬고는, 눈을 들어 어린 아들에게 이야기를 읽어 주고 있는 아내의 모습을 찾았고, 파이프를 채웠다. 그는 인간의 무지와 운명을 드러내는 광경과 우리가 딛고 서 있는 땅을 잠식하는 바다, 골똘히 사색할 수 있었더라면 결론에 이를 수도 있었을 어떤 것에서 몸을 돌렸고, 사소한 것들에서 위안을 찾았다. 이것들은 조금 전에 자기 앞에 놓였던 엄숙한 주제들과 비교할 때 너무나 하찮은 것들이라서, 비참한 세상에서 행복을 잡는 것이 정직한 사람에게는 가장 경멸할 만한 범죄라도 되는 듯이, 그 위안을 깎아내리고 비난하려는 마음을 느꼈다. 그것은 사실이었다. 그는 대체로 행복했다. 그에게는 아내가 있었고, 아이들이 있었다. 그는 육 주 후에 카디프 대학 젊은이들에게 로크, 흄, 버클리,[31] 그리고 프랑스 혁명의 원인에 대해 "허튼소리"를 늘어놓기로 약속했었다. 그러나 이런 일들과 이 일들에서 그가 느낀 기쁨, 자신이 만들어 낸 문구들이나 젊음의 열정, 아내의 아름다움, 그리고 스완지와 카디프, 엑시터, 사우샘프턴, 키더민스터, 옥스퍼드, 케임브리지 대학이 그에게 보낸 찬사에서 그가 느낀 기쁨들, 이 모든 것을 하찮게 여기고 "허튼소리"라는 말 속에 숨겨야 했다. 실은 그가 할 수도 있었을 일을 하지 않았기 때문이다. 이 말은 위장이었다. 이 말은 자신의 감정을 고백하기 두려워하는 남자, 이게 내가 좋아하는 것이오, 이게 바로 내 본모습이오 하고 말할 수 없는 남자의 도피처였다. 윌리엄 뱅크스와 릴리 브리스코에게는 그 모습이 다소 가련하고도 혐오스럽게 보였다. 왜 그렇게 숨길 필요가 있는지, 왜 그는 늘 찬사를 받으려 하는지, 사고에 있어서는 그렇게나 용감한 사람이 왜 실생활에 있어서는 소심한지, 존경을 받을 만한 동시에 비웃음을 살 수 있다니 얼마나 기이한 일인가. 그들은 의아하게 생각했다.

가르치고 설교하는 일은 인간의 능력을 넘어선다고 생각해요. 릴리가 말했다.(그녀는 자기 물건들을 치우고 있었다.) 높이 올라선 인간은 어떻든 곤두박질치기 마련이지요. 램지 부인

---

31) 존 로크는 영국 경험주의 철학의 수립자로 『인간 오성에 관한 에세이』(1690)를 썼다. 스코틀랜드의 철학자 데이비드 흄은 『인간의 오성에 관한 탐구』(1748)에서 로크의 이론을 발전시켰다. 조지 버클리 주교는 사물이 인지와 별도로 존재할 수 없다고 주장했다. 레슬리 스티븐은 『18세기 영국 사상사』(1876)에서 이 세 철학자의 저서를 논의했다.

은 램지 씨가 바라는 것을 너무 선선히 주었어요. 그러니 변화를 겪는 것이 램지 씨에게는 무척 혼란스러울 거예요. 릴리가 말했다. 그가 책을 보다가 우리가 있는 방에 들어와 보면 우리는 모두 놀면서 터무니없는 얘기나 하고 있겠지요. 그가 심사숙고하던 주제들과 얼마나 동떨어진 것일지 상상해 보세요. 그녀가 말했다.

그는 그들을 향해 다가오고 있었다. 그러다 갑자기 걸음을 멈추고 말없이 바다를 바라보았다. 그러더니 그는 다시 몸을 돌려 가 버렸다.

9

그렇소, 뱅크스 씨는 그가 걸어가는 것을 지켜보며 말했다. 유감스럽기 짝이 없는 일이지요.(릴리는 램지 씨 때문에 흠칫 놀랐다고 말했다. 그의 기분이 너무나 돌발적으로 변하곤 한다고.) 그래요, 램지가 다른 사람들처럼 행동할 수 없는 것은 매우 유감스러운 일이에요. 뱅크스가 말했다.(그는 릴리 브리스코를 좋아했기에, 램지에 대해서 그녀에게 솔직히 터놓고 말할 수 있었다.) 바로 그런 이유 때문에 요즘 젊은이들이 칼라일[32]을 읽지 않는 겁니다. 그가 말했다. 죽이 식으면 화를 내던 심술궂은 늙은 불평가의 설교를 우리가 왜 들어야 한다는 말입니까? 내가 이해하기로는, 오늘날 젊은이들은 바로 이렇게 말해요. 뱅크스

32) 토머스 칼라일은 스코틀랜드 출신 역사학자이자 문인으로 빅토리아 시대에 큰 영향력을 미쳤으며, 울프는 그를 자신의 아버지와 종종 연관해서 언급했다.

씨가 말했다. 램지처럼 당신도 칼라일이 인류의 위대한 스승들 가운데 하나라고 생각한다면 그런 현상은 매우 유감스러운 일이지요. 릴리는 부끄럽지만 학교를 나온 이래로 칼라일을 읽어 본 적이 한 번도 없다고 말했다. 하지만 제 생각에, 램지 씨는 자기 새끼손가락이 아프면 온 세상이 종말에 이르게 될 거라고 생각하는 사람이기 때문에 그를 더 좋아하는 것 같아요. 제가 염려하는 것은 그 점이 아니에요. 그에게 속을 사람이 어디 있겠어요? 그는 자기를 치켜세워 달라고, 자기를 칭찬해 달라고 노골적으로 요구하고, 그의 사소한 속임수에 아무도 속지 않아요. 제가 싫어하는 것은 그의 편협함, 그의 맹목성이에요. 그녀는 램지 씨의 뒷모습을 바라보며 말했다.

"약간 위선적이라고 할까요?" 뱅크스 씨 역시 램지 씨의 등을 바라보면서 말했다. 그는 자신의 우정과, 캠이 자기에게 꽃을 주지 않았던 일, 램지의 모든 자녀들, 안락하기는 하지만 아내가 죽은 후로 적막해진 자기 집을 생각하고 있지 않았던가? 물론, 그에게는 자기만의 연구가 있었다. ……그래도 그는 램지가 자기 말대로 "약간 위선적"이라는 데 릴리가 동의해 주기를 다소 바랐다.

릴리 브리스코는 계속 붓들을 정리하면서 올려다보거나 내려다보았다. 고개를 들었을 때 저기 램지 씨가 있었다. 그는 아무것도 의식하지 못한 듯 초연하고 당당한 걸음으로 태평하게 그들 쪽으로 다가오고 있었다. 약간 위선적이라고요? 그녀는 되풀이했다. 아, 아뇨. 누구보다도 성실하고 진실하고(이제 그가 가까이 다가왔다.) 대단히 훌륭한 분이지요. 그러나 고개를 숙여 내려다보면서 그녀는 생각했다. 그는 자기 속에 빠져 있고, 독단적이며, 공정하지 않다고. 그러고는 일부러 계속 고개를 숙이고 있었다. 램지 가족과 함께 지내면서 그렇게 해야만 동요되지 않을 수 있었기에. 고개를 들어 바라보면, 그들에게는 '사랑에의 몰입'이라고 부를 수 있는 것이 넘쳐흐르고 있었다. 그들은 사랑의 눈으로만 볼 수 있는 세계, 비현실적이지만 깊이 파고드는 흥미진진한 우주의 일부가 되었다. 천국은 그들과 맞닿아 있었고, 새들은 그들을 통해서 노래했다. 더욱 흥미롭게도, 램지 씨가 다가갔다가 물러나고 램지 부인이 제임스와 창가에 앉아 있고 구름이 흘러가고 나뭇가지가 휘는 것을 보면서 릴리는, 삶이란 사람들이 제각기 겪는 사소한 사건들로 이루어졌지만, 물결과 더불어 사람을 들어 올렸다가 해안에 부딪혀 함께 내던져지는 파도처럼, 소용돌이치는 그 사건들이 전체를 이룬다는 것 또한 느꼈다.

뱅크스 씨는 그녀의 대답을 기대했다. 그래서 릴리는 램지 부인에 대해서 뭔가 비판적으로, 부인도 그녀 나름대로 위압적이라서 사람을 놀라게 한다든가 그런 말을 하려다가, 뱅크스 씨의 환희에 벅찬 표정을 보고는 할 말을 잃었다. 이제 예순이 된 그의 나이와 그의 청결하고도 담담한 태도, 그의 몸을 감싸고 있는 듯한 흰 가운을 고려하면, 그것은 환희였다. 그가 램지 부인을 응시하듯 바라보는 것은 환희였고, 이는 젊은이 수십 명의 사랑에 필적하는 것이라고(그리고 어쩌면 램지 부인도 젊은이 수십 명에게 사랑을 불러일으킨 적은 없었을 것이다.) 릴리는 느꼈다. 캔버스를 옮기는 척하면서 그녀는 그것이 사랑이라고, 순수하게 증류되고 여과된 사랑이라고 생각했다. 결코 그 대상을 사로잡으려 하지 않을 사랑이었다. 수학자들이 자기들의 기호에 대해 품는 사랑이나 시인들이 자신들의 시구에 품는 사랑처럼 온 세상에 퍼져 나가 인간을 향상하는 한 부분이 될 수 있는 사랑이었다. 진정 그러했다. 그 부인이 왜 그렇게 기쁨을 주었는지, 그녀가 아들에게 동화를 읽어 주는 광경이 왜 과학 문제를 풀었을 때와 똑같은 희열을 자신에게 주었는지를 뱅크스 씨가 말할 수 있었더라면, 그래서 그가 차분히 숙고해 보고 자신이 식물 소화 기관에 관해서 확고한 사실을 입증해 보였을 때처럼 야만성을 순화하고 혼돈의 지배를 억제한 듯이 느꼈다고 말할 수 있었더라면, 세계는 틀림없이 그 기쁨을 공유하게 되었을 것이다.

그런 환희(달리 어떤 이름으로 부를 수 있을 것인가?) 때문에 릴리 브리스코는 자기가 말하려던 것을 송두리째 잊어버렸다. 램지 부인에 대한 그리 중요하지 않은 이야기였다. 그 이야기는 이 "환희", 이 말 없는 응시 옆에서 무색해졌고, 그 응시에 대해 그녀는 깊이 고마워했다. 그녀에게 이 숭고한 힘, 이 절묘한 선물은 그 무엇보다도 큰 위안을 주었고, 삶의 당혹스러움을 덜어 주었으며, 기적처럼 삶의 무거운 짐을 들어 주었다. 그 응시가 지속되는 한 그것을 방해하지 않으리라. 바닥을 가로질러 수평으로 내려앉은 한 줄기 햇살을 끊고 싶지 않듯이.

사람들이 이렇게 사랑한다는 것, 뱅크스 씨가 램지 부인에 대해서 이렇게 느낀다는 것은(그녀는 생각에 잠긴 그를 흘끗 바라보았다.) 도움이 되었고 마음을 고양했다. 그녀는 일부러 낡은 천 조각에 붓을 하나씩 문질러 닦았다. 그녀는 모든 여자를 감싸는 그 경의에서 은신처를 구했다. 자신까지도 찬사를 받은 느낌이었다. 그가 응시하도록 둘 것이다. 그녀는 자기 그림을 좀 더 바라볼 것이다.

릴리는 눈물을 흘릴 수도 있었을 것이다. 그림은 엉망이었다. 형편없었다. 더할 나위 없이 형편없었다! 분명 다르게 그릴 수도 있었을 텐데. 색깔을 연하고 흐릿하게 칠할 수도, 형체를 알아볼 수 없게 표현할 수도 있었을 텐데. 폰스퍼트 씨라면 바로 그렇게 보았을 것이다. 하지만 그녀는 그렇게 보지 않았다. 그녀는 강철 골조 위에서 선명하게 타오르는 색깔을 보았고, 성당 아치 위에 앉은 나비의 날개 빛깔을 보았다. 그 모든 것들 중에서 캔버스에 되는대로 그어 놓은 흔적 몇 개만이 남아 있었다. 그리고 이 그림은 결코 남들이 보지 못할 것이다. 벽에 걸리는 일도 없을 것이다. 그리고 그녀의 귀에 이렇게 속삭이는 탠슬리 씨도 있었다. "여자들은 그림을 그릴 수 없어요. 여자들은 글을 쓸 수 없어요⋯⋯."

그제서야 램지 부인에 대해서 말하려던 것이 기억났다. 어떻게 표현했을지 모르지만, 비판적인 얘기였으리라. 그녀는 전날 밤 약간 위압적인 부인의 태도 때문에 화가 났다. 뱅크스 씨가 응시하는 시선을 따라가면서 그녀는 어떤 여자도 다른 여자를 그가 하는 식으로 숭배할 수는 없을 거라고 생각했다. 그들은 뱅크스 씨가 그들 두 사람의 머리 위에 펼쳐 놓은 그늘 밑에서 은신처를 찾을 수 있을 뿐이었다. 그의 빛나는 시선을 따라가면서 그녀는 그것에 자신의 다른 빛을 보탰고, (책 위로 고개를 숙이고 있는) 램지 부인이 의심의 여지 없이 가장 사랑스러운 사람이고 어쩌면 가장 좋은 사람이겠지만, 저기 보이는 완벽한 모습이 다는 아니라고 생각했다. 하지만 왜 다르고, 어떻게 다른 걸까? 그녀는 속으로 물으면서 이제 생명이 없는 흙덩어리처럼 보이는 푸른색과 녹색 물감 덩어리를 팔레트에서 모두 닦아 냈다. 하지만 내일 그것들에 생기를 불어넣어, 움직이고, 흐르고, 자신의 명령에 따르게 할 거라고 그녀는 다짐했다. 램지 부인은 어떻게 다른 걸까? 그녀 내면에 있는 정신, 그 본질은 무엇일까? 소파 구석에서 장갑 한 짝을 보았을 때, 그 비틀린 손가락 모양으로 보아 틀림없이 부인의 것이라고 알 수 있게 해 줄 그 본질은? 부인은 새처럼 민첩했고, 화살처럼 곧았다. 그녀는 외고집이었고, 지배하려 들었다.(물론 이건 부인과 여자들과의 관계에 한정된 것이고, 자신은 한참 어리며, 브롬프턴 로드에서 살아가는 보잘것없는 인간임을 릴리는 상기했다.) 그녀는 침실 창문을 열고, 문은 닫았다.(이렇게 램지 부인의 마음을 머릿속에 떠올려 보려고 릴리는 애썼다.) 부인은 밤늦게 침실 문을 가볍게 두드리고는 낡은 털 코트를 두른 채(그녀는 미모를 늘 그렇게 치장했는데 서둘러 걸쳤어도 잘 어울렸다.) 침실에 들어와서, 어떤 일이든(찰스 탠슬리가 우산을 잃어버린 것이나, 카마이클 씨가 발을 질질 끌며 코를 쿵쿵거리는 것, 뱅크스 씨가 "야채의 염분이 없어진다."라고 말한 것 등을) 재연하듯 이야기하곤 했다. 이 모든 것을 교묘히 표현하고 심술궂게 곡해하기도 했다. 창가로 걸어가서는 이제 돌아가려는 척하면서(새벽이 되어 해가 떠오르는 것을 그녀도 볼 수 있었으니까.) 반쯤 몸을 돌리고 더욱 친근한 목소리로, 하지만 계속 웃으면서 주장하곤 했다. 당신도 민타도 모두들 결혼해야 해요. 이 세상이 당신에게 어떤 월계관을 내려 주더라도(그러나 램지 부인은 릴리의 그림에 조금도 관심이 없었다.) 혹은 당신이 어떤 승리를 얻더라도(어쩌면 램지 부인은 자기 나름의 승리를 얻었을 것이다.) 말이에요. 이 부분에 이르고서 그녀는 슬프고 침울한 기분에 자기 의자로 돌아왔다. 이 점에 대해서는 의문의 여지가 없거든요. 결혼하지 않은 여자는,(그녀는 한순간 릴리의 손을 가볍게 잡았다.) 독신 여자는 인생에서 가장 좋은 것을 놓치는 거예요. 집 안은 잠자는 아이들과 귀를 기울이고 있는 램지 부인, 어두워진 불빛과 규칙적인 숨소리로 가득 찬 것 같았다.

아, 그렇지만 제게는 아버지와 집이 있어요. 릴리는 말하곤 했다. 감히 용기를 낼 수 있었다면, 그림도 있다고 말했을 것이다. 그러나 이런 말들은 다른 말에 견주어 볼 때 너무나 하찮고, 순진하기 짝이 없는 처녀의 말처럼 들렸다. 하지만 밤이 지나가고 흰빛이 스며들어 커튼을 갈라놓을 때, 심지어 새들이 깨어나 정원에서 지저귀기 시작했을 때, 그녀는 필사적으로 용기를 내어 주장했다. 저는 일반적인 관습에서 면제되어야 해요. 저는 혼자 있는 것을 좋아해요. 저는 있는 그대로의 저 자신이 좋아요. 저는 그런 일에 적합하지 않아요. 이렇게 말하고 나면, 비할 수 없이 깊은 두 눈의 진지한 시선을 받으면서 "사랑하는 릴리, 귀여운 브리스크는 바보."라는 램지 부인의 소박한 확신(그럴 때 부인은 어린애 같았다.)과 마주해야 했다.

그녀가 기억하기로는, 그때 자신은 램지 부인의 무릎을 베고 누워서 웃고, 웃고, 또 웃었다. 램지 부인이 전혀 이해하지도 못하면서 남들의 운명을 변함없이 침착하게 관장하려 든다는 생각에 거의 히스테리를 부리듯 웃었다. 부인은 소박하고 진지한 자세로 앉아 있었다. 그때 그녀는 램지 부인에 대한 한 가지 사실을 깨달았다. 바로 장갑의 비틀린 손가락이었다. 그러나 자신이 꿰뚫고 들어간 내밀한 성역은 과연 무엇이었을까? 이윽고 릴리 브리스코는 고개를 들어 올려다보았다. 램지 부인은 그녀가 왜 웃었는지를 전혀 이해하지 못한 채 여전히 관장하려 들고 있었다. 그러나 지금은 고집스러운 기색이 모두 사라지고, 구름이 걷히면서 마침내 드러난 청명한 공간, 달 옆에서 고요히 잠자고 있던 하늘의 작은 공간이 드러났다.

그것이 지혜였을까? 이해심이었을까? 아니면, 진실을 향해 절반쯤 나아간 곳에서 인간의 인식을 황금 그물에 빠뜨리는 아름다움의 기만이었을까? 혹은 릴리 브리스코가 확실히 믿는 것처럼, 세상이 계속 돌아가기 위해서 사람들이 틀림없이 품고 있을 어떤 비밀을 부인도 자기 가슴속에 가두어 둔 걸까? 사람들이 모두 자신처럼 허둥대며 근근이 벌어 먹고사는 것은 아니었다. 그러나 그들이 그 비밀을 안다면, 자신들이 아는 걸 말할 수 있을까? 바닥에 앉아서 램지 부인의 무릎을 두 팔로 되도록 꼭 감싸고는, 그렇게 꼭 끌어안는 이유를 램지 부인이 절대로 모를 거라 생각하고 미소를 지으면서 릴리는 상상했다. 이렇게 몸을 맞댄 그 여자의 정신과 심정의 방들에 왕의 무덤 속 보물들처럼 성스러운 비문이 적힌 석판들이 세워져 있다고. 판독할 수만 있다면 모든 것을 알 수 있겠지만, 그 석판들은 절대로 공개되지 않을 것이고, 절대로 공표되지 않을 것이다. 사랑이나 교활함이 이 내밀한 방들로 들어갈 수 있는 기술이 될까? 한 항아리에 부어 합쳐진 물처럼, 자신이 흠모하는 대상과 하나가 되고, 뗄 수 없는 동일한 것이 될 수 있는 묘안이 있을까? 몸이 그걸 이룰 수 있을까? 아니면 마음이 두뇌의 얽히고설킨 관들에 미묘하게 뒤섞여서 이룰 수 있을까? 아니면 애정이? 사람들이 사랑이라고 부르는 것이 자신과 램지 부인을 하나로 만들 수 있을까? 그녀가 바란 것은 이해심이 아니라 합일이었기에. 석판 위에 새겨진 비문이 아니고, 인간이 아는 언어로 기록될 수 있는 게 아니라, 친교 그 자체였기에. 바로 그것이 앎이라고 그녀는 머리를 램지 부인의 무릎에 묻고 생각했다.

그녀가 램지 부인의 무릎에 머리를 기댔을 때 아무 일도 일어나지 않았다. 전혀! 아무것도! 하지만 그녀는 이해심과 지혜가 램지 부인의 가슴에 축적되어 있음을 알았다. 그렇다면 사람들, 실로 굳게 닫힌 사람들에 대해서 이러저러한 것들을 어떻게 알 수 있을까? 그녀는 생각했었다. 촉각이나 미각으로는 감지할 수 없는 공기의 달콤하거나 강렬한 맛에 이끌리는 벌처럼, 바로 그렇게, 사람은 돔 모양 벌집[33]에 드나들고, 홀로

---

33) 이 부분에 이어 아랫부분에서 릴리는 뱅크스에게 램지 부인을 돔과 같이 장엄한 존재로 묘사하고 3부에서는 램지 부인과 과거를 이해하려고 노력하면서 커다란 성당에 들어가 망연히 회상한다. 울프는 에세이 「과거의 스케치」에서 자기 어머니를 "어린 시절이라는 커다란 성당의 한가운데에" 있는

광막한 공간을 방랑하며 세계 여러 나라들을 넘나들고, 그런 다음에 웅얼거리는 소리와 움직임으로 어수선한 벌집들, 사람들의 벌집들에 찾아들었다. 램지 부인이 자리에서 일어섰다. 릴리도 일어섰다. 램지 부인은 밖으로 나갔다. 어떤 꿈을 꾼 후에 자신이 꿈꿨던 사람에게서 미묘한 변화를 느끼듯이, 여러 날 동안 중얼거리는 소리가 부인의 어떤 말보다도 더 생생하게 부인 주위를 감돌았고, 거실 창가에 놓인 안락의자에 앉은 부인의 모습이 릴리 눈에는 돔과 같이 장엄하게 보였다.

그녀의 번뜩이는 눈빛은 뱅크스 씨의 시선과 나란히, 저기 제임스를 무릎에 앉히고 책을 읽어 주고 있는 램지 부인에게 곧바로 나아갔다. 그러나 그녀가 바라보는 동안, 뱅크스 씨는 시선을 거두었다. 그는 안경을 썼다. 뒤로 물러서서 손을 들어 올렸고, 맑고 푸른 눈을 가늘게 떴다. 그제야 릴리는 정신을 차렸고, 그가 무엇을 보고 있는지를 알아차리고는 자기를 때리려고 치켜든 손을 본 개처럼 몸을 움츠렸다. 그녀는 그림을 이젤에서 떼어 내고 싶었지만, 어쩔 수 없다고 속으로 말했다. 누군가 자기 그림을 바라본다는 끔찍한 시련을 견뎌 내기 위해서 마음을 굳게 먹었다. 그래야 해. 어쩔 수 없어. 그녀는 속으로 말했다. 그리고 이 그림을 누군가 봐야 한다면, 다른 사람보다는 뱅크스 씨가 보는 것이 덜 무시무시했다. 그러나 그녀가 삼십삼 년간 살아온 세월의 잔여물을, 그 나날들을 보내면서 그녀가 지금까지 말하거나 보여 주지 못했던, 내밀한 무

존재로 묘사했다.

엇과 혼합된 매일매일의 침전물을 다른 사람의 눈에 보이는 것은 지극히 고통스러운 일이었다. 동시에 견딜 수 없이 조마조마한 일이기도 했다.

　그보다 더 차분하고 조용한 반응은 있을 수 없었다. 뱅크스 씨는 주머니칼을 꺼내서 뼈로 만든 칼 손잡이로 캔버스를 톡톡 두드렸다. '바로 저기' 보라색 삼각형으로 나타내려는 게 무엇이오? 그가 물었다.

　제임스에게 책을 읽어 주는 램지 부인이에요. 그녀가 대답했다. 그녀는 그가 이의를 제기하리라는 것을 알았다. 어느 누구도 그것을 인간의 형체로 볼 수 없다는 것을. 하지만 저는 유사하게 그리려고 한 게 아니에요.[34] 그녀가 말했다. 그렇다면 무엇 때문에 그들을 그림에 넣었소? 그가 물었다. 실로 왜 그랬을까요? 저기, 저 구석이 밝다면 여기 이 부분에 어둠이 필요하다고 느낀 것 외에는. 단순하고 명백하며 진부한 설명이었지만, 뱅크스 씨는 흥미를 느꼈다. 그렇다면 모자상(어디서나 경의를 받는 대상이고, 이 경우에 어머니는 아름답기로 유명한 사람이었다.)이 보라색 그림자로 변형되어도 불경스러운 것은 아니라고 그는 생각했다.

　하지만 이건 그들을 그린 그림이 아니에요. 그녀가 말했다. 아니, 당신이 생각하는 의미에서는 아니에요. 다른 식으로도

---

34) 릴리가 그림에 접근하는 방식은 후기 인상파의 화법을 드러낸다. 울프의 친구였던 로저 프라이는 후기 인상파에 대해서 "그들은 형태를 모방하려 하지 않고, 형태를 창조하려 한다. 그들은 삶을 모방하려 하지 않고, 삶의 등가물을 발견하려 한다."라고 썼다.

그들에 대한 경의를 표할 수 있어요. 예컨대, 여기에 그림자를 드리우고 저기에 빛을 그려 넣으면서 말이죠. 제가 막연히 생각하듯 그림이 존경의 표현이어야 한다면, 제 존경은 그런 형태를 띠어요. 어머니와 아이를 그림자로 변형해도 불경스러운 일은 아니에요. 여기 있는 빛 때문에 저기에 그림자가 필요한 거죠. 그는 생각했다. 그는 흥미를 느꼈다. 그는 그 설명을 과학적으로, 온전히 호의적으로 받아들였다. 사실 내겐 전혀 반대되는 선입관들이 있었소. 그가 설명했다. 내 거실에 걸려 있는 가장 큰 그림은 화가들의 찬사를 받았고 내가 지불한 가격보다 훨씬 가치가 있다고 평가되는데, 케넷[35] 강둑의 꽃이 만발한 벚나무들을 그린 그림이라오. 나는 케넷 강둑에서 신혼 시절을 보냈소. 그가 말했다. 당신은 그 그림을 보러 와야 해요. 그러나 지금(그는 몸을 돌리고, 안경을 들어 올려서 그녀의 캔버스를 과학적으로 검토했다.) 문제는 덩어리들의 관계, 빛과 그림자의 관계인데, 솔직히 말해서 그런 문제를 예전에 생각해 본 적은 없으므로, 뭔가 설명을 들을 수 있으면 좋겠소. 당신이 그것으로 무엇을 이루고자 했는지 말이오. 이어서 그는 그들 앞에 펼쳐진 풍경을 가리켰다. 그녀는 바라보았다. 손에 붓을 들지 않고는 자신이 그것으로 무엇을 만들어 내려 했는지 그에게 보여 줄 수 없었고, 그녀 자신도 알 수 없었다. 그녀는 흐릿한 눈으로 멍하게 다시 그림을 그리듯이 자세를 취했고, 여자로서 자신이 받은 인상을 모두 억누르고 더 일반적

---

35) 월트셔를 관통하여 흐르는 강으로 템스 강에 합류한다.

인 인상에 관심을 쏟았다. 예전에는 명료하게 보였지만 지금은 산울타리와 집들 그리고 어머니들과 아이들 사이에서 더 듬어 찾아야 하는 그 환영(자신의 그림)의 힘을 다시 한 번 느껴 보려 했다. 이 오른쪽 덩어리를 왼쪽 덩어리와 연결하는 것이 문제였음을 그녀는 기억했다. 나뭇가지의 선을 이렇게 가로질러서, 혹은 전면의 빈 곳에 어떤 대상(어쩌면 제임스)을 넣어 공간을 나눔으로써 그렇게 할 수 있을 것이다. 그러나 그렇게 하면 전체의 통일성이 깨질지 모른다는 위험이 있었다. 그녀는 생각을 멈췄다. 그녀는 그를 지루하게 하고 싶지 않았다. 그녀는 캔버스를 이젤에서 가볍게 떼어 냈다.

하지만 이 그림을 다른 사람이 본 것이다. 그림은 이미 그녀에게서 떠난 것이다. 이 남자는 그녀와 깊은 교감을 나눈 것이다. 그것에 대해서 램지 씨에게 고마워하고, 그것과 그 시간과 그 장소에 대해서 램지 부인에게 고마워하고, 예상치 못했던 힘이 이 세상에 있음을 인정하면서, 그래서 그 긴 난간을 더는 혼자가 아니라 누군가와 팔짱을 끼고 걷게 되었다는 생각(그 무엇보다도 기묘하면서도 가장 활기를 북돋워 주는 감정)에 그녀는 그림물감 상자의 걸쇠를 필요 이상으로 단단히 맞추었다. 그 소리는 원을 그리며 퍼져 나가서 물감 상자와 잔디밭, 뱅크스 씨, 돌진하듯 지나간 거친 말괄량이 캠을 영원히 둘러싸는 것 같았다.

10

캠이 이젤을 스치듯이 지나갔다. 그 아이는 뱅크스 씨와 릴리 브리스코를 보고도 멈추려 들지 않았다. 자기에게도 딸이 있었더라면 좋아했을 뱅크스 씨가 손을 내밀었지만 말이다. 그녀는 자기 아버지 옆에서도 멈추지 않고, 스치듯이 지나갔다. 그 애가 달려갈 때 "캠, 잠시 이리 와 보렴!" 하고 어머니가 소리쳐 불러도 멈추지 않았다. 그녀는 새처럼, 총알처럼, 쏜살같이 달려갔다. 어떤 욕구에 이끌렸는지, 누가 쏘았는지, 어디를 향하고 있는지, 누가 알 수 있겠는가? 무엇 때문일까, 무슨 일이지? 램지 부인은 아이를 바라보며 생각했다. 조가비나 수레바퀴, 산울타리 너머 동화 속 왕국의 환영 때문일지도 모른다. 혹은 재빨리 달릴 수 있다고 우쭐해하는 것인지도 모른다. 누구도 알 수 없었다. 그러나 램지 부인이 두 번째로 "캠!" 하고 불렀을 때, 그 발사체는 가다가 떨어졌고, 캠은 이파리를 하나 잡아당기면서 꾸물꾸물 어머니에게 다가왔다.

아이가 자기 나름의 생각에 빠져 서 있는 것을 보고 램지 부인은 그 아이가 무엇에 대해 꿈꾸는지 궁금해했다. 부인은 앤드루와 도일 양과 레일리 씨가 돌아왔는지 밀드레드에게 물어보라는 말을 두 번이나 되풀이해야 했다. 그 단어들은 우물에 빠진 것 같았다. 맑은 우물물이지만 너무나 심하게 형체를 일그러뜨리기에, 그 말들이 떨어지는 사이에도 비틀리고 구부러져서 어린애 마음의 바닥에 누구도 알 수 없는 무늬를 만들리라는 것을 알 수 있었다. 캠이 요리사에게 뭐라고 전할까? 램지 부인은 불안했다. 실로 참을성 있게 기다리다가 부엌에서 뺨이 시뻘건 노파[36]가 그릇에 담긴 수프를 먹고 있다는 말을 듣고 나서야 마침내 램지 부인은 딸에게서 앵무새 같은 본능을 일깨웠고, 아이는 아주 정확히 주워 담았던 밀드레드의 말을 이제, 기다려 주기만 한다면, 무미건조하게 반복할 수 있었다. "아니, 돌아오지 않았대요. 그래서 엘런에게 차를 치우라고 말했대요."

그렇다면 민타 도일과 폴 레일리는 돌아오지 않은 것이다. 그 사실이 뜻하는 것은 오직 한 가지뿐이라고 램지 부인은 생각했다. 민타는 폴의 청혼을 받아들였거나 거절했을 것이다. 이처럼 점심 식사 후에 산책을 나갔다는 것이(앤드루가 함께 있다 하더라도) 무엇을 의미하겠는가? 바로, 민타가 그 훌륭한 젊은이를 받아들이기로, 올바른 결정을 내렸다는 뜻이라고 램

---

36) 2부에 등장하는 맥냅 부인으로 폐허가 된 램지 일가의 집 안을 정돈한다.

지 부인은 생각했다.(그리고 그녀는 민타를 몹시, 매우 좋아했다.) 그 젊은이가 탁월하지 않을지 모르지만. 그 순간 「어부와 아내」 이야기를 계속 읽어 달라고 제임스가 잡아당기는 것을 느끼면서 램지 부인은 자신이 속으로는 논문을 쓰는 머리 좋은 남자들, 예컨대 찰스 탠슬리보다 얼간이들을 무한히 더 좋아한다고 생각했다. 어떻든 그 일이 지금쯤은 이런 식으로든 다른 식으로든 결정 났음에 틀림없다.

그러나 그녀는 계속 읽었다. "다음 날 아침에는 아내가 먼저 깨었어요. 막 해가 뜰 무렵이었지요. 침대에서 그녀는 눈앞에 펼쳐진 아름다운 시골 풍경을 보았어요. 그녀의 남편은 아직도 기지개를 켜고 있었지요……."

그러나 이제 와서 민타가 어떻게 그를 받아들이지 않겠다고 말할 수 있겠는가? 그녀가 폴과 단둘이서(앤드루는 게를 잡으러 갔을 것이다. 하지만 어쩌면 낸시가 함께 있었을지도 모른다.) 오후 내내 시골을 배회하며 산책하기로 했다면 그럴 수 없을 것이다. 램지 부인은 그들이 점심 식사 후 현관에 서 있던 광경을 기억하려고 애썼다. 거기 서서 그들은 하늘을 쳐다보며 날씨가 어떨지 궁금해했고, 그녀는 약간은 그들의 수줍음을 덮어 주려고, 또 한편으로는 그들에게 밖으로 나가기를 권하려고 말했었다.(그녀는 폴의 마음에 공감하고 있었기에.)

"몇 킬로미터 이내에는 구름 한 점 보이지 않는군요." 그들을 따라서 밖으로 나왔던 왜소한 찰스 탠슬리가 그 말에 숨죽여 웃는 것을 그녀는 느낄 수 있었다. 하지만 그녀는 일부러 그렇게 말했다. 마음의 눈으로 이 사람, 저 사람을 돌아보았지만 낸시가 그 자리에 있었는지는 확실하지 않았다.

그녀는 계속 읽었다. "'아, 여보.' 그 남편이 말했어요. '우리가 왜 왕이 되어야 하오? 나는 왕이 되기를 바라지 않소.' '글쎄, 당신이 왕이 되지 않겠다면 내가 되겠어요. 넙치에게 가세요. 나는 왕이 될 거니까.' 그의 아내가 말했어요."

"들어오든지 나가든지 하려무나. 캠." 캠은 그저 '넙치'라는 단어에 끌렸을 뿐이고 이내 조바심을 내다가 평소처럼 제임스와 싸우리라는 것을 알기에 그녀가 말했다. 캠은 쏜살같이 달려 나갔다. 램지 부인은 마음이 놓여서 계속 읽어 갔다. 그녀와 제임스는 취향이 같았고 함께 있으면 편안했던 것이다.

"그리고 그가 바다에 닿았을 때, 바다는 완전히 짙은 잿빛이었고, 물은 밑에서부터 용솟음쳐 올랐으며 고약한 냄새를 풍겼어요. 그는 바닷가에 서서 말했어요.

'넙치야, 바닷속의 넙치야,

부탁이니, 여기 내게 와 다오.

내 아내, 착한 일자빌이,

내가 원하는 대로 하지 않으려는구나.'

'그래, 부인이 이제는 무엇을 원하나요?' 넙치가 말했어요." 그런데 그들은 지금 어디 있는 걸까? 램지 부인은 아주 편안하게 읽으면서 동시에 궁금해했다. 어부와 그 아내의 이야기는 이따금 솟아올라 아름다운 멜로디를 이루는 곡조를 부드럽게 떠받치는 저음부 같았다. 언제 그 이야기를 나눠야 할까? 만일 아무 일도 일어나지 않았다면, 민타에게 진지하게 그 이야기를 꺼내야 할 것이었다. 낸시가 그들과 함께 있었더라도(그녀는 다시 길을 따라 내려가는 그들의 뒷모습을 떠올려 보려고 애썼지만, 소용이 없었다.) 민타가 시골 여기저기를 마음대로 돌아다니게 내버려 둘 수는 없었다. 부인은 민타의 부모(올빼미와 부지깽이)에게 책임을 져야 했다. 책을 읽어 가는 도중에 자신이 그들에게 붙인 별명이 기억에 떠올랐다. 올빼미와 부지깽이, 그래, 그들은 민타가 램지 가족과 지내면서 여기저기에 모습을 드러냈다는 이야기를 들으면 불쾌하게 여길 것이고, 언젠가는 그런 소문을 듣게 될 것이다. "민타의 아버지는 하원 의원이 되어 가발을 썼고, 그 부인은 파티를 자주 열면서 유능하게 남편을 도왔어요." 그녀는 어떤 파티에서 돌아오는 길에 남편을 즐겁게 해 주려고 만들었던 구절 때문에 그들을 의식에 떠올리며 되풀이했다. 맙소사, 맙소사, 그들은 대체 어떻게 이처럼 어울리지 않는 딸을 낳았을까. 램지 부인은 속으로 말했다. 구멍 난 양말을 신는 이 말괄량이 민타를? 앵무새가 흩뿌린 모래를 하녀가 늘 쓰레받기에 담아 치워 버리고 화제라고는 거의 오로지 그 앵무새의 묘기에 대한(어쩌면 흥미롭겠지만 결국은 제한된) 얘기밖에 없는 그런 답답한 분위기에서 민타가 어떻게 살아왔을까? 당연히 그녀는 민타를 점심 식사와 다과회, 만찬에 초대했고, 마침내 핀레이[37]에서 함께 지내자고 초대했다. 이 초대 때문에 민타의 어머니, 올빼미와 약간 마찰이 있었고, 그래서 더 자주 방문했고, 더 많이 대화를 나눴고, 더 많은 모래가 쏟아졌고, 실로 결국에는 그녀

---

37) 스카이에 있는 여름 별장의 이름.

가 평생 써먹을 수 있을 만큼 앵무새에 대한 거짓말을 많이 늘어놓았다.(그날 밤 그 파티에서 돌아오면서 그녀는 남편에게 그렇게 말했다.) 하지만 민타가 왔다. ……그래, 민타가 왔다고 생각하면서 램지 부인은 이 뒤얽힌 생각에 박혀 있는 가시를 어렴풋이 느꼈고, 그 가시를 떼어 내려다가 그것이 무엇인지를 깨달았다. 어떤 여자가 예전에 "자기 딸의 애정을 훔쳐 간다." 라고 자신을 비난했던 것이다. 민타 어머니의 어떤 말에서 그녀는 그 비난을 다시 떠올렸다. 지배하고 싶어 하고, 간섭하고 싶어 하고, 사람들이 자기가 원하는 대로 하도록 만든다는 것. 이것이 자신에 대한 비난이었고, 그녀는 그 비난이 몹시 부당하다고 생각했다. 어떻게 해야 '그렇게' 보이지 않을 수 있을까? 어느 누구도 그녀가 남들에게 깊은 인상을 주려고 애쓴다는 비난은 할 수 없었다. 오히려 그녀는 자신의 초라한 행색에 부끄러웠던 적이 종종 있었다. 또한 그녀는 지배적이지도 않았고, 독단적이지도 않았다. 그 비난은 병원이나 하수 시설, 낙농장 관련 문제에 더 맞는 말이었다. 그런 일에 대해서는 열의를 느꼈고, 기회만 있었더라면 사람들의 목덜미를 붙잡아 끌고 가서 실정을 제대로 보라고 말하고 싶었을 테니까. 이 섬 전체에 병원이 한 군데도 없었다. 수치스러운 일이었다. 런던에서 집 문 앞에 배달되는 우유는 먼지 때문에 누렇게 변색되어 있었다. 그것은 불법 행위로 간주되어야 한다. 여기서 모범적인 낙농장과 병원, 이 두 가지를 그녀는 직접 운영해 보고 싶은 마음도 있었다. 하지만 어떻게? 이 많은 자식들을 데리고? 아이들이 좀 더 나이를 먹으면, 어쩌면 그때 시간이 날지도 모른다. 아이들이 모두 학교에 다니면.

아, 하지만 제임스가 하루라도 더 나이 먹는 것은 결코 바라지 않았고, 캠에 대해서도 마찬가지였다. 이 두 아이가 지금과 똑같이 장난꾸러기나 기쁨의 천사로 영원히 남아서, 다리가 긴 괴물로 커 가는 것을 보지 않는다면 좋을 텐데. 그 손실은 무엇으로도 보상할 수 없었다. 이제 제임스에게 "그리고 큰북과 트럼펫을 가지고 수많은 군인들이 몰려왔어요."라고 읽어 주고 어두워지는 아이의 눈빛을 보면서 그녀는 생각했다. 왜 아이들은 자라나면서 이 모든 것을 잃어야 할까? 제임스는 그녀의 자식들 가운데 가장 재능 있고 가장 예민했다. 하지만 다른 아이들도 모두 유망하다고 그녀는 생각했다. 프루는 다른 사람들에게 더없이 완벽한 천사였고, 요사이 특히 밤에 볼 때면 그 미모에 흠칫 놀랄 정도였다. 앤드루의 수학에 대한 재능은 심지어 남편도 특출하다고 인정했다. 그리고 낸시와 로저는 요즘 고삐 풀린 망아지처럼 온종일 시골을 뛰어다녔다. 로즈는 입이 좀 큰 편이지만 손재주가 놀라웠다. 아이들이 변장 놀이를 하면, 로즈가 옷뿐 아니라 모든 것을 만들었다. 로즈는 식탁을 차리고 꽃꽂이를 하고 무엇이든 매만지는 것을 제일 좋아했다. 재스퍼가 새를 사냥하는 것은 마음에 들지 않았지만, 그저 하나의 과정에 지나지 않았다. 아이들은 모두 여러 과정을 거쳤다. 아이들이 왜 그렇게 빨리 자라야 할까? 그녀는 제임스의 머리를 턱으로 누르면서 스스로에게 물었다. 아이들은 왜 학교에 다녀야 할까? 언제나 아기가 있으면 좋을 텐데. 그녀는 아기를 안고 다닐 때 가장 행복했다. 하고 싶다면, 그녀가 독단적이고, 지배적이고, 오만하다고 마음대로 말하라지. 그녀는 사람들 말에 개의치 않았다. 제임스의 머리칼에 입술을 대면서 그녀는 이 아이에게 이처럼 행복한 때가 다시 없을 거라고 생각했다. 하지만 자기가 그런 말을 하면 남편이 몹시 화낸다는 것을 기억하고는 자제했다. 그래도 그것은 사실이었다. 아이들은 앞으로 행복할 순간보다 지금이 훨씬 더 행복했다. 10펜스짜리 다기 세트를 받고 캠은 며칠간 행복해했었다. 아이들이 잠에서 깬 순간부터, 위층 마룻바닥에서 발을 구르고 환성을 지르는 소리가 들려왔다. 아이들은 소란을 떨면서 복도를 따라 내려왔다. 그러고 나서 문을 활짝 열어젖히고 아이들이 장미처럼 싱싱한 얼굴로 들어와서는, 아침 식사 후에 정찬 식당으로 들어가는 일이 판에 박힌 일과였음에도 의문의 여지 없이 굉장한 사건인 양 정신을 바짝 차리고 말똥말똥한 눈으로 쳐다보았다. 이렇게 하루 종일 한 가지가 끝나면 다른 일로 이어졌고, 마침내 그녀가 잘 자라고 말하려고 위층으로 올라가 보면 아이들은 벚나무와 나무딸기 덤불에 앉아 있는 새들처럼 간이침대에 옹기종기 모여서 사소한 것(주워들은 얘기나 정원에서 주운 것)에 대해 이야기를 계속 지어 내고 있었다. 그들에게는 각자 자기만의 사소한 보물이 있었다……. 그래서 그녀는 아래층으로 내려가서 남편에게 말했다. 아이들이 왜 자라야만 하고 그것을 모두 잃어야 할까요? 앞으로 애들이 이처럼 행복할 날은 다시 없을 거예요. 그러면 그는 화를 냈다. 왜 그렇게 삶을 비관적으로 보는 거요? 그가 말했다. 분별력 있는 태도가 아니오. 참 이상한 일이었지만, 남편이 침울하고 절망에 빠져 있는 일이 많아도 대체로는 자기보다 더 행복하고 더 낙관적인 것이 사실이라고 그녀는 믿었다. 어쩌면 바로 세상살이의 근심 걱정을 덜 접하기 때문일 것이다. 그는 늘 자기 연구로 돌아갈 수 있었다. 그가 질책했듯이, 그녀 자신이 "비관적"인 것은 아니었다. 다만 그녀는 삶에 대해서 생각했다. 그러면 작은 시간 조각들이 그녀가 살아온 오십 년 세월을 눈앞에 드러냈다. 삶이 그녀의 눈앞에 펼쳐졌다. 삶. 삶이라. 그녀는 생각했지만, 생각을 마무리 짓지 못했다. 그녀는 삶을 바라보았다. 아이들과도, 남편과도 나누지 않은 실재하는 어떤 것, 은밀한 어떤 것이 있음을 분명히 느꼈으니까. 한쪽 편에 놓인 그녀와 다른 쪽에 있는 삶 사이에서 일종의 거래가 진행되었고, 삶이 그녀를 이기려고 했듯이 그녀도 늘 삶을 극복하려고 안간힘을 써 왔다. 이따금 그녀는 (혼자 앉아 있을 때) 삶과 협상을 벌이기도 했다. 대단한 화해를 이룬 장면들이 있었음을 그녀는 기억했다. 그러나 대체로는, 무척 묘하게도, 그녀가 삶이라고 부른 이것이 무시무시하고, 적대적이며, 기회를 주기만 하면 재빨리 덤벼들 거라고 느꼈음을 인정하지 않을 수 없었다. 고통이나 죽음, 가난처럼 영원히 풀 수 없는 문제들도 있었다. 심지어 여기에도 암으로 죽어 가는 여자가 늘 있었다. 하지만 그녀는 아이들에게 말했었다. 너희들 모두 겪을 일이란다. 여덟 아이에게 그녀는 무자비하게도 그렇게 말했었다.(그리고 온실 수리에 필요한 비용은 50파운드였다.) 그렇기 때문에, 그들 앞에 무엇이 있는지(사랑과 야심, 비참한 곳에서 홀로 고통을 겪으리라는 것)를 알았기에 그녀는 종종 느끼곤 했다. 무엇 때문에 아이들이 자라나서 그 모든 것을 잃어야 할까? 그러다가 그녀는 삶에 맞서 칼을 휘두르며 허튼 생각이라고 말하기도 했다. 아이들은 더할 나위 없이 행복할 것이다. 그런데 이제 민타와 폴 레일리의 결혼을 주선하면서 그녀는 자신이 다시 삶을 다소 불행한 것으로 여긴다는 생각이 들었다. 자신의 협상에 대해서 어떻게 느끼든, 그녀 자신은 모두에게 일어날 필요가 없는 일들(그것들을 낱낱이 스스로에게 열거하지는 않았다.)을 경험했기 때문에. 그렇게 말하는 것이 마치 자신에게도 도피처가 되는 양, 그녀는 사람은 결혼해야 한다고, 사람은 자식을 두어야 한다고. 스스로 생각해도 너무 빨리, 말하게 되었던 것이다.

지난 한두 주일 동안의 자기 행동을 돌아보면서, 그리고 이제 스물네 살에 불과한 민타에게 마음을 정하도록 자신이 실제로 조금이라도 압력을 넣지 않았는지를 생각하면서, 그녀는 이 부분에서 자기가 잘못한 것이 아닌지를 속으로 물었다. 그녀는 불안했다. 자신도 그 점에 대해서 웃어넘기지 않았던가? 자신이 사람들에게 큰 영향력을 미친다는 것을 또 잊었단 말인가? 결혼에는, 아, 온갖 자질들이 필요했다.(온실 수리비는 50파운드가 될 것이다.) 단 한 가지 자질(그녀가 밝힐 필요는 없지만)은 반드시 있어야 했다. 그녀가 남편과 공유하는 것. 그들에게 그 자질이 있을까?

"그런 다음 그는 바지를 입고 미친 사람처럼 달려갔어요." 그녀는 읽었다. "그러나 밖에는 거대한 폭풍우가 휘몰아쳤고 바람이 너무 거세게 불어서 똑바로 서 있을 수도 없었어요. 집들과 나무들이 쓰러졌고, 산들이 흔들렸고, 바위들이 바닷속으로 굴러떨어졌고, 하늘은 깜깜했지요. 천둥과 번개가 치고, 바다에는 교회 탑과 산더미처럼 높고 검은 파도가 밀려왔고 그 꼭대기에 온통 흰 거품이 일었어요."

그녀는 책장을 넘겼다. 몇 줄밖에 남지 않았기에 제임스가 잠자리에 들 시간이 지났지만 이야기를 마저 끝낼 것이다. 저녁이 점점 깊어지고 있었다. 정원에 어린 빛이 그것을 알려 주었다. 꽃들이 하얗게 변하고 나뭇잎들에 잿빛이 감돌면서 그녀에게 불안감을 일깨웠다. 처음에는 왜 불안한지 알 수 없었지만, 곧 알 수 있었다. 폴과 민타와 앤드루가 아직 돌아오지 않은 것이다. 그녀는 현관문 앞 테라스에서 하늘을 올려다보며 서 있던 그 작은 무리를 다시 떠올렸다. 앤드루는 그물과 바구니를 들고 있었다. 그러니 앤드루는 게와 다른 것들을 잡으리라. 그러니 그는 바위에 기어올라 가리라. 밀물 때문에 돌아오는 길이 막힐지도 모른다. 혹은 절벽 위 좁은 길에 한 줄로 서서 돌아오다가 그들 중 하나가 미끄러질지도 모른다. 구르다가 바닥에 부딪힐지도 모른다. 날이 꽤 어두워지고 있었다.

그러나 그녀는 어조를 조금도 바꾸지 않으며 이야기를 끝냈고, 책을 닫고 제임스의 눈을 들여다보면서 마지막 말을 직접 만들어 낸 것인 양 덧붙였다. "그리고 그곳에서 그들은 지금도 살고 있답니다."

"이게 끝이란다." 이렇게 말하면서, 아이의 눈에서 그 이야기에 대한 흥미가 사라지며 다른 것이 대신 들어서고 있음을 보았다. 반사된 빛처럼 희끄무레하면서도 경이로운 것, 그 때문에 아이는 즉시 고개를 들고 바라보며 감탄했다. 고개를 돌려 그녀는 만을 가로질러 바라보았다. 아니나 다를까 거기에 등대의 불빛이 물결을 가로질러 처음 두 번은 짧게, 그리고 한 번은 길고 확고하게 규칙적으로 비치고 있었다. 불이 켜진 것이다.

곧 아이가 물을 것이다. "우리 등대에 가요?" 그리고 그녀가 말해야 할 것이다. "아니, 내일은 아니야. 아버지께서 아니라고 하신단다." 다행히도 밀드레드가 아이를 데리러 들어와서 수선을 떠는 바람에 정신이 딴 데로 쏠렸다. 그러나 밀드레드가 데리고 나갈 때도 아이는 여전히 어깨 너머로 돌아보았다. 아이가 내일 등대에 가지 않는 것에 대해 생각하고 있다고 그녀는 확신했다. 그리고 아이가 그것을 평생 잊지 않을 거라고 그녀는 생각했다.

11

그래, 아이들은 결코 잊지 않아. 그녀는 제임스가 잘라 놓은 것들(냉장고, 잔디 깎는 기계, 야회복을 입은 신사의 사진)을 그러모으며 생각했다. 그렇기 때문에, 우리가 어떤 말을 했는지, 어떤 행동을 했는지가 무척 중요하고, 아이들이 잠자리에 들고 난 후에야 안도감이 드는 것이다. 그제야 누구에 대해서도 생각할 필요가 없으니까. 그녀는 온전히 자기 자신일 수 있고, 홀로 있을 수 있었다. 이따금 필요하다고 느꼈던 건 바로 그것이었다. 생각에 잠기는 것. 글쎄, 생각에 잠기는 것도 아니었다. 말없이 있는 것. 홀로 있는 것. 모든 존재와 행위가 팽창하면서 반짝이고 시끌벅적하다가 흩어져 버린다. 그러면 사람은 엄숙함을 느끼며 오그라들어 본연의 자신이, 남들에게는 보이지 않는 쐐기 모양 어둠의 응어리가 된다. 그녀는 똑바로 앉아서 계속 뜨개질을 하고 있었지만 스스로를 그렇게 느꼈다. 밀착되어 있던 것들이 떨어져 나간 이 자아는 더없이 자유롭게 기이한 모험을 떠날 수 있었다. 삶이 잠시 침잠할 때, 경험의 영역은 무한히 넓어 보였다. 그리고 누구나 이처럼 무한한 원천을 늘 느끼는 법이라고 그녀는 생각했다. 그녀나 릴리, 오거스터스 카마이클, 모두들 제각기 자신의 환영, 자신을 알아볼 수 있게 해 주는 겉모습들이 유치할 따름이라고 느끼기 마련이다. 그 환영의 밑바닥은 온통 어둡고, 사방으로 퍼져 있으며, 포착할 수 없이 깊다. 그러나 이따금 표면으로 솟구치는 것이 남들에게 보이는 우리의 모습이다. 그녀의 지평은 끝이 없어 보였다. 그녀가 가 보지 못한 곳들이 모두 그 안에 담겨 있었다. 인도의 평원. 그녀는 로마의 한 성당에서 두터운 가죽 커튼을 밀어젖히는 자신을 느꼈다. 이 어둠의 웅어리는 누구도 볼 수 없기에 어디라도 갈 수 있었다. 사람들은 그걸 막을 수 없다고 생각하며 그녀는 의기양양해했다. 자유가 있고, 평화가 있었다. 무엇보다 반갑게도, 모든 것을 다 그러모아 확고한 기반 위에서 쉴 수 있었다. 경험 영역에 한정된(이 부분에서 그녀는 바늘로 솜씨 좋게 무언가를 완성했다.) 자신이 아니라, 어둠의 쐐기로서 휴식을 얻었다. 사사로운 일신(一身)을 떨쳐 내자, 조바심과 초조함, 동요가 떨어져 나갔다. 그리고 이 평화, 이 평온함, 이 영원함 속에 모든 것이 모일 때, 그녀의 입술에는 늘 삶에 대한 승리의 탄성이 솟구쳤다. 그리고 멈추어서 그녀는 밖을 내다보고 등대의 빛줄기, 세 번 중 가장 길고 견고한 마지막 광선을 바라보았다. 그것은 그녀의 광선이었다. 이 시각에 늘 이런 기분으로 그 빛들을 바라보고 있자면, 눈에 보이는 사물들 가운데 특히 한 가지에 밀착감을 느끼지 않을 수 없었던 것이다. 그래서 이 길고 확고한 광선은 그녀의 광선이 되었다. 종종 그녀는 앉아서, 일감을 들고 앉아서 바라보다가 마침내 자신이 바라보는 것(예컨대 그 빛)과 하나가 되었다. 그러면 그것은 그녀의 마음에서 잠자던 사소한 구절들(가령 "아이들은 잊지 않아. 아이들은 잊지 않아.")을 상기시켰고, 그녀는 그 말을 읊조리다가 다 끝날 거야, 다 끝날 거야라고 덧붙였다. 종말이 올 거야, 종말이 올 거야. 그러다가 갑자기 그녀가 덧붙였다. 우리는 주님의 손 안에 있는 존재들이야.[38]

그러나 그 즉시 그녀는 그런 말을 한 자신에게 화가 났다. 그 말을 누가 한 거지? 그녀는 아니었다. 함정에 빠져 의도치 않았던 말을 입에 올린 것이었다. 그녀는 뜨갯감 너머로 세 번째 광선을 바라보았다. 마치 자신의 눈이 자신의 눈을 마주 보고, 자기 혼자만이 자신의 마음과 가슴을 구석구석 살펴볼 수 있는 듯 파헤치며, 존재에 있는 그 거짓, 어떤 거짓이라도 정화하려는 것 같았다. 그녀는 그 빛을 칭송하면서 허영심 없이 자신을 칭송했다. 그녀는 그 빛처럼 준엄했고, 구석구석까지 파헤쳤고, 아름다웠으니까. 사람이 혼자 있으면 나무, 개울, 꽃 같은 사물이나 무생물에 감정이 쏠리고, 그것들이 자신을 표현한다고 느끼고, 그것들과 하나가 되었다고 느끼고, 그것들이 자신을 알며 어떤 의미에서는 바로 자기 자신이라고 느끼

---

38) 램지 부인은 「전도서」 2장 18절이나 「사무엘서」 24장 14절을 염두에 두었을 것이다.

고, 자신에 대해서 느끼듯이 그렇게(그녀는 그 길고 견고한 빛줄기를 바라보았다.) 설명할 수 없는 애정을 느끼는 건 참 묘한 일이라고 생각했다. 그녀는 바늘을 멈춘 채 바라보고 또 바라보았다. 거기 마음의 밑바닥에서, 존재의 호수에서, 안개가, 연인을 만나려는 신부(新婦)가 일어, 소용돌이치며 피어올랐다.

왜 "우리는 주님의 손 안에 있는 존재들이야."라고 말하게 되었을까? 그녀는 의아했다. 진실들 사이로 슬그머니 미끄러져 들어오는 위선에 화가 나고 불쾌했다. 그녀는 다시 뜨개질을 시작했다. 대체 어떤 주님이 이런 세상을 만들 수 있었을까? 그녀는 물었다. 이성이나 질서, 정의라고는 전혀 없고, 오직 고통과 죽음, 빈곤이 있을 뿐이라는 사실을 그녀는 마음속으로 늘 알고 있었다. 세상은 아무리 비열한 배반도 능히 저지를 수 있었다. 그녀는 그 사실도 알았다. 어떤 행복도 영원히 지속되지 않았다. 그녀는 그도 알았다. 그녀는 약간 입술을 오므린 채 확고하고 침착한 태도로 뜨개질을 계속했고, 의식하지 못했지만 습관적인 엄격한 표정으로 얼굴 주름을 너무나 뚜렷이 만들었다. 그래서 지나가던 그녀의 남편은 철학자 흄이 지나치게 비대해져서 늪에 빠져 꼼짝달싹할 수 없었다는[39] 생각을 하며 낄낄 웃었지만, 지나치는 순간 그녀의 아름다움의 중심에 있는 엄숙함을 주목하지 않을 수 없었다. 그 때문에 그는 슬퍼졌고, 그녀의 초연함에 고통을 느꼈다. 그녀 옆을 지

---

39) 레슬리 스티븐은 『영국 전기 사전』(1891)에서 흄이 수렁에 빠졌던 일화를 기록했다.

나치면서 그는 자신이 그녀를 보호할 수 없다고 느꼈고, 산울타리에 닿았을 때는 슬픔을 느꼈다. 그녀를 돕기 위해서 할 수 있는 일이 아무것도 없었다. 그저 옆에 서서 그녀를 지켜보는 수밖에 없었다. 사실 고통스럽기 짝이 없는 끔찍한 진실은, 바로 자신이 그녀를 더욱 고약한 상황에 빠뜨렸다는 것이었다. 그는 화를 잘 냈고, 성미가 까다로웠다. 등대에 가자는 이야기에 화를 버럭 냈었다. 그는 산울타리 속을, 그 복잡한 얽히고설킴을, 그 어둠을 들여다보았다.

사람은 늘 이러저러한 사소한 것들, 어떤 소리나 어떤 광경을 포착함으로써 마지못해 스스로 고독에서 벗어나게 된다고 램지 부인은 늘 느꼈다. 그녀는 귀를 기울였지만 사방은 온통 정적에 잠겨 있었다. 크리켓 게임이 끝났고 아이들은 목욕을 하고 있었다. 들리는 것은 파도 소리뿐이었다. 그녀는 뜨개질을 멈추고 긴 적갈색 양말을 잡고 늘어뜨린 채 잠시 가만히 있었다. 그녀는 다시 빛줄기를 보았다. 정신을 차리고 바라보면 대상과의 관계가 달라지므로, 그녀는 자조적인 의문을 품고 확고한 빛을 바라보았다. 너무나 그녀이면서도 너무나 그녀가 아닌, 무자비하고 냉엄한 빛은 손짓하고 소리 내어 부름으로써 그녀를 사로잡았다.(한밤중에 깨어나면 침대를 가로질러 굽어서는 바닥을 어루만지는 그 빛을 보았다.) 그러나 그녀가 어떤 생각을 했든지 간에, 그 빛줄기가 은빛 손가락으로 자기 뇌의 닫힌 관을 어루만지듯이, 그 관이 터지면 즐거움이 밀려들기라도 할 듯이 매료되어 최면에 걸린 것처럼 빛줄기를 바라보면서, 그녀는 행복, 절묘한 행복, 강렬한 행복을 경험했다. 빛줄기는 햇빛이 사라지면서 거친 파도를 더 밝은 은빛으로 물들였다. 바다의 푸른빛이 사라지면 그 빛줄기는 굽이치면서 솟아오르고 해안에 와서 부서진 맑은 레몬빛 파도에서 뒹굴었다. 그러면 그녀의 눈에서 희열이 터져 나오고, 순수한 기쁨의 물결이 그녀 마음의 밑바닥에서 전속력으로 퍼져 나갔고, 그녀는 느꼈다. 이걸로 족해! 더 바랄 게 없어!

그는 몸을 돌리고 그녀를 보았다. 아! 그녀는 아름다웠고, 지금은 전보다 더 아름답다고 그는 생각했다. 그러나 그는 그녀에게 말을 걸 수 없었다. 그녀를 방해할 수 없었다. 제임스가 없고 마침내 그녀가 혼자 있었기에 말을 걸고 싶은 마음이 간절했다. 그러나 그렇게 하지 않겠다고 결심했다. 그녀를 방해하지 않을 것이다. 그녀는 지금 그에게서 멀리 떨어져서 자신의 아름다움, 자신의 슬픔에 잠겨 있었다. 그녀를 그냥 내버려 둘 것이다. 그녀가 그렇게 멀리 떨어져 있는 듯 보여서 그녀에게 닿을 수 없고 그녀를 돕기 위해서 아무것도 할 수 없기에 마음이 아팠지만, 그는 아무 말 없이 그녀 옆을 지나갔다. 그는 또다시 아무 말도 없이 그녀를 지나치려고 했다. 바로 그 순간 그가 결코 요청하지 않으리라고 짐작한 그녀가 자발적으로 그에게 다가가지 않았더라면. 그를 부르고 액자에서 녹색 숄을 떼어 내어 어깨에 두르고 그에게 걸어가지 않았더라면. 그가 자신을 보호해 주고 싶어 한다는 것을 그녀는 알고 있었던 것이다.

12

그녀는 녹색 숄로 어깨를 감쌌다. 그녀는 그의 팔짱을 끼고, 즉시 정원사 케네디에 대해서 이야기를 시작했다. 그의 아름 다움은 대단해요. 무척 잘생긴 사람이라서 그를 해고할 수 없 어요. 온실 지붕을 수리하기 시작했으므로 온실에 사다리가 걸쳐져 있고 작은 접합제 덩어리들이 주위에 놓여 있었다. 하 지만 남편과 함께 주위를 거닐면서 그녀는 그래, 특별한 걱정 거리가 바로 그거였군 하고 느꼈다. 산책을 하는 동안 "그 공 사에 50파운드가 들 거예요."라는 말이 혀끝에서 뱅뱅 돌았지 만, 돈 이야기를 꺼낼 용기가 나지 않았기에 대신 재스퍼가 새 를 사냥한다고 말했다. 그는 즉시 그녀를 위로하면서 사내애 에게 자연스러운 일이고 오래지 않아 그 아이가 더 좋은 놀이 를 찾으리라 믿는다고 말했다. 남편은 너무나 분별력이 있고, 너무나 공정한 사람이었다. 그래서 그녀는 말했다. "그래요.

애들은 모두 여러 과정을 거치면서 클 거예요." 그러고는 달리아가 심긴 큰 화단을 보면서 이듬해에 어떤 꽃을 심을지 생각했고, 아이들이 찰스 탠슬리에게 붙인 별명을 들어 보았는지 그에게 물었다. 아이들이 그를 무신론자, 꼬마 무신론자라고 불러요. "그를 세련된 무신론자의 본보기라고 할 수는 없겠지."라고 램지 씨가 말했다. "결코 아니지요."라고 램지 부인이 말했다.

그를 자기 마음대로 하도록 내버려 두는 것이 좋다고 생각해요. 램지 부인은 말했고, 알뿌리들을 보낸 것이 소용이 있었는지 궁금해했다. 그 알뿌리를 심었을까? "아, 그는 논문을 써야 하오." 램지 씨가 말했다. 그 점에 대해서는 모두들 알아요. 램지 부인이 말했다. 그는 오로지 논문 이야기뿐이니까. 그 논문이 누군가가 무엇에 미친 영향에 관한 것이었던가. "그래, 그가 믿을 것은 그 논문뿐이오." 램지 씨가 말했다. "제발 그가 프루를 사랑하게 되지 않기를 바라요." 램지 부인이 말했다. 만일 프루가 그와 결혼한다면 그 애와 의절하겠다고, 램지 씨가 말했다. 그는 아내가 보고 있는 꽃들을 보지 않고 그보다 약 30센티미터 위쪽의 어딘가를 바라보았다. 탠슬리가 해를 끼칠 사람은 아니오. 그는 이렇게 덧붙이면서, 어떻든 탠슬리는 영국에서 자신의 저서에 탄복하는 유일한 젊은이라고 말하려다가 그 말을 억눌렀다. 자기 저서들에 관한 얘기로 다시 아내를 성가시게 하지 않을 작정이었다. 이 꽃들은 훌륭하게 보이는군. 그는 눈길을 내려 붉은색과 갈색이 도는 것을 알아차리면서 말했다. 그래요, 내가 직접 심은 거예요. 램지 부인이 말했다. 문제는 내가 보낸 알뿌리들이 어떻게 되었는가예요. 케네디가 그것들을 심었을까요? 그 사람의 게으름은 구제불능이거든요. 그녀는 계속 걸어가면서 덧붙였다. 내가 삽을 손에 들고 온종일 감독해야, 이따금 그는 한소끔 일을 하거든요. 그렇게 어슬렁거리면서 그들은 작열하는 트리토마 쪽으로 다가갔다. "당신은 딸들에게 과장하는 말버릇을 심어 주고 있소."라고 램지 씨가 아내를 타이르며 말했다. 카밀라 숙모는 자신보다 훨씬 더 심했다고 램지 부인이 대답했다. "내가 알기로는 어느 누구도 당신 숙모 카밀라를 미덕의 본보기로 여기지 않았소."라고 램지 씨가 말했다. "숙모님은 내가 지금까지 본 누구보다도 아름다운 분이었어요."라고 램지 부인이 말했다. "가장 아름다운 여자는 다른 사람이오."라고 램지 씨가 말했다. 프루는 자신보다 훨씬 더 아름다워질 거라고 램지 부인이 말했다. 자신은 그런 기미를 전혀 알아차리지 못했다고 램지 씨가 말했다. "글쎄, 그렇다면 오늘 밤에 보세요."라고 램지 부인이 말했다. 그들은 걸음을 멈췄다. 그는 앤드루가 더 열심히 공부하려고 마음먹기를 바랐다. 그렇게 하지 않으면 장학금[40] 받을 기회를 놓칠 것이다. "아, 장학금!" 그녀가 말했다. 램지 씨는 장학금처럼 중요한 문제를 그녀가 그런 식으로 말하다니 어리석다고 생각했다. 그는 앤드루가 장학금을 받으면 매우 자랑스러울 거라고 말했다. 그녀는 그가 장학금을 받지 못해도 똑같이 자랑스러울 거라고 대답했다. 이 점에 관해

---

40) 옥스퍼드나 케임브리지 대학의 장학금.

서 그들의 의견은 늘 달랐지만, 중요하지 않았다. 그녀는 그가 장학금을 중요하게 생각하는 것이 좋았고, 그는 앤드루가 무엇을 하든 아내가 아들을 자랑스럽게 여기는 것이 좋았다. 갑자기 그녀는 절벽가의 그 좁은 오솔길들을 떠올렸다.

너무 늦지 않았나요? 그녀는 물었다. 아이들이 아직 집에 돌아오지 않았어요. 그는 무심히 탁 소리를 내며 시계 뚜껑을 열었다. 고작 7시가 지났을 뿐이었다. 그는 잠시 뚜껑을 연 채로 시계를 들고 자신이 테라스에서 느꼈던 것을 아내에게 말하겠다고 결심했다. 우선, 그렇게 불안해하는 것은 온당치 않은 일이오. 앤드루는 스스로를 잘 돌볼 수 있을 테니까. 그런 다음 그는 조금 전에 테라스를 걸었을 때의 느낌을 아내에게 말하고 싶었다. 그러나 이 부분에서 그는 마치 아내의 그 고적함을, 그 초연함을, 그 한적함을 침범하는 듯해서 마음이 불편해졌…… . 그러나 그녀는 그를 재촉했다. 그녀는 등대에 관한 일일 거라고, "빌어먹을"이라고 말해서 미안하다는 이야기일 거라고 생각하면서 그가 말하려던 것이 무엇이었는지를 물었다. 그런데 그게 아니었다. 당신이 그렇게 슬퍼하는 모습을 보고 싶지 않소. 그가 말했다. 그저 멍한 상태였을 뿐이에요. 이렇게 말하면서 그녀는 약간 얼굴을 붉혔다. 그들은 앞으로 계속 걸어갈지 돌아갈지를 알지 못하는 것처럼 둘 다 불편한 심정이었다. 나는 제임스에게 동화를 읽어 주고 있었어요. 그녀가 말했다. 아니, 그들은 그것을 함께 나눌 수 없었다. 그것을 입에 올릴 수 없었다.

그들은 새빨갛게 타오르는 트리토마의 두 덤불 사이에 이르렀고, 다시 거기에 등대가 있었다. 하지만 그녀는 그것을 바라보지 않으려고 했다. 남편이 바라보고 있다는 것을 알았더라면 가만히 앉아서 사색에 잠기지 않았을 거라고 그녀는 생각했다. 사색에 잠겨 앉아 있는 자신의 모습을 다른 사람이 보았음을 연상시키는 것은 무엇이든 싫었다. 그래서 그녀는 어깨 너머로 마을을 바라보았다. 불빛들이 바람에 붙들린 은빛 물방울처럼 잔물결을 이루어 흐르고 있었다. 그리고 온갖 가난과 온갖 고통이 그 불빛으로 변했다고 램지 부인은 생각했다. 촌락과 항구 그리고 배들의 불빛은 침몰해 버린 무언가를 표시하기 위해서 그곳에 떠돌고 있는 유령의 그물처럼 보였다. 글쎄, 아내의 생각을 함께 나눌 수 없다면, 그렇다면 내 나름의 생각에 빠질 수밖에. 램지 씨는 속으로 중얼거렸다. 그는 계속 생각하고 싶었고, 흄이 늪에 빠졌던 이야기를 하고 싶었고, 웃고 싶었다. 그러나 우선, 앤드루를 걱정하는 것은 터무니없는 일이었다. 앤드루의 나이였을 때 그는 주머니에 비스킷 하나만 넣고 온종일 시골을 돌아다니곤 했고, 어느 누구도 그에 대해서 걱정하거나 그가 벼랑에서 떨어졌다고 생각하지 않았다. 맑은 날씨가 계속되면 하루 날을 잡아서 산책을 나갈 생각이오. 그가 소리 내어 말했다. 뱅크스와 카마이클은 이미 충분히 상대했기에 조금 혼자 있고 싶소. 그래요. 그녀가 말했다. 그녀가 이의를 제기하지 않았기에 그는 화가 났다. 그녀는 그가 결코 그렇게 하지 않으리라는 것을 알았다. 그는 이제 주머니에 비스킷 하나만 넣고 하루 종일 돌아다니기에는 너무 나이가 많았다. 그녀가 걱정하는 것은 사내애들이지, 남편이 아니었다. 오래전, 결혼하기 전에는 온종일 걸었지. 그는 작열하는 트리토마 덤불들 사이로 만을 가로질러 바라보며 생각했다. 선술집에서 빵과 치즈로 끼니를 때우고, 쉬지 않고 열 시간을 일했다. 이따금 노파가 고개를 들이밀고는 난롯불을 살펴보았다. 저 너머 어둠 속에 서서히 잠기는 모래 언덕들, 그곳을 그는 제일 좋아했다. 사람을 단 한 명도 만나지 않고 하루 종일 걸을 수 있었다. 집도 거의 없었고, 몇 킬로미터를 계속 걸어가도 마을 하나 보이지 않았다. 혼자서 고민하며 문제를 풀 수도 있었다. 태곳적부터 아무도 발을 들여놓지 않은 작은 모래 해변들이 있었다. 바다사자들이 앉아서 멀뚱히 사람을 바라보았다. 때로 그는 이런 생각을 떠올렸다. 저기에 조그만 집을 짓고 혼자 지낸다면. 그는 한숨을 쉬며 그만두었다. 자식이 여덟이나 있는 아버지에게 그럴 권리는 없었다. 그는 스스로에게 상기시켰다. 무엇 하나라도 달라지기를 바란다면 나는 짐승 같은 인간이고 겁쟁이다. 앤드루는 자신보다 더 나은 인간이 될 것이다. 프루는 미인이 될 거라고 아내가 말했다. 그들은 거친 세파를 약간 막을 수 있을 것이다. 대체로 아이들, 자신의 여덟 아이들은 꽤 괜찮은 작품이었다. 아이들은 그가 그 가엾고 빈약한 우주에 완전히 절망하지는 않는다는 증거였다. 이런 저녁나절에 점점 줄어드는 육지를 바라보면서 그는 바다에 반쯤 삼켜진 작은 섬이 가련해 보인다고 생각했으니까.

"처량하게도 하찮은 곳이군." 그는 한숨을 쉬며 중얼거렸다.

그녀는 그의 말을 들었다. 그는 더없이 침울하게 말했지만,

그가 이런 말을 하고 나면 늘 평소보다 더 쾌활해진다는 것을 그녀는 알고 있었다. 이처럼 말을 만드는 것은 모두 말장난에 불과하다고 그녀는 생각했다. 그가 지금껏 해 온 말의 절반만 그녀가 했더라도 그녀는 이미 권총으로 머리를 쏘아 자살했을 거라고 생각했다.

이런 말장난에 화가 나서 그녀는 무미건조한 어투로 말했다. 더없이 아름다운 저녁이에요. 무엇이 못마땅한 거예요? 그녀는 반쯤 웃으며, 반쯤은 불평하듯이 물었다. 그가 이런 생각(결혼을 하지 않았더라면, 더 훌륭한 책을 썼을 텐데.)을 하고 있으리라고 짐작했던 것이다.

그는 불평하는 게 아니라고 말했다. 그녀는 그가 불평하지 않았다는 것을 알고 있었다. 그에게 불평할 거리가 조금도 없다는 것을 알고 있었다. 그가 그녀의 손을 잡아 입술에 대고 열렬히 키스했기에, 그녀의 눈에 눈물이 고였다. 그는 재빨리 손을 떨어뜨렸다.

그들은 그 풍경에서 몸을 돌리고 팔짱을 끼고는 창처럼 뾰족한 은녹색 풀들이 자라는 길을 오르기 시작했다. 그의 팔은 청년의 것처럼 마르고 단단하다고 램지 부인은 생각했다. 예순이 넘었음에도 그가 여전히 튼튼하고, 무기력하지도 않으며, 낙관적이라고 생각하니 즐거웠다. 온갖 혐오스러운 일들을 잘 알면서도 그 때문에 의기소침해지는 것이 아니라 오히려 기운을 내는 듯하다니 얼마나 이상한 일인가. 신기한 일이 아닌가. 그녀는 생각했다. 실로 그녀에게 그는 이따금 다른 사람들과 다르게 만들어진 인물인듯 느껴졌다. 일상사에는 장님이고, 귀머거리이며, 벙어리이지만, 특이한 것들은 독수리처럼 예리한 눈으로 볼 수 있도록 태어난 사람. 그의 이해력에 그녀는 종종 깜짝 놀라곤 했다. 그러나 그가 꽃들을 주시한 적이 있었을까? 아니다. 그가 주위 경치를 눈여겨본 적이 있었을까? 아니다. 심지어 자기 딸의 미모를 알아차리거나 혹은 자기 접시에 푸딩이 담겨 있는지 구운 쇠고기가 있는지를 알아차린 적이 있었을까? 사람들과 함께 식탁에 앉아 있을 때 그는 꿈을 꾸고 있는 사람 같았다. 그리고 큰 소리로 말하거나 소리 내어 시를 읊어 대는 그의 습관이 점점 심해져서 그녀는 걱정이었다. 때로 곤혹스럽기도 했다.

더없이 훌륭하고 빛나는 이여, 들어오시라![41]

가엾은 기딩스 양은 그가 그녀에게 이렇게 소리쳤을 때 놀라서 펄쩍 뛰다시피 했다. 그때 램지 부인은 기딩스처럼 어리석은 세상 사람들 모두에 맞서 즉시 그의 편을 들기는 했지만, 그때 생각했다. 이제 남편의 팔을 약간 눌러서, 언덕을 오르는 그의 걸음이 너무 빨라 따라가기 힘들다는 것을 암시했고, 잠시 멈춰 서서 둑에 두더지가 새로 파 놓은 흙 두둑이 있는지 보아야겠다고 말하면서, 그녀는 고개를 숙여 내려다보았다. 그의 마음처럼 위대한 마음은 우리의 마음과는 모든 점에서 틀림없이 다를 거라고. 그녀가 알았던 위대한 사람들은 모두

---

41) P. B. 셸리의 시 「제인에게: 초대」의 첫 번째 행.

그러했다. 젊은이들에게는(비록 강의실 분위기는 그녀에게는 견딜 수 없으리만치 숨 막히고 억압적이었지만) 그의 말을 듣는 것만으로도, 그를 바라보는 것만으로도 좋은 일이었다. 그녀는 토끼가 굴을 파 놓은 것이 틀림없다고 판단하면서 생각했다. 하지만 토끼를 잡지 않는 이상 어떻게 토끼를 쫓아낼 수 있을 것인가? 그녀는 궁금해했다. 토끼일 수도 있고, 두더지일 수도 있다. 어떻든 어떤 동물이 그녀의 달맞이꽃을 망치고 있었다. 그리고 고개를 들자 가느다란 나무들 너머로 한껏 고동치는 첫 번째 별빛이 보였고, 남편에게 그것을 보여 주고 싶었다. 그 광경이 강렬한 기쁨을 주었기에. 그러나 그녀는 자제했다. 그는 절대로 사물을 보지 않았다. 혹시라도 본다면, 그는 고작해야 한숨을 쉬면서 처량하게도 하찮은 세상이라고 말할 것이다.

"아주 멋있군." 그 순간 그는 그녀를 기쁘게 해 주려고 꽃들에 감탄하는 듯이 말했다. 그러나 그가 꽃들에 감탄하지 않는다는 것을, 꽃들이 거기 있다는 사실조차 깨닫지 못하고 있음을 그녀는 아주 잘 알았다. 그저 그녀를 기쁘게 해 주려는 말이었다⋯⋯. 아, 그런데 저기서 함께 거닐고 있는 사람은 릴리 브리스코와 윌리엄 뱅크스 아닐까? 그녀는 멀어져 가는 두 사람의 등에 근시인 두 눈의 초점을 맞추었다. 그래, 분명했다. 그건 그들이 결혼하리라는 뜻이 아닐까? 그래, 그래야 한다. 얼마나 탄복할 만한 생각인가! 그들은 꼭 결혼해야 한다!

13

암스테르담에 가 본 적이 있소. 뱅크스 씨는 릴리 브리스코와 풀밭을 거닐면서 말했다. 렘브란트의 그림을 보았소. 마드리드에도 갔지. 불행히도 성(聖)금요일이어서 프라도 박물관은 닫혀 있었소. 로마에도 가 본 적 있었소. 브리스코 양은 로마에 가 본 적이 없소? 아, 그렇다면 가 봐야 해요. 경이로운 경험이 될 거요. 시스티나 성당이며 미켈란젤로, 조토의 벽화가 있는 파도바 성당이며. 내 아내가 여러 해 동안 건강이 좋지 않았기 때문에 우리는 자제하면서 관광을 다녔소.

저는 브뤼셀에 가 본 적이 있어요. 파리에 가 보기는 했지만 병든 숙모님을 만나기 위해서 잠시 방문했을 뿐이에요. 드레스덴에도 가 본 적이 있어요. 제가 전에 보지 못한 그림들이 산더미처럼 쌓여 있었어요. 하지만 어쩌면 보지 않는 편이 더 나았을 거라고 생각해요. 그림들을 보면 자기 작품에 대해 절망하고 불만을 품게 될 뿐이니까요. 뱅크스 씨는 그런 시각이 지나친 결론에 이를 수 있다고 생각했다. 우리 누구나 티치아노[42]가 될 수는 없는 일이고, 우리 모두가 다윈이 될 수 있는 것도 아니오. 그가 말했다. 하지만 동시에, 우리 같은 미천한 사람들이 없다면 다윈과 티치아노가 존재할 수 있었을지 의심스럽소. 그가 말했다. 릴리는 그에게 경의를 표하고 싶었다. 당신은 미천한 사람이 아니에요, 뱅크스 씨. 그녀는 이렇게 말하고 싶었을 것이다. 그러나 그는 찬사를 바라지 않았기에(그녀는 대부분의 남자들이 칭찬을 바란다고 생각했다.) 그녀는 자기가 느낀 충동이 약간 부끄러워서, 어쩌면 자신의 말이 그림에는 적용되지 않을 거라고 그가 이야기하는 동안에, 잠자코 있었다. 어떻든 저는 그림이 흥미롭기 때문에 계속 그림을 그릴 거예요. 릴리는 자기가 하지 못한 사소한 말을 털어 내면서 말했다. 그래, 당신이 그러리라고 믿소. 뱅크스 씨가 말했다. 그들이 풀밭 언저리에 닿았을 때 그는 그녀가 런던에서 그림 소재를 찾는 것이 어렵지 않았는지를 물었고 그러면서 몸을 돌리자 램지 부부가 보였다. 그래, 저것이 결혼이라고 릴리는 생각했다. 공을 던지는 딸을 바라보는 한 남자와 한 여자. 저것이 바로 램지 부인이 전날 밤 내게 말하려던 것이라고 그녀는 생각했다. 녹색 숄을 두른 램지 부인이 남편과 나란히 붙어서서 캐치볼 놀이를 하는 프루와 재스퍼를 지켜보고 있었으니까. 그런데 갑자기, 어떤 이유랄 것도 전혀 없이, 가령 지하

<hr>

42) 르네상스 절정기에 활동했던 이탈리아 출신 화가.

철에서 걸어 나오거나 현관 벨을 울릴 때 불시에 사람들을 찾아와서 그들을 무언가의 상징으로, 무언가의 표상으로 만드는 의미가 그들에게 드리웠고, 어스름 속에서 아이들을 바라보는 그들을 결혼의 상징으로, 부부의 상징으로 만들었다. 잠시 후 그들과 마주했을 때 실제 인물을 초월하는 상징의 윤곽이 사라져 갔고, 그들은 다시 공놀이를 하는 아이들을 바라보는 램지 부부로 되돌아와 있었다. 그러나 아직 한순간은, 램지 부인이 평소처럼 미소를 띤 얼굴로(아, 부인은 우리가 결혼할 거라고 생각해. 릴리는 짐작했다.) "오늘 밤에는 내가 이겼어요."라고 말하면서 뱅크스 씨가 자기 시종이 야채를 알맞게 요리하는 자기 숙소로 달아나지 않고 오늘 한 번만은 그들과 정찬을 함께하기로 약속했음을 암시했지만, 그래도 한순간, 높이 솟구친 공을 눈으로 쫓다가 놓치고 별 하나와 늘어진 나뭇가지들을 보았을 때, 사물이 바람에 불려 뿔뿔이 흩어졌다는 느낌, 공간이 확장되었다는 느낌, 책임에서 벗어났다는 느낌이 들었다. 빛이 스러져 가는 어스름 속에서 그들 각자의 윤곽이 뚜렷해졌고 아주 멀리 떨어져 있는 무형의 존재 같았다. 그때 막막한 공간을(실체감이 완전히 사라진 듯이 보였으므로) 가로질러 뒤쪽으로 돌진하면서 프루가 쏜살같이 그들 쪽으로 뛰어와서 높이 뜬 공을 왼손으로 멋있게 잡았고 그녀의 어머니가 "그들이 아직 돌아오지 않았니?"라고 말했을 때 그 주문은 깨져 버리고 말았다. 이제 램지 씨는 흄이 늪에 빠졌을 때 주기도문을 외운다는 조건으로 어떤 노파에게 구조되었던 일에 대해서 마음껏 웃을 수 있다고 느꼈고, 혼자 껄껄 웃으면서 천천히 자기 서재로 걸어갔다. 램지 부인은 프루가 공놀이를 하면서 벗어났던 가족 관계로 그녀를 다시 끌어들이면서 물었다.

"낸시가 그들과 함께 갔니?"

14

물론, 낸시는 그들과 함께 갔다. 점심 식사 후에 낸시가 식
구들과 마주치는 지겨움을 피하려고 자기 다락방으로 달아나
려 했을 때 민타 도일이 손을 내밀고 말없이 바라보면서 요청
했던 것이다. 낸시는 어쩔 수 없이 가야겠다고 생각했다. 그녀
는 가고 싶지 않았다. 그런 일에 끌려들고 싶지 않았다. 길을
따라서 절벽으로 가는 동안에 민타는 그녀의 손을 계속 잡고
있었다. 그런 다음에는 손을 놓았다가 다시 잡곤 했다. 민타
가 원하는 게 무엇일까? 낸시는 스스로에게 물어보았다. 물론
사람은 원하는 것이 있기 마련이다. 민타가 손을 잡고 있었을
때 낸시는 발아래 온 세상이 옅은 안개 사이로 보이는 콘스탄
티노플처럼 펼쳐져 있는 것을 마지못해 바라보았다. 그러면,
아무리 눈꺼풀이 무거워도 "저게 산타 소피아[43]인가요?"라
고 묻지 않을 수 없듯이 "저기가 골든 혼[44]인가요?" 하고, 민

타가 손을 잡았을 때 낸시는 물었다. "그녀가 원하는 게 뭐지? 바로 그것인가?" 그런데 그것이 무엇일까?(낸시는 발밑에 펼쳐진 삶을 내려다보았다.) 여기저기에서 안개를 뚫고 뾰족탑이나 돔, 이름 모를 돌출한 것들이 나타났다. 그러나 그들이 언덕 비탈을 달려 내려갈 때 그랬듯이 민타가 손을 놓으면, 돔과 뾰족탑, 안개를 뚫고 불쑥 나온 것이 무엇이든 전부 그 속으로 가라앉고 사라져 버렸다.

민타가 꽤 잘 걷는다고 앤드루가 말했다. 그녀는 대개의 여자들보다 훨씬 더 분별 있게 옷을 입었다. 아주 짧은 치마 아래 까만 반바지를 받쳐 입은 그녀는 개울로 곧장 뛰어 들어가서 허우적거리며 앞으로 나아가곤 했다. 그는 그녀의 경솔함이 좋았지만 그래서는 안 된다는 것도 알았다. 그녀는 조만간 어처구니없이 자살할지도 모른다. 그녀는 두려운 게 없는 것 같았다. 황소만 빼고. 들판의 황소를 보기만 하면 그녀는 양팔을 들어 올리고 비명을 지르며 내달렸고, 바로 그 때문에 당연히 황소가 흥분해서 날뛰었다. 그러나 민타는 조금도 개의치 않고 고백했다. 그 솔직함만큼은 인정해 주어야 한다. 자신이 황소를 끔찍이도 겁낸다는 것을 안다고 그녀가 말했다. 아기

<hr />

43) 고대 도시 비잔티움은 황제 콘스탄티누스 1세가 330년에 동로마 제국 수도로 정하면서 콘스탄티노플로 이름이 바뀌었고, 오스만 튀르크가 1453년에 점령하면서 이스탄불로 바뀌었다. 산타 소피아는 530년경에 기독교 성당으로 지어졌지만 오스만 제국에 흡수되면서 모스크가 되었고, 지금은 박물관으로 쓰인다.
44) 이스탄불의 내항.

였을 때 틀림없이 유모차에서 내동댕이쳐진 적이 있을 거야. 그녀는 자신의 말이나 행동에 개의치 않는 것 같았다. 갑자기 그녀는 벼랑 끝에 털썩 드러누워 노래를 부르기 시작했다.

빌어먹을 너의 눈, 빌어먹을 너의 눈.[45)]

그들 모두 드러누워 합창을 했고 함께 소리를 질렀다.

빌어먹을 너의 눈, 빌어먹을 너의 눈.

하지만 그들이 바닷가에 닿기도 전에 바닷물이 밀려 들어와서 좋은 사냥터를 덮어 버린다면 끝장이었다.

"끝장이지." 폴은 벌떡 일어서며 동의했다. 그들이 미끄러지듯 벼랑을 내려갔을 때, 폴은 안내서에 나오는 말을 계속해서 인용했다. "이 섬들은 공원같이 아름다운 전망과 다채롭고 진기한 해양 생물로 지당한 찬사를 받아 왔다." 그러나 이래서는 안 돼. 이렇게 고래고래 소리 지르며 너의 눈을 저주하고, 이처럼 내 등을 두드리고, 나를 "자네"라고 부르고 하는 일들은 도무지 안 될 일이야. 앤드루는 조심스럽게 절벽을 따라 내려가면서 생각했다. 여자들과 함께 나온 산책 중에서 최악이야. 일단 바닷가에 이르자 그들은 뿔뿔이 흩어졌다. 그는 신발을 벗고 양말을 말아 그 안에 넣은 다음 교황의 코[46)]로 걸

---

45) 과거에 유행했던 노래 「샘 홀」의 후렴 부분.

어갔고, 자기들끼리 내버려 두었다. 낸시는 물속을 걸어 자기 바위로 가서는 자기 웅덩이를 찾아보았고 두 사람을 그들끼리 내버려 두었다. 그녀는 납작 웅크리고 앉아서 고무처럼 매끄러운 말미잘을 만져 보았다. 그것은 바위 옆면에 젤리 덩어리처럼 붙어 있었다. 생각에 잠겨서 그녀는 그 웅덩이를 바다로 바꾸었고, 피라미들을 상어와 고래로 만들고, 이 작은 세계 위에 손을 덮어 햇빛을 가리는 거대한 구름들을 드리웠고, 그래서 마치 하느님처럼 무지하고 순진한 수백만 생물들에게 음울한 암흑을 보냈다가 갑자기 손을 치워서 햇살이 흘러들게 했다. 멀리 종횡으로 선이 그어진 희끄무레한 모래 위에서 옷에 술 장식을 달고 가죽 장갑을 낀 어떤 환상적인 바다 괴물이 발을 높이 들어 올려 성큼성큼 걷고 있었고(그녀는 계속 웅덩이를 확대해 생각하고 있었다.) 산비탈의 거대한 갈라진 틈으로 미끄러져 들어갔다. 그러고 나서 시선을 살짝 내려뜨려 웅덩이 위에, 바다와 하늘이 맞닿아 흔들리는 수평선에, 기선이 뿜어낸 증기 때문에 수평선 위에서 너울거리는 듯 보이는 나뭇가지들 위에 머물면서, 그녀는 거칠게 휘몰아쳐 들어왔다가 불가피하게 물러나는 온갖 힘에 매료되었다. 광대함과 그속에서 꽃을 피우는 미소(微小)함.(웅덩이는 다시 작아졌다.) 이 두 가지 감각에 그녀는 손발이 묶여서 꼼짝할 수 없다고 느꼈고, 그 강렬한 감정은 그녀의 육체와 그녀의 삶, 세상 모든 사람들의 삶을 영원히 공(空)으로 환원해 놓았다. 그래서 웅덩이

---

46) 어떤 바위 층을 가리키는 그들의 은어인 듯하다.

위에 웅크리고 앉아서 파도 소리를 들으며 그녀는 깊은 생각에 빠져들었다.

그러다가 바닷물이 들어오고 있다는 앤드루의 말을 듣고 낸시는 물을 튀기며 얕은 물살을 넘어 해안 쪽 모래사장을 뛰어 올라갔다. 빨리 움직이려는 충동과 욕망에 이끌려 그녀는 바로 바위 뒤쪽으로 달렸다. 그런데 거기서 오, 맙소사! 폴과 민타가 서로를 끌어안고 있었다! 아마도 키스를 하면서. 낸시는 모욕을 당한 듯이 화가 났다. 그녀와 앤드루는 그 일에 대해 한마디도 하지 않고 쥐 죽은 듯이 조용히 양말과 신발을 신었다. 사실 그들은 서로에게 다소 골이 났다. 네가 가재든 뭐든 보았을 때 나를 부를 수도 있었잖아. 앤드루가 툴툴거렸다. 하지만 그들 둘 다 느꼈다. 그건 우리 잘못이 아니라고. 이런 끔찍하게 성가신 일이 일어나는 걸 바라지 않았다고. 그럼에도 앤드루는 낸시가 여자라서 짜증이 났고, 낸시는 앤드루가 남자라서 화가 났다. 그들은 말끔하게 신발 끈을 묶었고 리본 모양으로 약간 팽팽하게 잡아당겼다.

곧바로 그들이 다시 언덕 꼭대기까지 올라갔을 때 갑자기 민타는 할머니의 브로치(할머니가 주신 브로치는 그녀에게 하나밖에 없는 장신구였다.)를 잃어버렸다고 소리쳤다. 수양버들 모양으로(틀림없이 기억할 거야.) 진주가 박혀 있어. 뺨에 눈물을 줄줄 흘리면서 그녀가 말했다. 틀림없이 보았을 거야. 할머니께서 돌아가신 날까지 모자에 꽂으신 브로치였는데. 이제 잃어버리다니. 그것만 빼고 무엇이든 다른 걸 잃어버렸더라면 좋았을 텐데. 돌아가서 찾아봐야겠어. 그들은 다 함께 돌아갔다. 여기저기 들쑤시고 자세히 살펴보고는 돌아보았다. 다들 고개를 푹 숙이고는, 짧고 퉁명스럽게 말했다. 폴 레일리는 그들이 앉아 있던 바위 주위를 미친 사람처럼 헤매고 돌아다녔다. 폴이 "여기서 저기까지 철저히 수색하자."라고 말했을 때 앤드루는 이처럼 야단법석을 떨어 봐야 실은 전혀 소용이 없다고 생각했다. 바닷물이 재빨리 밀려오고 있었다. 바닷물이 곧 그들이 앉아 있는 곳을 뒤덮어 버릴 것이다. 지금 브로치를 찾을 가능성은 조금도 없었다. "이러다가 물속에 갇히겠어!" 민타가 갑자기 겁에 질려 비명을 질렀다. 그런 위험한 지경에 빠지기라도 한 듯이! 황소를 겁낼 때와 똑같았다. 그녀는 감정을 억제할 줄 모른다고 앤드루는 생각했다. 여자들은 다 그랬다. 가엾게도 폴은 그녀를 진정시켜야 했다. 남자들(앤드루와 폴은 즉시 남자다워졌고, 평소와 달라졌다.)이 간단히 상의한 끝에 레일리의 지팡이를 그들이 앉아 있던 곳에 꽂아 두고 다시 썰물이 되거든 돌아와서 찾아보기로 결정했다. 지금으로서는 더 할 수 있는 일이 없었다. 브로치가 거기 있다면 아침에도 여전히 거기 있을 거라고 그녀를 달랬지만, 민타는 절벽 꼭대기로 올라가는 내내 흐느껴 울었다. 할머니의 브로치인데. 그거 말고 다른 걸 잃어버렸으면 더 나았을 거야. 하지만 낸시는 민타가 브로치를 잃어서 속상해하는 것이 사실이더라도 단지 그 때문에 울고 있는 것은 아니라고 느꼈다. 그녀는 뭔가 다른 것 때문에 울고 있었다. 우리 모두 바닥에 주저앉아서 우는 편이 낫겠다고 낸시는 느꼈다. 하지만 무엇 때문인지는 알 수 없었다.

폴과 민타는 앞장서서 함께 걸었고, 그는 그녀를 달래면서 자신이 물건을 찾는 데 선수라고 말했다. 어렸을 때 한번은 금시계를 찾은 적도 있어요. 내일 동틀 녘에 일어날 것이고, 틀림없이 브로치를 찾을 거라고 믿어요. 새벽이면 거의 깜깜할 테고, 해변에는 자기 외에 아무도 없을 것이며, 어떻든 다소 위험할 거라는 생각이 들었다. 하지만 그는 틀림없이 찾을 거라고 말하기 시작했고, 그녀는 그가 새벽에 일어난다는 말은 듣지 않으려 했다. 그건 이미 잃어버렸어요. 난 알아요. 오늘 오후에 그걸 달았을 때 어떤 예감이 들었어요. 그래서 그는 그녀에게 말하지 않겠다고 속으로 결심했다. 하지만 그들 모두 잠들어 있는 새벽녘에 슬쩍 집에서 빠져나올 것이고, 브로치를 찾을 수 없으면 에든버러에 가서 그것과 똑같은, 하지만 더 아름다운 브로치를 사서 그녀에게 선물할 것이다. 그는 자기가 무엇을 할 수 있는지를 입증할 것이다. 언덕 위에 올라가서 발아래 펼쳐진 마을의 불빛을 보았을 때, 갑자기 하나씩 둘씩 다가온 불빛들은 앞으로 그에게 일어날 일들(그의 결혼, 그의 아이들, 그의 집)처럼 여겨졌다. 키가 큰 관목들로 그늘진 큰길에 들어섰을 때 그는 민타와 함께 한적한 곳으로 물러나서 늘 그녀를 이끌고 자기 옆에 그녀의 몸을 바싹 붙인 채(지금 그녀가 그러하듯이) 계속 걸으리라고 다시 생각했다. 그들이 교차로에서 방향을 돌렸을 때 그는 자신이 얼마나 소름 끼치는 일을 경험했는지를 생각했다. 그는 누군가에게, 물론 램지 부인에게 말해야 한다. 자신이 어떤 상태였고 무엇을 했는지를 생각하면 숨 막힐 정도로 놀라웠기 때문이다. 민타에게 결혼해 달라고 청했을 때가 단연 그의 인생에서 최악의 순간이었다. 그는 곧장 램지 부인에게 갈 것이다. 어쩐 일인지 자신이 청혼하도록 한 것은 바로 그녀라고 느꼈기 때문이다. 그녀는 그가 무엇이든 할 수 있다고 생각하게 했다. 다른 사람들은 누구도 그를 진지하게 생각하지 않았다. 그러나 그녀는 그가 원하는 것을 무엇이든 할 수 있다고 믿게 했다. 오늘도 그는 그녀의 눈길이 온종일 자신에게 머무르며(실제로는 그녀가 한마디도 말하지 않았지만) "그래, 당신은 할 수 있어요. 나는 당신을 믿어요. 당신에게서 그것을 기대해요."라고 말하기라도 하는 듯 자신을 따라다닌다고 느꼈다. 그녀는 그가 그렇게 느끼게 했다. 집으로 돌아가자마자(그는 만 위 그 집의 불빛을 찾아보았다.) 곧장 그녀에게 가서 말할 것이다. "해냈어요, 램지 부인. 당신 덕분에." 그 집으로 이어지는 오솔길에 들어서면서 그는 위층 창문에서 움직이는 불빛을 볼 수 있었다. 그렇다면 그들이 무척 늦은 것이 분명했다. 사람들이 석찬을 위해 옷을 갈아입고 있었다. 집 전체에 불이 밝혀졌고, 어둠 속을 걸은 후 불빛이 보이자 그의 눈에 빛이 충만한 것 같았다. 그는 현관으로 이어지는 길을 걸어 올라가면서 아이처럼 속으로 빛이여, 빛이여, 빛이여 하고 중얼거렸고, 집 안에 들어서서도 눈이 부셔서 굳어 버린 얼굴로 주위를 돌아보며 빛이여, 빛이여, 빛이여 하고 되풀이했다. 하지만 맙소사, 그는 넥타이를 매만지면서 속으로 말했다. 바보처럼 굴어서는 안 돼.

15

"네." 프루는 그녀 나름의 사려 깊은 어조로 어머니의 질문에 대답했다. "낸시가 그들과 함께 갔다고 생각해요."

16

그럼 낸시가 그들과 함께 갔구나. 램지 부인은 이렇게 생각
하면서 솔을 내려놓고 빗을 집어 들었고, 노크 소리에 "들어
와요."라고 말하면서(재스퍼와 로즈가 들어왔다.) 낸시가 그들
과 함께 있음으로써 어떤 사고가 일어날 가능성이 더 줄어들
지 혹은 더 늘어날지를 생각했다. 무척 불합리한 느낌이긴 하
지만 어쩐지 그 가능성이 훨씬 줄어든 듯했다. 그렇게 사람이
많을 때 참사가 일어날 수는 없는 일이다. 그들 모두 익사할
수는 없을 테니까. 또다시 그녀는 자신의 오랜 숙적인 삶에 대
면하여 혼자라고 느꼈다.

재스퍼와 로즈는 밀드레드가 만찬 시간을 늦춰야 할지 알
고 싶어 한다고 말했다.

"영국 여왕이 오신대도 안 돼." 램지 부인이 단호하게 말했다.

"멕시코 여황제가 오신대도 안 돼." 그녀는 재스퍼를 보고

웃으며 덧붙였다. 그 아이에게 어머니의 나쁜 버릇이 있기 때문이었다. 그 아이도 과장해서 말하기를 좋아했다.

재스퍼가 말을 전하러 나간 동안에 그녀는 로즈에게 원한다면 자신이 찰 보석을 골라 주어도 좋다고 말했다. 열다섯 사람이 참석할 식사 자리에서, 한없이 기다리게 할 수는 없는 일이다. 그들이 너무 늦는 바람에 이제 그녀는 속이 타기 시작했다. 그 젊은이들에겐 배려심이 없었다. 하필이면 바로 이날 밤에 늦게까지 돌아오지 않는다니. 그들에 대한 걱정은 뒷전으로 물러나고 화가 치밀었다. 사실 그녀는 이날 만찬이 특히 근사하기를 바랐다. 윌리엄 뱅크스가 만찬을 함께하기로 마침내 동의했고, 밀드레드의 최고 요리인 쇠고기 스튜를 내놓을 예정이었으니까. 준비된 바로 그 순간에 요리를 내놓는 데 성패가 달려 있었다. 쇠고기, 월계수 잎, 포도주, 이 모든 것을 정확히 알맞게 익혀야 한다. 요리를 그냥 놔두고 기다리는 것은 생각할 수도 없는 일이었다. 그런데 하필이면 하고많은 날들 중 오늘 밤 그들이 외출에서 늦게 돌아와 요리를 내보내고 다시 데워야 한다면 쇠고기 스튜를 완전히 망칠 것이다.

재스퍼는 그녀에게 오팔 목걸이를 권했다. 로즈는 금목걸이를 제안했다. 그녀의 검은 드레스에 어느 것이 제일 잘 어울릴까? 어느 쪽이 어울릴까? 램지 부인은 거울 속 자기 목과 어깨를 바라보며 (그러나 얼굴은 피하면서) 건성으로 말했다. 그런 다음에 아이들이 장신구들을 샅샅이 살펴보는 동안 그녀는 창밖 풍경을 바라보았다. 떼까마귀가 어느 나무에 내려앉을지 결정하려는 광경을 보며 그녀는 늘 즐거워했다. 까마귀들은 매번 마음을 바꾸는 듯이 다시 공중으로 솟구쳐 올랐다. 그녀가 생각하기로는, 늙은 아버지 까마귀(그녀는 그를 늙은 조지프라고 이름 붙였다.)가 무척 까탈스럽고 완고하기 때문이었다. 추레하게 늙은 그 새는 날개 깃털이 절반은 빠져 있었고, 그녀가 언젠가 보았던, 어떤 선술집 앞에서 호른을 불고 있던, 실크 모자를 쓴 초라한 노신사 같았다.

"저걸 봐!" 그녀는 웃으며 말했다. 새들이 정말로 싸우고 있었다. 조지프와 메리가 싸우고 있었다. 어떻든 새들은 모두 다시 공중으로 올라갔고, 검은 날개로 공기를 밀쳐 내면서 정교한 반월도 모양을 이루었다. 퍼덕, 퍼덕, 퍼덕, 날개 치는 동작은(흡족하게 정확히 묘사하기란 도저히 불가능했지만) 그녀에게는 무엇보다도 사랑스러운 것들 중 하나였다. 저걸 좀 봐라. 그녀는 로즈가 자기보다 더 선명하게 보기를 바라면서 말했다. 자식들이란 부모의 지각보다 약간 앞서 나가는 일이 빈번했으므로.

하지만 어느 장신구를 골라야 할까? 그들은 보석 상자 안 작은 상자들을 모두 열었다. 이탈리아제 금목걸이? 아니면 제임스 삼촌이 인도에서 갖다 준 오팔 목걸이? 아니면 자수정을 달아야 할까?

"골라 봐, 얘들아." 그녀는 아이들이 서둘러 고르기를 바라며 말했다.

하지만 아이들이 천천히 고르도록 내버려 두었다. 특히 로즈가 보석을 이것저것 들고 자신의 검은 드레스에 대보도록 내버려 두었다. 매일 밤 치르는, 보석 고르는 사소한 의식을 로즈가 제일 좋아한다는 것을 그녀는 알았다. 어머니의 장신구를 고르는 일을 아주 중요하게 생각하는 데는 그녀 나름의 숨은 이유가 있었다. 그 이유가 무엇일지 궁금해하며 램지 부인은 아이가 목걸이를 골라 걸어 주도록 가만히 서 있었고, 자신의 과거를 되돌아보면서 로즈의 나이에 어머니에게 느낄, 깊고 숨겨진, 이루 형언할 수 없는 감정을 짐작했다. 자신에 대한 감정들이 모두 그렇듯이 그 감정은 슬픔을 느끼게 한다고 램지 부인은 생각했다. 이에 대한 보답으로 줄 수 있는 것은 너무나 적었다. 로즈가 느낀 감정은 실제 자신의 모습과는 어울리지 않았다. 로즈는 자랄 것이다. 그리고 로즈는 이 깊은 감정으로 고통 받을 거라고 그녀는 생각했다. 이제 그녀는 준비가 되었다고 말했다. 아래층으로 내려가도록 하자. 재스퍼는 신사니까 내게 팔을 내밀어 팔짱을 끼어야 하고, 로즈는 숙녀니까 손수건을 가져와야지.(그녀는 로즈에게 손수건을 주었다.) 그 외에 또 무엇이 있을까? 아, 그래, 추울지도 모르니까 숄을 가져가야겠어. 숄을 골라 다오. 그녀가 말했다. 그러면 로즈가 기뻐할 테니까. 나중에 큰 고통을 받을 그 아이가. "저기, 저기에 다시 왔구나." 그녀는 층계참 창가에서 걸음을 멈추며 말했다. 조지프가 다른 나무의 우듬지에 내려앉았다. "날개가 부러지면 새들이 고통스러워할 것 같지 않니?" 그녀는 재스퍼에게 물었다. 그 아이는 왜 가엾은 늙은 새 조지프와 메리를 사냥하고 싶어 할까? 층계에서 약간 지척거리던 아이는 꾸중을 들었다는 사실을 심각하게 여기지는 않았다. 어머니는 새 사냥의 즐거움을, 새들에게 감정이 없다는 걸 이해하지 못하니까. 게다가 어머니이기에 그녀는 세계의 다른 구역에 떨어져 살고 있었다. 그럼에도 그는 메리와 조지프에 대한 어머니의 이야기를 좋아했다. 이야기를 들으면 웃음이 나왔다. 하지만 그 새들이 메리와 조지프인지 아닌지 어머니가 어떻게 아세요? 어머니는 매일 밤 똑같은 나무에 똑같은 새들이 온다고 생각하세요? 그러나 이 부분에서 갑자기, 어른들이 모두 그렇듯이, 어머니는 더 이상 그에게 관심을 기울이지 않았다. 그녀는 홀에서 울리는 요란한 소리를 듣고 있었다.

"그 애들이 돌아왔구나!" 큰 소리로 말하면서 그녀는 그 즉시 안도감보다는 그들에 대한 분노가 치밀어 오르는 것을 느꼈다. 그러고 나서는 궁금해졌다. 그 일이 일어났을까? 아래층으로 내려가면, 그들이 말하겠지. 아니, 그렇지 않아. 사람들이 모여 있으니 말할 수 없을 거야. 그러니 이제 내려가서 만찬을 시작하고 기다려야겠지. 홀에 모인 신하들을 내려다보고 그들 사이로 내려가 말없이 그들의 경의에 답하고 그들이 엎드려 바치는 헌신을 받아들이는 여왕처럼(그녀가 지나갈 때 폴은 꼼짝도 하지 않고 자기 앞을 똑바로 바라보았다.) 그녀는 아래층으로 내려가서 홀을 가로질렀고 그들이 입 밖에 낼 수 없었던, 그녀의 아름다움에 대한 찬사를 받아들이듯 아주 조금 고개를 숙였다.

그러나 그녀는 걸음을 멈췄다. 음식 타는 냄새가 풍기고 있었다. 쇠고기 스튜를 끓어 넘치도록 두었을까? 그녀는 걱정했다. 제발 그렇지 않기를! 그때 벨 소리가 크게 울리면서, 뿔뿔이 흩어져 있던 사람들, 다락방이나 침실, 자기 나름의 안락한

곳에서 책을 읽거나 글을 쓰거나 마지막으로 머리를 손질하
거나 드레스 단추를 채우던 이들이 그 모든 것들, 세면대와 화
장대의 자질구레한 물건들, 침대 옆 탁자의 소설들, 너무나 비
밀스러운 일기들을 내버려 두고 만찬을 위해 식당에 모여야
한다는 것을 엄숙하게 명령하듯 알렸다.

17

하지만 나는 내 삶으로 무엇을 이룬 것일까? 램지 부인은
식탁 상석에 자리를 잡고 식탁 위에서 흰 원을 이루는 접시들
을 바라보면서 생각했다. "윌리엄, 내 옆에 앉아요." 그녀가
말했다. "릴리는 저쪽에." 그녀는 지친 듯이 말했다. 그들(폴
레일리와 민타 도일)에게는 그것이 있는데, 그녀에게는 오직 이
것(무한히 긴 식탁과 접시들과 칼들)밖에 없었다. 저쪽 끝에서
남편이 눈살을 찌푸리며 웅크리고 앉아 있었다. 왜 그럴까?
그녀는 알 수 없었다. 그녀는 개의치 않았다. 자신이 어떻게
그에 대해서 어떤 감정이나 어떤 애정을 느낄 수 있었는지 이
해할 수 없었다. 수프를 떠 주면서 그녀는 이제 모든 것을 지
나왔고, 모든 것을 통과했으며, 모든 것에서 벗어났다는 느낌
이 들었다. 마치 저기 회오리바람이 일고 있어서, 그 안에 휘
말릴 수도 있고 거기서 벗어날 수도 있는데, 자신은 벗어난 느

낌이었다. 찰스 탠슬리(그에게 "저기 앉으세요."라고 말했다.)와 오거스터스 카마이클이 차례로 들어와서 앉는 동안에 그녀는 모든 것이 끝났다고 생각했다. 그러면서 누군가 자기 말에 대답하기를, 어떤 일이 일어나기를 수동적으로 기다렸다. 그러나 이런 것은 말로 표현할 수 있는 게 아니라고 생각하면서 그녀는 수프를 퍼 담았다.

괴리감(저것을 생각하면서 이런 일, 즉 수프를 퍼 주는 일을 하고 있다는)에 눈썹을 치키면서 그녀는 자신이 그 회오리에서 벗어났음을 더욱 강렬하게 느꼈다. 혹은 어둠이 내려앉아 빛이 바래자 사물의 진정한 모습이 드러나게 된 듯이. 그 방은(그녀는 주위를 돌아보았다.) 무척 초라했다. 아름다운 구석은 한 군데도 없었다. 그녀는 탠슬리 씨를 바라보지 않으려고 애썼다. 어느 것도 융화를 이루지 못하고 있는 것 같았다. 그들 각자 외따로 떨어져 앉아 있었다. 그러므로 화합을 이루게 하고, 흐르게 하고, 창조하려는 노력은 모두 그녀에게 달려 있었다. 또다시 그녀는 남자들의 불모성을 별 적대감 없이 하나의 사실로 받아들였다. 그녀가 하지 않으면 그 누구도 하지 않을 것이다. 그래서 멈춰 버린 시계를 흔들듯이 자신을 약간 흔들어 일깨웠을 때, 시계가 다시 째깍거리기 시작하듯이(하나, 둘, 셋, 하나, 둘, 셋) 그 익숙한 옛 맥박이 다시 뛰기 시작했다. 그렇게 그녀는 그 소리를 들으면서, 꺼져 가는 불꽃을 신문지로 둘러싸서 보호하듯 아직도 약하게 뛰는 맥박에 귀를 기울이고, 지키고, 일으키려는 노력을 되풀이했다. 그런 다음에 윌리엄 뱅크스 쪽으로(가엾은 사람! 아내도 자식도 없이 오늘 밤을 제외하면 매일 혼자 하숙집에서 식사하다니!) 그런 노력을 끝냈다. 이제 다시 스스로를 떠받칠 수 있을 만큼 생명력이 강해졌으므로, 그녀는 그에 대한 동정심에서 이 모든 일을 시작했다. 바람에 펄럭이는 돛을 보면서도 다시 항해에 나서고 싶은 마음이 들지 않아서, 배가 침몰한다면 자기 몸이 바닷속에서 빙빙 돌다가 그 밑바닥에서 휴식을 얻을 텐데 하고 생각하는 지친 선원처럼.

"당신에게 온 편지를 보셨어요? 홀에 두라고 했어요." 그녀는 윌리엄 뱅크스에게 말했다.

릴리 브리스코는 부인이 아무도 살지 않는 낯선 곳으로 표류하는 것을 지켜보았다. 그곳으로 따라가는 것은 불가능했지만 지켜보는 사람들은 너무나 오싹해져서, 아련히 멀어지는 배의 돛이 수평선 아래로 가라앉을 때까지 지켜보듯이 적어도 두 눈으로 그 표류를 따라가려고 늘 애쓰게 되었다.

그녀가 무척 늙어 보인다고, 무척이나 초췌하게 보인다고 릴리는 생각했다. 아득히 멀리 떨어져 있는 것 같았다. 그러고 나서 그녀가 미소를 지으며 윌리엄 뱅크스에게 몸을 돌리자 마치 배가 방향을 돌리고 햇빛이 다시 그 돛을 비춘 것 같았다. 릴리는 마음이 놓여서 약간 즐거운 기분으로 생각했다. 왜 부인은 뱅크스 씨를 동정할까? 그의 편지가 홀에 있다고 그녀가 말했을 때 그런 인상을 주었던 것이다. 가엾은 윌리엄 뱅크스라고 말한 것 같았다. 마치 그녀가 한편 사람들을 동정하느라 지친 듯이, 그리고 그녀 내면의 활력, 다시 삶을 이끌어 가려는 결심이 동정심으로 일깨워진 듯이. 그것은 옳지 않다고 릴리는 생각했다. 그것은 부인의 잘못된 판단이었고, 다른 사람들이 원하는 것이라기보다는 그녀 자신의 욕구에서 비롯된, 본능적인 것으로 보였다. 뱅크스 씨에게도 자기 나름의 일이 있다고 그녀는 속으로 생각했다. 그러고는 갑자기 보물이라도 발견한 듯이 자기에게도 일이 있다는 것을 기억했다. 그 즉시 그녀는 자신의 그림을 떠올렸다. 그래, 그 나무를 더 중앙으로 옮겨야겠어. 그러면 어색한 공간을 없앨 수 있을 거야. 그렇게 해야겠어. 곤혹스러웠던 문제가 그거였어. 그녀는 그 나무를 옮길 것을 기억하도록, 소금 통을 집어서 식탁보의 꽃무늬 부분에 내려놓았다.

"묘하게도 우편으로 중요한 것을 받는 일은 거의 없어요. 그런데도 사람들은 늘 편지를 받기 바라지요." 뱅크스 씨가 말했다.

무슨 시시한 소리를 하고 있는 거야. 찰스 탠슬리는 자기 접시의 정중앙에 숟가락을 내려놓으며 생각했다. 그는 접시를 깨끗하게 비웠고, 마치 음식을 반드시 다 챙겨 먹기로 결심한 것 같다고 릴리는(그는 바깥에 내다보이는 경치의 정확히 한가운데서 창을 등지고 그녀 맞은편에 앉아 있었다.) 생각했다. 궁상스러운 고집스러움과 살풍경한 추레함이 그를 둘러싸고 있었다. 그럼에도 사실 누군가를 찬찬히 바라보면서 그 사람을 싫어하는 것은 거의 불가능했다. 그녀는 그의 눈이 마음에 들었다. 그 눈은 푸르고, 깊고, 무시무시했다.

"편지를 많이 쓰세요, 탠슬리 씨?" 램지 부인이 물었다. 부인이 탠슬리도 동정하고 있다고 릴리는 생각했다. 그것은 사실이었다. 그녀는 남자들에게 뭔가 부족한 점이 있는 듯이 그들을 늘 동정했고, 여자들은 결코 동정하지 않았다. 여자들은 뭔가를 갖고 있는 듯이. 저는 어머니에게 편지를 쓰곤 하는데, 그러지 않으면 한 달에 한 통도 쓰지 않을 겁니다. 탠슬리 씨가 짤막하게 대답했다.

나는 이 사람들이 내게서 원하는 그런 시시한 소리는 하지 않을 거니까. 이 어리석은 여자들이 짐짓 친절한 듯 베풀어 주는 대접 따위는 받지 않을 거야. 내 방에서 독서를 하다가 이제 내려왔는데, 보이는 거라고는 죄다 어리석고, 피상적이고, 하찮기 짝이 없군. 모두들 왜 정장을 입는 거지? 그는 평상복 차림으로 내려왔다. 그에겐 정장으로 입을 만한 옷이 없었다. 그들은 늘 이런 말("우편으로 중요한 것을 받는 일은 거의 없어요.")이나 하지. 남자들에게 그런 말이나 시키고 있다니. 그래, 다분히 맞는 말이지. 그는 생각했다. 그들은 한 해가 시작해서 끝날 때까지 중요한 것을 받을 리가 없을 테니까. 오로지 말하고, 말하고, 말하고, 먹고, 먹고, 먹기만 할 테니까. 그건 여자들의 잘못이야. 여자들은 이른바 그들의 온갖 '매력'으로, 그들의 온갖 어리석음으로, 정신적인 문명을 불가능하게 했어.

"내일은 등대에 가는 것이 불가능하겠어요, 램지 부인." 그는 주제넘게 나서면서 말했다. 그는 그녀를 좋아했고, 그녀를 흠모했다. 그는 하수관에서 그녀를 올려다보던 남자를 아직 기억했다. 그러나 자기주장을 할 필요가 있다고 느꼈다.

정말이지 저 사람은 지금까지 만난 사람들 가운데 가장 매력 없는 사람이야. 그의 매력적인 눈에도 불구하고(하지만 그의 코를 보라, 그의 손을 보라.) 릴리 브리스코는 생각했다. 그렇다면, 무엇 때문에 그의 말에 신경을 썼단 말인가? 여자들은 글을 쓸 수 없다, 여자들은 그림을 그릴 수 없다. 그런 사람에게서 나온 이 말들이 대체 무슨 대수란 말인가? 그에게 이로울 이유만 없었더라면 그 말이 그에게도 진실이 아님이 분명하고, 사실 그 때문에 그가 그렇게 말했을 텐데. 왜 내 온 존재가 바람에 휘둘리는 곡식처럼 고개를 숙이고, 그 굴욕에서 다시 스스로를 일으키기 위해서 크나큰, 고통스러운 노력을 들여야 했던가? 다시 그림의 구도를 구상해 봐야지. 식탁보 위에 잔 나뭇가지가 있어. 내 그림이 있어. 나무를 한가운데로 옮겨야 해. 이거야말로 중요한 일이고, 그 밖의 다른 것은 하등 상관없어. 내가 그 일에 줄기차게 매달릴 수 있을까? 화를 내지 않고, 말다툼도 하지 않고. 원한다면 그를 비웃어 줌으로써 복수를 할 수 있을까? 그녀는 생각했다.

"아, 탠슬리 씨." 하고 그녀가 말했다. "등대에 갈 때 나를 데려가 주세요. 무척 가 보고 싶어요."

그녀가 거짓말하고 있다는 것을 그는 알 수 있었다. 왠지 모르지만 그녀는 그를 화나게 하려고 마음에도 없는 말을 하고 있었다. 그녀는 그를 비웃고 있었다. 그는 낡은 플란넬 면바지를 입고 있었다. 다른 바지가 없었다. 그는 자신이 무척 촌스럽고, 고립되어 있고, 외롭다고 느꼈다. 그녀가 무슨 이유에서인지 그를 놀리려는 것을 그는 알았다. 그녀는 그와 등대에 가기를 바라지 않았다. 그녀는 그를 경멸했다. 프루 램지도 그랬다. 그들 모두 그랬다. 하지만 그는 여자들에게 조롱당하지 않을 것이다. 그래서 그는 일부러 의자에서 몸을 돌려 창밖을 내다보면서 갑자기 아주 무례하게 말했다. 내일은 날씨가 너무 험악할 겁니다. 당신은 뱃멀미를 할 거예요.

램지 부인이 듣고 있는 자리에서, 그녀 때문에 그런 말을 하게 된 것이 그는 불쾌했다. 그저 자기 방에서 혼자 책들에 파묻혀 일할 수 있었더라면 좋았을 거라는 생각이 들었다. 거기야말로 그가 편안하게 느끼는 곳이었다. 그리고 그는 단 한 푼도 빚을 진 적이 없었다. 열다섯 살 이후로 단 한 푼도 아버지에게 부담을 주지 않았다. 오히려 자신이 저축한 돈으로 집안 식구들을 도왔다. 누이의 교육비도 대고 있었다. 하지만 브리스코 양에게 적절히 대답하는 법을 알면 좋았을 텐데. 자기가 그렇게 갑작스럽게 내뱉듯이 대답하지 않았더라면 좋았을 것을. "당신은 뱃멀미를 할 거예요." 램지 부인에게 자신이 그저 학자인 척하는 무미건조한 인간이 아니라는 것을 보일 수 있는 말이 생각나면 좋을 텐데. 그들 모두 그를 그렇게 생각하니. 그는 램지 부인에게로 몸을 돌렸다. 하지만 부인은 그가 들어 보지 못한 사람들에 대해서 윌리엄 뱅크스와 이야기를 나누고 있었다.

"그래, 그걸 치워 줘요." 그녀는 뱅크스 씨에게 하던 이야기를 중단하고 하녀에게 짧게 말했다. "내가 그녀를 마지막으로 본 것은 틀림없이 십오 년, 아니 이십 년 전이었을 거예요." 그녀는 그 이야기를 한시도 중단할 수 없는 듯이 다시 뱅크스 씨를 바라보며 말하고 있었다. 그들이 나누던 이야기에 몰입해 있었으니까. 그래, 정말로 바로 오늘 저녁에 당신이 그녀 소식을 들었다는 말이죠! 그런데 캐리는 아직도 말로[47])에 살고, 모든 게 여전하다는 건가요? 아, 바로 어제 있었던 일처럼 기억이 생생해요. 강으로 나갔던 일, 몹시 추웠던 일. 매닝 집안 식구들은 어떤 계획을 세우면 고집스럽게도 지켰거든요. 허버트가 강둑에서 찻숟가락으로 말벌을 죽인 일은 결코 잊지 못할 거예요! 램지 부인은 이십 년 전 몹시 추웠던 템스 강둑에 있던 응접실의 의자들과 탁자들 사이를 유령처럼 미끄러지듯 나아가면서 생각했다. 그것들이 아직도 여전하다는 말이지. 그러나 이제 그녀는 그들 사이를 유령처럼 지나갔고, 그녀가 변해 오는 동안에 그 특정한 날, 이제는 정지되어 아름다워진 그날이 거기에 이 긴 세월 동안 머물러 있는 듯이, 그것에 매료되었다. 캐리가 직접 편지를 썼던가요? 그녀는 물었다.

"그래요. 새 당구실을 짓고 있다고 썼더군요."라고 그가 대답했다. 아니! 안 돼! 그건 어처구니없는 일이야! 당구실을 짓다니! 그녀에게는 있을 수 없는 일로 여겨졌다.

뱅크스 씨는 그것을 이상한 일이라고 생각하지 않았다. 그들은 지금 상당히 부유해요. 캐리에게 부인의 안부를 전해도 될까요?

"아." 램지 부인은 흠칫 놀랐고, 새 당구실을 짓는 캐리는 자신이 알지 못하는 사람이라고 생각하며 "아뇨."라고 덧붙였다. 하지만 그들이 거기서 내내 살아왔다니 참으로 이상한 일이라고 거듭 말하면서 뱅크스 씨를 즐겁게 했다. 그 긴 세월

---

47) 런던에서 서쪽으로 50킬로미터쯤 떨어진 버킹엄셔, 템스 강변의 마을.

동안 그들을 한 번도 생각하지 않았는데, 그들은 내내 살아왔다는 사실을 생각하면 무척 놀라우니까. 그 긴 시간 동안 자신의 삶에는 얼마나 많은 일들이 일어났는지. 어쩌면 캐리 매닝도 그녀에 대해서 생각하지 않았을 것이다. 그렇게 생각하자 야릇하고 씁쓸한 기분이 들었다.

"사람들은 이내 뿔뿔이 흩어지기 마련이지요." 뱅크스 씨는 이렇게 말했지만, 자신은 매닝 집안과 램지 집안 모두 알고 지낸다는 사실에 약간 흡족한 기분이었다. 그는 숟가락을 내려놓고 말끔히 면도한 입술을 꼼꼼히 닦으면서 자신은 떨어져 나가지 않았다고 생각했다. 그러나 어쩌면 자신이 다소 별난 편이라고 생각했다. 그는 결코 판에 박힌 습관에 빠지지 않았다. 그에게는 온갖 친구들이 있었다……. 이 부분에서 램지 부인은 하녀에게 음식을 데우라고 이야기하려고 말을 멈췄다. 이런 일 때문에 그는 혼자서 식사하는 것을 좋아했다. 이런 식으로 이야기가 중단되는 것에 그는 화가 났다. 자, 윌리엄 뱅크스는 세련되고 예의 바른 태도를 유지하면서, 잠시 쉬는 틈에 기계공이 아름답게 닦여 있고 바로 사용할 수 있게 준비된 연장을 살펴보듯이 그저 왼손 손가락들을 식탁보 위에 펼쳐 놓고는, 바로 이런 것이 친구라는 사람들이 요구하는 희생이라고 생각했다. 만일 그가 만찬에 참석하기를 거절했다면, 부인은 마음이 상했을 것이다. 하지만 자신에게는 만찬이 참석할 만한 가치가 없었다. 혼자 있었더라면 지금쯤은 식사가 거의 끝났을 거라고 그는 자기 손을 바라보며 생각했다. 자유롭게 일할 수 있었을 것이다. 그래, 이건 끔찍한 시간 낭비라고 그는 생각했다. 아이들이 아직도 식당으로 들어오고 있었다. "너희들 중 누가 로저 방에 가 보면 좋겠구나." 램지 부인이 말하고 있었다. 자신의 다른 일(연구)과 비교할 때, 이 모든 것들은 얼마나 하찮고 지루한가. 그는 생각했다. 여기 앉아서 식탁보를 손가락으로 두드리고 있는 이 시간에 연구를 좀 더 할 수 있었으련만. 그는 퍼뜩 자신의 연구를 조감해 보았다. 이 모든 것은 정말이지 얼마나 시간 낭비인가! 하지만 부인은 내 가장 오랜 벗들 중 한 사람이지. 그는 생각했다. 나는 그녀에게 헌신적이라고 알려져 있어. 하지만 지금 이 순간에, 그녀의 존재는 그에게 전혀 아무 의미도 없었다. 그녀의 아름다움은 아무 의미도 없었다. 그녀가 창가에서 어린 아들과 함께 앉아 있는 것 또한 무의미했다. 그는 그저 혼자서 책을 들고 볼 수 있기를 바랐다. 그는 불편한 심정이었다. 그녀 옆에 앉아서 그녀에 대해 아무 감정도 느끼지 않을 수 있다니, 마치 배신하는 기분이었다. 사실 그는 가족들과 어울리는 생활을 즐기지 않았다. 바로 이런 상태에서, 사람은 무엇을 위해 사는가라는 질문이 떠올랐다. 무엇 때문에 인류가 존속되도록 온갖 노고를 바쳐야 하는가? 그는 생각했다. 인류의 존속이 그렇게 바람직한 일인가? 인간이 매력적인 종(種)인가? 그리 매력적인 종은 아니라고 그는 단정치 못한 사내애들을 바라보며 생각했다. 그가 귀여워하는 캠은 이미 잠자리에 들었을 것이다. 어리석은 질문들, 헛된 질문들, 일에 몰두하고 있으면 결코 떠오르지 않을 질문들이었다. 인간의 삶은 이런 것인가 아니면 저런 것인가? 그러나 여기서 그는 스스로에게 그런 질문을 던지고 있었다. 램지 부인이 하인들에게 지시를 내리고 있었기에, 그리고 캐리 매닝이 아직 살아 있다는 사실에 램지 부인이 얼마나 놀랐는가를 생각하면서 우정이란(최고의 우정이라 해도) 덧없는 것이라는 생각이 들었기에. 사람은 뿔뿔이 흩어지기 마련이다. 그는 다시 스스로를 나무랐다. 램지 부인 옆에 앉아 있는데, 그녀에게 할 말이 전혀 없다니.

"정말 죄송해요." 램지 부인은 마침내 그에게로 몸을 돌리며 말했다. 그는 물에 흠뻑 젖었다가 마른 후에 발을 집어넣을 수 없는 구두처럼 뻣뻣하고 메마른 느낌이었다. 하지만 발을 그 안에 밀어 넣어야 한다. 말을 하도록 애써야 한다. 극히 조심하지 않으면, 그녀는 그의 배신을, 그가 그녀를 조금도 개의치 않는다는 사실을 알아챌 것이다. 전혀 유쾌한 일이 아닐 거라고 그는 생각했다. 그래서 예의 바르게 그녀 쪽으로 고개를 돌렸다.

"이렇게 소란한 곳에서 식사하는 것이 무척 싫으시겠지요." 그녀는 심란할 때면 늘 그랬듯이 사교적인 말투로 말했다. 이처럼 어떤 회의에서 설전이 오갈 때, 회장은 화합을 이루기 위해서 모두 프랑스어로 말하자고 제안한다. 어쩌면 프랑스어 실력이 형편없을 수도 있고, 말하는 사람의 생각을 표현할 적합한 단어가 프랑스어에 없을 수도 있다. 그럼에도 프랑스어로 말하다 보면 어떤 질서, 어떤 통일성이 생겨난다. 그녀와 똑같은 말투로 답하면서 뱅크스 씨는 "아뇨, 전혀 그렇지 않아요."라고 말했고, 이 언어를 전혀 알지 못하고 심지어 한 음절로 이루어진 단어도 알지 못하는 탠슬리 씨는 즉시 그것이 위선이라고 생각했다. 그는 램지 가족이 허튼소리만 늘어놓는다고 생각했다. 그래서 즐거운 마음으로 이 새로운 실례를 포착해서 기록해 두었다. 조만간 친구 한두 명에게 큰 소리로 읽어 줄 것이다. 하고 싶은 말을 마음대로 할 수 있는 모임에 가서, '램지 가족 집에서 머문 경험'과 그들이 얼마나 허튼소리만 늘어놓는지를 신랄하게 묘사할 것이다. 그 가족을 한 번쯤 방문할 만하다고 말할 것이다. 하지만 두 번은 아니었다. 여자들이 너무나 지루하다고 말할 것이다. 물론 램지는 아름다운 여자와 결혼하고 자식을 여덟 명 둠으로써 스스로 파산을 불러왔다. 그 이야기는 이렇게 정리될 것이다. 그러나 지금 이 순간 옆자리가 비어 있는 채 꼼짝없이 앉아 있어서는 아무것도 정리되지 않았다. 죄다 부스러기와 파편뿐이었다. 그는 육체적으로도, 심정적으로도 몹시 불편한 상태가 되었다. 누군가 자신에게 나설 수 있는 기회를 주기 바랐다. 그 기회를 너무나 절박하게 바랐기에 안절부절못하며 앉아 있었고, 이 사람을 보았다가 저 사람을 보았으며, 그들의 이야기에 끼어들려고 입을 벌렸다가 다시 다물었다. 그들은 수산업에 대해서 이야기하고 있었다. 왜 아무도 그의 의견을 묻지 않는가? 그들이 수산업에 대해서 아는 게 뭐가 있다고?

릴리 브리스코는 그 모든 것을 알았다. 그녀는 그의 맞은편에 앉아서 엑스레이 사진을 보듯이 자신을 각인하려는 욕망의 갈빗대와 대퇴골이 흐릿한 살(대화에 끼어들려는 그의 타오르는 욕망에 관습이 덮어 놓은 안개)에 싸여 거무스름하게 비치는 것을 볼 수 있지 않았던가? 그러나 그녀는 중국인처럼 생긴 눈을 가늘게 뜨고 그가 "여자들은 그림을 그릴 수 없다, 글을 쓸 수 없다."라고 조롱했던 일을 떠올리면서 생각했다. 그의 욕망을 채워 주도록 내가 그를 도와야 할 이유가 어디 있어?

그녀가 알기로는 행위 규범이란 것이 있고, 그 규범의 일곱 번째 조항에 따르면(아마도 이럴 것이다.) 이런 경우에 맞은편 젊은 남자가 자기를 과시하려는 절실한 욕망과 허영심의 대퇴부와 갈빗대를 드러내고 풀어 놓을 수 있도록 그를 돕는 것이 여자(그 여자의 직업이 무엇이든 간에)의 의무였다. 만일 지하철에서 불이 나면 여자를 돕는 것이 실로 남자들의 의무인 것과 마찬가지라고 그녀는 노처녀답게 공정히 숙고했다. 그런 경우에 나는 탠슬리 씨가 나를 끌어내 주기를 분명 기대할 거야. 그녀는 생각했다. 그러나 여자들 중 어느 누구도 이런 일을 전혀 하지 않는다면 과연 어떻게 될까? 그녀는 생각했다. 그러고는 미소를 지으며 그냥 앉아 있었다.

"당신이 등대에 가려는 건 아니겠지요, 릴리?" 램지 부인이 말했다. "가엾은 랭글리 씨를 생각해 봐요. 그분은 세계를 수십 번이나 일주했는데, 내 남편과 등대에 갔을 때처럼 고생한 적은 없었다고 말했어요. 당신은 뱃멀미를 안 하세요, 탠슬리 씨?"라고 그녀가 물었다.

탠슬리 씨는 망치를 치켜들고 공중에서 높이 휘둘렀지만 내리치는 동안 그런 연장으로는 그 나비를 강타할 수 없다는 것을 깨닫고 그저 평생 멀미해 본 적이 없다고 말했다. 그러나 그 한 문장 안에는 그의 할아버지가 어부였으며, 아버지는 약사이고, 자신은 순전히 자력으로 자기 길을 개척해 왔으며, 그 사실을 자랑스럽게 여기고, 자신이 바로 찰스 탠슬리라는 의미가 폭약처럼 빽빽이 채워져 있었다. 이 사실을 거기 있는 어느 누구도 깨닫지 못한 것 같지만, 조만간 모두들 알게 될 것이다. 그는 얼굴을 찌푸리고 앞을 노려보았다. 자기 속에 있는 폭약으로 조만간 양모 꾸러미나 사과 통처럼 폭파되어 하늘 높이 날려 갈 이 온순하고 교양 있는 사람들에 대한 동정심이 일 정도였다.

"나를 데리고 가실래요, 탠슬리 씨?" 릴리가 재빨리, 친절하게 말했다. '나는 불의 바다에 빠지고 있어요, 릴리. 당신이 이 고통스러운 시간에 향유를 발라 주고 저기 저 젊은이에게 친절한 말을 건네지 않는다면, 삶은 좌초되고 말 거예요. 실제로 지금 이 순간에도 삐걱거리고 으르렁거리는 소리가 들려요. 내 신경은 바이올린 현처럼 팽팽히 당겨져 있어요. 한 번만 더 건드리면 뚝 끊어질 거예요.'라고 실제로 말한 거나 다름없이 램지 부인이 눈빛으로 이렇게 말을 전했을 때, 물론 릴리 브리스코는 그 실험(저기 젊은 남자에게 친절하게 대하지 않으면 어떤 일이 일어나는가 하는)을 백쉰 번째로 중단하고, 친절하게 대할 수밖에 없었다.

그녀 기분의 변화(그녀가 이제는 그에게 우호적이라는)를 정확하게 포착한 탠슬리는 자기중심적인 버릇에서 벗어나서, 아기였을 때 자신이 배 밖으로 떨어졌고 부친이 자기를 갈고리 장대로 끌어 올리곤 했으며 그렇게 해서 수영하는 법을 배웠다고 그녀에게 말했다. 숙부 한 분은 스코틀랜드 해안에서 멀리 떨어져 있는 바위의 등대지기였어요. 그가 말했다. 폭풍우가 몰아치는 와중에 숙부와 함께 그곳에 간 적이 있었지요.
다른 사람들의 이야기가 중단되었을 때 그는 큰 소리로 말했
다. 그가 폭풍우 속에서 숙부와 함께 등대에 있었다는 이야기
를 그들 모두 들을 수밖에 없었다. 대화가 이처럼 순조롭게 흘
러가자 릴리 브리스코는 램지 부인이 고마워하는 것을 느끼
며(램지 부인은 이제 잠시 마음 놓고 이야기할 수 있었기에) 생각
했다. 아, 당신을 위해서라면, 내가 어떤 희생이든 치르지 않
겠어요? 그녀는 위선적으로 행동했던 것이다.

　그녀는 흔히 쓰는 속임수를 써서 친절하게 굴었다. 그녀는
그를 결코 알지 못할 것이다. 그는 그녀를 결코 알지 못할 것
이다. 인간관계는 다 그렇다고 그녀는 생각했다. 가장 골치 아
픈 관계는 (뱅크스 씨만 제외하면) 남자와 여자의 관계였다. 남
녀 관계는 어쩔 수 없이 극도로 위선적이었다. 그때 스스로에
게 상기시키기 위해서 거기 두었던 소금 통이 그녀 눈에 들어
오자, 내일 아침에 그 나무를 좀 더 가운데로 옮기기로 한 것
이 기억났다. 내일 그림을 그린다는 생각에 그녀는 한껏 신이
났고, 그래서 탠슬리 씨가 하는 이야기에 큰 소리로 웃어 주었
다. 하고 싶다면 밤새껏 이야기하라지.

　"그런데 사람들이 등대에서 얼마나 오래 근무하나요?"라
고 그녀가 물었다. 그가 대답했다. 놀랍게도 그는 아는 것이
많았다. 그가 고마운 심정이었고, 릴리가 좋아졌으며, 스스로
도 즐거운 기분이 들기 시작했기에, 그래서 이제 램지 부인은
그 꿈의 땅, 비현실적이지만 매혹적인 곳, 이십여 년 전 말로
에 있던 매닝의 응접실로 돌아갈 수 있다고 생각했다. 그곳에

서 서두르지 않고 불안해하지도 않으며 돌아다녔다. 걱정해야 할 미래가 없으니까. 그녀는 그들에게 일어난 일과 자신에게 일어난 일을 알았다. 좋은 책을 다시 읽는 것 같았다. 이십 년 전에 일어났으므로 이미 그 이야기의 결말을 알고, 어디에서 흘러왔는지 모르지만 이 식당의 식탁에서도 폭포처럼 쏟아져 내린 삶이 그곳에서는 밀폐되어 그 둑 사이의 잔잔한 호수처럼 누워 있으니까. 그들이 당구실을 지었다고 윌리엄이 말했다. 대체 있을 수 있는 일일까? 윌리엄이 매닝 가족에 대한 이야기를 계속하고 싶어 할까? 그녀는 그러기를 바랐다. 그러나 어떤 이유에선지 그는 그럴 기분이 아닌 듯했다. 그녀가 그 이야기를 꺼내 보았지만 그는 반응을 보이지 않았다. 강요할 수는 없었다. 그녀는 실망했다.

"아이들이 제멋대로예요." 그녀는 한숨을 쉬며 말했다. 그는 시간을 지키는 것이 우리가 나이 먹은 후에야 얻게 되는 사소한 미덕들 가운데 하나라는 식으로 말했다.

"얻게 된다면 좋을 텐데요." 램지 부인은 그저 공백을 메우기 위해서 말하면서 윌리엄이 노처녀처럼 까다로워지고 있다고 생각했다. 자신의 배신을 의식하면서, 그녀가 더욱 친밀한 이야기를 하고 싶어 하는 것을 알지만 지금은 그럴 기분이 아니어서 그는 앉아 기다리면서 삶의 불쾌함이 엄습하는 것을 느꼈다. 혹시 다른 이들은 흥미로운 이야기를 하고 있을까? 무엇에 대해 이야기하고 있을까?

고기잡이 철의 어획량이 형편없고, 사람들이 이민을 가고 있다는 이야기였다. 그들은 임금과 실업에 대해 이야기하고 있었다. 그 젊은이는 정부를 매도하고 있었다. 윌리엄 뱅크스는 사적인 삶이 불쾌할 때 이런 이야기를 들으면 안도감이 든다고 느끼면서 그 젊은이가 "현 정부의 가장 괘씸한 소행들 중의 하나"에 대해 말하는 것을 들었다. 릴리도 듣고 있었고, 램지 부인도 듣고 있었다. 그들 모두 듣고 있었다. 하지만 벌써 지루해하면서 릴리는 뭔가 부족하다고 느꼈다. 뱅크스 씨도 뭔가 결핍되었다고 느꼈다. 숄을 어깨 주위로 당기면서 램지 부인도 뭔가 결핍되었다고 느꼈다. 그들 모두 몸을 기울여 경청하면서 생각했다. '제발 내 속마음이 드러나지 않기를.' 그들 각자 '다른 이들은 이렇게 느끼고 있어. 그들은 어부들에 대한 정부의 정책에 화를 내고 분개하고 있어. 그런데 나는 아무것도 느끼지 않아.'라고 생각했던 것이다. 그러나 뱅크스 씨는 탠슬리 씨를 보면서 어쩌면 이 사람이 뛰어난 인물일지도 모른다고 생각했다. 우리는 늘 이런 사람을 기다려 왔다. 기회는 늘 있었다. 어느 순간에든 지도자가 일어설 수 있다. 다른 분야에서도 그렇듯이 정치에서도 탁월한 재능이 있는 사람이 나타날 수 있다. 어쩌면 그가 우리처럼 늙은 구식 인간들에게 극히 불쾌하게 굴 거라고 뱅크스 씨는 생각하면서, 그가 질투하고 있음을 참작해 주려고 애썼다. 등뼈에 신경이 곤추선 듯이 묘한 육체적 감각으로 그는 그 젊은이가 한편으로는 자신을, 아니 그보다 더 자신의 업적을, 자신의 관점을, 자신의 학식을 질투하고 있음을 알았던 것이다. 그러므로 그 젊은이는 완전히 솔직하지도, 완전히 공정하지도 않았다. 탠슬리 씨는 이렇게 말하는 것 같았으니까. 당신은 인생을 헛되이 낭비했소. 당신들은 모두 틀렸소. 한심한 구닥다리들, 당신들은 구제될 도리 없이 시대에 뒤떨어졌소. 그 젊은이는 다소 독단적인 것 같았다. 그리고 그의 매너는 형편없었다. 하지만 뱅크스 씨는 그에게 용기가 있고, 능력이 있으며, 그가 아는 것이 대단히 많다는 점을 주목하려 했다. 어쩌면 탠슬리가 정부를 비방했기 때문에 그의 말에 대단한 의미가 있을 거라고 뱅크스 씨는 생각했다.

"이제 말해 보게나⋯⋯." 그가 말했다. 그래서 그들은 정치에 대해 논의했고, 릴리는 식탁보의 이파리 무늬를 보았다. 램지 부인은 논의를 그 두 사람에게 떠맡기고는 그 이야기에 왜 그렇게 따분해졌는지를 생각하면서 식탁 반대편에 앉아 있는 남편을 보았고 그가 뭔가 이야기를 꺼내기를 바랐다. 한마디만 해 봐요. 그녀는 속으로 말했다. 당신이 어떤 이야기든 꺼낸다면 완전히 달라질 거예요. 당신은 사물의 핵심을 포착하니까요. 당신은 어부들과 그들의 임금에 대해서 염려했잖아요. 그런 것들을 염려하느라 잠도 제대로 이룰 수 없었고요. 당신이 말하면 완전히 달라져요. 그러면 '내가 전혀 관심이 없다는 것을 당신이 제발 알아채지 못하기를!'이라고 생각하지 않아요. 실제로 관심을 느끼니까요. 이 순간 그녀는 자신이 남편의 말을 기다리는 것은 남편을 무척 흠모하기 때문임을 깨달았고, 마치 누군가 남편을 그리고 자신들의 결혼을 칭찬해 준 것처럼 느꼈으며, 그를 칭찬한 사람이 바로 자기 자신이라는 것을 의식하지 못한 채 기쁨으로 온 얼굴을 빛냈다. 남편 얼굴에서 그것이 드러나리라고 생각하며 그녀는 그를 바라보왔다. 그는 당당하게 보일 것이다……. 그러나 전혀 그렇지 않았다! 그는 오만상을 하고는 불쾌한 표정으로 화가 나서 벌겋게 달아 있었다. 대체 무슨 일일까? 그녀는 의아했다. 무슨 문제일까? 그저 그 가엾은 오거스터스가 수프 한 대접을 더 달라고 했을 뿐이다. 그것이 전부였다. 오거스터스가 수프를 또다시 먹기 시작하다니, 생각할 수 없는 일이고, 몹시 혐오스러운(그는 식탁을 가로질러 그녀에게 눈짓으로 그렇게 알려 주었다.)일이다. 그는 자신이 식사를 다 끝냈을 때 사람들이 먹고 있는 것을 몹시 싫어했다. 그녀는 그의 분노가 사냥개 무리처럼 그의 눈으로, 그의 이마로 덮치는 것을 보았고, 잠시 후에 뭔가 격렬하게 터져 나오리라는 것을 알았는데, 그러나 고맙게도 그다음에, 그는 스스로를 억누르려고 급히 바퀴의 브레이크를 밟았고, 그의 온몸에서 불꽃이 일어난 것 같았지만 말이 튀어나오지는 않았다. 그는 앉아서 얼굴을 찡그린 채로 아무 말도 하지 않았다. 바로 그것을 그녀가 알아주길 바랐을 것이다. 자신의 처신에 대해서 그녀가 인정해야 마땅하지! 그러나 대체 가엾은 오거스터스가 수프 한 접시를 청해서는 안 될 이유가 어디 있다는 것일까? 오거스터스는 엘런의 팔을 가볍게 건드리며 말했을 뿐이었다.

"엘런, 수프 한 접시 더 줘요." 그러자 램지 씨는 그처럼 험상궂게 얼굴을 찌푸렸다.

그런데 왜 안 된다는 말이에요? 램지 부인이 물었다. 오거스터스가 원한다면 수프를 먹도록 해 줄 수 있잖아요. 나는 사람들이 음식에 탐닉하는 것이 싫소. 램지 씨는 그녀를 바라보며 얼굴을 찌푸렸다. 나는 그런 일로 이처럼 몇 시간씩 질질 끄는 게 싫소. 그 광경이 몹시 불쾌했지만 그는 그래도 자제했고, 그것을 그녀에게 보이고 싶었다. 하지만 왜 그렇게 확연하게 내색하는 거예요? 램지 부인이 물었다.(그들은 긴 식탁 너머로 서로를 바라보며 이러한 질문들과 답들을 주고받았고, 상대가 느끼는 감정을 정확히 알았다.) 사람들이 모두 다 볼 수 있잖아요. 램지 부인은 생각했다. 로즈가 아버지를 바라보고 있었고, 로저도 아버지를 바라보고 있었다. 그 둘 다 이내 한바탕 웃음을 터뜨릴 것을 알았기에 그녀는 즉시 말했다.(사실 그럴 시간이 되었다.)

"초에 불을 붙여 다오." 그러자 아이들은 즉시 벌떡 일어나 찬장으로 가서 양초를 찾았다.

남편은 왜 자기 감정을 숨기지 못할까? 램지 부인은 생각했고, 오거스터스 카마이클이 알아차렸을지 궁금했다. 어쩌면 알았을 것이다. 어쩌면 모를지도 모른다. 그녀는 앉아서 태연히 수프를 먹고 있는 그를 보면서 존경심을 느끼지 않을 수 없었다. 수프를 원하면 그는 수프를 달라고 했다. 사람들이 그를 비웃든, 화를 내든, 그는 늘 한결같았다. 그가 그녀를 좋아하지 않는 것을 그녀는 알았다. 부분적으로는 바로 그렇기 때문에 그녀는 그를 존중했다. 희미해지는 빛 속에서 큰 체구로 평온하게 기념비처럼 사색에 잠겨 수프를 먹는 그를 바라보면서 그녀는 그가 무엇을 느끼고 있는지, 그는 왜 늘 만족하고 위엄이 있는지 의아해했다. 그가 앤드루에게 깊은 관심을 품어서 그 애를 자기 방으로 불러 "물건들을 보여 주곤" 했다는 앤드루의 말을 생각했다. 그는 잔디밭에 누워서 아마도 자기 시에 대해서 곰곰 생각하는 듯했고, 그 모습이 새들을 바라보는 고양이를 연상시켰으며, 그러다가 원하던 단어를 찾은 듯 손뼉을 치기도 했다. 그녀의 남편은 "가엾은 오거스터스. 그는 진정한 시인이야."라고 말했고, 남편에게서 나온 말치고는 대단한 찬사였다.

이제 초 여덟 개가 식탁 위에 올려졌고, 처음에 구부정하던 불꽃들이 똑바로 일어서면서 비추자 긴 식탁 전체가 눈에 들어왔다. 식탁 중앙에 노란색과 보라색이 어우러진 과일 접시가 있었다. 로즈가 과일 접시를 어쩜 저렇게 꾸밀 수 있었는지 램지 부인은 의아했다. 로즈가 담아 놓은 포도와 배, 뿔처럼 생긴 분홍빛 줄무늬 조개, 바나나를 보자, 바다 밑바닥에서 건져 올린 트로피와 넵투누스[48]의 연회, 붉은색과 금색으로 타오르는 표범 가죽을 걸치고 횃불을 든 채 터벅터벅 걷고 있는(어떤 그림에 묘사된) 바쿠스[49]의 어깨에 늘어진 나뭇잎들과 포도송이들이 연상되었다……. 그렇게 돌연히 빛을 받자 그 과일 접시는 상당히 커지고 깊어진 것 같아서 마치 사람이 지팡이를 들고 언덕을 올라 계곡으로 내려갈 세계처럼 보인다고 그녀는 생각했다. 오거스터스 역시 그 과일 접시를 눈으로 즐기면서 돌진해 들어가 저기서 꽃 한 송이를 꺾고 여기서 꽃대를 꺾으며 만끽한 다음에 자기 꿀벌 통으로 돌아가는 것을 보면서 그

---

48) 바다의 신. 과일 접시에 담긴 조개를 보고 연상한 것이다.
49) 포도주와 풍년의 신.

녀는(그 모습이 순간적으로 그들을 공감으로 엮어 주었기에) 기뻐했다. 그가 사물을 보는 방식은 그러했고, 그녀와 달랐다. 그러나 함께 보았다는 사실이 그들을 하나로 결합해 주었다.

이제 촛불이 모두 밝혀지자, 식탁 양쪽의 얼굴들이 촛불 빛으로 더욱 가까워졌고, 어둑했을 때와는 달리 식탁을 둘러싸고 한 무리를 이루었다. 이제 유리창이 바깥의 어둠을 차단했고, 바깥 세계를 정확히 보여 주기는커녕 그 세계에 너무나 기묘한 파문을 일으켜서, 여기 방 안은 질서정연하고 마른 땅 같았고, 저기 바깥은 물에 젖어 너울거리다가 사라지는 사물들의 그림자처럼 보였다.

이내 어떤 변화가 실제로 일어난 듯이 그들 모두를 뚫고 지나갔다. 그들은 어떤 섬의 동굴에서 함께 일행을 이루고 있는 느낌으로 저 바깥 세계의 유동성에 맞서 공동 전선을 폈다. 폴과 민타가 들어오기를 기다리며 불안한 마음을 진정할 수 없었던 램지 부인은 이제 불안이 기대감으로 바뀐 것을 느꼈다. 이제 그들이 들어올 테니까. 돌연한 흥분의 원인을 따져 보려 하면서 릴리 브리스코는 이 감정을 테니스 코트에서, 갑자기 안정감이 사라지고 막막한 공간이 그들 사이에 자리 잡았던 때와 비교했다. 가구가 많지 않은 그 방에 켜진 많은 초들, 커튼이 없는 창문들, 촛불이 비춰 가면처럼 환히 드러난 얼굴들로 이제 똑같은 효과가 빚어졌다. 지금까지 사람들을 내리누르던 무거운 분위기가 걷혔고, 그녀는 무슨 일이든 일어날 수 있다고 느꼈다. 그들이 이제 들어와야 한다고 램지 부인이 문을 바라보며 생각한 순간 민타 도일과 폴 레일리가 양손에 큰 접시를 든 하녀와 함께 들어섰다. 끔찍하게 늦었다고, 지독히도 늦었다고 민타는 식탁의 다른 쪽 끝으로 가면서 말했다.

"브로치를 잃었어요. 할머니의 브로치를." 민타는 슬픔에 잠긴 목소리로 말했다. 램지 씨 옆에 앉으면서 위아래를 쳐다보는 그녀의 큰 갈색 눈에 눈물이 넘칠 듯 고였기에 램지 씨는 기사도 정신을 발휘하여 그녀를 놀렸다.

보석을 달고 바위를 기어오르다니 어떻게 그런 얼간이처럼 굴 수 있느냐고 그는 물었다.

민타는 램지 씨를 두려워하는 것 같았다. 그는 무서울 정도로 현명했던 것이다. 그녀가 그의 옆자리에 처음 앉았던 날 밤에 그는 조지 엘리엇에 대해서 이야기했고 그녀는 정말로 겁에 질렸었다. 그녀는 『미들마치』[50] 3권을 기차에 두고 내렸기에 그 결말이 어떻게 되는지를 알지 못했던 것이다. 그러나 나중에 그녀는 그와 더할 나위 없이 잘 지냈고, 그가 그녀를 바보라고 놀리기 좋아했기 때문에, 실제보다 더 무식한 체했다. 그래서 오늘 밤에도 당장 그가 그녀를 비웃었지만, 그녀는 겁이 나지 않았다. 게다가 그녀는 방에 들어서자마자 어떤 기적이 일어났음을 깨달았다. 자신이 금빛 후광을 두르고 있었던 것이다. 때로 그녀는 그 후광을 두르고 있었다. 때로는 그렇지 않았다. 그녀는 그 후광이 왜 생기는지, 왜 사라지는지를 전혀 알지 못했고, 자기가 그 후광을 두르고 있다는 것도 방에 들어

---

50) 빅토리아 시대 소설의 거장인 조지 엘리엇이 쓴 대표적인 작품으로 1872년 네 권으로 간행되었다. 레슬리 스티븐은 1902년에 조지 엘리엇의 전기를 출판했다.

선 다음에 어떤 남자의 시선을 보고서야 비로소 짐작할 수 있었다. 그래, 오늘 밤 그녀를 감싼 후광은 어마어마했다. 램지 씨가 그녀에게 바보처럼 굴지 말라고 말할 때의 태도에서 그녀는 그것을 알았다. 그녀는 미소를 지으며 그의 옆에 앉았다.

그렇다면 그 일이 일어난 것이 틀림없다고 램지 부인은 생각했다. 그들은 약혼한 것이다. 한순간 그녀는 다시 느끼리라고는 전혀 예상치 않았던 감정(질투심)을 느꼈다. 그녀의 남편 역시 그것(민타의 타오르는 빛)을 느꼈던 것이다. 그는 이런 처녀들, 불그스레하고 금빛이 도는 처녀들, 어딘가 자유분방하고, 약간 거칠고 덤벙대며, "머리카락을 반반하게 손질하지" 않고, 가엾은 릴리에 대해서 그가 말했듯이 "빈약한" 구석이 없는 아가씨들을 좋아했다. 그녀 자신도 지니지 못한 어떤 자질, 어떤 광채, 어떤 풍요로움이 있었고, 그런 자질에 그는 마음이 끌렸고 즐거워했으며 그래서 민타 같은 아가씨들을 좋아했다. 그들은 그의 머리칼을 잘라 주고, 그의 시계 사슬을 엮어 주거나 그의 일을 방해하면서 "자, 빨리 오세요, 램지 씨, 이제 우리가 이길 차례예요."라고 그를 큰 소리로 불렀다.(그녀는 그 소리를 들었다.) 그러면 그는 테니스를 치러 나갔다.

그러나 그녀가 진정으로 질투심을 느낀 것은 아니었다. 그저 이따금 의도적으로 거울을 보면서 어쩌면 자기 잘못으로 (온실 수리 청구비와 그 밖의 모든 것들.) 늙어 버린 자신의 모습을 보면서 약간 화가 날 때만 그러했다. 그녀는 그들이 남편을 놀려 주어서 고마운 심정이었다.("오늘 파이프 담배를 몇 대나 피우셨어요, 램지 씨?" 등등) 그러면 그는 젊어지는 것 같았고 여자들에게 무척 매력적인 남자로 보였다. 자신의 위대한 연구와 세상에 대한 슬픔, 자신의 명성이나 실패에 압도되거나 짓눌리지 않았고, 그녀가 그를 처음 만났을 때처럼 수척하지만 친절한 사람으로 되돌아갔다. 바로 저렇게(민타를 놀려 주면서 놀랍게도 젊어 보이는 그를 부인은 바라보았다.) 매우 유쾌한 태도로 자신이 배에서 내리도록 도와주었던 것을 그녀는 기억했다. 그녀 자신은("그걸 여기 내려놓아요."라고 말하며 스위스인 하녀가 쇠고기 스튜가 담긴 커다란 갈색 그릇을 자기 앞에 살짝 놓도록 도와주었다.) 얼간이들을 좋아했다. 폴을 옆자리에 앉혀야 한다. 그녀는 그를 위해 자리를 마련해 두었다. 사실 그녀는 얼간이들을 제일 좋아한다고 생각했다. 그들은 논문을 쓴답시고 다른 사람에게 성가시게 굴지 않았다. 결국, 이 머리 좋은 남자들은 얼마나 많은 것을 놓치고 마는 것인가! 정말이지, 그들은 얼마나 메말라 버리는가! 폴이 옆에 와서 앉았을 때, 그에게는 무척 매혹적인 면이 있다고 그녀는 생각했다. 그의 매너는 유쾌하고, 조각처럼 섬세한 코와 빛나는 푸른 눈도 그렇지. 그는 무척 사려가 깊었다. 어떤 일이 있었는지를(이제 그들 모두 다시 이야기를 시작했으므로) 그가 그녀에게 말할까?

"우리는 민타의 브로치를 찾으러 돌아갔었어요." 그는 그녀 옆에 앉으며 말했다. "우리"라는 단어로 충분했다. 그 어려운 단어를 입에 올리려고 목소리를 높이며 애를 쓰는 것으로 보아 그가 "우리"라는 말을 처음으로 썼다는 사실을 알 수 있었다. "우리"는 이렇게 했어요. "우리"는 저렇게 했어요. 그들은 평생 그 단어를 쓸 거라고 그녀는 생각했다. 마르트가 약간 과장된 몸짓으로 뚜껑을 열었을 때, 커다란 갈색 그릇에서 올리브, 기름, 고기즙의 맛있는 냄새가 피어 올랐다. 요리사는 사흘이나 걸려서 그 요리를 준비했다. 부드러운 고깃덩어리 안에 국자를 밀어 넣으며 램지 부인은 윌리엄 뱅크스에게 특히 연한 부분을 골라 주어야겠다고 생각했다. 그리고 반짝이는 요리 표면의 막과 맛있는 냄새가 뒤섞인 노릇해진 갈색 고기, 월계수 잎들과 포도주를 응시하면서 생각했다. 이것으로 특별한 사건을 축하해야지. 장난기와 애정이 그녀의 내면에서 일어난 듯 진지하게 축하의 연회를 열고 싶은 변덕스럽고도 다정한, 묘한 감정이 솟아올랐다. 여자에 대한 남자의 사랑, 가슴에 죽음의 씨앗을 품고 있는 사랑보다 더 진지한 것이 무엇이 있겠는가? 그보다 더 압도적이고 더 인상적인 것이 무엇이 있겠는가? 동시에 이 연인들, 눈을 반짝이며 환상의 세계로 들어서는 이 연인들을 화관으로 장식해 주고 놀려 주며 그들을 둘러싸고 춤을 추어야 한다.

"이건 진미로군요." 뱅크스 씨가 잠시 칼을 내려놓으며 말했다. 그는 세심하게 주의를 기울이며 음식을 맛보았다. 풍부하고, 부드럽고, 완벽하게 조리된 음식이었다. 이 시골의 오지에서 어떻게 이런 요리를 만들어 낼 수 있어요? 그는 물었다. 당신은 놀라운 여자예요. 그의 모든 사랑과 모든 존중심이 되살아났고, 그녀는 그것을 알았다.

"할머니께서 알려 주신 프랑스 요리법이에요." 램지 부인은 큰 기쁨이 울려 퍼지는 목소리로 말했다. 물론 그것은 프랑스식 요리였다. 영국에서 요리로 통하는 것은 (그들이 이미 동의

한 대로) 혐오스럽기 그지없다. 물에 그저 양배추를 삶고, 고기가 가죽처럼 질겨질 때까지 굽고, 채소의 맛있는 껍질을 깎아 버리는 것이다. "껍질 안에 채소의 영양소와 맛이 다 들어 있는데 말입니다."라고 뱅크스 씨는 말했다. 그리고 음식 낭비도 이루 말할 수 없다고 램지 부인이 대답했다. 영국인 요리사 한 명이 낭비하는 재료의 양은 프랑스의 한 가족이 먹고 살 수 있을 정도였다. 윌리엄의 애정이 그녀에게로 돌아왔고 모든 것이 다시 잘되었으며 조마조마했던 마음도 사라져서 이제는 자유롭고 의기양양하게 놀릴 수 있다는 느낌에 기분이 좋아져서 그녀는 웃었고 풍부한 몸짓을 섞어 가면서 이야기했다. 마침내 릴리는 부인이 온갖 아름다움이 다시 내면에 펼쳐진 채로 앉아서는 채소 껍질에 대해서 말하다니 얼마나 어린애 같은가, 얼마나 어처구니없는가를 생각했다. 부인에게는 어딘지 무시무시한 데가 있어. 부인은 저항할 수 없이 매혹적이야. 결국에는 늘 자기가 원하는 대로 하고 말지. 릴리는 생각했다. 이제 이 일도 성사했어. 폴과 민타가 약혼했다고 생각해도 될 테니까. 뱅크스 씨는 여기서 식사하고 있고. 부인은 너무나도 소박하고 솔직한 소망으로 그들 모두에게 주문을 걸었다. 그리고 릴리는 그 풍요로움을 자신의 빈곤한 정신과 견주어 보았고, 그 중심에 있는 폴 레일리가 부들부들 떨면서도 넋이 나간 듯 몰입하고 침묵하게 하는 것은 부분적으로는 이 낯설고도 무시무시한 것에 대한 믿음이라고(부인의 얼굴은 환히 빛났다. 젊어 보이지는 않아도 찬란한 광채를 발했다.) 생각했다. 채소 껍질에 대해서 말하면서 램지 부인은 무엇인가를 찬양하고 숭배

한다고 릴리는 느꼈다. 그 위에 손을 올려 그들을 따뜻하게 하고 그것을 보호했고, 하지만 이제 그 일을 성사했으므로 여하튼 웃으며 자신의 희생양들을 제단으로 이끌고 간다고 릴리는 느꼈다. 이제 그녀에게도 그것이 전해졌다. 사랑의 감정, 사랑의 전율이. 폴 옆에서 그녀는 자신이 얼마나 왜소하다고 느꼈는지! 그는 환하게 타올랐지만, 자신은 초연하고 냉소적이었다. 그는 모험을 향해 나아갔지만, 자신은 해안에 정박해 있었다. 그는 무모하게 착수했지만, 그녀는 고독하게 뒤에 남겨졌다. 그리고 그것이 재앙일지라도 그의 재앙을 일부 나누려는 마음이 일어 그녀는 간청하듯이 수줍게 말했다.

"민타가 언제 브로치를 잃었어요?"

그는 기억에 휩싸이고 꿈에 젖어 더없이 아름다운 미소를 지었다. 그는 고개를 저으며 "해안에서요."라고 말했다.

"그걸 찾으러 갈 겁니다."라고 그가 말했다. "일찍 일어날 거예요." 민타에게는 비밀로 할 거라고 그는 목소리를 낮추어 말했고, 램지 씨 옆에 앉아서 웃고 있는 그녀에게로 눈길을 돌렸다.

릴리는 그를 도와주려는 심정을 터무니없이 격렬하게 표현하고 싶었다. 새벽녘 바닷가의 어느 바위틈에 반쯤 숨겨진 브로치를 와락 움켜쥠으로써 선원들과 모험가들의 대열에 끼는 자신의 모습을 떠올려 보았다. 그러나 그녀의 제안에 그가 뭐라고 대답했던가? 사실 그녀는 좀처럼 드러내지 않는 감정을 담아서 말했다. "당신과 함께 가게 해 주세요." 그러자 그는 웃었다. 그 웃음은 긍정이나 부정을 뜻했고, 어느 한쪽이었을 것이다. 그러나 그의 뜻은 아니었다. 그는 기묘하게 껄껄 웃었는데, 마치 이렇게 말한 것 같았다. 내킨다면 절벽 너머로 몸을 던지세요. 나는 개의치 않아요. 그는 사랑의 열기, 그 잔혹함, 그 잔인함, 그 파렴치함을 그녀의 뺨에다 내던졌다. 그것은 그녀의 살갗을 태웠고, 릴리는 식탁의 다른 쪽 끝에서 램지 씨에게 호감을 주는 민타를 바라보고는 그런 독니 앞에 노출된 그녀를 생각하고 움찔하면서 고맙게 여겼다. 어떻든 나는, 고맙게도, 결혼할 필요가 없어. 그녀는 꽃무늬 위 소금 통을 바라보면서 생각했다. 나는 그렇게까지 영락할 필요가 없어. 그렇게까지 가치를 떨어뜨리지 않도록 구제된 거야. 나무를 좀 더 가운데로 옮길 거야.

이런 것이 사물의 복합성이었다. 특히 램지 가족과 머물면서 그녀는 두 가지 상반되는 감정을 동시에 격렬하게 느끼는 일이 종종 있었다. 네가 느끼는 것과 내가 느끼는 것이 서로 달랐고, 그 두 가지는 그녀 마음속에서 지금처럼 격렬하게 싸웠다. 그 사랑은 너무나 아름답고 자극적이어서 나는 그것을 마주하고는 몸을 떨면서 평소의 습관을 다 떨치고 바닷가에서 브로치를 찾아보겠다고 제안한다. 또한 그 사랑은 더없이 어리석고 가장 야만적인 인간의 열정이라서, 보석처럼 매끄러운 멋진 젊은이(폴의 옆모습은 정교했다.)를 마일엔드 로드[51]에서 쇠지레를 든 불한당(그는 으스대고 거들먹거렸다.)으로 바꿔 놓

51) 런던 이스트엔드의 빈민가로 울프에게는 이 거리가 난폭함과 비행의 동의어로 여겨졌다.

는다. 하지만 인간의 역사가 시작된 이래로 사랑에 바치는 노래는 늘 불려 왔고, 화관과 장미 들이 산더미처럼 쌓여 왔다고 릴리는 중얼거렸다. 사람들에게 물어본다면 열에 아홉은 오로지 사랑을 원한다고 말할 것이다. 반면 여자들은, 그녀 자신의 경험으로 판단하자면, 언제나 이렇게 느낄 것이다. 이건 내가 원하는 게 아니야. 사랑보다 더 지루하고, 더 유치하고, 더 무자비한 것도 없어. 하지만 그건 아름답고 필요하기도 하지. 그래, 그렇다면, 그래, 그렇다면? 그녀는, 마치 이런 논의에서 명백히 사정거리에 미치지 못하는 자신의 작은 화살을 쏘고 다른 사람들이 이어 가도록 남겨 두는 것처럼, 이 주장을 다른 사람들이 이어 가기를 어쩐지 기대했다. 그래서 그들이 사랑의 문제에 대해서 뭔가 밝혀 주기를 바라며 그들 이야기에 다시 귀를 기울였다.

"그리고 영국인들이 커피라고 부르는 액체도 문제입니다." 라고 뱅크스 씨가 말했다.

"아, 커피!" 램지 부인이 말했다. 하지만 그보다는 진짜 버터와 깨끗한 우유가(부인이 분발하여 강조하며 말하는 것을 릴리는 볼 수 있었다.) 문제예요. 그녀는 영국 낙농업계의 죄악상과 우유가 어떤 상태로 문 앞에 배달되는지를 열렬히 웅변하듯 묘사했고, 자신이 비판하는 점을 증명하려 했다. 그 문제를 조사한 적이 있었던 것이다. 그러자 금작화 덤불에서 다른 덤불로 불길이 튀듯이 식탁 중간에 앉은 앤드루부터 시작해서 아이들이 모두 웃음을 터뜨렸다. 그녀의 남편도 웃었다. 그녀는 불길에 에워싸여 조롱을 받았고, 깃 달린 투구를 벗고 포대(砲

臺)에서 내려와서, 영국 대중의 편견을 공격하면 어떤 고통을 겪게 되는가의 실례로서 지금 식탁에서 일어난 야유와 조롱을 뱅크스 씨에게 보여 줌으로써 앙갚음하는 수밖에 없었다.

하지만 그녀는 탠슬리 씨 일을 도와주었던 릴리가 분위기에 어울리지 못하는 것을 보고 염려가 되어 일부러 릴리를 다른 사람들로부터 떼어 놓으며 말했다. "어떻든 릴리는 내 말에 동의해요." 이렇게 말하면서 그녀를 끌어들이자, 릴리는 조금 놀라며 당황했다.(그녀는 사랑에 대해 생각하고 있었으니까.) 릴리와 찰스 탠슬리 둘 다 분위기에 어울리지 못한다고 램지 부인은 생각하고 있었다. 그 둘은 다른 두 사람의 타오르는 빛으로 고통을 받고 있었다. 탠슬리가 완전히 따돌림당했다고 느끼는 것은 분명했다. 방 안에 폴 레일리가 함께 있다면 어떤 여자도 그를 쳐다보지 않을 테니까. 가엾은 사람! 하지만 그에게는 논문(누군가 무엇에 미치는 영향에 관한)이 있었고, 자신을 추스를 수 있었다. 릴리는 달랐다. 그녀는 민타의 타오르는 불빛 아래서 시들어 갔고, 작은 잿빛 드레스를 입고 얼굴은 주름지고 눈이 중국인처럼 작은 그녀는 전보다도 더 볼품없어 보였다. 그녀는 모든 부분이 너무나 작았다. 하지만 램지 부인은 그녀에게 도움을 요청했을 때(릴리가 자신의 말을 지지할 터이므로 부인은 낙농업에 대해서 더 긴 말을 늘어놓지 않았다. 구두에 대해서라면 한 시간씩은 말하던 남편이 자기 구두에 대해서 말하지 않은 것처럼.) 릴리를 민타와 비교하면서, 마흔이 되면 그 두 사람 가운데 릴리가 더 나을 거라고 생각했다. 릴리에게는 실낱같은 섬광과도 같은 무엇, 그녀 나름의 무엇이 있었고,

램지 부인은 그것을 무척 좋아했다. 그러나 유감스럽게도 어떤 남자도 그것을 좋아하지 않으리라. 윌리엄 뱅크스처럼 나이 든 사람이 아니라면 분명 좋아하지 않으리라. 그러나 그가, 글쎄, 그의 아내가 죽은 후로 어쩌면 자신을 좋아했을 거라고 램지 부인은 때로 생각했다. 물론 그가 '사랑에 빠진' 것은 아니었다. 그것은 뭐라 정의할 수 없는 다양한 애정들 가운데 하나였다. 아, 그러나 무의미한 애정이라고 그녀는 생각했다. 윌리엄은 릴리와 결혼해야 한다. 그들에겐 공통점이 아주 많았다. 릴리는 꽃을 무척 좋아했다. 그들 둘 다 차갑고 초연하며 자기 자신만으로도 족한 사람들이었다. 그들이 함께 긴 산책을 나갈 수 있도록 주선해야 한다.

어리석게도 그들이 서로 반대편에 앉도록 자리를 정해 놓았다니. 내일은 바꿀 수 있을 것이다. 날씨가 좋으면 소풍을 가야 한다. 온갖 일이 가능할 것 같았다. 모든 일이 잘 들어맞는 것 같았다. 바로 지금(하지만 모두들 구두에 대해 이야기하는 그 순간으로부터 자신을 떼어놓으며 그녀는 이것이 지속될 리 없다고 생각했다.) 그녀는 안정감에 도달한 것이다. 그녀는 공중에 떠 있는 매처럼, 온몸의 신경을 소란스럽지 않고 다소 엄숙하게, 충만하고 달콤하게 채운 기쁨의 대기에 떠 있는 깃발처럼 들떠 있었다. 남편과 아이들과 친구들이 식사하는 것을 바라보면서 이 기쁨은 그들에게서 솟아났다고 그녀는 생각했다. 이 모든 기쁨은 이 깊은 정적 속에서 솟아올라(그녀는 윌리엄 뱅크스에게 아주 작은 고기 조각을 더 떠 주고 그 토기의 바닥을 들여다보았다.) 연무처럼, 연기처럼 지금 특별한 이유도 없이 그곳에 머무르며 그들을 모두 안전하게 묶어 준 것 같다고 그녀는 생각했다. 아무 말도 할 필요가 없었다. 어떤 말도 할 수 없었다. 거기에 기쁨이 그들 주위를 감돌고 있었다. 그녀는 뱅크스 씨에게 특히 연한 조각을 조심스럽게 떠 주면서 그 기쁨이 영원성을 띠고 있다고 느꼈다. 그날 오후에 다른 일로 이미 느꼈던 것처럼 사물에는 응집성과 영속성이 있다. 덧없이 흘러가고 사라지고 유령처럼 형체를 잃어버리는 것에 맞서 변화를 초월한 어떤 것이 루비처럼 빛을 발한다는 뜻이다.(그녀는 반사된 빛이 잔물결을 일으키는 창문을 힐끗 바라다보았다.) 그래서 오늘 밤에 다시 그녀는 이미 낮에 한 번 느꼈던 감정, 평화로움과 평안함을 느꼈다. 앞으로 영원히 지속되는 것은 이런 순간들로 이루어진다고 그녀는 생각했다. 이 순간이 남을 것이다.

"네." 그녀는 윌리엄 뱅크스를 안심시켰다. "모두 넉넉히 먹을 만큼 많이 남아 있어요."

"앤드루." 그녀가 말했다. "접시를 좀 더 내려라. 그러지 않으면 쏟아지겠어."(쇠고기 스튜는 완벽한 성공작이었다.) 여기 사물의 핵심을 둘러싼 평온한 공간이 있다고 그녀는 숟가락을 내려놓으며 느꼈다. 이곳에서는 움직이거나 쉴 수 있고, 이제 귀를 기울이며(모두에게 음식을 나눠 주었다.) 기다릴 수 있고, 그런 다음에는 높은 곳에서 갑자기 하강하는 매처럼 깃털을 나부끼며 편안히 웃음 속에 침잠하고, 식탁의 반대편 끝에서 남편이 우연히도 자기 기차표에 기록된 숫자 1253의 제곱근에 대해서 하는 말에 자신의 온몸을 맡길 수 있었다.

이것이 대체 무슨 뜻일까? 오늘날까지 그녀는 전혀 들어 본 적이 없었다. 제곱근? 무엇일까? 아들들은 알았다. 그녀는 이제 그것들에 귀를 기울였다. 그들이 화제로 삼은 입방체와 제곱근, 볼테르[52]와 스탈 부인,[53] 나폴레옹의 성격, 프랑스의 토지 보유권 제도, 로즈버리 경,[54] 크리비[55]의 수상록에. 그녀는 남자들의 지성이 구축한 이 놀라운 건축물이 자신을 떠올리고 지탱하도록 내맡겼다. 그 건물은 종횡무진으로 뻗어 나가면서 여기저기를 가로질렀고, 흔들리는 건축물에 걸쳐 놓은 쇠 대들보처럼 세계를 떠받쳤다. 그래서 그녀는 그것에 자기 몸을 온전히 내맡길 수 있었고, 눈을 감거나 잠시 깜박거릴 수도 있었다. 베개를 베고 누운 아이가 층층이 우거진 무수한 나뭇잎들을 바라보면서 눈을 깜박이듯이. 그러다가 그녀는 정신을 차렸다. 그 건축물은 여전히 만들어지고 있었다. 윌리엄 뱅크스가 웨이벌리[56]를 칭찬하고 있었다.

그는 여섯 달마다 한 권씩 읽었다고 말했다. 그런데 왜 찰스

---

52) 볼테르(1694~1778). 프랑스 계몽주의 시대의 문학자이자 철학자로서 『캉디드』(1759)를 발표했다.

53) 스탈 부인(1766~1817). 프랑스의 유명한 비평가이자 소설가.

54) 로즈버리 경(1847~1929). 영국의 정치가로서 외무상과 수상을 역임했으며 나폴레옹에 관한 저서를 집필했다.

55) 토머스 크리비(1768~1838). 영국 정치가이자 문필가. 서한집과 논설로 유명하다.

56) 월터 스콧(1771~1832)이 출판한 웨이벌리 가문을 다룬 서른 권이 넘는 연작 소설로 『웨이벌리』(1814), 『골동품상』(1816), 『미들로디언의 심장』(1818) 등이 포함되어 있으며 울프는 자신의 아버지가 스콧의 소설을 좋아하여 낭독하기를 즐겼다고 회상했다.

탠슬리는 그 말에 화가 났을까? 그는 성급하게 나섰고(그건 오직 프루가 그에게 친절하게 대해 주지 않으려 했기 때문이라고 램지 부인은 생각했다.) 웨이벌리 연작들에 대해 아무것도 모르면서도 비난했다. 그 소설들에 대해서 아는 게 전혀 없군. 램지 부인은 그의 말을 듣기보다는 그를 관찰하면서 생각했다. 그의 태도로 보아 그렇다는 것을 알 수 있었다. 그는 자신을 내세우고 싶어 했다. 교수가 될 때까지 혹은 결혼해서 아내를 둘 때까지 그래서 늘 '나는, 나는, 나는'이라고 말할 필요가 없을 때까지, 그는 언제나 그럴 것이다. 가엾은 월터 경에 대해서든 제인 오스틴에 대해서든 그의 비판이 결국 도달하려는 곳은 바로 거기였으니까. '나는, 나는, 나는.' 그의 목소리에서 그리고 그가 힘주어 말하며 불안해하는 기색에서 알 수 있듯이, 그는 스스로에 대해서, 자기가 일으키는 인상에 대해서 생각하고 있었다. 성공을 하면 나아지겠지. 어떻든 사람들은 다시 이야기를 시작했다. 이제 그녀는 귀를 기울일 필요가 없었다. 이런 순간이 지속될 수 없음은 알지만 그 순간 그녀의 눈에 투시력이 생겨서 식탁 주위를 돌며 사람들 각각의 베일을 벗기고 그들의 생각과 감정을 적나라하게 드러내는 것 같았다. 마치 빛이 물속으로 살그머니 들어가서 물결의 파문과 그 안의 갈대들, 정지한 채 떠 있는 피라미들, 갑자기 움직임을 멈추고 의기소침하여 떨고 있는 송어를 모두 환하게 비추어 주듯이, 전혀 애쓰지 않아도 이런 식으로 그들이 보였고, 그들의 말이 들렸다. 그러나 그들이 어떤 말을 하든지 거기에는 이런 특성도 더해졌다. 그들의 말은 송어의 움직임이었지만, 그와 동시에 잔물결과 자갈, 오른쪽과 왼쪽의 무언가가 보이고, 그래서 전체가 결합되어 있는 듯이 보였다는 것이다. 반면에 현실에서라면 그녀는 그물로 건져 올린 한 가지를 다른 것과 떼어 놓고, 웨이벌리 소설을 좋아한다거나 읽지 않았다고 말할 것이고, 스스로 분발하도록 촉구했을 것이다. 지금 그녀는 아무 말도 하지 않았다. 잠시 그녀는 공중에서 떠돌고 있었다.

"아, 그런데 그 관심이 얼마나 오래갈 거라고 생각하세요?" 누군가 말했다. 그녀의 몸에서 스멀스멀 돋아난 더듬이가 어떤 문장을 가로채서 강제로 그녀의 의식에 밀어 넣은 것 같았다. 이것이 그런 문장들 가운데 하나였다. 그녀는 남편에게 다가온 위험을 감지했다. 그런 질문은 남편에게 자신의 실패를 상기시킬 이야기로 이어질 것이 거의 확실했다. 그의 저서가 얼마나 오래 읽힐 것인가. 그는 즉시 이렇게 생각할 것이다. (그런 허영심이 전혀 없는) 윌리엄 뱅크스는 웃었고, 자신은 풍조의 변화를 전혀 중요시하지 않는다고 말했다. 문학이나 그 밖의 어떤 것에서든 무엇이 영원히 존속할 수 있을지 과연 누가 알 수 있겠소?

"우리가 지금 즐기는 것을 즐기도록 합시다." 윌리엄이 말했다. 그의 고결한 성품은 램지 부인에게 실로 경탄스러웠다. 한순간도 그는 '이것이 내게 어떤 영향을 줄까?'라고 생각하지 않는 것 같았다. 그러나 그와는 전혀 달라서, 찬사와 격려를 받아야 하는 기질이 있는 사람이라면 당연히 불안을 느끼고(그녀는 남편이 불안해하기 시작하는 것을 알아차렸다.) 누군가 이렇게 말해 주기를 바라기 시작한다. 오, 하지만 당신의 저서는 영원히 남을 거예요, 램지 씨. 혹은 이와 비슷한 말을. 어떻든 스콧의 명성은(아니면 셰익스피어였던가?) 내가 살아 있는 동안에는 지속될 거요. 램지 씨는 약간 초조하게 말하면서 자신의 불안감을 극명하게 드러냈다. 그는 짜증스럽게 말했다. 모두들 그 이유는 알지 못해도 약간 불편한 심정일 거라고 그녀는 생각했다. 그때 민타 도일이 기민한 본능으로 터무니없이 퉁명스럽게 말했다. 사람들이 진심으로 셰익스피어를 좋아한다고는 생각하지 않아요. 그러자 램지 씨는 우울하게(그러나 그의 마음은 그 불안감에서 다시 벗어났다.) 말했다. 셰익스피어를 좋아한다고 말하는 만큼 실제로 좋아하는 사람은 거의 없소. 하지만 그럼에도 셰익스피어의 희곡 몇 편에는 상당한 미덕이 있지. 이렇게 덧붙이자, 램지 부인은 어떻든 이제 당분간은 괜찮으리라는 것을 알았다. 그는 민타를 놀릴 것이고, 민타는 스스로에 대한 그의 극도의 불안감을 알아차리고 그녀 나름대로 그를 돌봐 주려 하면서 어떻게든 그를 칭찬해 줄 거라고 램지 부인은 생각했다. 그러나 그런 칭찬이 필요하지 않았더라면 좋았을 텐데. 그런 칭찬이 필요해진 것은 어쩌면 자신의 잘못이었다. 어떻든 부인은 지금 폴 레일리가 소년 시절에 읽었던 책들에 관해서 늘어놓는 이야기에 마음 놓고 귀를 기울일 수 있었다. 그 책들은 영원히 남을 겁니다. 그가 말했다. 학교를 다닐 때 톨스토이의 작품을 몇 권 읽었어요. 늘 기억나는 것이 있는데 제목은 생각나지 않아요. 러시아인의 이름은 도저히 기억할 수 없다고 램지 부인이 말했다. "브론스키였어요." 폴이 말했다. 그 이름이 악당에게 걸맞다고 생각했기에 기억이 난다는 것이었다. "브론스키라고?" 램지 부인이 말했다. "아, 『안나 카레니나』 말이군요." 하지만 두 사람이 그 이야기를 오래 끌고 간 것은 아니었다. 그들은 책에 관한 대화에 능하지 못했다. 아니, 이내 찰스 탠슬리가 책에 관한 두 사람의 착각을 바로잡곤 했다. 하지만 그의 말에는 온통 이런 것이 뒤섞여 있었다. 내가 올바로 말하고 있는 것일까? 내가 좋은 인상을 주고 있는 걸까? 그래서 결국 톨스토이에 대해서보다는 그에 대해서 더 잘 알려 주는 말이었다. 반면에 폴은 자기 자신이 아니라 그저 얘깃거리 자체에 관해서 말했다. 어리석은 사람들이 모두 그렇듯이 폴 역시 겸손한 면이 있었고, 상대방의 감정을 배려했다. 그녀는 적어도 한 번은 그 점을 다소 매력적이라고 생각했다. 이제 그는 자기 자신이나 톨스토이에 대해서가 아니라, 그녀가 춥지 않은지, 외풍을 느끼지는 않는지, 배를 먹고 싶은지에 대해서 생각했다.

아뇨. 그녀가 말했다. 배는 먹고 싶지 않아요. 사실 그녀는 (의식하지 못하는 사이에) 선망하듯 과일 접시를 지켜보고 있었고, 누구도 그것을 건드리지 않기를 바랐다. 그녀의 눈길은 과일의 곡선과 그림자 들, 스코틀랜드 남동부산 포도의 진한 보랏빛 사이를 넘나들었고 그다음에는 조가비의 뿔 같은 등마루를 넘었으며, 보라색과 노란색을 대조하고, 굴곡진 형태와 둥근 형태를 대비했다. 자신이 왜 그러고 있는지를 알지 못하고, 혹은 그렇게 할 때마다 왜 더욱 평온한 느낌이 드는지도 알지 못하면서. 마침내, 아, 이런 일이 벌어지다니 얼마나 유감스러운가, 어떤 손이 쑥 뻗어 나오더니 배를 집어 들어서 그 전체를 망쳐 놓았다. 동정심을 느끼며 그녀는 로즈를, 재스퍼와 프루 사이에 앉아 있는 로즈를 바라보았다. 자신의 아이가 저런 일을 하다니 얼마나 묘한 일인가!

그녀의 아이들, 거기 한 줄로 앉아 있는 재스퍼와 로즈, 프루, 앤드루를 보면 얼마나 묘한 느낌이 드는지. 아이들은 거의 말이 없었지만 자기들만의 농담을 계속 나누고 있다는 것을 그녀는 그들의 씰룩이는 입술을 보고 짐작했다. 여타의 일들과는 전혀 동떨어진 그 농담을 아이들은 자기들의 방으로 돌아가서 한바탕 비웃으려고 마음속에 쌓아 두고 있었다. 그 농담이 그들의 부친에 대한 것이 아니기를 그녀는 바랐다. 아니, 그렇지 않을 거라고 생각했다. 그럼 무엇일까. 그녀는 다소 서글픈 마음으로 궁금해했다. 그녀가 옆에 없을 때 아이들이 신나게 웃어 댈 것 같았다. 가면처럼 다소 무표정하고 조용한 얼굴들의 이면에 모든 것이 축적되어 있었다. 아이들은 쉽사리 끼어들지 않았다. 아이들은 어른들보다 약간 높은 곳에 있거나 외따로 떨어져 있는 관람자, 감독관 같았다. 그러나 오늘 밤 프루에게는 꼭 들어맞지 않는 말이었다. 프루는 이제 막 내려오고 있었다. 맞은편에 앉은 민타의 타오르는 빛, 흥분, 행복의 기대가 반사된 듯, 남녀 간 사랑의 태양이 식탁보 가장자리 너머에서 솟아오른 듯, 프루의 얼굴에는 극히 희미한 빛이 감돌고 있었고, 그 애는 그게 무엇인지 알지 못하면서 그것을 바라보고 환영했다. 그녀는 수줍지만 신기한 듯이 민타를 계속 바라보았고, 그래서 램지 부인은 그 두 사람을 번갈아 보면서 마음속으로 프루에게 말했다. 너는 조만간 민타처럼 행복해질 거야. 너는 내 딸이니까 더 행복할 거란다. 그녀는 덧붙였다. 자신의 딸은 다른 사람들의 딸보다 더 행복해야 한다는 바람이었다. 하지만 만찬이 끝났고, 일어날 시간이 되었다. 아이들은 접시 위에 남은 음식으로 장난치고 있었다. 그녀는 남편 이야기에 사람들의 웃음이 멎을 때까지 기다릴 요량이었다. 그는 어떤 내기에 대해서 민타에게 농담을 하고 있었다. 이야기가 끝난 다음에 일어설 것이었다.

갑자기 그녀는 찰스 탠슬리가 마음에 들었다. 그녀는 그의 웃음이 좋았다. 그가 폴과 민타에게 격렬하게 화를 냈기 때문에 좋았다. 그의 어줍음이 좋았다. 어떻든 저 젊은이에게는 봐줄 만한 점들이 많이 있어. 그리고 릴리에게는 늘 자기 나름의 농담거리가 있을 거야. 부인은 접시 옆에 냅킨을 내려놓으며 생각했다. 릴리에 대해서는 걱정할 필요가 없어. 그녀는 기다렸다. 그녀는 접시 모서리 밑으로 냅킨을 밀어 넣었다. 자, 이제 끝났을까? 아니, 한 이야기가 다른 이야기로 이어졌다. 남편은 오늘 밤 상당히 기분이 좋았고, 그녀가 생각하기로는, 수프 때문에 소란을 벌인 후 오거스터스와 화해하기를 바라면서 그를 대화에 끌어들였으며, 그들이 대학 시절에 알던 어떤 사람에 대해서 이야기하고 있었다. 그녀는 창을 바라보았다. 이제 창유리가 새까매져 창가의 양초에서는 불꽃이 더욱 환하게 타올랐다. 바깥을 바라보고 있으려니 목소리들이 무척 기묘하게, 마치 성당에서 미사를 드리는 소리처럼 들려왔다. 내용은 귀담아 듣지 않았으니까. 갑자기 웃음이 터져 나왔고 혼자서 말하는 (민타의) 목소리를 들으면서 그녀는 로마의 어느 가톨

릭 성당에서 미사를 드리며 큰 소리로 라틴어 기도문을 읊는 남자들과 소년들을 연상했다. 그녀는 기다렸다. 남편이 말했다. 그는 무언가를 되풀이하고 있었고, 그 리듬과 환희에 찬 울림과 우울한 목소리로 보아 시라는 것을 알 수 있었다.

> 밖으로 나와서 정원 길을 올라요,
> 루리아나 루릴리.
> 월계화가 만발했고 노란 벌들이 윙윙거려요.[57]

그 시어들은(그녀는 창을 바라보고 있었다.) 그들 모두에게서 단절된 채 저 밖의 물 위에 떠다니는 꽃처럼, 아무도 그것을 입에 올리지 않았는데 저절로 생겨난 듯이 들렸다.

> 우리가 지금껏 지나온 모든 삶과 앞으로의 모든 삶은
> 나무들과 물들어 가는 이파리들로 가득할 거예요.

그녀는 그 단어들이 무슨 의미를 담고 있는지 몰랐다. 하지만 자신의 자아 바깥에서 자신의 목소리가 그 단어들을 음악처럼 들려주는 것 같았다. 저녁 내내 자신이 다른 말을 하는 동안 마음속에 숨어 있던 것들을 아주 편안하고 자연스럽게 드러내면서. 둘러보지 않아도 그녀는 식탁에 앉은 사람들이

---

57) 이 시구와 다음에 나오는 시구들은 찰스 엘턴(1839~1900)의 시 「루리아나 루릴리」 1연, 2연, 4연에서 인용되었다. 이 시의 원문은 1945년에 비타 색빌웨스트와 해럴드 니컬슨이 편찬한 시문 선집에 처음 수록되었다.

모두 그 목소리를 듣고 있음을 알았다.

　　당신이 그렇게 여길지 궁금해요,
　　루리아나 루릴리.

　마침내 이것이 당연히 해야 하는 말이었고 이렇게 말하는
것이 그들 자신의 목소리인 듯이, 그들도 그녀와 똑같은 안도
감과 기쁨을 느끼며 듣고 있음을 알 수 있었다.
　그러나 그 목소리가 멈췄다. 그녀는 돌아보았다. 그녀는 몸
을 일으켜 세웠다. 오거스터스 카마이클이 일어서 있었고, 냅
킨을 길고 흰 장막처럼 늘어뜨린 채 시를 읊고 있었다.

　　종려나무 이파리와 삼목 다발을 들고,
　　숲 속의 풀밭과 데이지가 만발한 초원을 지나
　　말을 달리는 왕들을 보러,
　　루리아나 루릴리.

　그녀가 그의 옆을 지날 때 그는 그녀 쪽으로 약간 몸을 돌리
고 마지막 구절을 되풀이했다.

　　루리아나 루릴리.

　그러고는 마치 그녀에게 경의를 표하듯 고개를 숙였다. 어
쩐 일인지 모르지만 그녀는 그가 예전보다 자기를 더 좋아한

다고 생각했고, 안도감과 고마움을 느끼며 그의 인사에 답하고는 그가 자신을 위해 열어 준 문을 지나 걸어갔다.

이제는 모든 것이 한 단계 더 나아갈 필요가 있었다. 문지방에 발을 올려놓은 채 그녀는 자기가 바라보고 있는 바로 그 순간에도 사라져 가는 그 장면에서 잠시 더 기다렸다. 그러고 나서 그녀가 몸을 돌려 민타의 팔을 잡고 방을 나서자, 그 장면은 달라졌고, 다른 형태를 띠었다. 어깨 너머로 한 번 더 마지막으로 돌아보면서 그녀는 그것이 이미 과거가 되었음을 알았다.

18

평소와 마찬가지야. 릴리는 생각했다. 언제나 제시간에 맞춰서 해야 할 일이 있었다. 램지 부인이 자기 나름의 이유로 즉시 하려고 결정하는 일이. 지금처럼 사람들이 흡연실로 가야 할지, 응접실로 갈지, 다락방으로 갈지를 정하지 못해 모여 서서 농담을 하는 경우에 말이다. 그때 램지 부인이 이 웅성거리는 사람들 한가운데서 민타의 팔을 끼고 서서는 '그래, 이제 그걸 할 때야.'라고 혼자 생각하더니 즉시 뭔가를 혼자 하려는 은밀한 기색으로 급히 걸어가는 것이 보였다. 그녀가 자리를 뜨자 곧바로 무리가 해체되기 시작했다. 그들 사이에 동요가 일었고 그들은 뿔뿔이 흩어졌다. 뱅크스 씨는 찰스 탠슬리의 팔을 잡고 만찬에서 시작된 정치 토론을 끝내려고 테라스로 걸어갔으며, 그리하여 그날 저녁의 전체적인 균형에 변화가 일어나고 그 무게가 다른 방향으로 쏠리게 되었다. 그들이 걸어

가는 것을 보고 노동당의 정책에 관한 한두 마디를 들으면서 릴리는 마치 그들이 선교에 올라가서 위치를 확인하려는 것 같다고 생각했다. 시에서 정치로 화제를 옮기는 것은 그녀에게 그런 인상을 주었다. 그렇게 뱅크스 씨와 찰스 탠슬리는 걸어갔고, 그동안 다른 이들은 램지 부인이 램프 빛을 받으며 혼자서 위층으로 올라가는 것을 바라보았다. 그녀가 어디로 그렇게 급히 가는 걸까? 릴리는 생각했다.

사실 그녀가 뛰어가거나 서두른 것은 아니었다. 실은 꽤 천천히 걸어갔다. 그녀는 그 온갖 소란스러운 대화 이후에 잠시 조용히 서서 어떤 특별한 것, 중요한 것을 찾아내고 싶은 심정이었다. 그것을 떼어 내어 분리하고, 거기에 달라붙은 온갖 감정들과 잡다한 점들을 말끔히 씻어 내어 그것을 자기 앞에 놓고, 자신이 임명한 판사들이 둘러앉아서 은밀히 회의하는 법정으로 가져가서 결정하고 싶었다. 그게 좋은 걸까, 나쁜 걸까? 그게 옳은 걸까, 그른 걸까? 우리는 어디로 가는 걸까? 등등. 이렇게 그녀는 돌연히 물러난 이후에 자신을 바로잡았고, 전혀 의식하지 못한 채 어울리지 않게도 바깥의 느릅나무 가지들의 도움으로 자신의 마음을 안정시켰다. 그녀의 세계는 변화하고 있었고 나무들은 정지되어 있었다. 갑자기 떨어져 나올 때 그녀는 어수선한 움직임을 느꼈었다. 모든 것은 질서 정연해야 한다. 그녀는 그 나무들의 기품과 정적, 이제 또다시 바람에 들려 (파도를 타고 솟구친 배의 이물처럼) 장려하게 솟아오른 느릅나무 가지들에 무의식적으로 감탄하면서, 그것을 바로잡고 저것을 바로잡아야 한다고 생각했다. 바람이 불고 있었던 것이다.(그녀는 잠시 서서 밖을 바라보았다.) 불어오는 바람에 나뭇잎들이 이따금 부딪치며 별 하나를 드러냈고, 별들은 흔들리며 빛을 쏟아 내고, 이파리들의 가장자리 사이에서 반짝이려고 애쓰는 것 같았다. 그래, 그렇다면 그것은 끝났고 완결되었다. 그리고 다 끝난 일들이 모두 그렇듯이 엄숙해졌다. 시끄러운 대화와 감정을 말끔히 비우고 생각해 보니, 그것은 늘 있어 왔고, 다만 지금에야 드러났으며, 그렇게 드러나면서 갑자기 모든 것을 영속적으로 만들어 버린 듯했다. 그들이 아무리 오래 살더라도 오늘 밤으로 되돌아올 거라고 그녀는 걸음을 옮기며 생각했다. 이 달과 이 바람, 이 집으로, 그리고 또 그녀에게로 되돌아올 거라고. 그들이 아무리 오래 살더라도 그들의 마음속에 자신이 감겨 엮여 있으리라는 것을 생각하면 우쭐한 기분이 들었고, 이 부분에서 그녀는 가장 의기양양하게 느낄 수 있었다. 그녀는 2층으로 올라가면서 (자기 어머니 것이었던) 층계참 소파, (자기 부친 것이었던) 흔들의자, 헤브리디스의 지도를 보고 다정하게 웃으면서 이것, 그리고 이것, 그리고 이것도 그럴 거라고 생각했다. 이 모든 것들이 폴과 민타의 삶에서 되살아날 것이다. 그녀는 '레일리 부부'라는 새 이름을 거듭 불러 보았고, 아이들 방문에 손을 올려놓은 채, 마치 서로를 나눈 감정의 칸막이벽들이 너무 얇아져서 실제로는 (안도감과 행복을 느끼며) 모두 하나의 흐름이 된 듯 다른 사람들과의 교감을 느꼈다. 의자와 탁자, 지도가 그녀 것이고 또한 그들 것이며, 누구 것이든 중요하지 않았고, 그녀가 죽은 다음에 폴과 민타가 그 공동체를 이끌어 갈 것이다.

그녀는 삐걱거리는 소리가 나지 않도록 문을 꼭 잡고 손잡이를 돌렸다. 큰 소리로 말해서는 안 된다고 스스로에게 상기시키려는 듯이 입술을 약간 내밀고 안으로 들어갔다. 그러나 들어서자마자 그런 준비가 필요 없었다는 것을 알고는 곤혹스러웠다. 아이들은 자고 있지 않았다. 무척 성가신 일이었다. 밀드레드가 더 신경을 썼어야 했는데. 제임스는 졸음기가 전혀 없고 캠은 똑바로 앉아 있고, 밀드레드는 맨발로 침대 밖에 서 있고, 11시가 다 되었지만 모두들 이야기하고 있었다. 무슨 문제가 있는 걸까? 또 그 끔찍한 두개골이 문제였다. 밀드레드에게 그것을 치우라고 일렀건만, 밀드레드는 당연히 잊어버렸고, 몇 시간 전에 잠들었어야 할 캠과 제임스는 말똥말똥한 상태로 말다툼하고 있었다. 그 끔찍한 두개골을 아이들에게 보내 주다니, 에드워드는 대체 무엇에 홀리기라도 한 걸까? 저걸 못으로 박도록 내버려 두다니 너무 어리석었다. 그 두개골이 너무 단단히 박혀 있다고 밀드레드가 말했고, 캠은 그게 방 안에 있는 한 잠을 잘 수 없었으며, 제임스는 캠이 그걸 건드릴 때마다 비명을 질렀다.

이제 캠은 잠들어야 하고(그 두개골에 커다란 뿔이 있다고 캠이 말했다.) 잠자면서 아름다운 궁전을 꿈꾸어야 한다고 말하면서 램지 부인은 캠의 침대에 걸터앉았다. 방 안 어디에서나 그 뿔이 보인다고 캠이 말했다. 사실이었다. 등불을 어디에 놓든 간에(제임스는 불을 켜 놓지 않으면 잠을 잘 수 없었다.) 항상 어딘가에 그림자가 드리웠다.

"그렇지만 그걸 늙은 돼지라고 생각해 봐, 캠." 램지 부인이 말했다. "농장의 돼지들처럼 까맣고 멋지다고." 하지만 캠은 그 두개골이 온 방 안을 가로질러 자기에게 뿔을 뻗어 대는 무시무시한 것이라고 생각했다.

"그래, 그렇다면……." 램지 부인이 말했다. "그걸 덮어 두자." 아이들은 그녀가 서랍장으로 가서 조그만 서랍들을 연달아 재빨리 열어 보는 것을 지켜보았다. 적당한 것을 찾지 못하자 그녀는 재빨리 숄을 벗어서 그 두개골을 감았고, 감고 또 감은 다음에 캠에게 돌아와서 캠의 머리와 거의 나란히 베개 위에 머리를 누이고는 이제 그것이 무척 사랑스럽게 보인다고 말했다. 요정들이 그것을 좋아할 거고, 그것이 새 둥지처럼 보이고, 외국에서 보았던 아름다운 산처럼, 계곡에 꽃들이 피어 있고 종이 울리며 새들이 노래하고 어린 염소들과 영양들이 있는 곳처럼 보인다고……. 이렇게 말하면서 그녀는 그 단어들이 캠의 마음속에서 운율적으로 메아리치는 것을 알 수 있었다. 캠은 산, 새 둥지, 정원 같다고, 어린 양들이 있다고 어머니의 말을 따라하면서 눈을 끔벅거리고 있었다. 램지 부인은 아이가 눈을 감고 잠들어 산과 계곡, 떨어지는 별, 앵무새와 양과 정원 들, 온갖 사랑스러운 것들을 꿈꾸어야 한다고 더욱 단조롭게, 더욱 운율적으로, 더욱 무의미한 말을 되풀이했다. 머리를 서서히 일으키면서 더 기계적으로 말했고 마침내 똑바로 앉아서 캠이 잠든 것을 바라보았다.

이제 제임스의 침대로 건너가서 그녀는 속삭였다. 너도 잠들어야지. 보다시피 그 멧돼지의 두개골이 여전히 저기 있으니까. 아무도 건드리지 않았어. 네가 원하는 대로 해 주었잖

아. 전혀 건드리지 않고 거기 두었어. 그는 그 두개골이 숄 아래 여전히 있는지를 확인했다. 하지만 그는 다른 것을 묻고 싶었다. 내일 등대에 갈 수 있을까요?

아니, 내일은 아니란다. 그녀가 말했다. 하지만 곧 갈 거라고 그에게 약속했다. 다음에 날이 맑으면. 아이는 아주 착하게 굴었다. 그는 드러누웠고, 그녀는 아이에게 이불을 덮어 주었다. 하지만 아이가 결코 잊지 못하리라는 것을 그녀는 알았고, 찰스 탠슬리와 남편, 그리고 자신에게도 화가 났다. 아이의 기대를 부풀렸던 것은 바로 자신이었으니까. 그런 다음에 숄을 더듬어 찾다가 멧돼지 두개골을 덮어 놓은 것을 기억하고는, 일어서서 창문을 4~5센티미터 내려 바람 소리를 들었다. 더없이 무심한 찬 밤공기를 한 모금 마시고는 밀드레드에게 잘 자라고 중얼거리며 방을 나서서 방문의 날름쇠가 자물쇠 안에서 서서히 늘어지게 해 두고 밖으로 나섰다.

아이들이 자고 있는 방 위층에서 찰스 탠슬리가 책들을 바닥에 내동댕이치지 않으면 좋을 텐데. 그녀는 아직도 그를 성가신 사람으로 떠올리면서 생각했다. 아이들 둘 다 잠을 잘 이루지 못했으므로. 아이들은 쉽게 흥분했다. 게다가 그가 등대에 대해서 그런 말을 했으므로, 아이들이 잠이 들려는 순간에 그가 쌓아 놓은 책들을 미련스럽게 팔꿈치로 밀다가 탁자에서 떨어뜨릴 것 같았다. 그가 위층으로 공부하러 갔을 거라고 그녀는 생각했다. 하지만 그는 너무나 고독하게 보였다. 그럼에도 그가 떠나면 그녀는 마음이 놓일 것이다. 그렇지만 그가 내일은 더 나은 대접을 받도록 살펴야지. 하지만 그가 남편을 대하는 태도는 칭찬할 만했어. 그의 매너는 분명 더 나아져야 해. 하지만 그의 웃음은 마음에 들었어. 이런 생각을 하며 아래층으로 내려오면서 그녀는 이제 층계참의 창문을 통해서 환히 비치는 달(한가을의 노란 달)을 보려고 몸을 돌렸다. 그 순간 그들은 높이 층계 위에 서 있는 그녀를 보았다.

"바로 내 어머니야." 프루가 생각했다. 그래, 민타가 어머니를 봐야 한다. 폴 레일리도 어머니를 봐야 한다. 이 세상에 저런 사람은 단 하나, 자기 어머니밖에 없는 듯한 느낌이었다. 완벽한 존재 그 자체. 조금 전만 해도 다른 사람들과 이야기를 나누면서 어엿한 어른처럼 굴었지만 이제 프루는 다시 어린 애가 되었다. 그들이 하고 있던 것은 놀이에 불과했고, 그녀는 어머니가 그 놀이를 인정할지 비난할지 궁금해했다. 민타와 폴, 그리고 릴리가 어머니를 볼 수 있다는 것이 얼마나 큰 행운인지를 생각하면서, 그리고 그런 어머니가 있다는 것이 얼마나 특별한 행운인지를 느끼면서, 그리고 자신은 절대로 자라지 않고 결코 집을 떠나지 않을 거라고 느끼면서 아이처럼 말했다. "우리는 파도를 구경하러 바닷가에 가려고 했어요."

그 즉시 아무런 이유도 없이 램지 부인은 명랑한 기분에 들뜬 스무 살 처녀처럼 되었다. 갑자기 그녀는 떠들썩한 파티 분위기에 휩싸였다. 물론 가야지. 물론 가야 한다고 그녀는 웃으며 큰 소리로 말했다. 그리고 서너 계단을 서둘러 내려와서 그들을 번갈아 바라보고 웃으면서 민타의 어깨를 숄로 감싸며 자기도 갈 수 있으면 좋았을 거라고 말했다. 많이 늦을까? 시계 가지고 있는 사람 있어요?

"네, 폴에게 있어요." 민타가 말했다. 폴은 조그만 가죽 케이스에서 아름다운 금시계를 슬쩍 꺼내 보였고, 시계를 손바닥에 놓고 그녀 앞에 내밀면서 느꼈다. '그녀는 모두 알아. 나는 아무 말도 할 필요가 없어.' 그녀에게 시계를 보여 주면서 속으로 말했다. '해냈어요, 램지 부인. 모두 당신 덕이에요.' 그의 손에 놓인 금시계를 보면서 램지 부인은 느꼈다. 민타가 얼마나 운이 좋은지! 가죽 케이스에 든 금시계를 가진 사람과 결혼하다니!

"함께 갈 수 있으면 참 좋을 텐데!" 그녀가 큰 소리로 말했다. 그러나 그녀를 억제하는 무언가 강력한 것이 있었기에 그것이 무엇인지 가늠해 볼 엄두도 내지 못했다. 물론 그녀는 그들과 함께 갈 수 없었다. 하지만 그 무언가만 아니었더라면, 함께 가고 싶었을 것이다. 그리고 터무니없는 생각(가죽 시계 케이스를 가진 남자와 결혼하다니 얼마나 운이 좋은가 하는)에 즐거워하면서 그녀는 입술에 미소를 머금고 다른 방으로 들어갔다. 그곳에서는 남편이 앉아서 책을 읽고 있었다.

19

물론 내가 여기 들어온 건 원하는 걸 찾기 위해서야. 그녀
는 방으로 들어서며 속으로 말했다. 무엇보다도 우선 특정한
램프 아래 특정한 의자에 앉고 싶었다. 그러나 다른 것도 바랐
다. 자신이 무엇을 원하는지 알지 못했고 생각할 수 없었지만,
그녀는 (양말을 집어 들어 뜨개질을 시작하며) 남편을 바라보았
고, 그가 방해받지 않기를 바라는 것을 알았다. 분명했다. 그
는 읽고 있는 책에 무척 고무되어 있었다. 그가 반쯤 미소를
짓다가, 그러고 나서 자신의 감정을 억제하려 함을 그녀는 느
꼈다. 그는 책장을 급히 넘겼다. 그는 그 내용을 실연(實演)하
고 있었다. 어쩌면 자신을 그 책의 인물로 생각했을 것이다.
어떤 책일까. 그녀는 궁금했다. 아, 월터 경의 소설 중 하나[58]

---

58) 월터 스콧의 『골동품상』 31장이다. 울프는 1924년에 이 소설에 관한 에

였다. 그녀는 램프 불빛이 뜨갯거리 위에 비치도록 갓을 조정하면서 알아냈다. 사람들이 더는 스콧의 작품을 읽지 않는다고 찰스 탠슬리가(그녀는 위층에서 책들이 떨어지는 요란한 소리가 나지 않는지 들어 보려는 듯 고개를 들었다.) 말했으니까. 그때 남편은 '사람들이 나에 대해서도 똑같이 말할 거야.'라고 생각해서 스콧의 책을 집어 든 것이다. 그리고 찰스 탠슬리가 말한 게 '사실'이라는 결론에 이르면, 스콧에 대한 그 평가를 받아들일 것이다.(그가 읽으면서 이것저것을 비교하고, 심사숙고하고, 대조하고 있음을 그녀는 알 수 있었다.) 그러나 자신에 대해서는 그러지 않을 것이다. 그는 늘 자기 자신에 대해서 불안해했다. 그 점이 그녀를 괴롭혔다. 그는 늘 자신의 책들에 대해서 걱정했다. 이 책들이 읽힐까. 이 책들이 훌륭할까? 이 책들이 왜 더 나아지지 못할까? 사람들이 나에 대해서 어떻게 생각할까? 남편에 대해서 그렇게 생각하고 싶지 않아서, 그리고 만찬 식탁에서 사람들이 명성이나 책들의 영원한 평판에 대해 이야기했을 때 그가 갑자기 민감하게 반응한 이유를 사람들이 짐작했을지, 아이들이 그것에 대해 비웃고 있지나 않은지를 궁금해하면서 그녀는 양말을 홱 뒤집었다. 그녀의 입가와 이마에 쇠 뜨개바늘로 그어 놓은 듯 섬세한 잔주름이 그려졌다. 그녀는 흔들리고 떨다가 이제 바람이 멎자 이파리가 하나씩 정적에 잠긴 나무처럼 고요해졌다.

세이를 썼고, 램지처럼 스티니 머클배키트가 오두막에서 죽는 장면이 감동적이라고 칭찬했다.

그런 것은 조금도 중요하지 않다고 그녀는 생각했다. 위대한 인물, 위대한 책, 명성……. 누가 알 수 있겠는가? 그녀는 그것에 대해서 아무것도 알지 못했다. 그러나 중요한 것은 자기 자신에 대한 남편의 태도였고, 진실성이었다. 예컨대 만찬에서 그녀는 본능적으로 절실히 바라고 있었다. 그가 말하기만 한다면! 그녀는 그를 완벽히 신뢰했다. 그녀는 물속에 뛰어들어 여기서 잡초를, 저기서 지푸라기를, 여기서는 물거품을 지나치듯이 이 모든 것을 떨쳐 내면서, 더욱 깊이 침잠하면서, 홀에서 다른 이들이 이야기를 나누는 동안 느꼈던 감정을 다시 느꼈다. 내가 원하는 것이 있다. 여기서 내가 얻으려는 것. 그것이 무엇인지 딱히 알지 못한 채 그녀는 눈을 감고 더욱더 깊이 빠져들었다. 그녀는 의아한 마음으로 뜨개질을 하면서 약간 기다렸다. 그러자 서서히, 사람들이 만찬에서 말했던 것이 그녀 마음의 이쪽에서 저쪽으로 율동적으로 밀려오기 시작했다. "월계화가 만발했고 노란 벌들이 윙윙거려요." 밀려오면서 그 말들은 조그만 갓을 씌운 램프처럼 붉은색으로, 푸른색으로, 노란색으로 그녀 마음의 어둠 속에 불을 밝혔고, 거기 횃대에서 날아올라 가로지르고 혹은 큰 소리로 메아리를 울리는 것 같았다. 그래서 그녀는 몸을 돌려 옆의 탁자를 더듬어 책을 찾았다.

　우리가 지금껏 지나온 모든 삶과 앞으로의 모든 삶은
　나무들과 물들어 가는 이파리들로 가득할 거예요.

그녀는 양말에 바늘을 찔러 넣으며 중얼거렸다. 그러고는 책을 펼쳐서 여기저기 되는대로 읽기 시작하면서 그녀는 머리 위에 늘어진 꽃잎들 아래서 뒤로, 위로, 밀치며 올라가고 있는 느낌을 받았다. 이것은 하얗고 이것은 붉다는 사실만 알수 있을 뿐이었고 그 말들이 무슨 뜻인지 처음에는 전혀 알지 못했다.

돌려라, 네 날개 달린 갈망을 이쪽으로 돌려라, 지쳐 버린 선원들이여.[59]

그녀는 읽고 책장을 넘겼다. 몸을 흔들면서, 한 가지에서 다른 가지로, 붉고 흰 꽃에서 다른 꽃으로 옮겨 가듯이 여기서 저기로, 한 행에서 다른 행으로 지그재그로 나아가다가 마침 내 어떤 작은 소리에 정신이 번쩍 들었다. 남편이 손바닥으로 넓적다리를 철썩 친 것이다. 한순간 그들의 눈이 마주쳤지만, 서로 말을 나누고 싶지는 않았다. 서로에게 할 말이 없었지만 그럼에도 무언가 그에게서 그녀에게로 건너온 것 같았다. 남편으로 하여금 넓적다리를 철썩 치게 만든 것은 생명이고, 생명의 힘이며, 어마어마한 유머라는 것을 그녀는 알았다. 나를 방해하지 마요. 그는 이렇게 말하는 것 같았다. 아무 말도 하지 마요. 그냥 거기 앉아 있어요. 그러고 그는 계속 읽었다. 그

---

59) 태비스톡의 윌리엄 브라운(1588~1643)이 쓴 시 「사이렌의 노래」의 첫행. 이 시는 아서 퀄러카우치 경이 편집한 『옥스퍼드 영시 선집 1250~1900』(1900)에 수록되었다.

의 입술이 씰룩였다. 그 책을 읽으며 그는 충족감을 느꼈고 힘이 솟았다. 그는 저녁나절의 사소한 짜증이나 거슬리던 일들을 모두 깨끗이 잊었다. 사람들이 끝없이 먹고 마시는 동안에 가만히 앉아 있느라 견딜 수 없이 지루했던 것이며, 아내에게 무척 성마르게 굴었던 것, 사람들이 자신의 책을 존재하지도 않는 듯이 무시했을 때 너무 과민하게 신경 썼던 것을. 그러나 이제 그는 누가 Z에 도달하든(만일 인간의 사고가 알파벳처럼 A에서 Z까지 나아간다면) 전혀 중요하지 않다고 느꼈다. 누군가는 거기에 도달하겠지. 내가 아니라면 누군가 다른 사람이. 이 남자의 강인함과 온전함, 정직하고 소박한 것들에 대한 그의 공감, 이 어부들, 머클배키트의 오두막에 사는 가엾게도 제정신을 잃은 늙은이[60] 덕분에 램지 씨는 기운이 넘치고 무엇에선가 풀려난 듯이 느꼈으므로, 감동을 받고 의기양양한 기분에 눈물을 참을 수 없었다. 얼굴을 가리려고 책을 약간 들어올려 눈물을 떨구고 머리를 이리저리 흔들면서 그는 자기 자신을 완전히 잊었고(하지만 도덕성과 프랑스 소설, 영국 소설에 관한 한두 가지 의견과, 억제되기는 했지만 스콧의 관점은 어쩌면 다른 관점 못지않게 진실하다는 의견[61]은 제외하고) 가엾은 스티니의 익사와 머클배키트의 비탄(스콧의 최고 역량이 발휘된 부분이었다.) 그리고 그로 인해 그가 느낀 놀라운 기쁨과 활기찬 기분으로 자신의 번민과 실패를 완전히 잊어버렸다.

---

60) 머클배키트가 애도하는 자신의 어머니를 가리킨다.
61) 스콧이 도덕적인 문제를 다루는 데 제약을 받지만 프랑스 작가들 못지않게 진실하다는 의미인 듯하다.

글쎄, 이보다 더 잘 쓸 수 있으면 써 보라고 해. 그 장(章)을 다 읽고 나서 그는 생각했다. 그는 누군가와 논쟁을 벌이고 나서 상대를 이긴 것 같았다. 사람들이 뭐라고 말하든 간에 그보다 더 잘 쓸 수는 없어. 자신의 입장이 더 확고해졌다. 연인들에 관한 묘사는 시시하기 짝이 없다고 그는 모든 것을 다시 마음속에서 정리하며 생각했다. 그것은 시시하기 짝이 없지만 저것은 최고라고 그는 한 가지를 다른 것 옆에 놓으며 생각했다. 하지만 그 책을 다시 읽어야 해. 그 책의 전체적인 형태를 기억할 수 없으니, 판단을 유보해야지. 그래서 그는 다른 생각으로 되돌아갔다. 만일 젊은이들이 스콧을 좋아하지 않는다면, 당연히 그들은 자신의 저서도 좋아하지 않을 것이다. 램지 씨는 젊은이들이 자신을 흠모하지 않는다고 아내에게 불평을 늘어놓고 싶은 욕구를 억누르려 애쓰며 불평해서는 안 된다고 생각했다. 그는 결심했다. 다시는 아내에게 성가시게 굴지 않을 것이다. 이제 그는 책을 읽고 있는 아내를 바라보았다. 책을 읽고 있는 아내는 매우 평화롭게 보였다. 그는 다른 사람들이 모두 다른 곳으로 떠나 버렸고 자신과 아내 단둘이 남아 있다고 생각하기를 좋아했다. 한 여자와 잠자리에 드는 것이 인생의 전부는 아니라고 생각하면서 그는 스콧과 발자크, 영국 소설과 프랑스 소설로 되돌아갔다.

램지 부인은 고개를 들었고, 얕은 잠에 빠진 사람처럼 말했다. 내가 깨어나기를 당신이 바란다면, 그렇게 할게요. 정말 그렇게 할게요. 하지만 그렇지 않으면 조금만 더, 조금 더 오래 잠을 자도 될까요? 그녀는 꽃 한 송이에 손을 얹었다가 다른 꽃에 얹으며 여기저기 나뭇가지들을 헤치며 오르고 있었다.

또한 진주홍 장밋빛을 찬미하지도 않았지.[62]

그녀는 읽었고, 그것을 읽으면서 꼭대기로, 절정으로 오르고 있다고 느꼈다. 얼마나 만족스러운가! 얼마나 평온한가! 그날 있었던 온갖 잡다한 일들이 이 자석에 달라붙어서, 그녀의 마음은 말끔히 일소되어 깨끗해진 듯했다. 그리고 그것은 아름답고 온당하며, 깨끗하고 완벽하게 갑자기 완전한 형체를 띠고 그녀 손에 들려 있었다. 삶에서 뽑아내져 여기 소네트에서 완성된 삶의 정수가.

그러나 그녀는 자기를 바라보는 남편을 의식하게 되었다. 그는 마치 벌건 대낮에 낮잠을 자는 그녀를 부드럽게 조롱하는 듯이 묘한 미소를 지었지만 동시에 생각하고 있었다. 계속 읽으오. 당신은 지금 슬퍼 보이지 않소. 그는 생각했다. 아내가 무엇을 읽고 있는지 궁금했고, 그녀의 무지와 단순함을 과장해서 생각했다. 그녀가 영리하지 않고, 학문에 조예가 깊지 않다고 생각하기를 좋아했던 것이다. 그녀가 읽고 있는 것을 이해나 하는지 궁금했다. 아마 그렇지 않을 거라고 생각했다. 그녀는 놀라울 정도로 아름다웠다. 그런 일이 가능할지 몰라도, 그녀는 점점 더 아름다워지는 듯했다.

---

62) 이 부분과 다음에 나오는 시행들은 셰익스피어의 소네트 98번에서 인용되었다.

하지만 내게는 여전히 겨울 같았지, 당신이 멀리 떠나고,

　　당신의 그림자인 양 이 꽃들을 어루만졌을 때.

　그녀는 읽기를 마쳤다.

　"왜 그래요?" 그녀는 책에서 고개를 들고 꿈을 꾸듯이 그의 미소에 답하며 말했다.

　　당신의 그림자인 양 이 꽃들을 어루만졌을 때.

　그녀는 중얼거리며 책을 탁자에 내려놓았다.

　홀로 있는 그의 모습을 끝으로 본 후에 무슨 일이 있었더라? 그녀는 뜨갯거리를 다시 집으며 생각했다. 옷을 갈아입고 달을 보았던 일, 앤드루가 만찬에서 자기 접시를 너무 높이 들고 있었던 것, 윌리엄의 어떤 말에 우울해졌던 일, 나무에 내려앉은 새들, 층계참에 있는 소파, 깨어 있던 아이들, 책을 떨어뜨려서 그들을 깨운 찰스 탠슬리. 아, 아니, 이건 자신의 상상이었다. 그리고 폴이 가죽으로 된 시계 케이스를 가지고 있던 것을 기억했다. 무엇에 대해서 남편에게 말해야 할까?

　"그들은 약혼했어요." 그녀는 뜨개질을 시작하면서 말했다. "폴과 민타 말이에요."

　"그러리라고 짐작했소." 그가 말했다. 그에 대해서는 할 말이 그리 많지 않았다. 그녀의 마음은 아직도 그 시와 함께 오르내리고 있었다. 그도 스티니의 장례식에 대해 읽은 터라 아직 활기가 넘치고 허심탄회한 심정이었다. 그래서 그들은 말

없이 앉아 있었다. 그러다가 그녀는 남편이 자신의 이야기를 기다리고 있음을 의식했다.

무엇이든, 어떤 말이든. 그녀는 뜨개질을 계속하면서 생각했다. 어떤 이야기든 괜찮을 것이다.

"가죽 시계 케이스를 가진 사람과 결혼하면 얼마나 멋질까요?" 그녀가 말했다. 그들은 이렇게 농담을 했었다.

그는 콧방귀를 뀌었다. 그는 어느 약혼에 대해서나 그렇듯이 이 약혼에 대해서도 여자가 남자에게 과분하다고 느꼈다. 그렇다면 나는 왜 사람들이 결혼하기를 바라는 걸까. 이런 생각이 서서히 그녀의 머릿속에 떠올랐다. 사물의 가치, 사물의 의미가 무엇일까?(이제는 그들의 말 한 마디, 한 마디가 진실일 것이다.) 뭔가 말해 봐요. 그녀는 그저 그의 목소리를 듣기 바라며 생각했다. 그들을 감싸고 있던 것, 그 그림자가 자신을 다시 에워싸기 시작한다고 그녀는 느꼈다. 무엇이든 말해 봐요. 그녀는 마치 도움을 청하듯 그를 바라보면서 애원했다.

그는 시곗줄에 달린 나침반을 이리저리 흔들면서, 스콧과 발자크의 소설을 생각하고 잠자코 있었다. 그러나 그들이 무심결에 가까워지면서 나란히, 아주 가까이 다가서면서, 그 친밀감의 어슴푸레한 벽을 통해서, 그녀는 그의 마음이 손을 들어 자신의 마음에 그늘을 드리우는 것을 느낄 수 있었다. 그리고 그는 이제 그녀의 생각이 자기가 좋아하지 않는 방향(그가 "비관주의"라고 부르는 쪽)으로 선회했으므로 아무 말도 하지 않았지만 손을 이마에 올려 머리카락을 한 줌 잡아 비틀고는 다시 손을 내리면서 안절부절못하기 시작했다.

"당신은 그 양말을 오늘 밤에 끝내지 못하겠소." 그가 그녀의 양말을 가리키며 말했다. 그녀가 원했던 것은 바로 그것, 그녀를 꾸짖는 그의 신랄한 목소리였다. 비관적인 것은 잘못이라고 그가 말한다면, 정말로 잘못일 거라고 그녀는 생각했다. 그 결혼은 결국 잘될 것이다.

"그래요." 그녀는 양말을 무릎 위에 펼쳐 놓으며 말했다. "끝낼 수 없을 거예요."

그다음에는 무슨 말을 해야 할까? 그가 자신을 여전히 바라보고 있기는 하지만 그의 표정이 달라졌음을 그녀는 느꼈던 것이다. 그는 무언가를 원했다. 언제나 주기 어려웠던 것을 원했다. 그를 사랑한다고 말해 주기를 원했다. 아니, 그녀는 할 수 없었다. 그는 그녀보다 훨씬 더 수월하게 말하는 사람이었다. 그는 여러 가지를 말할 수 있었지만, 그녀는 절대로 할 수 없었다. 그래서 당연히, 말을 하는 쪽은 늘 그였고, 그러고 나서는 어떤 이유 때문인지 그녀가 말을 하지 않는다고 불만스러워하며 갑자기 질책하곤 했다. 무정한 여자라고 했다. 그를 사랑한다고 말한 적이 한 번도 없다고 했다. 하지만 그렇지 않았다. 정녕 그렇지 않았다. 그저 그녀가 느낀 것을 말할 수 없을 뿐이었다. 당신 코트에 빵 부스러기가 떨어지지 않았어요? 당신에게 해 줄 일이 없을까요? 자리에서 일어나 그녀는 적갈색 양말을 들고 창가로 다가갔다. 그에게서 몸을 돌리려는 의도도 있었고, 한편으로는 이제 그가 바라보더라도, 등대를 바라보는 것을 개의치 않았기 때문이다. 그녀가 몸을 돌렸을 때 그도 고개를 돌렸음을 그녀는 알았다. 그는 그녀를 바라보고 있었다. 당신은 전보다 더 아름답소. 그가 이렇게 생각하는 것을 알고 있었다. 그리고 그녀는 자신이 무척 아름답다고 느꼈다. 나를 사랑한다고 딱 한 번만이라도 말해 주지 않겠소? 그는 그렇게 생각하고 있었다. 한편으로는 민타와 자신의 책 때문에, 그리고 또한 이제 하루가 저물고 있고 등대에 가는 문제로 말다툼을 해서 마음이 심란했기 때문에. 그러나 그녀는 할 수 없었다. 그렇게 말할 수 없었다. 그러고 나서, 그가 자신을 바라보고 있음을 알기에, 그녀는 말하는 대신에 양말을 든 채 몸을 돌려 그를 바라보았다. 그리고 그를 바라보면서 미소를 짓기 시작했다. 그녀에게서 말 한마디 없었지만 그는 그녀가 그를 사랑한다는 것을 알았다. 물론 그도 알고 있었다. 그것은 부정할 수 없었다. 미소를 지으면서 그녀는 창밖을 내다보고 (지상의 그 무엇도 이 행복에 비할 수 없다고 생각하면서) 말했다.

"그래요, 당신 말이 맞아요. 내일은 비가 올 거예요." 그녀가 말하지 않아도 그는 알 수 있었다. 그녀는 미소를 띠고 그를 바라보았다. 그녀가 다시 승리를 거두었던 것이다.

2부
시간이 흐르다

1

"자, 기다리다 보면 차차 알게 되겠지."라고 뱅크스 씨가 테라스에서 들어오면서 말했다.[63]

"너무 깜깜해서 거의 보이지 않아."라고 앤드루가 바닷가에서 올라오면서 말했다.

"어디가 바다고, 어디가 땅인지도 모르겠어."라고 프루가 말했다.

"불을 켜 둘까?" 그들이 들어와서 코트를 벗고 있을 때 릴리가 말했다.

"아뇨." 프루가 말했다. "모두 들어왔으면 꺼야지요."

"앤드루." 그녀가 돌아보며 소리쳤다. "홀의 불을 꺼."

---

63) 이 부분은 뱅크스와 탠슬리가 만찬 후 정치 토론을 계속하려고 테라스로 나간 1부의 마지막과 연결된다. 앤드루와 프루, 릴리는 바닷가로 산책을 나갔다가 돌아왔다.

등불이 하나씩 둘씩 모두 꺼졌다.[64] 다만, 베르길리우스[65]를 읽느라 늦게까지 깨어 있던 카마이클 씨는 자기 불을 좀 더 오래 타오르게 놔두었다.

---

64) 1905년부터 1916년까지 외무부 장관이었던 에드워드 그레이 경의 말에 대한 암시이다. 그는 1차 세계 대전이 시작된 1914년에 "온 유럽의 등불이 꺼지고 있다. 우리 생전에 그게 다시 켜지는 걸 보지 못할 것이다."라고 했다.
65) 로마의 가장 위대한 시인(기원전 70~기원전 19)으로「목가」,「전원시」,「아이네이스」등을 썼다.

2

그리하여 등불이 모두 꺼졌고, 달이 졌고, 가느다란 빗줄기가 지붕을 톡톡 두드리면서 거대한 암흑이 억수처럼 쏟아져 내리기 시작했다. 그 무엇도 밀려 들어와 넘쳐흐르는 어둠을 견디고 살아남을 수 없을 듯했다. 어둠은 열쇠 구멍과 갈라진 틈새로 살금살금 기어 들고, 몰래 창문 블라인드를 돌아서 침실로 들어가고, 여기서 주전자와 물동이를 삼켜 버리고, 저기서 붉고 노란 달리아 수반을 삼키고, 거기에서는 서랍장의 날카로운 모서리들과 단단한 몸체를 삼켜 버렸다. 가구들이 뒤죽박죽이 되었을 뿐 아니라, 몸이고 마음이고 온전하게 남은 것이 거의 없어서 "이게 그 남자야." 혹은 "이게 그 여자야."라고 말할 수도 없었다. 때로 어떤 손이 추어올려져 뭔가를 움켜쥐려는 듯 혹은 뭔가를 피하려는 듯했으며, 누군가는 신음 소리를 냈고, 누군가는 공허와 농담을 주고받는 듯이 큰 소리로 웃었다.

응접실에서나 식당 혹은 계단 위에서도 움직이는 것은 하
나도 없었다. 휘몰아치는 바람의 본줄기에서 떨어져 나온 실
바람만이 녹슨 경첩과 바닷물에 젖어 부푼 문짝을 지나고(그
집은 결국 쓰러져 가고 있었다.) 모퉁이를 돌아서 과감하게 집 안
으로 들어갔다. 이런 상상을 해 볼 수도 있으리라. 응접실에
들어간 실바람이 늘어진 벽지의 접힌 부분을 만지작거리면서
의아한 마음으로 묻는다고. 이 벽지가 더 오래도록 늘어져 있
을까? 언제 떨어질까? 그러고는 벽을 부드럽게 스치면서 실
바람은 벽지에 그려진 붉고 노란 장미들 색깔이 바래지 않을
지 궁금해하고, 이제 앞에 흩어져 있는 휴지통의 찢어진 편
지들, 꽃들, 책들을 지나가면서 생각에 잠겨 (시간이 넉넉하니
까 부드럽게) 물어본다고. 이것들은 같은 편일까? 아니면 적일
까? 이것들이 얼마나 오래 견딜까?

그래서 구름에 가리지 않은 어떤 별이나 방랑하는 배, 혹은
등대에서 되는대로 들어온 불빛이 층계와 깔개 위에 남긴 어
슴푸레한 발자국에 이끌려 그 실바람은 층계를 올라가서 침
실 문 주위를 살피고 돌아다녔다. 그러나 분명 여기서 멈추어
야 한다. 다른 것이 모두 썩어 없어지고 사라지더라도, 여기
놓인 것은 변하지 않는다. 여기에서라면 미끄러지는 불빛에
게, 침대 너머에서 숨을 내쉬며 몸을 숙이고 더듬거리는 실바
람에게 말할 수 있으리라. 여기서는 만질 수도, 파괴할 수도
없다고. 이 말에 그것들은 지친 유령처럼, 마치 깃털처럼 가벼
운 손가락과 깃털처럼 가볍고도 질긴 힘이 있듯이, 감긴 눈들

과 느슨히 움켜쥔 손가락들을 한번 바라보고는 피로한 듯 옷을 여미고 물러날 것이다. 그렇게 코를 비비고 문지르면서 그것들은 계단 위 창문으로, 하인들의 침실로, 궤가 있는 다락방으로 나아갔다. 내려오면서 식당 탁자에 놓인 사과들을 하얗게 바래게 하고, 장미 꽃잎들을 어루만지고, 이젤 위 그림을 만져 보고, 깔개를 스치면서 바닥의 모래를 조금 휘날렸다. 마침내 모든 것을 중단하고 다 같이 멈추었고, 다 같이 모여, 다 같이 한숨을 쉬었다. 모두 다 같이 하릴없이 비탄의 돌풍을 토해 내자, 부엌의 어느 문인가 응답하듯이 획 열렸다가는 아무것도 들이지 않고 탁 소리와 함께 닫혀 버렸다.

베르길리우스를 읽고 있던 카마이클 씨는 이제야 입김을 불어 촛불을 껐다. 자정을 넘긴 시각이었다.

3

그러나 결국 하룻밤이 무엇이란 말일까? 짧은 시간에 불과하다. 특히 어둠이 빨리 옅어지고, 그렇게나 일찍 새가 노래하고, 수탉이 울고, 혹은 파도의 희미한 녹색 골이, 색깔이 변하는 이파리처럼 생기를 띨 때는 그러하다. 하지만 밤은 밤으로 이어진다. 겨울은 밤들을 한 묶음 움켜쥐고는, 지칠 줄 모르는 손가락으로 똑같이 공평하게 나눠 준다. 밤들이 길어진다. 밤들이 어두워진다. 어떤 밤들은 밝은 행성을, 환히 빛나는 금속판을 높이 치켜든다. 비록 황량해졌지만 가을 나무들은 차가운 성당 어두운 구석에서 환히 빛나는, 갈가리 찢어진 전승 깃발처럼 섬광을 띤다. 그 구석의 대리석에 황금으로 새긴 글자들은 전장에서의 죽음과 멀리 인도의 모래 속에서 하얗게 변색되고 바싹 마른 뼈들을 묘사한다. 가을 나무들은 추수철 노란 달빛 속에서 어렴풋이 빛나고, 그 빛은 노동의 에너지를 숙성시키고, 그루터기를 매만지고, 파도를 몰아와서 새파랗게 해안에 철썩이게 한다.

이제 인간의 참회와 그 온갖 노고에 감동을 받은 듯, 성스러운 선(善)이 커튼을 열고 그 너머에 홀로 우뚝 곧추선 토끼 같은 형체,[66] 부서지는 파도, 흔들리는 배를 드러내는 듯하다. 우리에게 자격이 있다면, 그 모든 것은 언제나 우리 것이어야 하리라. 하지만 슬프게도, 신성한 선은 끈을 홱 잡아당겨 커튼을 닫아 버린다. 그 광경은 그의 마음에 들지 않는다. 그는 쏟아지는 우박으로 자기 보물을 덮어서 부수고 뒤죽박죽으로 해 놓아서, 보물이 혹시라도 무사히 돌아오거나 우리가 그 파편들로 완전한 전체를 만들어 내거나 혹은 어수선하게 흩어진 조각들에서 진실의 명료한 글자들을 읽는 일은 있을 수 없어 보인다. 우리의 참회는 그저 흘끗 봐 줄 만한 가치밖에 없으니까. 우리의 노고는 그저 잠시 유예해 줄 만한 가치밖에 없으니까.

이제 밤들은 바람과 파괴로 넘쳐흘렀다. 나무들은 맹렬한 바람에 휘어졌고 이파리들이 정신없이 휘날려서 풀밭에 두텁게 쌓이고 하수구를 메우고는 빗물 관을 막아서 여기저기 물웅덩이를 만들었다. 바다는 몸을 뒤치락거리고 부서져 버렸다. 혹시 잠을 자던 사람이 바닷가에서 자신의 의혹에 대한 답을, 자신의 고독을 나눠 가질 것을 찾을 수 있으리라고 상상하면서 잠옷을 벗어 던지고 혼자 내려가서 모래 위를 거닐더라도, 그 밤에 질서를 부여하고 세계가 그 영혼의 범주를 반영하

---

66) 등대를 가리키는 듯하다.

도록 신속히 도와줄 듯한 어떤 성스러운 이미지도 쉽사리 다가오지 않았다. 그 성스러운 손은 그의 손 안에서 오그라들고, 그 목소리는 그의 귀에서 큰 소리로 울부짖었다. 이처럼 혼란스러운 상태에서는 답을 구하려고 잠자던 사람을 침대에서 일으켰던, 무엇이, 왜, 무엇 때문에라는 의문을 밤에게 던져 보았자 소용이 없어 보일 것이다.

(램지 씨는 어느 어둑한 날 아침에 비틀거리며 복도를 따라 걷다가 양팔을 내밀었다. 하지만 그가 팔을 내민 전날 밤에 램지 부인이 다소 갑작스레 죽었기에, 그의 팔은 텅 빈 채로 남고 말았다.)

4

그래서 그 집은 비었고, 문들은 잠기고, 깔개들은 둥글게 말려 있었기에, 길 잃은 실바람이 막대한 군대의 전위대처럼 사납게 휘몰아쳐 들어와서 텅 빈 식탁을 스치며 조금씩 물어뜯고 부채질했어도, 침실이나 응접실에서 펄럭이는 커튼과 삐걱거리는 목재 가구, 식탁의 드러난 다리들, 이미 물때가 끼고 변색되고 금이 간 스튜 냄비와 도자기를 제외하고는 바람에 저항하는 그 무엇과도 마주치지 않았다. 사람들이 버리고 남겨 둔 것들(신발 한 켤레, 사냥 모자, 옷장에 남은 빛바랜 치마와 코트), 이런 것들만이 인간의 형체를 간직한 채, 한때 그것들이 인간의 몸으로 채워져 활기를 띠었으며, 그 후크와 단추 들을 채우느라 손들이 분주했고, 거울에 얼굴이 담기고 세계가 담겨 있었음을 그 허허로움으로 알려 주었다. 어떤 사람이 몸을 돌렸고, 갑자기 손이 나타났고, 문이 열렸고, 아이들이 뛰어

들어와 뒹굴다가 다시 나갔던 그 세계는 텅 비어 사라졌다. 이제 날마다 빛은 수면에 비친 꽃처럼 선명한 이미지를 반대편 벽에 비추었다. 나무들만이 바람에 나부끼면서 벽에 절하듯이 그림자를 드리우며 빛을 반사하는 거울을 잠시 어둡게 했다. 혹은 새들이 날아가면서 침실 바닥을 가로질러 천천히 퍼덕이는 흐릿한 반점을 만들었다.

그렇게 아름다움이 그리고 정적이 지배했고, 더불어 아름다움 그 자체의 형상을 만들었다. 삶이 떠나 버린 형상이었다. 그것은 기차 창문에서 내다보인, 멀리 떨어져 있는 저녁나절의 연못처럼 고적했다. 저녁 무렵 어슴푸레한 그 연못은 너무나 빨리 사라져 버려서 비록 한 번 보였을 뿐이지만 그 고적감을 잃지 않았다. 아름다움과 정적이 침실에서 손을 맞잡았고, 엿보기 좋아하는 바람과 끈적끈적한 바닷바람의 부드러운 코가, 덮개를 씌운 주전자들과 시트에 덮인 의자들 사이를 문지르고 쿵쿵거리면서 거듭 질문("이 색깔이 바랠까? 부서져 버릴까?")을 되풀이했다. 하지만 그 질문에 우리는 계속 남아 있을 거라고 대답할 필요가 거의 없는 듯, 그 평화로움과 무심함, 순수히 응집된 공기는 거의 방해받지 않았다.

그 무엇으로도 그 이미지를 깨뜨리고 순수함을 더럽히거나 흔들리는 정적의 망토를 휘저어 놓을 수 없는 듯했다. 그 정적의 망토는 그 텅 빈 방에서 한 주가 지나고 또 지나면서 새들의 잦아드는 외침과 배들의 경적 소리, 들판의 단조로운 윙윙 소리, 개 짖는 소리, 사람의 고함 소리를 엮었고, 집 주위 소리들을 덮어 정적에 잠기게 했다. 단 한 번 층계참의 판자 하나가 튕겨 올라왔다. 한번은 몇백 년간 가만히 있었던 바위가 한밤중에 요란한 소리를 내며 갈라지고 산에서 쪼개져서 계곡으로 굴러떨어졌다. 숄[67]의 한 가닥이 풀려서 이리저리 흔들렸다. 그러고 나서 다시 평화가 내려앉았다. 그림자가 흔들렸다. 빛은 절하듯이 침실 벽 위에 비친 자기 형상에 몸을 굽혔다. 그때 맥냅 부인이 오랫동안 빨래 통에 담겼던 손으로 정적의 베일을 찢고, 조약돌을 짓밟았던 구두로 정적을 뭉개면서, 지시받은 대로 창문을 모두 열고 침실의 먼지를 털어 내려고 들어왔다.

---

67) 1부에서 멧돼지 두개골에 덮어 두었던 램지 부인의 숄.

5

맥넵 부인은 휘청거리는 걸음으로(그녀는 바다 위 배처럼 흔들거리며 걸었다.) 곁눈질하면서(그녀의 눈은 그 무엇도 똑바로 바라보지 않고, 세상의 조롱과 분노를 업신여기듯 곁눈질했다. 자신이 어리석다는 것을 그녀도 알았다.) 난간을 붙잡고 몸을 끌어올려 위층으로 올라가서 이 방 저 방으로 몸을 흔들며 나아가면서 노래를 불렀다. 긴 거울의 유리를 문질러 닦으며 흔들리는 자기 몸을 곁눈질로 바라보는 그녀의 입술에서 소리가 새어 나왔다. 이십 년 전 유행했을 당시에는 콧노래로 부르고 거기에 맞춰 춤을 췄을 명랑한 노래였지만, 이제 이가 빠지고 보닛을 쓴 가정부에게서 흘러나온 그 노랫소리는 의미가 사라졌고, 짓밟혀도 다시 솟아나는 어리석음과 유머, 고집에서 나온 목소리 같았다. 그래서 몸을 흔들며 먼지를 털고 걸레질을 하면서 그녀는 인생이 하나의 긴 슬픔이자 고통의 연속이라고, 일어나서 다시 잠자리에 드는 것이고, 물건들을 꺼냈다가 다시 치우는 거라고 말하는 듯했다. 그녀가 근 칠십 년간 알아 온 세상은 편안하거나 안락한 곳이 아니었다. 그녀는 피로에 지쳐 허리가 굽고 말았다. 침대 밑에서 무릎을 꿇고 삐걱거리는 소리를 내고 신음하면서, 바닥의 먼지를 쓸면서 그녀는 물었다. 얼마나 오래, 얼마나 오래 이 일을 계속할 것인가? 그러나 다시 비틀거리며 일어서서 몸을 세우고는 다시 자신의 얼굴과 자신의 슬픔을 똑바로 바라보지 못한 채 미끄러지는 곁눈질로 입을 벌리고서 거울 속을 바라보았고 아무 이유도 없이 미소를 지었다. 그러고는 다시 전처럼 절뚝거리며 천천히 걸어서 깔개를 집어 들고, 도자기를 내려놓고, 곁눈으로 거울을 들여다보았다. 결국 자기에게도 위안이 있는 듯, 실로 자신의 슬픈 노래에 뿌리 깊은 희망이 얽혀 있는 듯. 가령 빨래를 할 때 즐거운 광경들이 틀림없이 떠올랐을 것이다. 자식들과 함께 지낸 것이라든지(하지만 두 명은 사생아였고, 하나는 그녀를 저버리고 떠났다.) 선술집에서 술을 마셨을 때, 서랍에서 허섭스레기들을 뒤적였을 때의 장면들이. 거기 어둠이 갈라진 틈이 틀림없이 있었기에, 어둠의 심연에 파인 틈으로 빛이 새어 들어와서 거울 속에서 히죽거리는 그녀의 얼굴을 비틀었고 그녀로 하여금 다시 일을 시작하면서 음악당에서 들었던 옛 노래를 웅얼거리게 했다. 그동안 그 신비주의자, 그 공상가는 바닷가를 거닐며, 웅덩이를 휘젓고, 돌멩이를 바라보면서, 그것들에게 물었다. "내가 무엇일까?" "이것이 무엇인가?" 갑자기 그것들은 어떤 답을 얻었고(그 답이 무엇인지 말할 수 없었다.) 그래서 서리 속에서 따뜻했고, 사막에서도 위안을 얻었다. 하지만 맥냅 부인은 전과 다름없이 계속해서 술을 마시고 잡담했다.

6

흔들릴 이파리 하나 없는 봄, 치열하게 순결하고 냉소적으로 순수한 처녀처럼 화사한 봄이 들판 위에 적나라하게 펼쳐졌다. 들판은 눈을 크게 뜨고 경계하며 구경꾼들이 무엇을 하든, 무엇을 생각하든 철저히 무심했다.

(그 5월에 프루 램지는 아버지의 팔에 기대어 결혼식을 치렀다. 그보다 더 잘 어울리는 결혼이 어디 있겠느냐고 사람들은 말했다. 그러고 그녀가 무척이나 아름답게 보였다고 덧붙였다!)

여름이 가까워지고 저녁나절이 길어지면서 잠을 이루지 못하는 사람들, 희망을 가진 사람들, 바닷가를 거닐고 웅덩이를 휘젓는 사람들에게 더없이 기이한 상상이 찾아들었다. 육신이 바람 앞에 휘날리는 티끌로 변하고, 별들이 그들의 가슴속에서 번쩍이며 타오르고, 절벽과 바다, 구름과 하늘이 일부러 모여서 산산이 흩어진 마음속 환영 조각들을 짜맞추는 상상이었다. 그런 거울들에, 사람들의 마음속에, 구름들이 끊임없이 바뀌고 그림자가 생기는 불안정한 물웅덩이들에, 꿈들은 끈질기게 남아 있었다. 갈매기, 꽃, 나무, 남자와 여자, 그리고 흰 대지가 스스로 선언하는 것 같았던(그러나 의문을 제기하면 즉시 철회하는 듯했던) 선이 승리하고, 행복이 만연하고, 질서가 지배하리라는 기이한 암시에 도무지 저항할 수 없었다. 혹은 어떤 절대적인 선이나 수정 같은 강렬함을 찾아서, 익히 아는 쾌락이나 미덕과는 무관하고 가정생활의 일상적인 과정과도 동떨어진 것, 소유한 사람에게 안정감을 줄 모래 속 다이아몬드처럼 홀로 확고하고 밝게 빛나는 것을 찾아서 이리저리 방랑하려는 특이한 충동에도 도무지 저항할 수 없었다. 더욱이, 부드럽게 다가온 봄은 벌들이 윙윙거리고 각다귀들이 춤추는 가운데 온몸을 망토로 휘감고 눈을 베일로 가리고는 고개를 돌렸고, 지나가는 그림자들과 흩날리는 빗줄기 속에서 인간의 슬픔을 온몸으로 받아들인 것 같았다.

(그해 여름 프루 램지는 출산 중에 죽었다. 정말 비극적인 일이라고 사람들은 말했다. 그녀보다 더 행복해야 할 사람은 없었다고 사람들은 말했다.)

이제 한여름의 열기 속에서 바람은 다시 그 집 주위에 정찰대를 보냈다. 해가 비치는 방마다 날벌레들이 거미줄을 쳤다. 창틀 옆에서 자란 잡초들은 밤중이면 유리창을 규칙적으로 두드렸다. 어둠이 깔리면, 그 속에서 카펫 위에 너무나 당당하게 몸을 눕히고 무늬를 더듬던 등대의 불빛이, 이제는 한결 부드러운 봄빛 속에서 달빛과 뒤섞여 애무하듯이 부드럽게 미끄러져 들어왔고, 좀처럼 떠나지 못하고 은밀히 머물면서 바라보고 사랑하듯이 다시 들어왔다. 그러나 이 사랑 어린 애무가 잠시 중단된 바로 그때, 긴 등대 불빛이 침대 위로 몸을 숙였을 때, 바위가 두 동강으로 쪼개졌고, 접혀 있던 숄의 한쪽 부분이 풀어져 거기 매달린 채 흔들렸다. 짧은 여름밤들과 기나긴 여름낮들이 지나는 동안, 텅 빈 방들에 들판의 메아리와 윙윙거리는 파리 소리가 웅얼거리는 것 같았을 때, 긴 숄 자락은 살살 굽이치며 하릴없이 흔들렸다. 그동안에 태양은 방마다 길고 가느다란 줄무늬를 치고 노란 안개로 가득 채워서, 그곳을 뚫고 들어와서 휘청휘청 걸어 다니며 먼지를 털고 쓸어냈을 때 맥냅 부인은 햇살이 창처럼 내리꽂힌 물속에서 물살을 가르며 헤엄치는 열대어처럼 보였다.

하지만 혼수상태에서 잠을 자고 있어도 그 여름의 후반이 되자 망치를 펠트 위에 규칙적으로 내리치는 듯이 무디고도 불길한 소리가 들려왔다. 그 반복되는 충격으로 숄이 더 풀렸고 찻잔들에 금이 갔다. 마치 어떤 거인이 고뇌에 차서 큰 비명을 질러 대는 바람에 찬장 안에 늘어선 컵들이 흔들리는 듯이 이따금 찬장 속에서 유리잔들이 부딪치는 소리가 났다. 그러고 나면 다시 정적이 감돌았고, 그런 다음에는 밤마다, 때로는 장미들이 화려하게 피어 있고 햇빛이 벽 위에 선명한 형체를 드러내는 평범한 대낮에도, 무언가 떨어지는 쿵 소리가 이 정적 속으로, 이 무심함 속으로, 이 완전무결함 속으로 떨어지는 듯했다.

(포탄이 폭발했다. 프랑스에서 청년 이삼십 명이 포탄에 맞았고,

그중에 앤드루 램지가 끼어 있었다. 다행히도 그는 즉사했다.)

그 계절에 바닷가로 내려가 거닐면서 바다와 하늘에게 어떤 전갈을 알려 주었느냐고 혹은 어떤 환영을 확인했느냐고 물었던 사람들은 흔히 드러나는 신의 은총들(바다 위 석양, 새벽의 어슴푸레한 빛, 떠오르는 달, 달을 배경으로 떠 있는 고기잡이 배들, 풀을 한 움큼씩 쥐고 서로에게 던지는 아이들) 가운데서 이 명랑함이나 평온함과 어울리지 않는 것을 주시해야 했다. 가령 잿빛 배가 고요한 유령처럼 왔다가 떠나갔다. 바다의 잔잔한 표면에는 그 밑에서 뭔가 보이지 않게 끓어오르다가 피를 흘린 듯이 자줏빛 얼룩이 져 있었다. 더없이 숭고한 사색을 유도하고 더없이 안온한 결론으로 이끌어 가리라고 기대되는 풍경에 이처럼 침입해 들어온 것들 때문에 그들은 걸음을 잠시 멈추었다. 덤덤하게 보아 넘기거나, 그것들의 의미를 그 풍경에서 지워 버리는 건 어려웠다. 바닷가를 산책하면서 외부의 아름다움이 내면의 아름다움을 반영하고 있다고 계속 경이를 느끼기도 어려운 일이었다.

자연은 인간이 추진한 것을 보완해 준 것일까? 인간이 시작한 일을 자연이 완성한 것일까? 변함없이 평온한 마음으로 자연은 인간의 불행을 바라보았고, 인간의 비열함을 너그럽게 봐주었고, 인간의 극심한 고통을 묵묵히 바라보았다. 그렇다면, 홀로 바닷가에서 자연과 더불어 답을 나누고 완성하고 찾으려던 꿈은 그저 거울에 반사된 것에 불과했고, 거울 그 자체는 더 고귀한 힘이 밑에서 잠자고 있을 때 휴면에 들어가는 표면의 유리질에 불과한 것일까? 떠나고 싶지 않았지만(아름다움은 그 자체로 매혹과 위안을 주기에) 견딜 수 없이 절망하여, 더는 바닷가를 거닐 수 없었다. 성찰은 견딜 수 없었다. 거울은 깨졌다.

(그해 봄 카마이클 씨는 시집을 한 권 출판했고 의외로 큰 호응을 얻었다. 전쟁 때문에 시에 대한 관심이 되살아난 거라고 사람들은 말했다.)

7

여름과 겨울을 지나면서 밤마다 몰아치는 끈덕진 폭풍과 화살처럼 햇살이 내리쬐는 맑은 날의 정적이 아무런 방해도 받지 않고 계속 이어졌다. 그 텅 빈 집의 위층 방들에서 귀를 기울이면(누군가 귀를 기울일 사람이 있었다면) 번개 줄무늬가 그어진 거대한 혼돈이 몸부림치면서 뒹굴고 내던져지는 소리가 들릴 뿐이었다. 바람과 파도는, 이성의 빛이 이마를 뚫고 들어가지 못할, 형체 없는 거대한 바다짐승들처럼 마구 장난치고 서로에게 올라탔고 어둠 속에서건 훤한 대낮이건(밤과 낮이, 한 달과 한 해가 형체 없이 뒤섞였으므로) 백치들의 놀이에 뛰어들었다. 마침내 우주 전체가 아무런 목적도 없이 야만적인 혼란과 터무니없는 욕망에 빠져 홀로 싸우며 몸부림치는 것 같았다.

봄이 되자 정원의 화분들에는 우연히 바람에 불려 온 풀들이 꽃을 가득 피워 여전히 화려했다. 제비꽃이 피었고, 수선화가 피었다. 하지만 고요하고 화사한 대낮은 혼돈스럽고 소란한 밤만큼이나 기이했다. 거기 서 있는 나무들과 거기 서 있는 꽃들이 앞을 바라보고 올려다보았지만, 눈이 없어서 아무것도 보지 못했고, 그래서 끔찍했다.

8

그 가족은 오지 않을 거라고, 다시는 오지 않을 거라고 누군가 말했고 어쩌면 그 집이 미카엘 축일에 팔릴지도 모르기에, 맥냅 부인은 해를 끼칠 생각은 조금도 없이 자기 집에 가져가려고 몸을 굽혀 꽃을 한 다발 꺾었다. 꽃들을 탁자에 올려 두고 먼지를 털었다. 그녀는 꽃을 좋아했다. 꽃들이 시들도록 그냥 내버려 두는 것은 안타까운 일이었다. 만일 이 집이 팔린다면(그녀는 거울 앞에서 양팔을 허리에 올려놓은 채 서 있었다.) 이 집을 손질해야 할 것이다. 그럴 것이다. 여러 해 동안 이 집에는 아무도 살지 않았다. 책과 물건 들에 곰팡이가 잔뜩 피어 있었다. 전쟁 때문이기도 하고 도와줄 사람을 구하기도 어려워서 그녀는 바라는 만큼 깨끗이 치울 수 없었다. 이제 집을 제대로 정돈하려면 한 사람의 힘으로는 어림도 없었다. 그녀는 너무 늙었고, 다리 통증으로 고통스러웠다. 이 책들을 모두 풀밭에 내놓고 햇볕을 쬐게 해야 했다. 홀에서는 벽에 바른 회반죽이 떨어져 나왔고, 서재 창문 위 배수구가 막혀서 물이 스며들었다. 카펫은 온통 엉망이었다. 하지만 가족이 직접 오거나, 누군가를 보내서 봐야 할 텐데. 벽장에는 옷들이 있었고, 침실마다 옷이 남아 있었다. 그녀가 이 옷가지들을 어떻게 해야 한다는 말인가? 옷에는 좀이 슬었다. 램지 부인의 옷에. 가엾은 부인! 그녀에게는 그 옷이 필요하지 않을 것이다. 사람들은 그녀가 여러 해 전에 런던에서 죽었다고 말했다. 그녀가 뜰을 손질할 때 입던 낡은 잿빛 망토가 거기 있었다.(맥냅 부인은 그 망토를 만지작거렸다.) 빨래 통을 들고 마찻길을 올라오다가 보았던 그녀의 모습을, 꽃밭 위에서 몸을 숙이고 있던 그녀를 (지금 정원은 온통 제멋대로 자란 꽃들로 안쓰러울 지경이었고, 토끼들이 풀밭에서 종종거리며 뛰어다녔다.) 생생히 떠올릴 수 있었다. 이 회색 망토를 입고 아이 한 명과 함께 있던 그녀 모습이 눈에 선했다. 구두와 다른 신발 들도 있었고 화장대 위에는 솔과 빗이 남아 있었다. 부인은 무슨 일이 있어도 곧 돌아올 거라고 예상했다는 듯이.(그녀의 임종은 갑작스러웠다고 사람들이 말했다.) 한번은 그들이 오기로 했다. 하지만 전쟁 때문에, 그리고 그 당시에는 여행하기가 무척 어려웠기에, 그들은 여러 해 동안 오지 못했다. 그저 돈을 보냈을 뿐이다. 하지만 편지는 한 번도 보내지 않았고, 사람이 오지도 않았고, 그들이 남겨 둔 대로 모든 것들이 있기를 기대했다. 오, 맙소사! 아니, 화장대 서랍에는 물건들이,(그녀는 서랍을 당겨서 열었다.) 손수건과 리본 조각 들이 가득 들어 있었다. 그래, 자신이 빨래 통을 들고 마찻길을 올라왔을 때 보았던 램지 부인의 모습이 눈에 선했다.

"좋은 저녁이에요, 맥냅 부인."이라고 그녀는 인사하곤 했다.

램지 부인은 그녀에게 상냥하게 대했다. 하녀들 모두 부인을 좋아했다. 하지만 안쓰럽게도, 그 이후로(그녀는 서랍을 닫았다.) 달라진 것이 너무 많았다. 많은 가족들이 사랑하는 사람을 잃었다. 램지 부인은 죽었다. 앤드루 씨는 전사했다. 프루 양도 첫아이를 낳다가 죽었다고 했다. 하지만 그 시절에는 누구나 누군가를 잃었다. 물가가 지독히 오르고 올라간 다음에는 다시 내려오지 않았다. 그녀는 잿빛 망토를 입은 그녀를 생생하게 기억할 수 있었다.

"좋은 저녁이에요, 맥냅 부인." 램지 부인은 요리사에게 그녀에게 줄 우유 수프 한 접시를 마련해 달라고 했다. 무거운 빨래 통을 들고 마을에서부터 쭉 걸어왔으니 허기지겠다고 생각했던 것이다. 꽃들 위로 고개를 숙이고 있는 부인의 모습이 떠올랐다.(맥냅 부인이 절뚝거리며 천천히 걸으면서 먼지를 털고 정리하는 동안, 잿빛 망토를 입은 부인이 노란 빛줄기처럼 혹은 현미경 끝의 동그라미처럼 희미하게 흔들리며 자기 꽃들 위로 고개를 숙이고 있다가 침실 벽을 넘어 화장대와 세면대 위를 가로질러 건너갔다.)

그런데 요리사의 이름이 뭐였더라? 밀드레드? 메리언? 그런 이름이었는데. 아, 잊어버렸군. 그녀는 많은 것들을 잊었다. 머리칼이 붉은 여자들이 모두 그렇듯 성질이 불같았다. 그들은 함께 웃기도 많이 했다. 그녀는 부엌에서 늘 환영받았고,

그들을 웃겨 주었다. 정말 그랬다. 지금보다는 그때가 사정이 훨씬 나았다.

그녀는 한숨을 쉬었다. 여자 혼자서 하기에는 일이 너무 많았다. 그녀는 고개를 절레절레 흔들었다. 여기는 아이들 방이었지. 아, 너무 축축해서 회반죽이 떨어져 나가고 있구나. 그런데 대체 무엇 때문에 저기에 짐승의 두개골을 걸어 놓은 것일까? 그 두개골에도 곰팡이가 슬었다. 다락방마다 쥐들이 들끓고, 빗물이 새어 들어왔다. 하지만 램지 가족은 사람을 보내지도 않았고, 직접 와 보지도 않았다. 자물쇠 몇 개가 떨어져 나가서 문들이 쾅 소리를 내며 닫혔다. 그녀는 어스름 속에서 그 집에 혼자 있고 싶지 않았다. 여자 혼자 하기에는 역부족이었다. 지나치게 할 일이 많았다. 움직일 때마다 다리가 삐걱거렸고, 신음 소리가 절로 나왔다. 그녀는 쾅 소리가 나도록 문을 닫고는 열쇠를 자물쇠에 넣고 돌렸고, 그 집을 닫히고 잠긴 채로 내버려 두었다.

9

그 집은 홀로 남았다. 그 집에서 인기척이 사라졌다. 생명이 떠난 후 마른 소금 알갱이로 채워지고 모래 언덕에 박힌 조개 껍데기처럼 남겨졌다. 기나긴 밤이 밀려 들어온 것 같았다. 가느다란 실바람이 조금씩 물어뜯었고, 더듬거리는 끈적끈적한 숨결이 승리를 거둔 것 같았다. 스튜 냄비는 녹슬고 깔개는 썩어 들어갔다. 두꺼비들이 조심스럽게 코를 밀고 들어왔다. 숄은 하릴없이 움직이고 이리저리 흔들렸다. 엉겅퀴가 식료품실 타일들 사이를 뚫고 나와 자랐다. 제비들은 응접실에 둥지를 만들었다. 바닥에는 지푸라기들이 흩어져 있었다. 떨어진 회반죽들은 삽으로 떠내야 할 지경이었다. 서까래가 적나라하게 드러났다. 쥐들은 이것저것을 물어다가 징두리 벽판 뒤에서 갉아먹었다. 남생이잎벌레가 고치를 뚫고 나와서 유리창 위에서 재빨리 움직이다가 목숨을 잃었다. 달리아 사이에서 양귀비가 저절로 자라났다. 잔디밭에서 키가 큰 잡초들이 일렁였다. 장미들 사이에서는 거대한 아티초크가 우뚝 솟아났고, 양배추밭에서는 줄무늬 카네이션이 꽃을 피웠다. 그동안 창문을 가볍게 두드리며 잡초들이 내던 가느다란 소리는 해마다 겨울밤이 되면 북소리처럼 울렸다. 여름에 온 방 안을 초록으로 물들이던 찔레나무와, 다른 억센 나무들이 부딪치며 내는 소리였다.

자연의 생식력, 자연의 무신경을 이제 어떤 힘이 막을 수 있을까? 한 부인과 아이, 우유 수프 한 대접에 대한 맥냅 부인의 꿈이 그것을 막을 수 있을까? 그 꿈은 햇살 한 점처럼 벽 위에서 너울거리다가 사라졌다. 그녀는 문을 잠그고, 가 버렸다. 여자 혼자 하기에는 힘에 부치는 일이라고 그녀는 말했다. 그 가족은 전갈을 보내지 않았다. 그들은 편지도 쓰지 않았다. 저기 서랍 속에서 물건들이 썩어 가고 있었다. 그렇게 내버려 두다니 부끄러운 일이라고 그녀는 말했다. 그 집은 황폐해졌다. 오직 등대 불빛만이 잠시 방으로 들어와서는 겨울밤의 어둠에 잠긴 침대와 벽 너머로 갑작스러운 눈길을 보냈고 엉겅퀴와 제비, 쥐들과 지푸라기를 태연히 바라보았다. 이제는 그 무엇도 그것들에게 저항하거나 안 된다고 말하지 않았다. 바람이 멋대로 불게 내버려 두라. 양귀비가 혼자서 씨를 뿌리게 두고, 카네이션이 양배추와 이웃하게 하라. 제비들이 응접실에 둥지를 만들고, 엉겅퀴가 타일 틈으로 줄기를 내밀고, 나비가 안락의자의 색 바랜 무명천에서 햇볕을 쬐게 내버려 두라. 부서진 유리와 도자기가 잔디밭에서 나뒹굴고 풀과 야생 딸기와 뒤엉키게 하라.

이제 그 순간, 새벽이 몸을 떨고 어둠이 잠시 머뭇거리는 주저의 순간, 깃털 하나라도 떨어진다면 저울이 기울어질 순간이 되었으니까. 깃털 하나 무게만 더해진다면, 집은 무너지고 부서져서 어둠의 심연으로 곤두박질치며 굴러떨어질 것이다. 소풍 나온 사람들은 폐허가 된 방에 들어와 주전자를 불에 올려놓을 것이다. 연인들은 그곳에서 은신처를 찾고 맨바닥에 누울 것이다. 양치기는 저녁거리를 벽돌 위에 보관하고, 떠도는 사람은 추위를 몰아내려고 코트로 몸을 감싸고 잘 것이다. 그러고 나면 지붕이 무너질 테고, 가시나무들과 독미나리들이 길과 층계, 창문의 흔적을 덮어 가리고, 그 무더기 위에서 드문드문 탐욕스럽게 자랄 것이었다. 결국에, 길을 잃어 남의 땅에 들어온 어떤 사람이 쐐기풀 속에서 부지깽이를 보고 혹은 독미나리 가운데서 도자기 조각을 발견하고는 여기에 한때 누군가 살았었다고, 집이 있었다고 말할 수 있을 것이다.

만일 깃털 하나가 떨어졌다면, 그것이 저울을 아래로 기울였다면, 집 전체가 나락으로 떨어져 망각의 모래밭에 누웠을 것이다. 그러나 어떤 힘이 작용하고 있었다. 고도로 의식적인 힘은 아니었지만, 곁눈질하고 비틀거리며 나아가는 힘이 있었다. 장엄한 의식을 치르거나 엄숙한 노래를 부르면서 일에 착수하도록 영감을 받은 것은 아니었다. 맥냅 부인은 신음 소리를 냈고, 배스트 부인은 우두둑 소리를 냈다. 그들의 노구는 뻣뻣했고, 다리가 쑤셨다. 마침내 그들은 빗자루와 들통을 들고 와서 일을 시작했다. 갑자기 아가씨들 중 하나가 편지를 보냈던 것이다. 그 집에서 지낼 수 있도록 맥냅 부인이 집 안을 정돈해 주실 수 있을까요? 이 일을 처리해 주고, 저 일도 해 줄 수 있겠어요? 서둘러서 말이에요. 우리는 올여름에 내려갈 거예요. 마지막으로 갔을 때 모든 것을 그대로 두고 왔는데, 우리가 남겨 둔 그대로이기를 기대해요. 천천히 고통스럽게 빗자루와 물통을 들고 걸레질을 하고 빨래를 하면서 맥냅 부인과 배스트 부인은 퇴락과 부패를 진압했다. 모든 것을 꼭꼭 뒤덮은 시간의 연못에서 이제는 물동이를, 이제는 찬장을 구해냈고, 어느 날 아침에는 웨이벌리 소설 전집과 찻잔 세트를 망각에서 끌어냈고, 그 오후에는 놋쇠 벽난로 가리개와 강철 부지깽이를 햇빛과 바람에 내말렸다. 배스트 부인의 아들 조지가 쥐를 잡고 풀을 깎았다. 목수도 불러왔다. 삐걱거리는 돌쩌귀와 나사못을 돌리는 날카로운 소리, 습기로 부풀어 오른 가구를 탕탕 치는 소리가 울리는 가운데 녹슨 것들이 힘겹게 새로 탄생하는 것 같았고, 그동안 여자들은 몸을 굽히고 일어서고 신음하고 노래하면서 위층으로, 아래 식품 저장실로 쿵쿵거리고 탕탕 소리를 내며 오르내렸다. 아, 할 일이 태산이군! 그들이 말했다.

그들은 때로 침실이나 서재에서 차를 마셨다. 정오에는 얼굴에 검댕을 묻힌 채 잠시 일을 쉬었다. 빗자루 손잡이를 꼭 쥐었던 그들의 늙은 손에 쥐가 났다. 의자에 털썩 주저앉아서 이제 그들은 수도꼭지와 욕조를 힘껏 문질러 거둔 찬란한 승리를 감상했고, 이제는 길게 줄지어 늘어선 책들을 바라보며 부분적으로 거둔 승리를 찬찬히 살펴보았다. 책들은 전에는 까마귀처럼 새까맸지만 이제는 흰색으로 얼룩졌고, 희끄무레한 버섯 모양 곰팡이와 거미들을 은밀히 숨기고 있었다. 맥냅 부인이 따뜻한 차가 몸속에 스미는 것을 느낄 때 또다시 부인 눈에 망원경의 초점이 맞춰졌고, 그 둥근 빛 속에서 그녀는 빨랫감을 들고 올라오면서 피골이 상접할 정도로 여윈 노신사가 머리를 흔들며 잔디밭에서 혼자 중얼거리는 것을 보았다. 그는 결코 그녀를 주시한 적이 없었다. 누군가는 그가 죽었다고 말했다. 누군가는 부인이 죽었다고 말했다. 어느 쪽이었을까? 배스트 부인은 어느 쪽인지 확실히 알지 못했다. 젊은 신사가 죽은 것은 확실했다. 그녀는 그의 이름을 신문에서 보던 것이다.

그리고 요리사도 있었어. 밀드레드인지 메리언인지 그런 이름이었고, 머리칼이 붉은 여자였는데, 그런 여자들 대부분이 그렇듯 성질이 급했지만, 잘 다루기만 하면, 제법 친절했지. 우리는 함께 많이 웃었어. 그 요리사는 매기에게 주려고 수프 한 대접이나 때로 햄 한 조각을 남겨 두었고, 남은 것은 무엇이든 챙겨 두었어. 그 당시 그들은 잘 살았지. 부족한 것이 없었거든.(그녀는 아이들 방의 벽난로 가리개 옆 버드나무 안락의자에 앉아 뜨거운 차를 마시면서 유쾌하게 기억의 타래를 술술 풀었다.) 늘 할 일이 많았고, 집 안에 사람들도 많았고. 어떤 때는 스무 명이나 되었기에 자정이 지나 밤늦게까지 설거지를 하기도 했어.

배스트 부인(그녀는 그 당시 글래스고에서 살았기에 램지 가족을 본 적이 없었다.)은 찻잔을 내려놓으며 궁금해했다. 대체 무엇 때문에 저기 짐승의 두개골을 걸어 놓았을까? 틀림없이 외국에서 잡았을 거야.

아마 그럴 거야. 맥냅 부인은 기억을 더듬으며 말했다. 동양에 사는 친척들이 있었어. 신사들이 이곳에 머물렀는데 숙녀들은 이브닝드레스를 입었지. 한번 그들이 모두 모여 앉아서 식사하는 것을 식당 문틈으로 본 적이 있는데, 보석으로 치장한 사람들이 모두 스무 명은 되었어. 정말이지, 남아서 설거지를 도와 달라고 부탁하더군. 한밤중이 지난 후까지 있었을 거야.

아, 그들은 집이 완전히 달라졌다고 생각하겠군. 배스트 부인이 말했다. 그녀는 창에 기대어 밖을 내다보았다. 아들 조지가 긴 낫으로 풀을 베는 것이 보였다. 집을 어떻게 관리했는지 그들은 물을 거야. 케네디 노인이 집 관리를 책임지기로 했지만 수레에서 떨어진 다음에 다리를 영 못쓰게 되었고, 그다음 일 년 정도는 집을 돌본 사람이 없었거든. 그런 다음에 데이비 맥도널드가 관리를 맡았어. 씨앗들을 받았지만, 그것들을 심기나 했는지 어떤지 누가 알겠어? 그들은 집이 달라졌다고 느낄 거야.

그녀는 아들이 낫질하는 모습을 지켜보았다. 일을 잘하는 젊은이였고, 말없이 일하는 타입이었다. 자, 이제 찬장을 마저 치워야겠어. 그녀는 생각했다. 그들은 몸을 일으켰다.

며칠간 안에서 힘겹게 일하고 밖에서는 자르고 땅을 파고 창문에서 먼지떨이가 가볍게 날리고 나서, 마침내 창문이 닫히고 온 집 안 열쇠들이 돌아가고 현관문이 쾅 하고 닫혔다. 다 끝났다.

그러자 청소하고 빨래하고 낫질하고 풀 베는 소리에 그간 압도되었던 듯이 이제 들릴락 말락 한 멜로디가 솟아올랐다. 간헐적으로 이어지는 그 소리는 귓전에 닿았다가 잦아들었다. 개 짖는 소리와 양 울음소리는 산발적으로 들렸지만 어쩐지 서로 연결되었고, 곤충이 윙윙거리는 소리와 잘린 풀들이 떨리는 소리도 서로 제각각이었지만 어쩐지 조화를 이루었으며, 귀에 거슬리는 풍뎅이의 붕붕 소리와 삐걱거리는 바퀴 소리도 시끄럽고 나지막하지만 신비롭게 결합되었다. 귀를 기울여 모아 들을 때, 늘 조화를 이룰 듯한 이 소리들은 분명히 들리는 법도 없고, 결코 완전한 조화를 이루지도 않는다. 이윽고 저녁이 되어 하나씩 둘씩 소리들이 사라지고, 조화는 비틀거리며 스러지고, 정적이 드리운다. 해가 지면서 선명한 윤곽이 사라지고, 피어오르는 안개처럼 정적이 솟아오르고 고요함이 퍼져 나가고 바람이 잦아들었다. 나뭇잎들 사이에 가득 퍼진 녹색과 창가에 핀 흰 꽃들에 어린 어슴푸레한 색을 제외하면 여기 빛 한 줄기 없는 어두운 곳에서 세상은 느즈러지게 몸을 흔들고는 잠이 든다.

(릴리 브리스코는 9월 어느 날 저녁 늦게 그 집으로 가방을 운반시켰다. 카마이클 씨도 같은 기차를 타고 왔다.)

10

그렇다면 실로 평화가 찾아온 것이다.[68] 평화의 메시지가 바다에서 해안으로 불어왔다. 평화의 잠을 더 이상 깨우지 말라고, 오히려 더 깊이 쉴 수 있도록, 꿈꾸는 사람들이 경건하게, 현명하게 꿈꾸던 것을 무엇이든지 확인하도록 달래 주라고, 또 뭐라고 중얼거리는 소리가 들리던 그때 릴리 브리스코는 깨끗하고 고요한 방에서 베개에 머리를 눕히고 바닷소리를 들었다. 열린 창을 통해서 세상의 아름다움이 중얼거리는 목소리가 들려왔고, 너무나 나지막한 소리라서 무슨 말인지 정확히 알아들을 수 없었지만(하지만 의미가 분명하다면 무슨 상관이겠는가?) 잠자는 사람들에게(다시 그 집은 사람들로 가득 찼

---

68) 정전 협정은 1918년 11월에 체결되었고, 1차 세계 대전은 1919년 6월 베르사유 조약 체결로 공식적으로 끝났다. 그러므로 2부의 끝 부분과 3부 전체는 1919년 9월을 배경으로 한다고 볼 수 있다.

다. 벡위스 부인이 머물고, 카마이클 씨도 그리했다.) 바닷가로 내려오지 않겠다면 적어도 블라인드를 걷고 밖을 내다보라고 간청하는 듯했다. 그러면 보랏빛으로 흘러내리는 밤을 볼 것이다. 머리에 왕관을 쓰고, 보석이 박힌 제왕의 홀을 든 밤의 눈동자 속에서 바라보는 아이를. 사람들이 여전히 망설인다면,(릴리는 여행으로 너무 피곤해서 거의 곧바로 잠들었다. 하지만 카마이클 씨는 촛불을 켜고 책을 읽었다.) 그들이 여전히 아니라고 한다면, 밤의 이 찬란함은 덧없는 기체에 불과하고 이슬이 밤보다 더 강하다며 자기들은 잠자는 편이 더 낫다고 말한다면, 그러면 그 목소리는 불평하거나 다투려 하지 않고 부드럽게 자기의 노래를 부를 것이다. 부드럽게 파도가 부서지고(릴리는 잠결에 그 소리를 들었다.) 포근하게 빛이 내려왔다.(그 빛은 그녀의 눈꺼풀을 통해 들어오는 것 같았다.) 그리고 이 모든 것이 여러 해 전과 무척 흡사하게 보인다고 카마이클 씨는 책장을 덮고 잠들면서 생각했다.

어둠의 장막이 집을 감싸고, 누워 있는 벡위스 부인과 카마이클 씨, 그리고 릴리 브리스코의 눈 위에 몇 겹 어둠이 내려앉도록 그들을 휘감았을 때 실로 밤의 목소리는 다시 들려올 것이다. 왜 이것을 받아들이고, 이것에 만족하고, 순응하고, 체념하지 않는가? 작은 섬들 주위에서 규칙적으로 부서지는 파도의 한숨 소리가 그들을 달랬고, 밤이 그들을 감쌌고, 그 무엇도 그들의 잠을 깨우지 않았다. 마침내 새들이 지저귀기 시작하고 새벽이 새들의 가느다란 목소리들을 엮어서 순백을 자아내고, 수레가 삐걱거리고, 어딘가에서 개가 짖고, 태양이 장막을 들어 올려 그들 눈에 덮인 베일을 찢어 내고, 릴리 브리스코가 잠에서 깨어 뒤척이면서 마치 벼랑에서 떨어지는 사람이 풀을 움켜쥐듯이 담요를 움켜잡을 때까지. 그녀는 눈을 번쩍 떴다. 다시 여기에 왔구나. 그녀는 침대에서 벌떡 일어나 앉으며 생각했다. 완전히 깬 것이다.

3부
등대

1

그렇다면 이것이 무엇을 의미할까, 이 모두가 무엇을 뜻할
수 있을까? 릴리 브리스코는 혼자 남겨진 후 커피 한 잔을 더
가지러 부엌에 가야 할지 아니면 그곳에서 기다려야 할지를
생각하면서 스스로에게 물었다. '이것이 무엇을 의미할까?'
어느 책에선가 보았던 이 말이 그녀의 생각을 막연히 드러냈
다. 램지 가족과 함께 지내게 된 첫날 아침에 그녀는 자신의
감정을 간결하게 정리할 수 없었고, 그저 공허한 망상들이 잦
아들 때까지, 텅 빈 마음을 감추도록 그 말을 되풀이할 수밖에
없었다. 실로 긴 세월이 지나고, 램지 부인이 죽은 후에 돌아
와서 그녀가 느끼는 것이 무엇일까? 아무것도, 아무것도 없었
다. 말로 표현할 수 있는 것은 전혀 없었다.

그녀는 어젯밤 늦게, 사방이 신비스럽고 어두울 때 돌아왔
다. 이제 그녀는 잠에서 깨어 아침 식탁의 예전 자리에 앉았

지만 혼자였다. 게다가 채 8시도 되지 않은 무척 이른 시각이었다. 그런데 원정 계획이 있었다. 램지 씨와 캠, 제임스는 등대에 갈 것이다. 그들은 이미 출발했어야 했다. 조류를 타거나 하는 것을 염두에 두어야 했다. 그런데 캠도, 제임스도 준비가 되지 않았고 낸시는 샌드위치를 만들어 달라는 부탁을 잊었고 화가 난 램지 씨는 문을 쾅 닫고 방을 나섰다.

"지금 가 봐야 무슨 소용이야?" 그는 벼락 치듯 고함을 질렀다.

낸시는 모습을 감췄다. 램지 씨는 극도로 화가 나서 테라스를 서성이고 있었다. 온 집 안에서 탕탕 닫히는 문소리와 소리쳐 부르는 목소리들이 들리는 것 같았다. 이제 낸시가 뛰어 들어와서 방 안을 둘러보며 얼떨떨한 묘한 태도로 물었다. "등대에 무엇을 보내야 할까요?" 마치 도저히 할 수 없는 일을 스스로에게 억지로 강요하는 것 같았다.

정말로 등대에 무엇을 보내야 할까! 다른 때라면 릴리는 차, 담배, 신문이라고 조리 있게 대답할 수 있었을 것이다. 그러나 오늘 아침에는 모든 것이 특히나 이상하게 보여서 낸시의 질문(등대에 무엇을 보내야 할까요?)과 같은 것들이 마음속의 문들을 죄다 열어젖혀 쿵쾅거리며 흔들고, 어리둥절한 얼굴로 입을 벌려 거듭 묻게 했다. 무엇을 보내야 하지? 무엇을 해야 하지? 요컨대 내가 왜 여기 앉아 있는 거지?

긴 식탁에 놓인 깨끗한 컵들을 앞에 두고 혼자 앉아서 (낸시가 다시 나갔기에) 그녀는 다른 사람들과 단절되었고, 그저 계속 바라보면서 묻고 의아해할 수 있을 뿐이라고 느꼈다. 이 집, 이 장소, 이 아침, 모든 것이 생소하게 보였다. 자신은 여기에 조금도 애착이 없다고, 이곳과 아무 관련도 없다고, 어떤 일이든 일어날 수 있다고 느꼈다. 바깥에서 들리는 발자국 소리나 외치는 소리,("그건 찬장에 없어. 층계참에 있어."라고 누군가 소리쳤다.) 그 어떤 일이든 간에 의문을 일으켰다. 마치 사물을 한데 엮었던 고리가 끊어져서 사물들이 위로 떠오르고, 아래로 떨어지고, 여하튼 멀어져 가는 듯이. 얼마나 정처 없고, 혼란스럽고, 비현실적인가. 그녀는 빈 커피 잔을 바라보며 생각했다. 램지 부인은 죽었다. 앤드루는 전사했다. 프루 역시 죽었다. 이 사실들을 아무리 되뇌어도 그녀에게 아무런 감정도 일지 않았다. 그런데 우리 모두 이런 아침에 이런 집에 모여 있다니. 그녀는 창밖을 바라보며 말했다. 아름답고 고요한 날이었다.

지나가던 램지 씨가 갑자기 고개를 들고 그녀를 똑바로 바라보았다. 마음이 산란한 듯 거친 그의 눈빛은, 그럼에도 깊이 꿰뚫고 들어가서, 마치 단 일 초간, 생전 처음으로, 영원히 바라보는 듯했다. 그녀는 그를 피하기 위해서, 그의 요구를 피하기 위해서, 그 전제적 요구를 한순간이라도 더 제쳐 놓으려고 빈 커피 잔을 들어 마시는 척했다. 그러자 그는 그녀를 보며 고개를 젓고는 성큼성큼 걸어갔고("홀로."라고 말하는 소리가 들렸다. "죽어 갔지."라는 말도 들려왔다.)[69] 이 생소한 아침의

---

69) 윌리엄 쿠퍼(1731~1800)의 시 「난파된 자」(1799)의 마지막 연에 나오는 행. 1741년 희망봉에서 거대한 폭풍우에 난파되어 익사한 선원 이야기를 그린다.

다른 일들도 그렇듯이, 그 말은 하나의 상징이 되어 녹회색 벽 도처에 새겨졌다. 그녀는 그 상징들을 결합할 수만 있다면, 문장으로 써낼 수 있다면, 진실에 도달할 거라고 느꼈다. 늙은 카마이클 씨가 조용히 어슬렁거리며 들어와서 커피를 가져왔고, 햇빛을 받으며 앉아 있으려고 잔을 들고 밖으로 나갔다. 이 기이한 비현실감은 무시무시하지만 흥미진진하기도 했다. 등대에 간다고. 그러나 등대에 무엇을 보내야 할까? 죽어 갔지. 홀로. 맞은편 벽 위의 녹회색 빛. 텅 빈 곳들. 어떤 부분들은 텅 비어 있었지만, 그것들을 어떻게 결합할 것인가? 그녀는 물었다. 조금이라도 방해를 받으면 자신이 식탁 위에 세우던 부서지기 쉬운 형체가 깨져 버리기라도 할 듯이, 그녀는 램지 씨가 자기를 보지 않도록 창가로 등을 돌렸다. 어떻게든 피해야 하고, 어디에선가 혼자 있어야 한다. 갑자기 기억이 떠올랐다. 십 년 전에 그녀가 마지막으로 거기 앉았을 때 식탁보에 작은 나뭇가지인지 이파리인지 무늬가 있었고, 영감이 떠오른 순간에 그것을 보았다. 그림 전면에 문제가 있었다. 그 나무를 한가운데로 옮겨야지. 그녀는 말했었다. 그 그림을 결코 끝내지 못했고, 이 오랜 세월 동안 그것은 그녀 마음속에서 뒹굴고 있었다. 이제 그 그림을 그릴 것이다. 그림물감이 어디 있더라? 그녀는 생각했다. 그림물감, 그래. 어젯밤 홀에 두었어. 당장 시작해야지. 그녀는 램지 씨가 다시 돌아오기 전에 재빨리 일어섰다.

그녀는 의자를 가져왔다. 잔디밭 가장자리에, 카마이클 씨에게서 너무 가깝지는 않지만 그의 보호를 받을 수 있을 만큼 가까운 곳에, 노처녀다운 꼼꼼한 동작으로 이젤을 단단히 고정했다. 그래, 십 년 전에 서 있던 곳이 정확히 여기임에 틀림없어. 저기 벽이 있고, 산울타리가 있고, 나무가 있어. 문제는 이 덩어리들 사이의 관계였어. 그녀는 이 긴 세월 동안 마음속에 그 문제를 간직해 왔던 것이다. 해결책이 불쑥 떠오른 것 같았다. 이제 자기가 무엇을 하고자 하는지를 알았다.

하지만 램지 씨가 접근하려고 애쓰는 동안에는 아무것도 할 수 없었다. 그가 다가올 때마다(그는 테라스에서 서성이고 있었다.) 파멸이 다가왔고, 혼돈이 다가왔다. 그녀는 그림을 그릴 수 없었다. 몸을 굽혔다가 돌렸다. 천 조각을 들어 올리고 물감을 짜기도 했다. 하지만 무엇을 하더라도 그를 한순간 물리칠 수 있을 뿐이었다. 램지 씨 때문에 아무 일도 할 수 없었다. 만일 그에게 조금이라도 기회를 준다면, 가령 그녀가 아무것도 하지 않으면서 잠시 그가 있는 쪽을 바라보는 것을 알게 되면, 그는 그녀에게 다가와서 어젯밤에 말했듯이 "보시다시피 우리는 많이 달라졌어요."라고 말할 게 틀림없었다. 어젯밤에 그는 일어나서 그녀 앞에서 걸음을 멈추고 그렇게 말했었다. 모두들 잠자코 앉아서 허공을 응시하고 있었지만, 그의 여섯 자녀들(영국 왕들과 여왕들의 이름을 따서 적색 왕, 금발 여왕, 사악한 대왕, 무정한 여왕이라 부르곤 했던)이 속으로 맹렬히 분개하는 것을 그녀는 느꼈다. 친절한 벡위스 노부인은 뭔가 도리에 맞는 말을 했다. 하지만 그 집안은 서로 단절된 격정들로 가득 차 있었다. 그녀는 저녁 내내 그렇게 느꼈다. 그런데 이 혼돈에 더하여 램지 씨가 일어서서 그녀 손을 잡고 힘주어 누르며 말했다. "우리가 무척 달라졌음을 알게 될 거요." 그의 자녀들 중 어느 누구도 움직이거나 말하지 않았고, 그가 그런 말을 하도록 내버려 둘 수밖에 없는 듯이 가만히 앉아 있었다. (틀림없이 음울한 왕이었을) 제임스만이 등잔불을 매섭게 쏘아보았고, 캠은 손수건으로 손가락을 감아 비틀었다. 그러고 나서 램지 씨는 그들에게 내일 등대에 갈 거라고 상기시켰다. 7시 30분 정각에 준비를 마치고 홀에 모여야 한다. 그런 다음 문손잡이를 잡은 채 그는 걸음을 멈추고 돌아보았다. 너희들은 등대에 가기를 바라지 않는 게냐? 그가 물었다. 그들이 감히 그렇다고 대답했으면(그는 무엇 때문인지 등대에 가기를 바랐다.) 그는 비극적인 몸짓으로 뒷걸음치며 몸을 내던져 절망의 쓰라린 물결에 빠졌을 것이다. 그에겐 몸짓을 쓰는 상당한 재주가 있었다. 그는 추방된 왕처럼 보였다. 제임스는 완강하게 가고 싶다고 말했다. 캠은 더 비참하게 말을 더듬었다. 네, 아, 그래요. 저희 둘 다 준비할 거예요. 그들이 말했다. 그때 퍼뜩 이런 생각이 릴리의 머리를 스쳤다. 이거야말로 비극이야. 관을 덮는 천이나 시체, 수의가 아니라, 강요받는 아이들, 활기가 억눌린 아이들이야말로 비극이라고. 제임스는 열여섯 살이고, 캠은 아마 열일곱이었을 것이다. 그녀는 거기 있지 않은 누군가를 찾아 주위를 두리번거렸다. 아마도 램지 부인을. 하지만 등잔불 아래에서 자신의 스케치북을 넘기며 보고 있는 친절한 뱅키스 부인이 있을 뿐이었다. 그러자 맥이 풀려 버린 그녀는 아직도 파도와 함께 마음이 오르내리는 가운데, 오랜 부재 후에 돌아온 어떤 장소가 풍기는 맛과 냄새에 사로잡혀서, 너울거리는 촛불들을 바라보며 멍한 상태에 빠져들었다. 별빛이 비치는 경이로운 밤이었다. 위층으로 올라갈 때 파도 소리가 들려왔고, 층계참의 창문을 지날 때 거대하고 희끄무레한 달이 보이는 바람에 그들은 깜짝 놀랐다. 그녀는 곧장 잠들었다.

그녀는 깨끗한 캔버스를 이젤 위에 단단히 올려놓고, 그것이 램지 씨와 그의 끈질긴 요구를 막아 낼 수 있는, 미약하지만 상당히 견고한 방벽이 되어 주기를 바랐다. 그가 등을 돌렸을 때 그녀는 최선을 다해서 자기 그림을 바라보았다. 그 선이 저기 있고, 그 덩어리가 저기 있었다. 하지만 도무지 불가능했다. 그에게 15미터쯤 떨어져 있으라고 해. 말도 걸지 말라고, 쳐다보지도 말라고 해. 그는 슬며시 스며들고, 멀리서도 영향을 미치고, 뻔뻔스럽게 자기 존재를 들이밀었다. 그는 모든 것을 변화시켰다. 색깔이 보이지 않았다. 선들도 보이지 않았다. 그가 등을 돌리고 있는 동안에도 그녀는 이런 생각밖에 할 수 없었다. 그가 곧 다가와서 요구할 거야. 그에게 도저히 줄 수 없다고 여기는 것을. 그녀는 붓 하나를 내려놓고, 다른 붓을 골랐다. 아이들이 언제나 나올까? 모두들 언제 출발할까? 그녀는 안절부절못하며 붓을 만지작거렸다. 저 남자는 결코 주지 않았어. 마음속에서 치밀어 오르는 분노를 느끼며 그녀는 생각했다. 저 남자는 받기만 했어. 반면에 나는 줘야 한다는 강요를 받을 거야. 램지 부인은 주었지. 주고, 주고, 또 주다가 그녀는 죽었고, 이 모든 것을 남겨 놓았어. 릴리는 램지 부인에게 정말로 화가 났다. 산울타리와 층계, 벽을 바라보는 그녀의 손가락들 사이에서 붓이 약간 떨렸다. 모두 램지 부인이 만들어 놓은 일이야. 그녀는 죽었고. 여기 마흔네 살이나 먹은 릴리는 시간을 낭비하고 있었다. 아무것도 할 수 없어서 거기 서서 그림을 그리는 체하고 있었다. 가장할 수 없는 바로 그것을 가장하고 있었다. 모두 램지 부인의 잘못이었다. 그녀는 죽었다. 그녀가 앉곤 했던 층계는 비어 있었다. 그녀는 죽었다.

하지만 왜 이런 일을 되풀이한단 말일까? 왜 느끼지도 않는 감정을 끌어내려고 늘 애써야 할까? 불경스러운 일이야. 고작해야 메마르고, 시들어 빠지고, 소진되어 버릴 뿐이야. 이들이 나를 초대하지 않았어야 했어. 나는 오지 않았어야 했어. 마흔네 살이나 되어서 시간을 낭비할 수는 없는 일이야. 그녀는 생각했다. 그녀는 그림을 그리는 체하는 것을 혐오했다. 투쟁과 파멸, 혼돈의 세계에서 믿을 수 있는 것은 오로지 붓밖에 없으므로, 일부러라도 붓을 들고 장난을 쳐서는 안 된다. 그녀는 그런 일을 몹시 싫어했다. 하지만 그가 그렇게 하도록 만들었다. 내가 원하는 것을 당신이 줄 때까지는 당신의 캔버스에 손을 댈 수 없소. 그녀에게 접근하며 그는 이렇게 말하는 것 같았다. 이제 그가 다시 탐욕스럽고도 얼빠진 듯한 얼굴로 다가왔다. 자, 그렇다면 그 일을 끝내는 편이 차라리 더 수월하겠군. 릴리는 오른손을 툭 떨어뜨리며 절망적으로 생각했다. 분명 그녀는 그토록 많은 여자들의 얼굴에서(예컨대 램지 부인의 얼굴에서) 보았던 타오르는 기쁨과 열광, 자기 포기를 떠올려 흉내를 내어 볼 수 있을 것이다. 이럴 때 그 여자들은 그 보상으로 얻은 공감과 기쁨, 그녀는 램지 부인의 표정을 기억할 수 있었다. 황홀한 즐거움으로 타올랐고, 그녀는 이유를 알 수 없었지만, 그 보상은 인간이 누릴 수 있는 최고의 희열감을 그들에게 주었음이 분명했다. 이제 그가 그녀 옆에서 걸음을 멈추었다. 그녀는 자신이 줄 수 있는 것을 그에게 주리라.

2

그녀가 약간 시들어 버린 것 같다고 그는 생각했다. 그녀는 늘 좀 빈약하고 연약하게 보였지만 매력이 없는 것은 아니었다. 그는 그녀를 좋아했다. 그녀가 윌리엄 뱅크스와 결혼할 거라는 이야기가 한때 돌았지만, 그 소문은 결실을 이루지 못했다. 그의 아내는 그녀를 좋아했었다. 그는 아침 식사 때도 약간 화를 냈었다. 그런데, 그런데, 지금은 뭔가 알지 못하는 엄청난 욕구에 내몰려서 어떤 여자에게든 접근하여 자신이 원하는 것을 달라고 강요해야 하는 순간이었다. 공감을. 그 욕구가 너무 컸기 때문에 어떤 식으로 요구할지는 문제가 되지 않았다.

당신 편의를 누가 봐주고 있소? 그가 물었다. 뭐, 필요한 것은 없소?

"아, 고맙습니다. 없어요." 릴리 브리스코는 불안하게 대답했다. 아니, 그녀는 도저히 할 수 없었다. 확장되는 공감의 파도를 타고 즉시 흘러갔어야 했는데. 그녀를 내리누르는 압박감이 엄청났다. 하지만 그녀는 꼼짝달싹하지 못하고 가만히 있었다. 이야기가 중단된 무시무시한 순간이었다. 그들은 둘다 바다를 보았다. 내가 여기 있는데 그녀는 왜 바다를 보아야 하는가? 램지 씨는 생각했다. 등대에 무사히 닿으실 수 있도록 바다가 잔잔하면 좋겠어요. 그녀가 말했다. 등대! 등대라고! 그게 무슨 상관이란 말인가? 그는 조급하게 생각했다. 그 순간, 원시적인 격정이 폭발하면서(실로 더는 자제할 수 없었기에) 그에게서 신음 소리가 새어 나왔다. 그 소리에 세상 여자들 모두 어떤 행동이든 했을 테고, 무슨 말이든 건넸겠지. 나를 제외하고 모두 다 그랬을 거야. 릴리는 신랄하게 스스로를 비웃으며 생각했다. 나는 여자가 아니야. 까다롭고 성질이 고약하고 말라비틀어진 노처녀일 뿐이지.

램지 씨는 길게 한숨을 내쉬었다. 그는 기다렸다. 그녀가 아무 말도 하지 않을 것인가? 내가 그녀에게서 무엇을 원하는지 알지 못하는 것일까? 그러고 나서 그는 등대에 가려는 특별한 이유가 있다고 말했다. 아내가 거기 있는 사람들에게 물건을 보내 주곤 했소. 거기에는 결핵성 고관절염에 걸린 가엾은 소년, 등대지기의 아들이 있소. 그는 깊은 한숨을 쉬었다. 그의 한숨은 의미심장했다. 릴리는 오로지 이 거대한 비탄의 물결이, 공감을 얻으려는 이 채울 수 없는 갈증이, 그녀가 그에게 완전히 굴복해야 한다는(그렇게 하더라도 그에게는 그녀에게 영원히 쏟아부을 수 있을 만큼 큰 슬픔이 있었다.) 이 욕구가 흘러 들어와 그녀를 휩쓸어 가 버리기 전에 그녀를 그냥 놔두기를, 그 흐름의 방향이 바뀌기만을(그녀는 누군가 방해해 주기를 바라면서 계속 집을 바라보았다.) 바랐다.

"그런 원정은 무척 고통스러운 것이오." 램지 씨가 발끝으로 땅을 문지르면서 말했다. 그래도 릴리는 아무 말도 하지 않았다.(목석같은 여자군, 돌처럼 무정해. 그는 속으로 생각했다.) "무척 지치는 일이오." 그녀에게는 역겹게 보이는 표정으로(그는 연기를 하고 있어, 이 대단한 남자는 스스로를 극화하고 있는 거야. 그녀는 느꼈다.) 자신의 아름다운 손을 바라보면서 그가 말했다. 지독히 혐오스럽고, 부당한 억지였다. 아이들이 아예 나오지 않을 작정인가. 그녀는 궁금해졌다. 그녀는 이 엄청난 슬픔의 무게를 지탱할 수 없었기에, 이 비탄의 무거운 휘장을(그는 극히 노쇠한 사람처럼 심지어 거기 서 있는 동안에도 약간 비틀거렸다.) 한순간도 떠받칠 수 없었던 것이다.

하지만 그녀는 아무 말도 할 수 없었다. 얘깃거리가 될 만한 것들이 모두 쓸려 간 듯이, 눈앞이 온통 휑뎅그렁하게 보였다. 그저 어안이 벙벙한 채 느낄 수 있을 뿐이었다. 거기 서 있는 램지 씨의 눈길이 양지바른 풀밭에 우울하게 닿자 풀잎의 색이 바랬고, 접의자에 앉아서 프랑스 소설을 읽고 있는 카마이클 씨의 졸음기 어린 불그스레한 얼굴과 더없이 느긋한 표정에 검은 상장의 베일을 드리웠다고. 고뇌에 찬 이 세상에서 잘 살고 있음을 과시하는 노인 같은 존재는 그 무엇보다도 음울한 생각을 끌어내기에 족하다는 듯이. 그를 보라. 나를 보라. 램지 씨는 이렇게 말하는 것 같았다. 실로 그는 내내 느끼고 있었다. 나를 생각해, 나를 생각해 보라고. 아, 카마이클 씨의 몸을 우리 옆으로 가뿐히 날라 올 수 있다면. 릴리는 바랐다. 이젤을 그에게 1∼2미터 더 가까운 곳에 세웠더라면. 어떤 남자라도 가까이 있었다면 이런 감정의 토로를 막았을 것이고, 이런 탄식을 중단시켰을 것이다. 그녀가 여자이기에 이 끔찍한 상황이 일어난 것이다. 여자니까 그녀는 이런 상황을 처리하는 법을 알았어야 했다. 그저 멍하니 서 있는 것은 여자에게 굉장히 부끄러운 일이었다. 누군가 말했다.(뭐라고 했더라?) 오, 램지 씨! 친애하는 램지 씨! 스케치를 하던 친절한 노부인, 벡위스 부인이라면 즉시, 그리고 적절히, 그렇게 말했을 것이다. 하지만 안 돼. 그들은 나머지 세상과 단절된 채 서 있었다. 그의 무한한 자기 연민, 공감에 대한 요구가 흘러나와 사방에 퍼지면서 그녀 발치에 웅덩이를 만들었고, 파렴치한 죄인으로서 그녀가 할 수 있는 일이라고는 발이 젖지 않게 치맛자락을 모아 발목 위로 약간 끌어 올리는 것뿐이었다. 완고하게 침묵을 지키며 그녀는 붓을 움켜쥔 채 서 있었다.

아무리 고마워해도 충분치 않으리라! 집 안에서 어떤 소리가 들려온 것이다. 제임스와 캠이 나오고 있는 게 분명했다. 하지만 램지 씨는 자기에게 남은 시간이 줄어드는 것을 의식이라도 하듯이 응결된 고뇌와 연로함, 쇠약함, 쓸쓸함의 거대한 압력을 자신의 고적한 몸에 가했다. 그때 갑자기 짜증스러운 기분을 참을 수 없는 듯이 머리를 흔들면서(결국, 어떤 여자가 그에게 저항할 수 있겠는가?) 그는 구두끈이 풀어진 것을 알아차렸다. 구두도 놀랍군. 릴리는 구두를 내려다보며 생각했다. 조각품처럼 입체적이며 굉장한 구두였고, 닳아 빠진 넥타이에서부터 반쯤 단추가 채워진 조끼에 이르기까지 램지 씨가 걸친 모든 것과 마찬가지로 이의의 여지 없이 그 자신만의 독특함이 배어 있었다. 그녀는 그가 없을 때 그 구두가 비애와 퉁명스러움, 성마름과 매력을 발산하면서 스스로 그의 방으로 걸어가는 것을 그려 볼 수 있었다.

"구두가 매우 아름답군요!" 그녀가 경탄했다. 그녀는 스스로가 부끄러웠다. 그가 자기 영혼을 위로해 달라고 그녀에게 청했을 때, 피 흘리는 자기 손을, 갈가리 찢어진 자기 마음을 보여 주면서 불쌍히 여겨 달라고 청했을 때, 고작 그의 구두나 칭찬하고 그런 다음에는 쾌활하게 "아, 그런데 무척 훌륭한 구두를 신으시네요!"라고 말하다니. 그런 말은 갑작스레 터져 나오는 언짢은 고함으로 완전히 묵살되어야 마땅했고, 그녀는 그런 대접을 받으리라고 예상하며 고개를 들었다.

하지만 그러기는커녕 램지 씨는 미소를 지었다. 관을 덮은 검은 보와 장막, 노쇠함이 그에게서 떨어져 나갔다. 아, 그렇소. 그는 그녀에게 잘 보여 주려고 발을 들어 올리며 말했다. 최고의 구두요. 이런 구두를 만들 수 있는 사람은 영국에 단 한 사람밖에 없소. 구두란 인간을 저주하는 것 중 하나지. 그가 말했다. "구두장이들은 인간의 발을 불구로 만들고 고문하는 일을 본업으로 삼은 사람들이요." 그가 큰 소리로 말했다. 그들은 또 가장 완고하고 심술궂은 사람들이지. 나는 젊은 시절이 거의 다 지난 다음에야 구두를 제대로 만들도록 주문할 수 있었소. 그는 그녀가 전에는 이렇게 생긴 구두를 한 번도 본 적이 없었다고(그는 오른발을 들어 올렸고 그다음에는 왼발을 들었다.) 말하기를 바랐다. 게다가 이건 세상에서 제일 좋은 가죽으로 만든 구두요. 대개 가죽이라면 그저 갈색 종이와 판지를 붙인 것에 불과하지. 그는 발을 공중에 든 채 만족스럽게 바라보았다. 릴리는 마침내 그들이 평화가 머물고 온전한 정신이 지배하며 태양이 영원히 비치는 화사한 섬, 훌륭한 구두가 있는 축복받은 섬에 도달했다고 느꼈다. 그에 대한 따스한 마음이 솟아올랐다. "자, 당신이 매듭을 잘 묶을 줄 아는지 한번 봅시다." 그가 말했다. 그는 그녀가 묶은 매듭이 단단하지 않다고 놀렸고, 자신만의 독창적인 방법을 보여 주었다. 일단 이렇게 묶으면 결코 풀리지 않아요. 세 번이나 그는 그녀의 구두끈을 묶었고, 세 번이나 매듭을 풀었다.

왜 이처럼 지극히 부적절한 순간에, 그가 그녀 구두 위에 몸을 굽히고 있을 때, 그에 대한 동정심이 솟아올라 이토록 극심한 고통을 느껴야 할까? 또한 몸을 구부린 자기 얼굴에 피가 몰린 채 자신의 경박함을(그를 연기하는 배우라고 불렀다.) 돌이켜 생각하면서 눈에 눈물이 고이고 얼얼해지다니. 그런 일에 몰두한 그가 한없이 애처롭게 보였다. 그는 매듭을 묶었다. 그는 구두를 샀다. 램지 씨 삶의 여정에 도움을 주는 것은 불가능했다. 그러나 이제 그녀가 뭔가 말하고 싶었을 때, 어쩌면 뭔가 말할 수도 있었을 때, 캠과 제임스가 왔다. 그들이 테라스에 나타났다. 심각하고 우울한 표정으로 둘은 꾸물거리며 나란히 걸어오고 있었다.

하지만 저 애들은 왜 저렇게 걸어오는 걸까? 그녀는 그들에게 화가 나지 않을 수 없었다. 좀 더 쾌활하게 올 수도 있을 텐데. 그들 모두 출발할 터이므로 이제 그녀에게는 기회가 없지만 그녀가 주지 못했던 것을 그들이 그에게 줄 수도 있을 텐데. 그녀는 갑자기 허탈과 좌절을 느꼈다. 자신의 감정이 너무 뒤늦게 일어난 것이다. 이제 그 감정이 준비되었다. 하지만 그는 그것을 더는 필요로 하지 않았다. 그녀에게서 그 무엇도 원하지 않는, 대단히 출중한 노인이 되었던 것이다. 그녀는 냉대를 받은 기분이었다. 그는 배낭을 멨다. 그는 꾸러미를 나눠 주었다. 갈색 종이에 싸서 엉성하게 묶은 꾸러미들이 여러 개 있었다. 그는 캠을 보내 외투를 가져오게 했다. 그는 원정을 준비하는 지휘자의 모습을 완벽하게 갖추고 있었다. 그런 다음 몸을 돌려 그는 갈색 봉지들을 들고 그 훌륭한 구두를 신은 발로 군인처럼 확고한 걸음을 내딛고는 앞장서서 길을 내려갔다. 아이들이 그의 뒤를 따랐다. 아이들은 마치 운명이 자신들에게 괴로운 모험을 강요한다는 듯한 표정을 짓고 있다고 그녀는 생각했다. 아직은 아버지의 발자국을 묵묵히 따를 만큼 어린 나이여서 순종적으로 나섰지만, 그들의 눈에 어린 창백한 빛을 보면 그들이 나이에 맞지 않는 무언가를 말없이 견디고 있다고 그녀는 느꼈다. 그렇게 해서 그들은 풀밭 언저리를 지났다. 릴리가 바라보기에 그들은 공동의 감정이라는 긴장감에 이끌려 나아가는 행렬 같았고, 비록 늘어지고 비틀리고 있었지만 그 긴장감으로 말미암아 그들은 함께 묶여 있는 작은 일행이 되었다. 그들의 모습은 기이하게도 인상적이었다. 지나가면서 램지 씨는 정중하지만 매우 냉담하게 손을 들어 그녀에게 인사했다.

그런데 얼마나 태연한 얼굴인가. 그녀는 정작 요청에 응하지 않았던 공감이 표출되지 못해 고통스럽게 들끓는 것을 느끼면서 생각했다. 무엇이 저런 얼굴을 만들었을까? 내가 생각하기에는, 그가 밤마다 부엌 식탁의 실체에 대해서 생각했기 때문이야. 그녀는 램지 씨가 무엇에 대해 연구하는지를 분명히 알지 못했기에, 앤드루가 일러 주었던 상징을 떠올리며 덧붙였다.(앤드루가 포탄 파편에 맞아서 즉사했다는 생각이 떠올랐다.) 그 부엌 식탁은 머릿속의 준엄한 환영이었고, 장식적인 것이 아니라 꾸밈없이 살풍경하고 단단한 것이었다. 색깔도 없고, 온통 모서리와 귀퉁이뿐이었다. 일말의 여지 없이 평범했다. 그러나 램지 씨는 언제나 그 식탁을 주시했으며, 딴 데 시선을 팔거나 미혹에 빠지는 것을 결코 용납하지 않았고, 그러다 보니 마침내 그의 얼굴도 수도자처럼 금욕적이고 초췌해지면서, 그녀에게 그렇게나 깊은 인상을 준 장식 없는 아름다움을 띠게 되었다. 그리고 그녀는 그가 그녀를 두고 떠난 자리에 붓을 들고 서서 그 얼굴이 근심 걱정으로(그리 고상하지는 않게) 안달복달했던 것을 기억했다. 틀림없이 그는 식탁에 대해 의혹을 품었을 것이다. 그 식탁이 과연 실재하는지, 그가 그것에 들인 시간만큼 가치가 있는지, 그가 종국에 그 가치를 발견할 수 있을지. 그가 의혹을 품었음이 분명하다고 그녀는 느꼈다. 그렇지 않았더라면, 그는 사람들에게 그리 많은 것을 요구하지 않았을 것이다. 바로 그 점에 대해서 그들은 때로 밤늦게 이야기를 나눴을 거라고 그녀는 생각했다. 그런 다음 날이면 램지 부인은 지쳐 보였기에, 릴리는 터무니없이 사소한 일로 그에게 벌컥 화를 내곤 했다. 그러나 지금 그에게는 그 식탁에 대해서나 그의 구두나 매듭에 대해서나 이야기를 나눌 사람이 없었다. 그는 삼켜 버릴 대상을 찾는 사자 같았으며, 그의 얼굴에는 절박한 기색, 과장하는 기색이 어려 있어서 그녀를 놀라게 했고 치맛자락을 그러모으게 했다. 그러고 나면 갑자기 그의 활력이 살아났고, 갑자기 빛이 타올랐으며(그녀가 그의 구두를 칭찬했을 때) 일상적인 인간사에 대한 활기와 관심이 되살아났다. 이런 상태도 지나가고 변하면서(그는 늘 변하고 있고, 아무것도 숨기지 않았으므로) 마지막 단계로 나아갔다. 그 단계는 그녀로서는 처음 보는 새로운 것이었으며 자신의 과민한 반응을 부끄러워하게 만들었다고 그녀는 인정했다. 그는 근심이나 야망을 다 떨쳐 버린 것 같았고, 공감에 대한 기대와 칭찬에 대한 욕구는 다른 영역에 들어섰으며, 손에 닿지 않는 그 작은 행렬의 선두에 서서 마치 호기심에 이끌린 듯 자기 자신이나 다른 사람과 말없이 나누는 대화에 빠져든 것 같았다. 얼마나 특별한 얼굴인가! 대문이 큰 소리를 내며 닫혔다.

3

그래, 그들이 갔어. 이렇게 생각하며 그녀는 안도와 실망의 한숨을 쉬었다. 휘어졌던 가시나무가 다시 튕겨서 그녀의 얼굴에 부딪히듯이 그녀의 공감이 자기 얼굴로 되돌아온 것 같았다. 신기하게도 자신이 분열된 느낌이었다. 그녀의 한 부분은 저기로 이끌려 간 것 같았다. 안개가 낀 고요한 날이었고, 오늘 아침 등대는 무한히 멀게 보였다. 하지만 그녀의 다른 부분은 집요하게, 확고하게 여기 잔디밭에 붙어 있었다. 그녀는 마치 캔버스가 둥실 떠올라 비타협적인 하얀 화폭을 눈앞에 펼쳐 놓은 듯이 캔버스를 보았다. 그것은 냉정한 시선으로 그녀를 바라보면서 온갖 조급함과 동요, 어리석음과 감정 낭비에 대해서 꾸짖는 듯했다. 그녀의 혼란스러운(그가 가 버렸고, 그녀는 그에 대해서 무척 미안한 심정이었으며, 그에게 아무 말도 하지 않았다.) 의식들이 전장에서 물러나면서, 그 캔버스는 맹렬하게 그녀의 의식을 일깨웠고, 그녀의 마음에 처음에는 평화를, 다음에는 공허감을 흩뿌려 놓았다. 그녀는 비타협적인 공백으로 자신을 응시하는 캔버스를 멍한 시선으로 바라보다가 이제 정원으로 눈길을 돌렸다. 거기에 뭔가(그녀는 주름 잡힌 작은 얼굴을 찡그려 중국인처럼 작은 눈을 가늘게 떴다.) 서로 가로지르며 화폭을 분할하는 선들, 그리고 초록색 굴이 있는 산울타리의 푸른색과 갈색 배치와 관련해서 기억나는 것이 있었다. 그것이 그녀의 마음속에 줄곧 머물면서 매듭을 묶어 놓았기에, 그녀는 브롬프턴 로드를 따라 산책하거나 머리를 빗을 때처럼 잡다한 시간에 의도치 않게, 자신이 그 그림을 그리고 있으며 그림을 훑어보고 상상 속에서 그 매듭을 풀고 있음을 깨닫곤 했다. 그러나 캔버스에서 멀리 떨어진 곳에서 상상으로 계획하는 것과 실제로 붓을 들고 처음 선을 긋는 것 사이에는 엄청난 차이가 있었다.

램지 씨가 옆에 있었을 때 그녀는 심란한 나머지 다른 붓을 들었고, 이젤을 불안정하게 땅에 박아서 각도가 틀어졌다. 그래서 이제 그것을 바로잡았다. 그렇게 하는 동안에, 그녀의 관심을 낚아채서 그녀가 이러이러한 인물이라는 사실과 사람들과 이러저러한 관계를 맺었음을 상기시켰던 부적절한 언동이나 관계없는 잡념을 가라앉혔으므로, 그녀는 손을 쥐고 붓을 들어 올렸다. 붓은 고통스럽지만 흥미진진한 황홀경에 떨면서 잠시 공중에 머물러 있었다. 어디에서 시작할까? 그것이 문제였다. 어디에 첫 번째 획을 그을까? 캔버스 위에 선 하나를 그으면 무수한 위험에, 상습적이면서도 돌이킬 수 없는 결정에 빠지고 만다. 생각으로는 단순하게 보이는 것들이 실행에 옮기면 즉시 복잡해졌다. 절벽 꼭대기에서 볼 때는 대칭을 이루는 파도가 그 안에서 헤엄치는 사람에게는 가파른 심연과 포말이 이는 물마루로 나누어지듯이. 하지만 모험을 무릅써야 한다. 선을 그어야 한다.

그녀는 앞으로 밀려가면서도 동시에 뒤로 물러서야 하는 듯한 기이한 느낌을 온몸으로 느끼며 첫 획을 단호하게 그었다. 붓이 내려왔다. 붓은 흰 캔버스 위에서 갈색으로 휘날렸고, 달려가며 자국을 남겼다. 두 번째 획을 그었다. 세 번째도. 그렇게 멈추고 그렇게 휘날리면서, 정지된 순간이 리듬의 한 부분을 이루고 획을 긋는 순간이 다른 부분을 이루며 그 두 가지가 서로 연결된 듯이, 그녀는 춤을 추듯 율동적인 동작에 이르렀다. 그렇게 가볍고 신속하게 멈추다가 획을 그으면서 그녀는 캔버스에 갈색으로 흐르는 불안정한 선들을 남겼고, 그 선들은 자리를 잡자마자 어떤 공간을(그녀는 아련히 나타나는 공간을 느꼈다.) 에워쌌다. 우묵하게 들어간 파도 고랑에서 그녀는 다음 파도가 자기 키 너머로 점점 더 높이 솟아오르는 것을 보았다. 그보다 더 무서운 것이 어디 있을까? 이제 그 공간을 다시 보려고 뒷걸음질 치면서 그녀는, 잡담이나 일상적인 삶이나 사람들과의 교제에서 물러나, 이 무시무시한 숙적이 존재하는 곳으로 끌려 들어간다고 생각했다. 이 이질적인 것, 이 진실, 이 실체가 갑자기 그녀를 사로잡았고, 눈에 보이는 사물 이면에서 기운차게 나타나 그녀의 관심을 요구했다. 그녀는 반쯤 내키지 않는 심정으로, 반쯤 저항했다. 왜 늘 억지로 끌려 나와야 할까? 잔디밭에 있는 카마이클 씨에게 말을 걸 수 있도록 평온한 마음을 유지할 수 없는 것은 무엇 때문일까? 어떻든 까다로운 교섭 상대였다. 다른 숭배의 대상들은 모두 숭배를 받는 것으로 만족해했다. 남자들이나 여자들이나 신, 이들 모두 그 앞에 엎드려 바치는 숭배를 받아들였다. 그러나 이 형태는, 버들가지로 엮은 탁자 위에서 어렴풋이 드러나는 흰 램프의 갓 모양에 불과함에도, 끝없는 전투를 벌이도록 자극했고, 패배할 수밖에 없는 전투를 벌이도록 촉구했다. 그녀는 삶의 유동성 대신 그림의 응집성을 선택하기 전에 언제나 온몸이 벌거벗은 듯한 순간들을 경험하곤 했다.(그녀의 천성 때문인지 아니면 그녀의 성(性)에서 비롯된 것인지는 알지 못했다.) 그럴 때면 거센 바람이 이는 높은 산봉우리 위에서 돌풍처럼 몰아치는 온갖 의혹에 노출되어 주저하는, 아직 태어나지 않은 영혼이거나 육체를 빼앗긴 영혼 같았다. 그렇다면 나는 왜 이 일을 하는 걸까? 그녀는 쭉 뻗은 선들이 가볍게 그어진 캔버스를 바라보았다. 이 그림은 하인들의 침실에 걸릴 것이다. 아니면 둘둘 말려서 소파 밑에 처박힐 것이다. 그렇다면 그림을 그려 봐야 무슨 소용인가. 당신은 그림을 그릴 수 없어, 당신은 창조할 수 없어 하고 말하는 목소리가 들려왔다. 마치 시간이 얼마간 흐른 후에 마음속에서 경험을 형성하는 상습적인 풍조에 휩쓸린 것 같았고, 그래서 원래 누가 그 말을 했는지는 더 이상 의식조차 하지 않고 되풀이하는 것 같았다.

그림을 그릴 수 없고, 글도 쓸 수 없어. 그녀는 다음에 무엇을 시작해야 할지 초조하게 생각하면서 단조롭게 중얼거렸다. 산울타리 덩어리가 그녀 눈앞에 거대한 모습을 드러냈기에. 그것은 불쑥 튀어나와서 자기 눈동자를 압박하는 것 같았다. 그리고 나서 자신의 기능을 원활하게 발휘하는 데 필요한 윤활유가 자발적으로 분출되기라도 한 듯이 그녀는 초조하게 푸른색과 암갈색에 붓을 살짝 담갔다가 이리저리 옮겼다. 하지만 이제는 눈에 보이는 것들이(그녀는 계속해서 산울타리를, 캔버스를 바라보았다.) 지시한 어떤 리듬에 맞추듯이 그 붓은 더욱 무겁고 더욱 느리게 나아갔다. 그래서 그녀의 손은 생명감으로 떨렸고, 이 리듬은 그녀를 싣고 흘러갈 수 있을 만큼 강렬했다. 분명 그녀는 주위 사물에 대한 의식을 잃어 가고 있었다. 그리고 그녀가 외적 요소들, 자기 이름과 성격, 자신의 외모, 그리고 카마이클 씨가 거기 있는지 아닌지조차 의식하지 못하게 되면서, 그녀의 마음은 눈부시게 번쩍이며 소름 끼치도록 다루기 힘든 흰 공간에 물을 뿜어내는 샘처럼 그 깊은 곳에서 장면들과 이름들, 말들, 기억들과 생각들을 계속 분출했고, 그 사이에 그녀는 녹색과 푸른색으로 흰 공간을 구성했다.

찰스 탠슬리가 여자들은 그림을 그릴 수 없다고, 글을 쓸 수 없다고 말하곤 했다는 것을 그녀는 기억했다. 그녀가 바로 이 자리에서 그림을 그리고 있을 때 그는 뒤쪽에서 걸어와 옆에 다가서곤 했고, 그녀는 그것이 싫었다. "살담배요. 30그램에 5페니밖에 안 해요." 그가 자신의 가난과 원칙을 뽐내듯이 말했었다.(그러나 전쟁 탓에 그녀가 여자라서 느끼던 찌르는 듯한 고통은 사라졌다. 인간이 불쌍하다고 생각했다. 그런 혼란에 빠지다니 남자나 여자나 다 불쌍했다.) 그는 늘 겨드랑이에 보라색 책을 끼고 다녔고, 언제나 '연구'를 하고 있었다. 작열하는 태양 아래 앉아서 연구에 몰두하던 그의 모습을 그녀는 기억했다. 만찬 식탁에서는 늘 한가운데 앉곤 했다. 그리고 바닷가에서의 장면도 회상했다. 기억할 만한 장면이었다. 바람이 부는 아침이었고 그들 모두 바닷가에 나갔었다. 램지 부인은 바위 옆에 앉아서 편지를 썼다. 그녀는 쓰고 또 썼다. "아!" 그녀는 마침내 고개를 들고 바다에 떠 있는 것을 보고는 말했다. "저게 새우잡이 통발인가요? 뒤집힌 보트인가요?" 그녀는 근시였기에 잘 보지 못했고, 그날 찰스 탠슬리는 한껏 친절하게 굴었다. 그는 물수제비 뜨기를 시작했다. 그들은 작고 납작한 검은 돌을 골라서 파도 위를 스치며 튀어 가게 던졌다. 이따금 램지 부인은 안경 너머로 그들을 올려다보며 미소를 지었다. 그들이 무슨 이야기를 나누었는지는 알 수 없지만, 자신이 찰스와 돌을 던지면서 갑자기 사이가 무척 좋아졌고 램지 부인이 자신들을 바라보던 것은 기억에 남았다. 그녀는 부인이 바라보고 있다는 것을 예리하게 의식했었다. 램지 부인. 릴리는 한 걸음 물러서서 눈살을 찌푸리고 바라보며 생각했다.(부인이 제임스와 층계에 앉아 있었을 때는 구도가 달랐던 것이 분명하다. 틀림없이 그림자가 드리웠을 것이다.) 램지 부인. 찰스와 물수제비를 뜨던 바닷가에서의 일을 전체적으로 떠올려 보면, 그 장면은 어쩐지 바위 밑에 앉아서 무릎에 받치고 편지를 쓰던 램지 부인에게 달려 있던 것처럼 여겨졌다.(부인은 헤아릴 수 없이 많은 편지를 썼고, 때로 바람에 편지가 날려서 자신과 찰스가 바닷물에 떨어진 한 장을 간신히 줍기도 했었다.) 그러나 그 인간의 영혼에는 얼마만 한 힘이 있는 것일까! 그녀는 생각했다. 거기 바위 밑에 앉아서 편지를 쓰던 여자는 모든 것을 녹여서 단순하게 만들었고, 분노와 초조를 낡은 넝마 조각처럼 떨어져 나가게 했다. 그녀는 이것과 저것, 그리고 또 이것을 결합했고, 그래서 하찮은 어리석음과 앙심으로부터(시시한 말다툼을 벌이던 자신과 찰스는 어리석고 심술궂었다.) 무언가를(예컨대 바닷가에서의 장면을, 이 우정과 애정의 순간을) 만들었다. 그 장면은 오랜 세월이 흐른 다음에도 완벽하게 살아남아서, 릴리는 찰스에 대한 기억을 떠올리기 위해 잠시 그 속에 침잠했다. 그 장면은 거의 예술품처럼 마음에 남아 있었다.

"예술품처럼." 그녀는 캔버스에서 눈을 들어 거실의 층계를 바라보고 다시 캔버스를 바라보면서 되풀이했다. 그녀는 잠시 쉬어야 한다. 쉬면서 넋이 나간 듯 망연히 눈길을 이리저리 돌리고 있을 때, 영혼의 창공에 끊임없이 떠올랐던 그 해묵은 물음, 긴장하고 있던 마음의 기능이 이완된 이런 순간에 구체화되곤 했던 막연한 물음이 그녀를 굽어보고, 그녀의 머리 위에서 머뭇거리면서 어둠을 드리웠다. 삶의 의미가 무엇일까? 그 물음이 전부였다. 이 단순한 물음이 세월이 흘러가면서 밀려들곤 했었다. 위대한 계시가 밝혀진 적은 단 한 번도 없었다. 아마도 위대한 계시가 찾아오는 일은 결코 없을 것이다. 대신에 사소한 일상의 기적이나 등불, 어둠 속에서 뜻밖에 켜진 성냥불이 있을 뿐이었다. 이것이 그 한 가지였다. 이것, 저것, 그리고 다른 것. 그녀와 찰스 탠슬리 그리고 부서지는 파도. 그들을 화해시킨 램지 부인. "삶은 여기에 정지해 있다."라고 말한 램지 부인. 그 순간을 영원한 것으로 만든(다른 영역에서 릴리 자신도 순간을 영원한 것으로 만들려고 노력했듯이) 램지 부인. 이것이 계시의 본질을 드러내는 것이었다. 혼돈의 와중에 형상이 있었다. 외적인 변천과 흐름이(그녀는 지나가는 구름들과 흔들리는 이파리들을 보았다.) 영속성 안에 고정되었다. 삶은 여기에 정지해 있다고 램지 부인이 말했다. "램지 부인! 램지 부인!" 그녀는 되풀이해서 불렀다. 이 계시를 얻은 것은 부인 덕분이었다.

사방이 고요했다. 집 안에서는 아직 아무도 움직이지 않는 것 같았다. 이른 아침 이파리에 반사된 햇살이 창문에 녹색과 푸른색이 어른거리는 가운데 잠든 집을 바라보았다. 램지 부인에 대한 자신의 모호한 생각이 고요한 집과 안개, 청명한 이른 아침의 공기와 조화를 이루고 있는 것 같았다. 그 생각은 희미하고 실체가 없었지만 놀랍게도 순수하고 자극적이었다. 그녀는 아무도 창문을 열지 않기를, 집 밖으로 나오지 않기를 바랐다. 그저 혼자 남아서 계속 생각하고, 그림을 그릴 수 있기를 바랐다. 그녀는 캔버스를 바라보았다. 그러나 어떤 호기심에 이끌려서, 베풀지 못하고 담아 두었던 공감 때문에 불편한 심정에 내몰려서, 그녀는 잔디밭 끝으로 한두 걸음 옮겼고 저 아래 바닷가에서 돛을 올리는 작은 일행을 찾을 수 있을지 바라보았다. 아주 잔잔한 날이었으므로 천천히 움직이기도 하고 돛이 감겨 있기도 한, 저 아래 바다에 떠 있는 작은 배들 가운데, 다른 배들과는 다소 떨어진 곳에 보트 한 척이 있었다. 아직 돛을 올리고 있었다. 저기 멀리 떨어진 쥐 죽은 듯이 고요한 작은 배에 램지 씨가 캠과 제임스와 함께 앉아 있을 거라고 그녀는 생각했다. 이제 그들은 돛을 올렸고, 그 돛은 잠시 펄럭이며 주저하다가 바람을 받았고, 배가 깊은 침묵에 싸여 조심스럽게 다른 배들을 지나 바다로 나가는 것을 그녀는 지켜보았다.

4

그들 머리 위에서 돛이 펄럭였다. 바닷물이 철썩이면서, 햇빛 속에서 정지한 채 졸고 있던 뱃전을 찰싹 때렸다. 이따금 돛들이 미풍을 받아서 물결 모양으로 흔들렸지만, 그 파문은 돛들 위로 퍼져 나가 없어지고 말았다. 배는 미동도 하지 않았다. 램지 씨는 배 한가운데 앉아 있었다. 제임스는 아버지가 곧 조급해할 거라고 생각했다. 캠은 자신과 제임스 사이에서 (제임스는 키를 잡고 있었고, 캠은 뱃머리에 혼자 앉아 있었다.) 다리를 단단히 포개고 앉은 아버지를 보면서 생각했다. 아버지는 꾸물거리는 걸 싫어하셔. 아니나 다를까 그는 일이 초간 안절부절못하더니 매칼리스터의 아들에게 뭐라고 날카롭게 말했고, 소년은 노를 꺼내어 젓기 시작했다. 그러나 배가 쏜살같이 나아가기 전까지는 아버지가 절대 만족하지 않으리라는 것을 그들은 알고 있었다. 그는 바람이 이는지 계속 살펴보면서 안절부절못하고 작은 소리로 뭐라고 중얼거렸고, 매칼리스터와 그의 아들은 그 말을 귓결에 들었으며, 아이들은 둘 다몹시 마음이 불편해졌다. 그가 자식들을 억지로 나서게 했다. 가자고 강요했다. 불쾌한 기분에 그들은 바람이 절대 일지 않기를, 아버지의 의도가 모든 점에서 좌절되기를 바랐다. 원하지 않는데도 오도록 강요했으니까.

바닷가로 내려가는 동안 그들은 내내 뒤처져서 꾸물거렸다. 아버지가 말없이 '어서 와, 빨리 와라.'라고 명령했어도 그들은 고개를 숙였다. 무자비한 돌풍에 짓눌려 고개가 숙었다. 아버지에게 말을 건네는 것은 도저히 생각할 수도 없는 일이었다. 그들은 가야 하고, 따라야 한다. 갈색 종이 꾸러미를 들고 그의 뒤에서 걸어야 한다. 하지만 걸어가면서 그들은 서로를 지지하기로, 그 중요한 약속(죽을 때까지 폭정에 저항하겠다는)을 실천하기로 말없이 맹세했다. 그래서 한 명은 배의 한쪽 끝에, 다른 한 명은 다른 쪽 끝에 말없이 앉았다. 그들은 한마디 말도 하지 않을 것이고 그저 이따금, 다리를 포개고 이맛살을 찌푸리고 마땅치 않아 혼자 혀를 차고 뭐라고 중얼거리고 성마르게 바람을 기다리는 아버지 쪽을 바라볼 뿐이었다. 그들은 바다가 잔잔하기를 바랐다. 그의 계획이 망가지기를 바랐다. 원정이 모두 실패로 돌아가기를 바랐고, 그러면 꾸러미를 들고 다시 해안으로 돌아가게 될 것이었다.

그러나 이제 매칼리스터의 아들이 노를 저어서 배가 약간앞으로 나아가자 돛이 천천히 빙 돌더니 속도가 붙으면서 수평을 이루고 질주하듯 나아갔다. 그 즉시, 마치 큰 긴장감이 풀린 듯이 램지 씨는 꼬았던 다리를 풀고 약간 끙끙거리면서 쌈지를 꺼내어 매칼리스터에게 건네주었다. 아이들이 고통스러워하는데도 그 아버지는 더할 나위 없이 흡족해한다는 것을 그들은 알았다. 이제 그들이 이런 상태로 몇 시간 동안 배를 타는 동안, 램지 씨는 매칼리스터 노인에게 무언가(아마도 작년 겨울의 극심한 폭풍에 대해서)를 물어보고 노인은 답할 것이고, 그들은 함께 파이프 담배를 피우고, 매칼리스터는 타르가 묻은 밧줄을 붙잡아 매듭을 묶거나 풀고, 그의 아들은 누구에게든 말 한마디 걸지 않고 낚시질을 할 것이다. 어쩔 수 없이 제임스는 내내 돛을 뚫어지게 바라보아야 할 것이다. 그가 방심하기라도 하면 돛이 오므라들어 펄럭이다가 배의 속도가 줄어들 테고 그러면 램지 씨가 날카롭게 '주의해라! 정신 차리라고!'라고 말할 것이고, 늙은 매칼리스터는 앉은 자리에서 천천히 몸을 돌릴 테니까. 이렇게 되어 램지 씨가 지난 크리스마스에 불어닥친 엄청난 폭풍에 대해서 물어보는 말이 들려왔다. "폭풍이 곶을 돌아서 몰려왔습지요." 늙은 매칼리스터는 작년 크리스마스의 무시무시한 폭풍을 묘사했다. 그때 배 열 척을 대피시키려고 만으로 끌어왔는데 "저기 한 척, 저기도 한 척, 저기 또 한 척."(그는 천천히 만 주위를 가리켰고 램지 씨는 그가 가리키는 대로 고개를 돌렸다.) 있었다. 세 남자가 큰 돛대에 매달린 것도 보았는데 그다음에는 배가 송두리째 보이지 않았다. "결국에는 우리가 구명보트를 밀어냈습지요." 그는 말을 이었다.(하지만 죽을 때까지 폭정에 저항하여 싸운다고 약속했던 그들은 화가 나서 입을 꾹 다문 채 배 양쪽 끝에 앉아 있었기에 어쩌다가 한마디씩만 알아들었다.) 마침내 우리는 구조선을 밀어냈고, 구명보트를 띄웠고, 곶을 지나서 배를 건져 냈습지요. 매칼리스터는 그 이야기를 들려주었다. 그들은 간혹 한마디씩만 알아들었지만, 내내 아버지를 의식하고 있었다. 그가 몸을 앞으로 숙이고, 매칼리스터의 목소리에 가락을 맞추고, 파이프 담배를 뻐끔거리면서 노인이 가리킨 곳을 여기저기 둘러보며 폭풍우와 캄캄한 밤 속에서 사투를 벌였을 어부들을 생각하며 흥미를 느낌을 알 수 있었다. 그는 한밤중에 거센 바람이 몰아치는 해안에서 남자들이 파도와 바람에 저항하며 죽을힘을 다해 땀 흘리며 힘겹게 고투하는 것이 좋았다. 남자들이 그렇게 분투하는 것이, 그리고 남자들이 폭풍우 속에서 물에 빠져 죽는 동안 여자들은 살림을 꾸리고 잠든 아이들 옆에 앉아 있는 것이 좋았다. 폭풍우 속에서 만으로 밀려들어온 배 열한 척에 대해 질문을 던지고 매칼리스터의 목소리에 섞인 스코틀랜드식 억양(그 때문에 그는 영락없이 농부처럼 보였다.)과 목소리의 울림, 흥분한 몸짓과 이야기를 주의 깊게 듣는 태도로 보아 제임스는 그렇게 짐작했고, 캠도 알 수 있었다.(그들은 그를 바라보았고, 또 서로를 바라보았다.) 세 척이 침몰하고 말았습죠.

그는 매칼리스터가 가리킨 곳을 당당한 눈길로 바라보았다. 어째서인지 정확히 알 수 없었지만 캠은 아버지가 자랑스러워졌다. 만일 아버지가 그곳에 있었더라면 구명보트를 띄우고 난파선 구조에 나섰을 거라고. 아버지는 매우 용감하고, 무척 모험심이 강하다고 캠은 생각했다. 하지만 그녀는 기억했다. 죽을 때까지 폭정에 저항하기로 약속했음을. 그들은 불만감에 짓눌렸다. 그들은 강요받고, 명령을 받았다. 아버지는 자신의 침울한 분위기와 권위로 또다시 자식들을 짓눌렀고, 자기가 원했기에 이 맑은 아침에 자신의 명령에 따라서 이 꾸러미를 들고 등대에 가도록 강요했고, 자기 나름의 만족감을 위해서 죽은 사람을 기념하는 의식에 동참하도록 했다. 그들은 이것이 싫었기에 그의 뒤에서 꾸물거렸다. 그날의 즐거움은 이미 다 망가지고 말았다.

산들바람이 기분을 상쾌하게 해 주고 있었다. 보트는 한쪽으로 쏠리고 물결은 예리하게 갈라지면서 작은 녹색 폭포와 물거품, 큰 폭포를 일으키며 멀어져 갔다. 캠은 물거품을 내려다보았고, 온갖 보물을 간직한 바닷속을 들여다보았다. 그 속도에 그녀는 매료되었다. 그녀와 제임스의 유대가 조금 약해졌다. 약간 느슨해졌다. 그녀는 생각하기 시작했다. 무척 빨리 가는구나. 우리는 어디를 가는 걸까? 캠이 움직임에 매료되어 있는 동안, 제임스는 돛과 수평선에 눈을 고정한 채 꿈쩍도 않고 키를 조종했다. 그러나 키를 잡으면서 그는 생각하기 시작했다. 탈출할 수 있을 거야. 이 모든 것에서 벗어날 수 있을 거야. 우리는 어딘가에 상륙하겠지. 그러면 자유로워질 거야. 그들 둘은 서로를 잠시 바라보며 한쪽은 속도감에, 다른 쪽은 변화에, 해방감을 느꼈다. 그러나 산들바람에 똑같이 감정이 고무된 램지 씨는, 매칼리스터 노인이 몸을 돌려 낚싯대를 갑판 너머로 던졌을 때, 큰 소리로 외쳤다. "우리는 죽어 갔지." 그러고 나서 다시 "각자 홀로." 그런 다음 평소에 그렇듯이 충동적인 후회나 수줍음을 느끼며 갑자기 말을 멈추더니 해안 쪽으로 손을 흔들었다.

"저 작은 집을 보려무나." 그는 캠이 바라보기를 바라며 손으로 가리켰다. 그녀는 마지못해 고개를 들고 바라보았다. 그러나 무엇을 가리키는 것일까? 저기 언덕 위 어느 것이 그들의 집인지 더는 알 수 없었다. 모두 아득히 멀고 평화롭고 낯설게 보였다. 해안은 풍치가 있고 멀리 떨어져 비현실적으로 보였다. 그리 길지 않은 거리를 항해했지만 이미 해안에서 멀리 떨어져 나왔기에 그곳이 달라 보였다. 더 이상 아무 관계도 없는 무언가가 멀어져 갈 때처럼 평온하게 보였다. 그들의 집이 어느 것일까? 그녀는 알아낼 수 없었다.

"하지만 나는 더 거친 바다 밑에서." 램지 씨가 중얼거렸다. 그는 집을 찾아냈고, 그래서 집을 바라보면서 그곳에 있는 자신의 모습을 보았다. 혼자서 테라스를 걷는 자신을 보았다. 화분들 사이를 서성이고 있었다. 몹시 노쇠하여 허리가 구부정해 보였다. 배에 앉아 있는 그는 고개를 숙이고 몸을 웅크리면서 즉시 자기 역할(뭔가를 빼앗기고 홀아비가 되어 쓸쓸해진 남자)을 연기했고, 그리하여 자신을 동정하는 사람들 무리를 눈앞에 떠올렸으며, 배에 앉은 채 스스로 작은 연극을 상연했다. 그러기 위해서는 노쇠하고 지치고 슬픔에 젖은 인물이어야 했다.(그는 자신의 꿈을 확인하기 위해서 손을 들어 여윈 손가락들을 바라보았다.) 그러자 여자들이 그에게 아낌없이 공감을 베풀었다. 그는 자신을 위로하고 동정하는 여자들을 상상했다. 그래서 여자들의 공감이 그에게 선사할 절묘한 기쁨의 그림자를 꿈속에서 얻으며 한숨을 내쉬었고, 애도하듯이 천천히 말했다.

그러나 나는 더 거친 바다 밑에서,
그보다 더 깊은 심연에 잠겼지.

그 구슬픈 말이 모두에게 또렷이 들려왔다. 깜짝 놀란 캠은 앉은 자리에서 반쯤 몸을 일으켰다. 그녀는 그 말에 충격을 받았고, 화가 났다. 그녀의 움직임에 정신을 차린 아버지는 몸서리를 치고는 큰 소리로 말했다. "봐라! 저기를 봐!" 그 소리가 너무나 절박해서 제임스도 고개를 돌려 어깨 너머로 섬을 바라보았다. 그들 모두 보았다. 그들은 그 섬을 바라보았다.

그러나 캠에게는 아무것도 보이지 않았다. 그녀는 자신들이 그곳에서 지나온 삶들이 빽빽이 엮여 오솔길들과 잔디밭이 모두 사라졌다고 생각했다. 그것들은 지워졌고, 지나가 버렸고, 실체가 아니었다. 지금 이것이 현실이었다. 배, 천이 달린 돛, 귀고리를 단 매칼리스터, 시끄러운 파도 소리, 이 모든 것이 현실이었다. 이렇게 생각하면서 그녀는 속으로 "우리는 죽어 갔지, 각자 홀로."라고 중얼거리고 있었다. 아버지의 말들이 마음속에서 터져 나오고 또다시 터져 나왔기에. 그때 넋 나간 듯이 멍하니 응시하는 그녀를 보고 아버지는 놀리기 시작했다. 나침반의 방위를 알지 못한다는 말이냐? 그가 물었다. 북쪽과 남쪽도 구분하지 못한다고? 정말로 우리가 바로 저기에 살았다고 생각한다는 말이냐? 그러고 나서 그는 다시 가리켰고 그들의 집이 저기 저 나무들 옆에 있다고 일러 주었다. 그는 그녀가 좀 더 정확하게 생각하도록 노력하기를 바랐다. "말해 봐라. 어느 쪽이 동쪽이고 어느 쪽이 서쪽이냐?" 반쯤은 놀림조로, 반쯤은 나무라면서 그가 말했다. 완전히 저능아가 아닌데도 나침반의 방위를 알지 못하는 사람의 정신 상태를 그는 도무지 이해할 수 없었던 것이다. 하지만 그녀는 알지 못했다. 그리고 이제 다소 겁에 질린 흐리멍덩한 눈으로 집이라고는 전혀 보이지 않는 쪽을 뚫어지게 응시하는 그녀를 보면서 램지 씨는 자신의 꿈을 잊고 말았다. 테라스 화분들 사이를 거닐던 것을, 누군가 그에게 손을 내밀던 것을. 여자들이란 늘 이렇다고 그는 생각했다. 여자들의 흐리멍덩한 마음은 구제 불능이다. 도무지 이해할 수 없는 노릇이지만 사실이 그러했다. 그녀(자기 아내)도 그랬었다. 여자들은 그 무엇에 대해서도 명료하게 생각하지 못한다. 하지만 캠에게 화를 낸 것은 잘못이었다. 게다가 자신은 여자들의 이런 모호함을 다소 좋아하지 않았던가? 이는 여자들이 지닌 특이한 매력의 한 부분이었다. 그는 이 아이가 자신에게 미소를 짓도록 해야겠다고 생각했다. 딸은 겁에 질려 보였고, 아무런 말도 없었다. 그는 손가락들을 꽉 움켜쥐고, 이 오랜 세월 동안 사람들의 동정과 찬사를 이끌어 내도록 마음대로 구사할 수 있었던 자신의 목소리와 얼굴, 표현이 풍부한 신속한 몸짓을 차분히 가다듬어야겠다고 생각했다. 이 아이가 나를 보고 미소를 짓게 할 것이다. 딸에게 건넬 단순하고 편안한 이야깃거리를 찾을 것이다. 그런데 어떤 이야깃거리가 있을까? 그는 늘 자기 연구에 파묻혀 있었기에 사람들이 흔히 무슨 이야기를 나누는지 잊었다. 그래, 강아지가 있었지. 그들은 강아지를 키웠다. 오늘은 누가 강아지를 돌보기로 했느냐? 그가 물었다. 캠이 머리를 돛 반대쪽으로 돌리는 것을 보고 제임스는 냉정하게 생각했다. 그래, 누이는 곧 굴복하겠군. 나 혼자 남아서 폭군과 싸우겠어. 그 약속을 지키는 일은 내게 남겨지겠지. 캠은 절대로 죽을 때까지 폭정에 저항하지 못할 거야. 그는 그녀의 슬프고도 실쭉하고 순종적인 얼굴을 바라보면서 우울해했다. 이따금 그렇듯이 푸른 산 중턱에 구름이 덮여 장엄한 기운이 드리우고 주위 언덕들에 어둠과 슬픔이 퍼져 나갈 때, 그래서 구름에 덮인 산 자체가 어둠에 묻힌 자의 운명을 숙고하면서 동정하거나 그 불행을 악의적으로 기뻐하듯이 보일 때처럼, 이제 캠은 침착하고 단호한 사람들 사이에 앉아서 바로 그렇게 자신이 어둠에 덮였다고 느끼고 강아지에 대한 아버지의 질문에 어떻게 대답할지, 아버지의 간청(나를 용서해라, 내게 마음을 써 다오.)에 어떻게 저항할지를 생각했다. 반면에 제임스는 영원한 지혜가 적힌 평판을 무릎에 펼쳐 놓은(키 손잡이에 올려진 그의 손은 상징적으로 보였다.) 입법자로서 말하고 있었다. 아버지에게 저항해. 아버지와 싸우라고. 그의 말은 더없이 옳았고, 정당했다. 그들이 죽을 때까지 폭정에 맞서 싸워야 한다고 그녀도 생각했으니까. 그녀는 인간이 지닌 모든 자질 가운데 정의로움을 가장 존중했다. 남동생은 더할 나위 없는 신 같았고, 아버지는 더없이 간절하게 애원하고 있었다. 어느 쪽에 굴복할 것인가. 그들 사이에 앉아서 방위를 전혀 가늠하지 못한 채 해안을 멍하니 바라보며 그리고 이제 잔디밭과 테라스와 집이 사라진 그곳에 평화가 깃들었다고 느끼면서 그녀는 생각했다.

"재스퍼예요." 그녀는 무뚝뚝하게 대답했다. 재스퍼가 강아지를 돌봐 줄 거예요.

그런데 그 강아지를 뭐라고 부를 생각인지를 아버지가 계속 물었다. 내가 어렸을 때 개가 한 마리 있었는데 이름이 프리스크였단다. 캠이 굴복할 거야. 제임스는 그녀 얼굴에서 그가 기억하는 어떤 표정이 떠오르는 것을 관찰하면서 생각했다. 뜨갯거리나 그런 것을 내려다볼 때의 표정이었다. 그러다가 갑자기 그들은 눈을 들어 올려다보는 것이다. 푸른빛이 번뜩이던 것을 그는 기억했다. 그런 다음 그의 옆에 앉았던 누군가가 웃었고, 굴복했고, 그러면 그는 몹시 화가 났다. 그 사람이 어머니였을 거라고 그는 생각했다. 어머니는 나지막한 의자에 앉아 있었고, 아버지는 어머니 머리 너머에 버티고 서 있었다. 그는 시간이 자신의 뇌에 한 갈피씩, 한 겹 위에 또 한 겹씩 부드럽게 차곡차곡 쌓아 놓은, 무수히 이어지는 인상들 사이에서, 냄새들과 소리들 사이에서, 거칠거나 공허하거나 상냥한 목소리들 사이에서, 빛이 스쳐 가고 빗자루가 가볍게 스쳐 지나가는 가운데서, 철썩거리는 파도와 고요한 바다에서, 한 남자가 행군하듯이 서성이다가 갑자기 그들의 머리 너머로 우뚝 멈춰 섰던 것을 찾기 시작했다. 그동안 캠이 해안을 응시하면서 손가락을 물속에 넣고 물을 튀기며 아무 대답도 하지 않는 것을 그는 알아차렸다. 아니, 캠은 굴복하지 않을 거야. 그는 생각했다. 캠은 달라. 그는 생각했다. 글쎄, 캠이 대답하지 않을 작정이라면, 그 애를 더는 성가시게 하지 않겠다고 램지 씨는 결심했고 주머니를 뒤적이며 책을 찾았다. 그러나 캠은 아버지에게 대답하고 싶었다. 그녀는 혀끝에 놓인 장애물을 치우고 말할 수 있기를 열망했다. 아, 그래, 프리스크. 강아지를 프리스크라고 부를 거예요. 그녀는 이렇게도 말하고 싶었다. 프리스크가 혼자서 황무지를 건너 집을 찾아왔다는 개였어요? 그러나 아무리 애를 써도 그녀는 맹약을 충실히 지키고 제임스의 의심을 사지 않으면서도 아버지에 대한 사랑의 은밀한 징표를 전할 말을 도무지 생각해 낼 수 없었다. 손으로 물을 튀기면서 그녀는(이제 매칼리스터의 아들이 고등어를 잡았는데, 아가미에 피를 흘리며 바닥에서 펄떡거리고 있었다.) 생각했다. 무표정하게 돛을 바라보거나 이따금 수평선을 흘끗 바라본 제임스를 보면서 생각했다. 너는 이런 압박감과 분열된 감정, 이 특별한 유혹에 노출된 적이 없었잖아. 아버지는 주머니 속을 뒤적였다. 다음 순간 그는 책을 찾을 것이다. 그보다 더 그녀의 마음을 끄는 사람은 없었다. 그의 손이 아름답게 보였다. 그의 발, 그의 목소리, 그의 말, 그의 조급함, 그의 기질, 그의 기묘한 버릇, 그의 열정, 다른 사람들 앞에서 우리는 각자 홀로 죽어 갔지 하고 거침없이 말하는 것, 범접할 수 없는 그의 초연함도 아름다웠다.(그는 책을 펼쳤다.) 그러나 지금도 참을 수 없는 것은 내 어린 시절에 해독을 끼치고 쓰라린 격정을 일으켰던 그의 지독한 몰이해와 폭정이었어. 그녀는 몸을 세우고 앉아서 매칼리스터의 아들이 물고기 아가미에서 낚싯바늘을 빼내는 것을 바라보며 생각했다. 그래서 그녀는 지금도 한밤중에 분노로 몸을 떨면서 잠에서 깨었고, "이걸 해라.", "저걸 해라." 하는 그의 명령과 오만, "내게 복종해라." 하는 그의 지배를 기억했다.

그래서 그녀는 아무 말도 하지 않았고, 평화의 망토에 감긴 해안을 슬픈 눈으로 끈질기게 바라보았다. 마치 해안가 사람들이 모두 잠들어서 연기처럼 자유롭게, 유령처럼 자유롭게 오갈 수 있는 것 같았다. 저기서는 사람들이 고통을 겪지 않아. 그녀는 생각했다.

5

그래, 저 배에 그들이 탔어. 릴리 브리스코는 잔디밭 끝에 서서 생각했다. 잿빛이 감도는 갈색 돛이 달린 배가 물 위에서 균형을 유지하다가 이제 만을 가로질러 질주하고 있었다. 저기에 그가 앉아 있고 아이들은 쥐 죽은 듯 잠자코 있을 거라고 그녀는 생각했다. 그녀는 그에게 닿을 수 없었다. 자신이 베풀지 못했던 공감이 그녀를 무겁게 짓눌렀다. 그 때문에 그림을 그리기가 어려웠다.

그녀는 늘 그를 상대하기 어렵다고 생각했었다. 그를 면전에서 칭찬하는 일은 도저히 할 수 없었다. 그래서 그들의 관계는 중성적인 것으로 제한될 수밖에 없었고, 그가 민타를 대할 때 기사처럼 친절하고 쾌활한 태도를 취하게 했던 이성적인 감정이 그들 관계에는 전혀 존재하지 않았다. 그는 민타에게 꽃을 꺾어 주고, 책을 빌려 주기도 했다. 그러나 민타가 그 책을 읽으리라고 그는 믿었을까? 민타가 그 책들을 끼고 정원을 거닐고, 읽은 곳을 표시하려고 나뭇잎들을 끼워 넣기도 했지만.

'생각나세요, 카마이클 씨?' 그녀는 노인을 보며 묻고 싶었다. 그러나 그는 모자를 앞으로 끌어당겨서 이마를 반쯤 가리고 있었다. 잠이 들어 꿈을 꾸고 있거나 거기 누워서 시구를 떠올리려 하고 있을 거라고 그녀는 생각했다.

'기억하세요?' 통발이 깐닥깐닥 움직이고, 편지지들이 날리던 날 바닷가에서의 램지 부인을 다시 떠올리며 그녀는 그의 옆을 지나면서 묻고 싶었다. 아니, 이 오랜 세월이 흐른 후 그 이전과 이후에 있었던 일은 공백으로 남았는데, 그 장면만이 살아남아 아주 멀리까지 에워싸고 환히 불을 밝혀서 극히 사소한 것까지도 뚜렷이 보이는 것은 무엇 때문일까?

"저게 보트인가요? 코르크 부표인가요?" 램지 부인이 이렇게 말했지. 릴리는 마지못해 다시 캔버스를 마주하며 되풀이했다. 다행히도 아직 공간의 문제가 남아 있다고 그녀는 다시 붓을 들면서 생각했다. 그 공간이 그녀를 노려보았다. 그림의 전체적 구성은 그 무게 위에서 균형을 유지하고 있었다. 그림의 표면은 아름답고 화사해야 하고 깃털처럼 가볍고 덧없이 사라지며 나비 날개에서처럼 한 색깔이 다른 색깔로 녹아들어야 한다. 하지만 그 밑의 조직은 쇠 걸쇠로 단단히 조여 있어야 한다. 숨결로도 물결을 일으킬 수 있어야 하고 동시에 말 한 떼가 끌어당겨도 떼어 낼 수 없는 것이어야 한다. 그녀는 붉은색과 회색을 칠하기 시작했고 그러면서 그 공백 속으로 길을 만들어 나아가기 시작했다. 동시에 그녀는 바닷가에서 램지 부인 옆에 앉아 있는 느낌이었다.

"저게 보트인가요? 코르크 부표인가요?" 램지 부인이 말했다. 그리고 그녀는 안경을 찾기 시작했다. 안경을 찾은 다음에는 말없이 바다를 바라보며 앉아 있었다. 계속 그림을 그리면서 릴리는 마치 어디선가 문이 열리고 누군가 안으로 들어가서 성당처럼 천장이 무척 높고 어둡고 엄숙한 곳을 말없이 돌아보며 서 있는 듯이 느꼈다. 멀리 떨어진 세계에서 함성이 들려왔다. 수평선에서 기선들이 굴뚝처럼 연기를 뿜으며 사라졌다. 찰스는 돌멩이를 던져서 수면 위로 튀어 가게 했다.

램지 부인은 말없이 앉아 있었다. 그녀가 대화를 나누지 않고 침묵 속에서, 인간관계의 지극히 어슴푸레한 곳에서 쉴 수 있어 기뻐했다고 릴리는 생각했다. 우리가 무엇인지, 우리가 무엇을 느끼는지 누가 알겠는가? 친교를 이룬 순간이라도 누가 과연 알 수 있겠는가? 이것이 아는 걸까? 그렇다면 말을 함으로써 그것이 손상되지 않을까. 램지 부인은 이렇게 물었을 것이다.(이처럼 부인 옆에 말없이 앉은 적이 꽤 자주 되었던 것 같다.) 이렇게 가만히 있음으로써 우리를 더욱 잘 표현하지 않을까? 적어도 그 순간은 특히 풍요롭게 여겨졌다. 그녀는 모래밭에 작은 구멍을 파고, 그 안에 그 순간의 완벽함을 묻어 둘 셈으로 다시 덮었다. 그 완벽한 순간은 과거의 어둠을 살짝 담았다가 환히 밝혀 준 은빛 방울 같았다.

릴리는 캔버스를 그렇게 조망하려고 뒤로 물러섰다. 그림이 나아가는 길은 걷기에 묘한 길이었다. 밖으로 또 밖으로 멀리 더 멀리 나아가다 보면 결국에는 바다 위에 비죽 나와 있는

좁다란 판자 위에 오로지 홀로 서 있는 것 같았다. 푸른 물감에 붓을 담그면서 그녀는 거기 있는 과거에도 담갔다. 램지 부인이 일어서던 모습을 그녀는 기억했다. 집에 돌아갈 시간, 점심시간이 되었으니까. 그래서 그들은 다 같이 바닷가에서 걸어 올라갔다. 그녀는 윌리엄 뱅크스와 함께 뒤에서 걷고, 민타는 구멍 난 스타킹을 신은 채 그들 앞에서 걷고 있었다. 분홍 뒤꿈치에 난 작고 둥근 구멍이 그들의 눈앞에 얼마나 보란 듯이 드러났던지! 그녀가 기억하기로는 윌리엄 뱅크스가 그에 대해서 한마디 말도 하지 않았지만, 속으로 얼마나 개탄했을지! 그에게 그 구멍은 여자다움의 상실, 더러움과 무질서, 하인들이 떠나고 침대가 대낮에도 정돈되어 있지 않은 것을 뜻했고, 그런 것 모두를 그는 몹시 혐오했다. 그에겐 보기 흉한 물건을 가리려는 듯 진저리를 치면서 손가락들을 펴서 내미는 습관이 있었는데, 그때도 그렇게 손을 앞으로 내밀었다. 민타는 앞에서 걷다가, 아마도 폴을 만나서 함께 정원으로 갔을 것이다.

레일리 부부라. 릴리 브리스코는 녹색 물감 튜브를 짜면서 생각했다. 그녀는 레일리 부부에 대한 인상들을 간직하고 있었다. 그들 삶은 연속되는 장면들로 기억되는데, 그중 하나는 새벽녘 층계 위에서의 장면이었다. 폴은 일찌감치 들어와서 잠자리에 들었고, 민타는 밤늦게 들어왔다. 새벽 3시에 꽃을 꽂고 연지를 바른 화려한 차림새로 민타가 층계에 있었다. 폴은 도둑이 들었을 경우에 대비해서 부지깽이를 들고 파자마 바람으로 나왔다. 으스스한 새벽빛 속에서 민타는 계단을 반쯤 올라와 창문 옆에 서서 샌드위치를 먹고 있었고, 카펫에는 구멍이 나 있었다. 그런데 그들이 뭐라고 말했더라? 릴리는 그들을 바라보면 그들의 말이 들리기라도 할 듯이 스스로에게 물었다. 뭔가 격렬한 말이었다. 그가 말하는 동안에 신경에 거슬리게도 민타는 계속 샌드위치를 먹었다. 그는 어린 두 아들을 깨우지 않으려고 나지막하게 분노와 질투 어린 말들로 그녀를 비난했다. 그는 의기소침해 보였고 얼굴이 일그러져 있었다. 그녀는 화려했고 무관심해 보였다. 결혼하고 한두 해가 지난 후에 그들의 관계가 흐트러진 것이다. 그 결혼은 다소 실패작이었음이 드러났다.

그런데 이것, 이렇게 그들 사이에 있었던 장면을 떠올리는 것이 이른바 사람들을 '아는' 것이고 그들에 대해 '생각하는' 것이며 그들을 '좋아하는' 것이라니! 릴리는 붓에 녹색 물감을 묻히면서 생각했다. 이 단어들 중 어느 것 하나 옳지 않았고, 자신이 날조한 것에 불과했다. 그럼에도 이것들을 통해서만 그들을 알 수 있었다. 그녀는 계속 자기 그림으로, 과거로 파고들어 갔다.

한번은 폴이 "커피숍에서 체스를 두었다."라고 말했고 그녀는 그 말을 토대로 상상의 건물을 지었었다. 그의 말을 들었을 때 이런 생각이 떠올랐었다. 그가 하인에게 전화를 걸었을 때 하녀가 "레일리 부인은 외출하셨어요."라고 대답하자 자기도 집에 들어가지 않겠다고 마음먹었으리라고. 릴리는 값비싼 붉은 의자에 담배 연기가 배어 있고 웨이트리스들이 손님들과 친해지게 되는 음산한 커피숍의 구석자리에 앉아 있는 그의 모습을 상상했다. 폴은 차(茶)를 거래하는 상인으로 서비턴에 사는 체구가 작은 남자와 체스를 두고 있었는데, 그 남자에 대해 아는 것이라고는 그게 전부였다. 그러고 나서 그가 집에 돌아갔을 때 민타는 아직 돌아오지 않았고, 그런 다음에 층계에서의 그 장면이 벌어졌다. 그는 도둑이 침입했을까 봐 (물론 민타에게 겁을 주려는 생각도 없지 않았다.) 부지깽이를 들고 있었고, 그녀가 자신의 인생을 망쳐 놓았다고 가차 없이 말했다. 어떻든 릴리가 리크먼스워스[70] 근방의 작은 집으로 그들을 방문했을 때, 그 부부의 관계는 무시무시하리만치 긴장된 상태였다. 폴은 자기가 기르는 벨기에산 산토끼를 보여 주겠다고 그녀를 정원으로 데려갔고, 민타는 노래를 부르며 뒤따라오면서 그가 릴리에게 아무 말도 하지 않도록 맨팔을 그의 어깨에 올려놓고 있었다.

민타가 산토끼들에 권태를 느꼈을 거라고 릴리는 생각했다. 그러나 민타는 결코 속마음을 드러내지 않았다. 커피숍에서 체스를 두었다는 식의 말은 절대로 하지 않았다. 그녀는 너무나 자의식이 강했고, 빈틈없이 신중했다. 그러나 이야기를 계속하자면, 그들은 이제 위험한 고비를 넘어섰다. 작년 여름에 얼마간 그들과 함께 지냈을 때, 차가 고장 나는 바람에 민타가 폴에게 연장을 건네주어야 했다. 그는 차를 수리하느라 길바닥에 쭈그리고 앉아 있었는데, 그녀가 그에게 연장을 건네준 태도가 지극히 사무적이고, 직선적이고, 친절한 것으로

---

70) 런던에서 북서쪽으로 30킬로미터쯤 떨어진 하트퍼드셔의 도시.

보아 이제 그들의 관계가 괜찮다는 사실을 알 수 있었다. 그들은 더는 '사랑에 빠져' 있지 않았다. 아니, 그는 다른 여자, 머리를 땋고 서류 가방을 들고 다니는 어떤 여자와 가까워졌는데,(민타는 고마운 듯이, 거의 찬탄하는 듯한 어조로 그녀를 묘사했다.) 그녀는 폴과 함께 회의에 참석했으며 토지 가치와 자본에 대한 과세71)를 바라보는 폴의 견해(그 견해는 더욱 확고해졌다.)에 공감했다. 그 관계는 그들의 결혼을 깨뜨린 것이 아니라 오히려 바로잡아 주었다. 길바닥에 앉아 있는 그에게 그녀가 연장을 건네주었을 무렵, 그들이 사이좋은 친구처럼 지내고 있음은 명백했다.

레일리 부부의 결혼 생활은 이렇게 전개되었다. 릴리는 미소를 지으며 그 이야기를 램지 부인에게 들려주는 자신을 상상했다. 부인은 레일리 부부가 어떻게 되었는지 무척 궁금해할 것이다. 그 결혼이 성공작이 아니었다고 램지 부인에게 말하면서 자신은 약간 의기양양해질 것이다.

하지만 죽은 자들이란. 릴리는 그림의 구도에 장애가 되는 부분을 발견하고는 한두 걸음 뒤로 물러서서 신중히 바라보며 생각했다. 아, 죽은 자들이란! 그녀는 중얼거렸다. 사람들은 죽은 이들을 동정하고, 도외시하고, 심지어는 약간 경멸하기도 하지. 그들의 존재는 우리 의지에 달렸어. 램지 부인은 희미해졌고 사라져 버렸어. 그녀는 생각했다. 우리는 부인

---

71) 자유당파의 재무 장관이었던 로이드 조지가 토지 독점 타파를 목표로 1909년에 시작한 강경한 운동으로 전통적인 지주 계층의 이득과 특권을 제한하려는 자유당의 전략 가운데 하나였다.

의 소망을 무시하고, 그녀의 편협한 구식 생각들을 떨쳐 내면서 더 전진할 수 있어. 그녀는 우리에게서 점점 더 멀어지고 있어. 릴리는 오랜 세월의 복도 끝에 서서 온갖 터무니없는 말들 중에서도 특히 (바깥 정원에서 새들이 지저귀기 시작하는 이른 새벽에 아주 꼿꼿한 자세로 앉아서) "결혼해요, 결혼해!"라고 말하는 부인을 조롱하듯이 바라보는 기분이었다. 부인에게 말해야 하리라. 그들의 결혼은 당신이 바라는 것과 정반대가 되었어요. 그들은 그런 식으로 행복하고, 나는 이런 식으로 행복해요. 삶은 완전히 달라졌어요. 이렇게 말하자 부인의 온 존재가, 그녀의 아름다움마저, 먼지에 뒤덮인 고리타분한 것이 되었다. 뜨거운 태양빛을 등에 받고 서서 레일리 부부의 삶을 요약하면서 잠시 릴리는 램지 부인에 대해 승리감을 느꼈다. 부인은 폴이 커피숍에 드나들며 정부를 두었고, 땅바닥에 앉은 그에게 민타가 연장을 건네주었고, 자신은 여기 서서 그림을 그리고 있으며, 결혼을 하지 않았고, 윌리엄 뱅크스와도 결혼하지 않았다는 사실을 결코 알지 못하리라.

램지 부인은 그 혼사를 계획했다. 그녀가 살아 있었다면, 어쩌면 그것을 강요했을 것이다. 이미 그해 여름에도 윌리엄 뱅크스를 "가장 친절한 남자"라고 말했다. "내 남편 말로는 이 시대 최고 과학자"이고 또한 "가엾은 윌리엄"이라는 것이었다. "그의 집을 방문할 때면 멋진 물건이라고는 하나도 볼 수 없고, 꽃을 꽂아 줄 사람도 없어서 마음이 무척 안쓰러워져요." 그래서 부인은 그들을 함께 산책하도록 내보냈고, 릴리에 대해서는 과학적인 태도를 지녔고 꽃을 사랑하며 매우 꼼꼼하다는, 아이러니가 약간 담겨 있어, 갈피를 잡기 어려운 말을 하기도 했다. 결혼에 대한 그녀의 그 열광적인 집착은 대체 무엇이었을까? 릴리는 이젤 앞에서 이리저리 걸으며 의아하게 생각했다.

(하늘에서 미끄러지는 별똥별처럼 갑작스럽게 폴 레일리에게서 발산되어 그를 덮은 불그스레한 빛이 그녀의 마음에 타오르는 것 같았다. 그것은 야만인들이 먼 바닷가에서 무언가를 축하하려고 공중에 발사한 불길처럼 치솟았다. 함성과 타닥거리는 소리가 들려왔다. 주위 몇 킬로미터에 걸쳐 바다 전체가 붉은색과 금색으로 타올랐다. 포도주 냄새가 뒤섞여서 그녀를 취하게 했다. 그녀는 절벽 너머로 몸을 던져서 해안에 있는 진주 브로치를 찾으려고 물에 빠져 들고 싶은 무모한 욕망을 또다시 느꼈으니까. 그리고 그 함성과 타닥거리는 소리는 두렵고 역겹게 느껴졌다. 그 화려한 광채와 맹렬함을 보면서 동시에 그 불길이 집 안의 보물을 탐욕스럽고 혐오스럽게 널름거리는 것을 보았고, 그것이 진저리나게 싫었다. 그러나 하나의 광경, 장관으로 그것은 그녀가 경험해 온 것들을 모두 능가했고, 바다의 끝자락에 있는 무인도에 피워진 봉화처럼 해마다 타올랐다. 그리고 '사랑에의 몰입'이라는 말을 입에 올리기만 하면 즉시, 지금도 그렇듯이 폴의 불길이 다시 솟구쳤다. 그러고 나서 불길이 사그라지면 그녀는 웃으면서 "레일리 부부의 불"이라고 혼자 중얼거렸다. 폴이 커피숍에 가서 체스를 두었다고.)

하지만 나는 아슬아슬하게 피했을 뿐이야. 그녀는 생각했다. 식탁보를 바라보다가, 그 나무를 가운데로 옮길 거고 누구와도 결혼할 필요가 없으리라는 생각이 번개처럼 스쳤고, 그

때 엄청난 환희를 느꼈어. 이제는 램지 부인에게 용감히 맞설 수 있을 거라고 느꼈고, 그건 램지 부인이 미치는 놀라운 영향력에 대한 찬사였지. 부인이 이렇게 하라고 말하면 사람들은 그 말에 따랐고. 제임스와 함께 창가에 앉아 있던 그녀의 그림자마저 권위에 충만해 있었어. 릴리는 자신이 모자 관계의 의미를 소홀히 했다고 윌리엄 뱅크스가 충격을 받았던 일을 떠올렸다. 그들의 아름다움이 감탄스럽지 않소? 그가 말했다. 그러나 자신이 그것은 불경이 아니라고, 빛이 있는 한편 그림자도 필요하다는 등등을 설명했을 때 윌리엄이 총명한 어린애 같은 눈빛으로 귀를 기울여 들었음을 기억했다. 그들이 동의했던 라파엘로의 성스러운 주제[72]를 그녀가 헐뜯을 생각은 아니었다. 그녀는 냉소적이지 않았다. 오히려 그 반대였다. 그는 과학적인 마음으로 이해할 수 있었고, 이처럼 사심이 없는 지성의 증거는 그녀에게 큰 즐거움과 위안을 주었다. 그렇다면 적어도 한 남자와는 그림에 대해서 진지한 이야기를 나눌 수 있었던 것이다. 실로 그와의 우정은 그녀에게 삶의 기쁨들 가운데 하나였다. 그녀는 윌리엄 뱅크스를 사랑했다.

그들은 햄프턴 코트[73]에 갔다. 완벽한 신사답게 그는 늘 그녀가 화장실에 갈 시간을 충분히 주려고 그동안 강가에서 어슬렁거리며 산책했다. 이것이 그들의 관계를 특징적으로

---

72) 라파엘로 산지오(1483~1520)는 이탈리아 르네상스 시대의 화가로 마리아와 어린 예수의 그림을 많이 남겼다.
73) 추기경이자 대법관이었던 토머스 울시가 템스 강변에 지은 궁전으로 그가 실각하기 전에 헨리 8세에게 양도되었다.

드러내는 것이었다. 많은 것들을 말하지 않은 채 남겨 두었다. 그런 다음 그들은 궁정의 뜰을 천천히 걸으면서 해마다 여름이면 정원의 규모와 꽃들에 감탄했고, 걸어가면서 그는 그녀에게 원근법이나 건축에 대해서 이야기를 하곤 했다. 그는 걸음을 멈추고 어떤 나무나 호숫가 풍경을 보거나 지나가던 어린아이를 모호하고 초연한 태도로 바라보며 감탄하곤 했다.(그에게 딸이 없다는 것은 큰 슬픔이었다.) 긴 시간을 실험실에서 보내는 사람에게 그런 태도는 자연스러웠고, 그래서 밖으로 나올 때면 그는 세상에 압도된 듯 천천히 걸음을 옮기며 손을 들어 눈을 가렸고, 고개를 뒤로 젖힌 채 공기를 들이쉬려고 걸음을 멈추곤 했다. 그러다가 자기의 가정부가 휴가 중이며 계단에 깔 새 카펫을 사야 한다고 말했다. 층계용 새 카펫을 사야 하는데 혹시 함께 가 주겠소? 한번은 무엇 때문인지 램지 부부에 대한 이야기를 하게 되었고, 처음 부인을 보았을 때 그녀가 회색 모자를 쓰고 있었다고 윌리엄은 말했다. 열아홉이나 스물을 넘지 않은 나이였던 그녀는 놀라울 정도로 아름다웠다고 했다. 그는 마치 분수들 사이에서 그녀의 모습을 볼 수 있기라도 하듯이 햄프턴 코트의 가로수 길을 내려다보며 서 있었다.

릴리는 이제 응접실 층계를 보았다. 그녀는 윌리엄의 눈을 통해서 눈을 내리깔고 평화롭고 고요하게 앉아 있는 어떤 여자의 형체를 보았다. 그녀는 깊은 생각에 잠겨 있었다.(그녀는 그날 회색 옷을 입었다고 릴리는 생각했다.) 눈을 내리깔고 있었다. 그녀는 눈길을 절대로 들지 않을 것이다. 릴리는 그윽이 바라보면서 그래, 그녀의 저런 모습을 틀림없이 본 적이 있었다고 생각했다. 하지만 그때는 회색 옷이 아니었고, 그렇게 고요하지도, 그렇게 젊지도, 그렇게 평화롭지도 않았다. 그 모습은 쉽사리 떠올랐다. 그녀는 놀라울 정도로 아름다웠다고 윌리엄이 말했다. 하지만 아름다움이 전부는 아니었다. 아름다움에는 이런 형벌이 있다. 아름다움은 너무 쉽사리 다가오고, 송두리째 고스란히 다가온다. 그것은 삶을 고요히 가라앉히고 얼어붙게 한다. 붉게 물들거나 창백하게 질린 얼굴빛, 기묘한 찡그림, 스쳐 가는 빛이나 그림자 같은 동요된 기색은 잊히고 만다. 한순간 얼굴을 알아볼 수 없게 하지만 이후에는 언제나 보이는 독특한 면모를 이루는 것들. 이 모든 것을 아름다움으로 덮어 숨기는 일은 훨씬 더 간단했다. 그러나 그녀가 사냥 모자를 홱 눌러썼을 때, 혹은 잔디밭을 가로질러 달려갔을 때, 혹은 정원사 케네디를 꾸짖었을 때 그녀는 어떤 표정을 지었을까? 릴리는 궁금했다. 누가 내게 말해 줄 수 있을까? 누가 나를 도와줄 수 있을까?

문득 그녀는 자신의 의식이 수면에 떠올라 절반쯤 그림에서 벗어나서 마치 비현실적인 물체를 보듯이 카마이클 씨를 약간 멍하니 바라보고 있음을 알게 되었다. 그는 의자에 누워서 꼭 쥔 두 손을 배에 올려놓고 있었는데, 책을 읽거나 잠을 자는 것이 아니라, 살아 있음에 탐닉하는 생물처럼 햇볕을 쬐고 있었다. 그의 책은 풀밭에 떨어져 있었다.

그녀는 곧장 그에게 가서 "카마이클 씨!"라고 부르고 싶었다. 그러면 그는 늘 그렇듯 뿌옇고 흐리멍덩한 녹색 눈과 너그러운 표정으로 자신을 올려다볼 것이다. 그러나 무엇을 말하고 싶은지 알 때에만 사람들을 깨우는 법이다. 그리고 그녀가 말하고 싶은 것은 한 가지가 아니라 전부였다. 생각을 끊고 해체해 버리는 대수롭지 않은 단어들로는 그 어떤 말도 표현하지 못한다. '삶에 대해서, 죽음에 대해서, 램지 부인에 대해서.' 아니, 누구에게든 그 어떤 말도 할 수 없다고 그녀는 생각했다. 순간의 절박함은 늘 표적을 놓치고 빗나가고 말았다. 단어들이 퍼덕이며 비스듬히 날아가 목표물의 몇 센티미터 밑에 가서 꽂혔다. 그러면 포기하게 되고, 그런 다음에는 그 생각이 다시 침잠해 버리고 만다. 그러고 나면 사람은 중년들이 대개 그렇듯이 신중하고 은밀해지고, 미간을 찡그리고 끊임없이 불안한 표정을 짓게 된다. 몸으로 느끼는 이 감정들을 어떻게 말로 표현할 수 있겠는가? 그 공허함을 어떻게 표현할 수 있을까?(그녀는 거실 층계를 바라보고 있었다. 희한하게도 텅 비어 있는 듯이 보였다.) 그것은 마음이 아니라 몸의 느낌이었다. 휑하게 빈 계단을 보고 일어난 몸의 감각이 갑자기 극도로 불쾌하게 느껴졌다. 원하면서도 갖지 못하는 것이 그녀의 몸을 경직시키고, 도려내고, 긴장시켰다. 원하면서 갖지 못하는 것, 그러나 원하고 또 원하는 것이 얼마나 마음을 비틀고, 거듭 비틀었는지! 아, 램지 부인! 그녀는 말없이 보트 옆에 앉아 있는 그 본질, 부인을 추상화한 관념, 회색 옷을 입은 그 여자에게 소리쳤다. 그녀가 가 버렸고, 가 버린 다음에 다시 돌아온 것을 비난하듯이. 그녀를 생각해도 아무 탈도 없어 보였다. 부인은 유령이나 공기, 공(空)처럼 낮이건 밤이건 아무 때나 편안하고 무사히 마음대로 할 수 있는 존재가 되었었다. 그런데 갑자기 그녀는 손을 내밀고 그렇게 가슴을 쥐어짰다. 갑자기, 텅 빈 응접실 층계, 그 안에 놓인 의자의 주름 장식, 테라스에서 뒹구는 강아지, 정원에서 굽이치는 파도와 속삭임, 이 모든 것이 철저한 공허의 중심을 둘러싸고 장식하는 곡선과 덩굴무늬처럼 보였다.

"이게 무슨 의미일까요? 이 모두를 어떻게 설명하시겠어요?" 그녀는 다시 카마이클 씨에게 몸을 돌려 묻고 싶었다. 이 이른 아침 시각에 온 세상은 사색의 늪, 현재의 깊은 웅덩이에 녹아든 것 같았고, 카마이클 씨가 입을 열었더라면 작은 눈물 방울이 떨어져 그 늪의 수면을 찢어 놓았을 거라고 상상할 수 있었으니까. 그런 다음에는? 어떤 손이 올라오고, 칼날이 번득일 것이다.[74] 물론 터무니없는 생각이었다.

그녀가 말하지 못한 것들을 그가 어떻든 들었으리라는 기묘한 생각이 떠올랐다. 수염이 노랗게 물든 그는 시를 쓰며 난해한 문제에 골몰하는 불가사의한 노인이었고, 자신의 욕구를 모두 충족해 준 세상을 평온하게 항해하고 있었다. 그래서 그가 누워 있는 잔디밭에서 손을 내려뜨리기만 하면 자신이 원하는 것을 무엇이든 건져 올릴 수 있으리라고 그녀는 생각했다. 그녀는 그림을 보았다. 어쩌면 그림이 그의 답일 것

---

74) 앨프리드 테니슨의 시집 『왕의 목가』(1891)에 실린 마지막 시 「아서 왕의 서거」(1869)에서 죽어 가는 아서 왕의 명령에 따라 그의 칼 엑스칼리버를 호수에 던졌을 때 호수의 미녀가 손을 내밀어 칼의 손잡이를 잡고 세 번 휘두른 다음에 물속으로 들어가는 묘사가 나온다.

이다. '당신'과 '나' 그리고 '그녀'가 지나가고 사라진다는 것, 그 무엇도 지속되지 않는다는 것, 모든 것이 변한다는 것, 그러나 단어들이나 그림은 그렇지 않다는 것. 이 그림은 다락방에 걸리겠지만. 그녀는 생각했다. 이것은 둘둘 말려서 소파 밑에 처박힐 거야. 하지만 그렇더라도, 이런 그림에 대해서도, 그건 사실이야. 이처럼 휘갈겨 놓은 것에 대해서도, 어쩌면 실제의 이 그림이 아니라 이 그림이 시도했던 것에 대해서, 그것이 "영원히 남았다."라고 말할 수 있을 거야. 그녀는 이렇게 말하려 했고, 아니 입 밖에 내놓으면 그 말들이 자기에게도 너무 자랑하는 듯이 들렸기에, 말없이 암시하려고 했다. 그리고 그림을 바라보았을 때 놀랍게도 그것이 보이지 않음을 깨달았다. 그녀의 눈에 뜨거운 액체가 가득 고였고(처음에는 눈물일 거라고는 생각하지 않았다.) 그것은 꼭 다문 그녀의 입술을 건드리지 않고 대기를 자욱하게 만들면서 그녀의 뺨에 흘러내렸다. 그녀는 다른 점에서는 완벽하게 아, 그럼! 하고 외칠 수 있을 만큼 자제했다. 그렇다면 어떤 불행을 의식해서가 아니라 램지 부인 때문에 울고 있는 것일까? 그녀는 다시 카마이클 씨에게 말했다. 그렇다면 그게 무엇일까요? 그게 무슨 의미가 있을까요? 무언가 손을 불쑥 밀어 올려 사람을 꼭 잡아 줄 수 있을까요? 칼날이 자를 수 있을까요? 주먹이 움켜쥘 수 있을까요? 안전함이란 어디에도 없는 걸까요? 세상이 돌아가는 방식을 암기할 순 없을까요? 안내자도, 피난처도 없고, 그저 모든 것이 불가사의하고, 높은 뾰족탑에서 허공으로 뛰어드는 것에 불과할까요? 연로한 사람들에게도 삶이란 이런 것일까요? 이토록 놀랍고, 예기치 않은, 미지의 것인가요? 잠시 그녀는 그들 두 사람이 지금 잔디밭에 서서 삶이 왜 그렇게 짧은지, 왜 그렇게도 불가해한지를 설명해 달라고 요구한다면, 눈앞의 사물을 숨김없이 볼 수 있는 자격을 충분히 갖춘 두 인간으로서 격렬하게 요구한다면, 그러면 아름다움이 뭉게뭉게 피어오르고, 그 공간이 채워질 것이며, 그 공허한 장식 무늬들이 형체를 만들어 낼 거라고 느꼈다. 그들이 아주 큰 소리로 외친다면, 램지 부인이 돌아올 것이다. "램지 부인!" 그녀는 큰 소리로 외쳤다. "램지 부인!" 눈물이 그녀의 얼굴에서 흘러내렸다.

6

(매칼리스터의 아들은 낚싯바늘에 미끼로 쓰려고 물고기를 한 마리 잡아서 옆구리를 네모지게 잘라 냈다. 잘리고 남은 몸은(아직 살아 있었다.) 다시 바다에 내던져졌다.)

7

"램지 부인!"릴리는 소리쳤다. "램지 부인!"그러나 아무 일도 일어나지 않았다. 고통이 더욱 커졌다. 고녀가 나를 이처럼 백치 같은 상태에 빠뜨릴 수 있겠어! 그녀는 생각했다. 어떻든 노인은 그녀의 목소리를 듣지 않았다. 그는 여전히 자비롭고 평온했으며, 원한다면 숭고하다고 말할 수도 있었다. 다행히도, '고통을 멈춰 줘요, 제발!'이라고 외치는 그녀의 부끄러운 절규를 누구도 듣지 못했다. 그녀가 온전한 정신을 잃은 것은 눈에 띄지 않았다. 좁은 판자 위에 서 있던 그녀가 소멸의 물속으로 뛰어드는 것을 본 사람은 아무도 없었다. 그녀는 여전히 잔디밭에서 붓을 들고 있는 초라한 노처녀에 불과했다.

이제 서서히 결핍의 고통이, 쓰라린 분노가(램지 부인 때문에 다시는 슬퍼하지 않으리라고 생각했는데 다시 또 슬픔이 솟아오르다니. 아침 식탁의 커피 잔들 사이에서 부인을 그리워했던가? 전혀 그렇지 않았다.) 사그라졌다. 그리고 그 고뇌에서 해독제처럼 통증을 달래는 위안이 남았고, 또 신비스럽게도 누군가, 아니 램지 부인이 거기에 있다는 느낌이 들면서 세상이 그녀에게 지웠던 짐이 덜어진 기분이었다. 부인은 가볍게 그녀 옆에 머물다가(램지 부인은 한껏 아름다움을 드러낸 모습이었으므로) 흰 꽃들[75]을 엮은 화환을 이마에 들어 올리고는 걸어갔다. 릴리는 다시 물감을 짰다. 그녀는 산울타리 문제에 착수했다. 평소처럼 빠른 걸음으로 들판을 가로지르는 그녀의 모습이 그토록 선명하게 보이다니 기이한 일이었다. 자줏빛이 감도는 부드러운 언덕의 골들 사이로, 들판에 피어 있는 히아신스와 백합 사이로 그녀는 사라졌다. 그것은 화가의 눈에 비친 환각이었다. 부인의 부고를 받은 후 며칠 동안 릴리는 부인이 그처럼 이마에 화환을 쓰고 그녀의 동반자임에 틀림없을 어떤 그림자와 함께 들판을 가로질러 가는 것을 보았다. 그 광경, 그 구절에는 위안을 주는 힘이 있었다. 자신이 어디 있든지 간에, 여기 시골에서 그림을 그리건 아니면 런던에서 그리건 간에, 그 환영이 그녀를 찾아오곤 했고, 그러면 그녀는 눈을 반쯤 감고 그 환영을 내려놓을 곳을 찾았다. 그녀는 객차와 버스를 내려다보았고, 부인의 어깨나 뺨에서 선을 하나 지웠고, 맞은편 창문들을 바라보았고, 저녁에 가로등이 줄지어 늘어선 피커딜리 거리를 보았다. 모든 것이 죽음의 들판을 이루었다. 그러나 늘 무엇인가가

---

75) 아래에 나오는 백합이나 히아신스 같은 꽃들은 '죽음의 들판'과 연결된다.

(어떤 얼굴이나 목소리, 혹은《스탠더드》나《뉴스》[76]를 사라고 외치는 신문팔이 소년 같은 것이) 그 환영을 부단히 새로 만들어야 한다고 그녀를 밀쳐 댔고, 그녀를 윽박질렀고, 그녀를 깨웠고, 힘겹게 관심을 기울일 것을 요구하고 마침내 받아 냈다. 이제 다시, 머나먼 푸른 곳을 보려는 본능적인 욕구에 따라 걸음을 옮겨, 그녀는 발아래 펼쳐진 만을 바라보았다. 푸른 파도들이 띠를 그리며 작은 골들을 만들었고 더 짙은 자줏빛 공간으로 울퉁불퉁한 들판을 이루고 있었다. 무언가 어울리지 않는 것이 보이자 또다시 평소처럼 호기심이 일었다. 만의 한가운데에 갈색 점이 있었다. 보트였다. 그래, 그녀는 잠시 후에 그것을 알아차렸다. 그런데 누구의 보트일까? 램지 씨의 보트라고 그녀는 대답했다. 램지 씨, 아름다운 구두를 신고 행렬의 선두에 서서 초연하게 손을 흔들고는 행군하듯 그녀를 지나간 남자, 그녀가 베풀어 주지 않았던 공감을 청했던 남자. 그 보트는 이제 만을 절반쯤 가로지른 곳에 있었다.

여기저기서 이는 실오라기 같은 바람을 제외하면 너무나 맑은 아침이어서 바다와 하늘이 온통 한 폭의 천을 펼쳐 놓은 것처럼 보였다. 돛들은 하늘 높이 꽂혀 있고 구름들은 바닷속으로 내려앉은 듯했다. 바다 저 멀리에서 기선 한 척이 거대하게 소용돌이치는 연기를 공중에 뿜어 대자, 연기는 장식적인 곡선을 그리고 빙빙 돌면서 공중에 머물렀다. 마치 올이 고운 망사 천처럼 공기가 무언가를 붙잡아서 망사 안에 포근히 간

---

76) 둘 다 런던 석간신문 이름.

직하다가 이리저리 살살 흔들어 대는 듯이. 아주 청명한 날에 이따금 그렇듯이, 절벽들은 선박들을 의식하고 배들은 절벽을 의식하는 듯이 보였고, 그들끼리 은밀한 메시지를 전하는 것 같았다. 때로 해안에서 아주 가까운 듯이 보였지만, 오늘 아침에 등대는 옅은 안개에 싸여 아득히 멀리 떨어져 있는 것 같았다.

"지금 어디 있을까?" 릴리는 바다를 내려다보며 생각했다. 그 사람, 겨드랑이에 갈색 종이 꾸러미를 끼고 말없이 그녀를 지나간 노인은 어디 있을까? 배는 만의 한가운데 있었다.

8

저기 있는 사람들은 아무것도 느끼지 않아. 캠은 해안을 바라보며 생각했다. 해안은 오르락내리락하면서 서서히 멀어졌고 더욱 평화로워졌다. 그녀의 손은 바닷물을 가르며 긴 자국을 냈고, 그녀의 마음은 초록색 소용돌이와 줄로 무늬를 이루면서 무감각해지고 장막에 덮인 채, 물속 세계를 배회했다. 하얀 잔가지에 진주들이 송알송알 박혀 있고, 상상 속에서 초록빛 속에서 온 마음에 변화가 일어나고, 몸이 녹색 망토에 감싸여 반쯤 투명하게 빛나는 곳.

그때 그녀의 손 주위에서 일던 소용돌이가 약해졌다. 밀려들던 물결이 멈추었다. 삐걱거리는 작은 소리가 허공을 채웠다. 항구에 정박하기라도 한 듯 뱃전에 파도가 부딪히며 찰싹거리는 소리가 들렸다. 모든 것이 아주 가까워졌다. 계속 뚫어지게 응시하다 보니 제임스에게는 잘 아는 사람처럼 보이던 돛이 축 늘어졌던 것이다. 그러자 배는 정지했고, 해안에서도, 등대에서도 몇 킬로미터 떨어진 곳에서 뜨거운 햇빛을 받으면서 바람이 일기를 기다리고 있었다. 온 세상 모든 것이 정지한 듯했다. 등대는 꼼짝하지 않았고, 멀리 떨어진 해안선은 고정되어 있었다. 태양빛은 점점 더 뜨거워졌고, 모두들 더욱 가까워져서, 거의 잊었던 서로의 존재를 느끼는 것 같았다. 매칼리스터의 낚싯대가 바닷속에 수직으로 늘어졌다. 그러나 램지 씨는 다리를 포갠 채 계속 책을 읽었다.

그는 물떼새의 알처럼 표지가 얼룩덜룩하고 약간 반들거리는 책을 읽고 있었다. 그들이 바람이 없는 끔찍한 정적 속에서 꾸물거리는 동안 이따금 그는 책장을 넘겼다. 그리고 제임스는 아버지가 자신을 겨눈 특별한 몸짓으로 책장을 넘긴다고 느꼈다. 때로는 우기듯이, 때로는 명령하듯이, 때로는 사람들이 그를 동정하도록 만들 속셈으로. 그리고 아버지가 그 작은 책을 읽어 가면서 한 장씩 넘기는 동안 제임스는 그가 고개를 들고 이러저러한 일에 대해서 날카로운 목소리로 말을 걸 순간을 내내 두려워하고 있었다. 왜 여기서 꾸물거리는 게냐? 그는 이렇게 혹은 이와 비슷한 터무니없는 질문을 던질 것이다. 그리고 만일 아버지가 그렇게 한다면, 그러면, 자신은 칼을 들고 그의 심장을 찌르겠다고 제임스는 생각했다.

그는 칼을 들어 아버지의 심장을 찌르는 이 해묵은 상징을 늘 간직해 왔었다. 다만 이제 와서, 나이가 들어서, 무력한 분노를 품고 아버지를 바라보며 앉아 있을 때, 그가 죽이고 싶었던 건 책을 읽고 있는 저 노인이 아니라, 아버지를(어쩌면 아버지도 알지 못하는 사이에) 불시에 습격한 것이었다. 검은 날개가 달린 흉악한 하르퓌아[77]는 별안간 달려들어 차갑고 단단한 발톱과 부리로 찌르고 또 찔렀고(제임스는 어렸을 때 그것이 찔렀던 맨다리에서 그 부리의 촉감을 지금도 느낄 수 있었다.) 그런 다음에 달아났다. 그리고 이제 저기에 남아 있는 그는 책을 읽고 있는 몹시 슬픈 노인이었다. 나는 그걸 죽일 거야. 그 심장을 찌를 거야. 내가 무엇을 하든지,(어떤 일이든 할 거라고 그는 등대와 먼 해안을 바라보면서 생각했다.) 사업을 하든지, 은행에 근무하든지, 법정 변호사가 되든지, 기업의 우두머리가 되든지 간에 나는 싸울 거야. 사람들이 원하지 않는 것을 강제로 시키고 사람들의 발언권을 말살하는 것(내가 폭정, 독재라고 부르는 것)을 쫓아가서 짓밟아 뭉개 버릴 거야. 아버지가 등대로 가라, 이걸 해라, 저걸 가져와라 하고 말할 때 우리들 중 누가 '아니, 하지 않겠어요.'라고 말할 수 있겠어? 검은 날개가 펼쳐지고 단단한 부리가 살을 찢어 당긴다. 그다음 순간에 그는 거기 앉아서 책을 읽는다. 그러고 나서 아버지는 꽤 사리에 맞는 시선으로 올려다볼지도 모르지. 도무지 알 수 없는 일이다. 매칼리스터 부자에게 말을 걸지도 몰라. 길거리에서 얼어붙은 늙은 여자의 손에 1파운드 금화를 꼭 쥐여 줄지도 모르지. 제임스는 생각했다. 그는 어부들의 시합을 보며 함성을 지를지도, 흥분해서 허공에 팔을 휘두를지도 몰라. 혹은 만찬의 처음부

---

77) 그리스 신화에 나오는 동물. 얼굴과 상반신은 추녀의 모습이고 새의 날개와 꼬리, 발톱이 있으며 잔인하고 탐욕스럽다.

터 끝까지 말 한마디도 하지 않고 침묵하며 식탁 상석에 앉아 있을 거야. 그래, 맞아. 뙤약볕 밑에서 배가 철썩거리며 꾸물거리고 있을 때 제임스는 생각했다. 바위에 눈이 덮인 고적하고 험준한 황무지가 있고, 최근에 아버지가 한 말이 다른 사람들을 놀라게 했을 때 그곳에 오롯이 발자국 두 쌍(그 자신과 아버지의 것)이 있음을 그는 꽤 자주 느끼게 되었다. 그들 둘만이 서로를 알았다. 그렇다면 이 공포, 이 증오는 무엇일까? 과거가 그의 내면에 펼쳐 놓은 수많은 낱장들 사이를 돌아보면서, 명암이 서로 교차하여 모든 형체가 일그러지고 어떤 때는 눈에 비친 햇살 때문에, 다른 때는 어두운 그림자 때문에 머뭇거리게 되는 숲의 심장부를 들여다보면서, 그는 자기 감정을 떼어 내어 차갑게 식히고 구체적인 형상으로 바꿔 줄 이미지를 찾았다. 그렇다면 그가 아기였을 때 유모차나 누군가의 무릎에 무력하게 앉아 있다가 어떤 수레가 모르는 사이에 무고하게 누군가의 발을 짓뭉개는 것을 보았다고 가정해 보자. 처음에는 풀밭에서 부드럽고 온전한 발을 보았고 그다음에는 바퀴를, 그러고 나서 자줏빛으로 뭉개진 발을 보았다면? 그러나 그 바퀴에는 죄가 없었다. 그러니까 지금 그의 아버지가 복도를 성큼성큼 걸으며 등대에 가자고 그들을 아침 일찍 깨웠을 때, 그 일은 제임스의 발을, 캠의 발을, 모두의 발을 뭉갰던 것이다. 그는 앉아서 그 발을 유심히 살펴보았다.

그러나 자신이 생각하는 것이 누구의 발이며, 모든 일은 어느 정원에서 일어났을까? 이러한 장면에는 배경이 있으므로, 그곳에서 자라는 나무들과 꽃들, 어떤 빛, 어떤 형체들이 있다. 이 모든 것은 이런 음울함이나 이런 자포자기의 절망감이 전혀 없는 정원에서 자리를 잡으려고 한다. 사람들은 일상적인 어조로 말하고 진종일 들락거렸다. 부엌에는 잡담을 늘어놓는 노파가 있었다. 그리고 덧문은 산들바람에 빨려 들었다 나갔다 했다. 사방에 꽃이 피고, 온갖 식물이 자라고 있었다. 그리고 이 모든 접시들과 사발들, 고개를 쳐든 붉고 노란 키 큰 꽃들 위로 밤에는 아주 엷은 노란색 베일이 덩굴 이파리처럼 드리웠다. 밤이 되면 사방이 더 고요하고 더욱 어두워졌다. 그러나 이파리처럼 생긴 이 베일은 너무나 섬세해서, 빛이 비치면 걷혔고 목소리들이 들리면 바스락거렸다. 몸을 숙이고 있는 어떤 사람의 모습이 그 베일 너머로 엿보였고, 다가오거나 멀어지는 소리, 드레스가 사각거리는 소리, 사슬이 딸그락거리는 소리가 들려왔다.

바로 이 세계에서 바퀴가 한 사람의 발 위로 지나갔다. 무언가 그의 몸 위에서 그늘을 드리우고, 떠나지 않으려 했던 것을 그는 기억했다. 무언가 공중에서 번뜩였고, 무언가 바싹 마르고 날카로운 것이 칼날처럼, 반월도처럼 그곳에 내려와서 그 행복한 세계의 나뭇잎들과 꽃들 사이를 내리치고 시들어 떨어지게 했다.

"비가 올 거야." 그는 아버지의 말을 잊지 않았다. "너는 등대에 갈 수 없을 게다."

그때 그 등대는 저녁 무렵 갑자기 부드럽게 노란 눈을 뜨는, 안개처럼 보이는 은빛 탑이었다. 지금은……

제임스는 등대를 바라보았다. 흰 도료를 칠한 바위들과 견고하게 곧추선 탑이 보였다. 탑에 그어진 검고 흰 줄무늬가 보였다. 그 안의 창문을 볼 수 있었다. 심지어 말리려고 바위 위에 펼쳐 놓은 빨랫감도 볼 수 있었다. 그래, 저게 등대였다고?

아니, 다른 것도 등대였다. 어떤 사물도 한 가지에 불과한 건 아니니까. 그 다른 것도 등대였다. 만을 가로질러 바라보면 그것이 거의 보이지 않는 때도 있었다. 저녁에 고개를 들어 올려다보면 그 눈이 떠졌다 감기는 것이 보였고, 그 빛은 상쾌하고 화사한 정원에 앉아 있는 그들에게 이어지는 것 같았다.

하지만 그는 몸을 곧추세웠다. 그는 '그들'이라거나 '어떤 사람'이라고 말하고 다가오는 누군가의 옷자락이 스치는 소리나 멀어져 가는 누군가의 절걱거리는 소리를 듣게 될 때마다 늘 방에 있는 사람에 대해 극도로 민감해졌다. 지금 그 존재는 그의 아버지였다. 긴장감은 더욱 팽팽해졌다. 바람이 불지 않으면 곧 아버지가 책의 겉장을 탁 덮으면서 말할 테니까. "지금 무슨 일이 있는 게냐? 왜 여기서 꾸물거리는 게지, 어?" 예전에 아버지가 테라스에서 그들 사이에 칼날을 내리쳐서 어머니의 온몸이 굳어 버린 때처럼. 그리고 도끼나 칼, 날카로운 부분이 있는 무엇이든 가까이 있었더라면, 그는 그것을 잡아서 아버지의 심장을 찔렀을 것이다. 어머니의 온몸이 굳더니, 팔이 축 늘어졌다. 그래서 그는 어머니가 자기 말을 더 이상 듣지 않는 것을 느꼈다. 그녀는 간신히 몸을 일으켜서 가 버렸고 그를 그곳에 내버려 두었다. 가위를 들고 바닥에 앉아 있는 무력하고 우스꽝스러운 그를.

바람이 한 자락도 일지 않았다. 배 바닥에서 물이 콸콸거렸고, 고등어 서너 마리가 잠길 수도 없을 만큼 얕은 물웅덩이에서 꼬리를 위아래로 팔딱거렸다. 금방이라도 램지 씨는(제임스는 감히 그를 바라볼 엄두가 나지 않았다.) 화를 내면서 책장을 닫고 모질게 말할 것이다. 그러나 지금 그는 책을 읽고 있었고, 그래서 제임스는 은밀히, 삐걱거리는 마루 때문에 집 지키는 개가 깨어날까 봐 걱정스러워 맨발로 살금살금 아래층으로 내려가듯이, 어머니가 어떤 심정이었을지, 어머니가 그날 어디로 갔을지를 생각했다. 그는 그녀를 따라서 이 방에서 저 방으로 다니다가 마침내 도자기 접시들에서 반사된 듯 푸른 빛이 비치는 방으로 들어갔다. 그녀는 누군가에게 말을 건네고 있었고 그는 그녀의 이야기를 귀 기울여 들었다. 그녀는 어떤 하인에게 생각나는 대로 말하고 있었다. "오늘 밤에는 성찬을 열어야 할 거예요. 그게 어디 있지? 그 푸른 접시?" 오직 어머니만 진실을 말했고, 어머니에게만 그는 진실을 말할 수 있었다. 어머니가 그에게 영원히 매력적인 것은 바로 그 점 때문이었을 것이다. 그는 어머니에게 무엇이든 생각나는 대로 말할 수 있었다. 하지만 어머니를 생각하는 동안 그는 아버지가 자신의 생각을 따라와서 그 생각에 그늘을 드리우고 그 생각을 떨리고 비틀거리게 하는 것을 내내 의식했다.

마침내 그는 생각을 멈추었다. 그는 햇빛 속에서 등대를 응시하며 키 손잡이에 손을 올려놓고 앉아 있었다. 움직일 수도 없고, 그의 마음에 하나씩 자리 잡은 고뇌의 낟알들을 가볍게 털어 버릴 수도 없었다. 그는 그 자리에 밧줄로 묶여 있는 것 같았고, 그 밧줄의 매듭을 묶은 사람은 아버지이며, 자신은 오직 칼을 들어 찔러야만 탈출할 수 있는 듯 느꼈다. ……그러나 그 순간 돛이 서서히 빙 돌더니 점차 부풀었고, 배는 몸을 흔들며 잠에 취한 상태에서 반쯤 깨어나 출발하려는 듯하더니 그런 다음에는 완전히 정신을 차리고 파도를 가르며 내달렸다. 그 순간의 안도감은 엄청났다. 그들 모두 서로에게서 다시 떨어져 나와 편안해진 것 같았고 낚싯대들이 팽팽히 뱃전 너머로 기울어졌다. 그러나 아버지는 관심을 기울이지 않았다. 그저 남몰래 교향곡을 지휘하듯이 신비스럽게도 오른손을 공중 높이 치켜들었다가 다시 무릎 위에 떨어뜨렸다.

9

(바다에 얼룩 한 점 없구나. 릴리 브리스코는 아직도 그 자리에 서서 만을 내려다보면서 생각했다. 만을 가득 채운 바닷물이 실크처럼 펼쳐져 있었다. 거리란 그 나름의 특이한 힘이 있어서 그들을 속으로 삼켜 버렸다고 그녀는 생각했다. 그들은 영원히 사라졌다. 그들은 사물의 일부가 되어 버렸다. 너무나 고요하고, 너무나 조용했다. 기선도 사라졌다. 하지만 소용돌이치던 커다란 연기는 고별식에 걸린 애도의 깃발처럼 아직 공중에 걸려 있었다.)

10

그렇다면 그것은, 그 섬은 저런 모습이었구나. 캠은 물속에 넣은 손가락들을 다시 당기면서 생각했다. 이전에는 바다에 나와서 그 섬을 바라본 적이 없었다. 그 섬은 그처럼, 중앙이 움푹 파이고 날카로운 바위산 두 개가 박힌 채 바다에 누워 있었고, 바다는 그곳을 휩쓸고 들어갔다가 섬 양쪽으로 몇 킬로미터나 퍼져 나갔다. 섬은 아주 작았고, 똑바로 선 나뭇잎 같은 모양이었다. 그래서 우리는 작은 배에 탔어. 그녀는 침몰하는 배에서 탈출하는 모험담을 떠올리며 속으로 말하기 시작했다. 그러나 바닷물이 손가락 사이로 흘러가고 작은 해초 가지들이 뒤쪽으로 쓸려 가고 있는데, 진지한 이야기를 꾸며 내고 싶지는 않았다. 그녀가 원했던 것은 모험과 탈출의 느낌이었다. 배가 앞으로 나아가면서 나침반 방위를 모른다고 역정을 내던 아버지의 질책이나 약속에 대한 제임스의 집착, 그리고 자신의 고뇌가 미끄러지듯 흘러가고 쓸려 가 버린 기분이었으니까. 그렇다면 다음에는 무엇이 올까? 그들은 어디로 가고 있을까? 변화와 탈출, 모험을 생각하자 (그녀가 살아 있고, 그녀가 거기 존재한다는) 기쁨의 샘이 바닷속에 깊이 담긴 얼음처럼 차가운 그녀의 손에서 뿜어져 나왔다. 그리고 무의식 중에 돌연히 솟아오른 이 기쁨의 샘에서 떨어지는 물방울이 그녀의 마음속에서 잠자던 어두운 형체 위 여기저기로 떨어졌다. 실체는 없었지만 어둠 속에서 몸을 돌리며 여기저기에서 번뜩이는 빛을 포착하는 세계의 형체, 그건 어쩌면 그리스, 로마, 콘스탄티노플의 형체일지도 모른다. 비록 작고 똑바로 세워 놓은 이파리처럼 생겼고 그 안과 주위에 황금이 흩뿌려진 듯 반짝이는 물결이 흐르지만, 그 형체는 우주의 한 장소를 차지하고 있다고 그녀는 생각했다. 저 작은 섬도 그렇단 말일까? 서재에 있던 노신사들이라면 일러 줄 수 있었을 거라고 그녀는 생각했다. 때로 그녀는 그들이 무엇을 하고 있는지 보려고 일부러 정원에서 나와서 서재에 들어가곤 했다. 그곳에서 그들은(몹시 연로하여 뻣뻣해진 카마이클 씨나 뱅크스 씨였을 것이다.) 나지막한 안락의자에 마주 보고 앉아 있었다. 정원에서 나와 그녀가 온통 혼란스러운 마음으로 서재에 들어섰을 때, 그들은 앞에 있는 《타임스》 신문을 만지작거리고 있었다. 누군가가 예수에 대해서 뭐라고 말했다는 보도나, 런던 어느 거리에서 매머드 뼈를 파냈다는 것, 위대한 나폴레옹은 어떤 인간이었던가 하는 것, 이 모든 것들을 그들은(그들은 회색 옷을 입었고, 그들에게서는 히스 풀 냄새가 났다.) 정직하게 받아들였고, 신문을 뒤적이면서 다리를 꼬고 앉아서 단편 기사들에 대해 가볍게 언급했으며, 이따금 아주 간결하게 논평을 하기도 했다. 약간 멍한 상태에서 그녀는 서가에서 책을 한 권 꺼내고 그곳에 서서 아버지가 이따금 기침하거나 맞은편 노신사들에게 짤막하게 뭐라고 말하면서 아주 평온하게 노트 한 쪽에서 다른 쪽으로 말끔히 글을 써 내려가는 것을 지켜보곤 했다. 책을 펼친 채 그곳에 서서 그녀는 여기에서라면 무엇을 생각하든 물속 이파리처럼 확대할 수 있으리라고 생각했다. 그리고 여기, 담배를 피우며 《타임스》를 바스락거리는 노신사들 사이에서, 생각이 잘 펼쳐진다면, 그렇다면 그건 옳은 생각이었다. 서재에서 글을 쓰는 아버지를 지켜보면서 그녀는 (이제 배에 앉아서) 그가 가장 사랑스럽고 가장 현명한 사람이며, 허세를 부리지도 않고 폭군처럼 굴지도 않는다고 생각했다. 실로 거기서 책을 읽는 그녀를 보았다면 그는 누구보다도 부드러운 목소리로 그녀에게 물었을 것이다. 네게 해 줄 일이 없겠느냐?

이 생각이 틀리지 않도록, 그녀는 물떼새의 알처럼 표지가 얼룩덜룩하고 번들거리는 작은 책을 읽고 있는 아버지를 바라보았다. 아니, 그 생각은 옳았다. 지금 아버지를 봐. 그녀는 큰 소리로 제임스에게 외치고 싶었다.(하지만 제임스는 돛을 바라보고 있었다.) 아버지는 냉소적인 짐승 같은 인간이라고 제임스는 말할 것이다. 그는 자기 자신과 자기 책에 대한 얘기로 화제를 돌릴 거라고 제임스는 말할 것이다. 그는 참아 줄 수 없이 자기중심적이야. 무엇보다도 나쁜 것은, 그가 폭군이라는 거야. 하지만 보라고! 그녀는 제임스를 바라보며 말했다. 지금 아버지를 봐. 그녀는 다리를 꼬고 앉아서 작은 책을 읽고 있는 그를 보았다. 그 책의 누런 낱장에 인쇄된 내용은 알지 못했지만 그 책은 알고 있었다. 그 책은 작은 글씨로 빽빽이 인쇄되어 있었다. 표지 뒷장에 그가 만찬에 15프랑을 지불했다고 써 놓은 것을 그녀는 알고 있었다. 포도주 값이 무척 비쌌고, 웨이터에게 팁을 너무 많이 주었다. 그 뒷장 아래쪽에 모든 것이 말끔하게 합산되어 있었다. 그러나 그의 주머니 속에서 모서리들이 말려 올라간 그 책에 무슨 내용이 쓰여 있는지 그녀는 알지 못했다. 그가 무엇을 생각했는지 그들은 알지 못했다. 그러나 그는 책에 몰두해 있었다. 그래서 그가 지금 그러듯이 잠시 올려다보아도, 그 행동은 무엇을 보려는 것이 아니라, 어떤 생각을 더욱 명확히 정의하기 위한 것이었다. 그러고 나면 그의 마음은 다시 날아서 책으로 돌아갔고 독서에 빠져들었다. 그는 무언가를 인도하는 듯이, 혹은 많은 양 떼를 얼러서 몰아가듯이, 혹은 좁은 오솔길에서 밀어제치면서 올라가듯이 책을 읽는다고 그녀는 생각했다. 때로 그는 곧바로 덤불에 뛰어들어 재빨리 헤치고 나아갔고, 때로는 나뭇가지에 찔리거나 가시나무에 눈이 멀 것 같았지만, 그런 것 때문에 패배를 자인하지는 않으리라. 그는 이어지는 낱장들 너머로 흔들리면서 계속 나아갔다. 그리고 그녀는 침몰하는 배에서 탈출하는 이야기를 계속 이어 갔다. 그가 거기 앉아 있는 동안에는 안전했으니까. 그녀가 정원에서 살금살금 서재로 들어가서 책을 한 권 꺼냈을 때, 노신사들이 갑자기 신문을 내려놓으며 그 너머로 나폴레옹의 성격에 대해 짤막하게 이야기를 나누었을 때 느꼈듯이 안전했다.

그녀는 다시 바다를, 섬을 돌아보았다. 그러나 나뭇잎 같은 섬의 뚜렷한 윤곽이 사라지고 있었다. 섬은 무척 작았고, 무척 멀리 떨어져 있었다. 이제는 바다가 해안보다 더 중요했다. 그들 주위에는 온통 일었다 가라앉는 파도뿐이었고, 어느 파도에 실려 온 통나무가 뒹굴었으며, 갈매기 한 마리가 다른 파도를 타고 있었다. 이 근방에서 배 한 척이 침몰했다고 그녀는 손가락으로 물을 튀기면서 생각했고, 몽롱한 상태로 꿈꾸듯이 중얼거렸다. 우리는 각자 홀로 죽어 갔지.

11

그렇다면 아주 많은 것들, 대단히 많은 것들이 거리에 따라 달라지는구나. 사람들이 우리에게 가까이 있는지 아니면 멀리 있는지에 달렸어. 릴리 브리스코는 얼룩 한 점 없이 깨끗하고 너무나 잔잔해서 돛과 구름 들이 푸른 수면에 박혀 있는 듯한 바다를 바라보며 생각했다. 램지 씨가 만을 가로질러 점점 더 멀리 항해해 가면서 그에 대한 자신의 감정이 바뀌었으니까. 만은 가늘어지며 길게 늘어나는 것 같았고, 그는 점점 더 희미해지는 것 같았다. 그와 그의 아이들이 아스라히 푸르른 곳에 삼켜져 버린 것 같았다. 하지만 여기 잔디밭 바로 가까운 곳에서 카마이클 씨가 갑자기 끙끙거리는 소리를 냈다. 그녀는 웃었다. 그는 잔디밭을 더듬어 책을 움켜잡았고, 다시 일어나 의자에 앉아서 바다 괴물처럼 숨을 헐떡였다. 이것은 전혀 다른 문제였다. 그는 아주 가까이 있으니까. 그리고 이제 다시 사방이 고요했다. 지금쯤은 사람들이 잠자리에서 일어났을 거라고 그녀는 집을 바라보면서 생각했다. 하지만 그곳에는 인기척이 없었다. 그러나 사람들이 늘 식사가 끝나자마자 각자 일을 보러 곧바로 집을 나선다는 사실을 그녀는 기억했다. 이른 아침 시간의 고요함, 공허함, 비현실감은 그런 사실과 잘 맞았다. 반짝이는 긴 창문들과 푸른 버섯구름을 바라보며 잠시 서성이다가 그녀는 어쩌다 사물이 이렇게 보일 때가 있다고 생각했다. 그것들은 비현실적으로 보인다. 여행에서 돌아오거나 병을 앓은 후, 습관이 굳어져서 표면에 드러나기 전에, 사람은 이처럼 너무나 놀라운 비현실감을 느끼고, 뭔가가 나타나는 것을 느낀다. 바로 이때 삶은 더없는 생기에 넘친다. 그럴 때면 마음 편히 있을 수 있다. 다행스럽게도, 구석자리에 앉아 있으려고 밖으로 나오는 벡위스 노부인에게 인사하러 잔디밭을 가로질러 가서 '아, 좋은 아침이에요, 벡위스 부인! 정말 아름다운 날씨지요! 용감하게도 햇빛을 쐬실 건가요? 재스퍼가 의자들을 치웠어요. 제가 의자를 찾아 드릴게요!'라든가 하는 흔한 인사말을 쾌활하게 건넬 필요가 없다. 입을 열 필요도 전혀 없다. 사물들 사이로, 사물들을 넘어, 미끄러지듯 나아가서(만은 활발한 움직임으로 부산했고, 배들이 출발하고 있었다.) 자신의 돛을 펼친다. 만은 비어 있기는커녕, 바닷물이 넘치도록 가득 차 있었다. 그녀는 입술까지 어떤 물질에 잠긴 채 서 있는 것 같았고 그 안에서 움직이고 떠다니고 가라앉는 것 같았다. 그래, 이 물은 헤아릴 수 없이 깊으니까. 그 속으로 그토록 많은 삶들이 흘러들어 갔다. 램지 부부, 아이들, 게다가 오갈 데 없는 온갖 잡동사니들도. 바구니를 든 세탁부와 까마귀, 트리토마, 자주색과 녹회색 꽃들, 이 모두를 다 함께 묶었던 어떤 공동의 감정도.

어쩌면 바로 이처럼 완결되었다는 느낌 때문에 지금 서 있는 이곳에 십 년 전에 서서 그녀는 이 장소를 사랑하고 있음에 틀림없다고 말했던 것이다. 사랑에는 수천 가지 형체가 있다. 연인들에게는 사물의 어떤 요소들을 뽑아내고 배합해서, 그리하여 그것들이 실제로는 갖고 있지 않은 완결성을 부여함으로써 어떤 장면이나 사람들(이제는 모두 사라지고 뿔뿔이 흩어진)의 만남을 우리 생각이 머물고 사랑이 유희를 벌이는 압축된 구체(球體)로 만드는 재능이 있을 것이다.

그녀의 눈은 갈색 반점으로 보이는 램지 씨의 돛단배에 머물렀다. 그들은 점심때쯤에 등대에 도착할 거라고 그녀는 생각했다. 그러나 바람이 다시 일고, 하늘과 바다의 모습이 약간 달라지고 배들의 위치가 변하면서, 조금 전만 하더라도 놀랍게도 붙박인 듯이 보였던 풍경이 이제는 불안정하게 보였다. 바람이 연기의 꼬리를 흩날렸고, 배들이 놓인 곳에도 뭔가 마땅찮은 점이 있었다.

그곳의 불균형이 그녀 마음속의 조화를 뒤집어엎는 것 같았다. 그녀는 모호한 고통을 느꼈다. 그녀가 다시 그림 쪽으로 몸을 돌렸을 때 그 고통이 확인되었다. 그녀는 아침나절을 낭비하고 있었던 것이다. 무슨 이유 때문인지 두 가지 상반되는 힘, 램지 씨와 그림 사이에서 면도날처럼 예리한 균형을 이룰 수 없었다. 그 균형이 꼭 필요한데. 혹시 구도에 잘못된 부분이 있는 것일까? 벽을 그린 선을 끊어 놓아야 하는 것이 아닐까? 그녀는 생각했다. 나무들이 너무 큰 비중을 차지하는 것일까? 그녀는 빈정거리듯 미소를 지었다. 그림을 그리기 시작했을 때 문제를 다 해결했다고 생각하지 않았던가?

그렇다면 무엇이 문제일까? 교묘히 빠져나가는 뭔가를 붙잡으려고 애써야 한다. 그것은 램지 부인을 생각했을 때 빠져나갔다. 이제 그림을 생각했을 때도 빠져나갔다. 구절들이 떠올랐다. 환영들이 찾아왔다. 아름다운 구절들. 그러나 그녀가 붙잡고 싶은 것은 바로 신경에 거슬리는 충격 그 자체, 무엇으로든 형성되기 이전의 사물 그 자체였다. 그것을 포착해서 다시 시작하라. 그것을 붙잡고 다시 시작하라. 그녀는 다시 이젤 앞에 확고하게 버티고 서서 절박하게 말했다. 인간의 몸은 그림을 그리거나 감정을 느끼는 데 시원찮고 무능한 기계라고 그녀는 생각했다. 이 기계는 늘 결정적인 순간에 고장이 났다. 용감하게 그것을 가동해야 한다. 그녀는 눈살을 찌푸리며 응시했다. 저기 산울타리가 있는 것은 분명했다. 그러나 절박하게 간청해 봐도 얻는 것은 아무것도 없었다. 벽선을 바라보아도 또, 그녀가 회색 모자를 썼다고 생각해 봐도 눈만 부실 뿐이었다. 그녀는 놀랍도록 아름다웠다. 올 테면 오라지. 그녀는 생각했다. 생각할 수도 없고 느낄 수도 없는 순간들이 있으니까. 그런데 생각할 수도 없고, 느낄 수도 없다면, 사람은 대체 어디 있는 것일까? 그녀는 생각했다.

여기 풀밭 위에, 땅 위에. 그녀는 앉으면서 질경이가 군락을 이루고 있는 곳을 붓으로 헤치며 생각했다. 잔디밭에 잡초가 무성했던 것이다. 여기 세상에 앉아 있어. 그녀는 생각했다. 오늘 아침에 모든 일이 처음으로, 어쩌면 마지막으로 일어나고 있다는 느낌을 떨쳐 버릴 수 없었으니까. 반쯤 잠이 들었지만 창밖을 내다보면서 자신이 저 마을을, 저 노새가 끄는 달구지를, 들에서 일하고 있는 저 여자를 다시는 보지 못할 터이므로 지금 봐 두어야 한다는 것을 아는 여행객처럼. 잔디밭이 곧 세계였다. 여기 이 높은 곳에 우리가 함께 올라왔어. 그녀는 (내내 말 한마디 나누지 않았지만) 자신의 생각을 공유하는 듯했던 늙은 카마이클 씨를 바라보며 생각했다. 어쩌면 저 노인을 다시는 보지 못할 거야. 그는 노쇠해 가고 있어. 동시에 유명해지고 있지. 그녀는 그의 발에 매달린 슬리퍼를 보고 미소를 지으며 기억을 떠올렸다. 사람들은 그의 시가 "대단히 아름답다."라고 말했다. 더 나아가 그들은 그가 사십 년 전에 쓴 시들을 출판하기도 했다. 이제 카마이클이라고 불리는 유명 인사가 저기 앉아 있었다. 사람이 얼마나 많은 모습을 지닐 수 있는지, 그가 신문에서는 그런 모습이었지만 여기서는 평소와 다름없는 모습이라는 것을 생각하며 그녀는 미소를 지었다. 그는 머리칼의 잿빛이 다소 옅어졌을 뿐 달라진 데가 없었다. 그래, 그는 전과 다름없이 보였다. 하지만 그녀가 기억하기로는, 카마이클 씨가 앤드루 램지의 사망 소식(그는 포탄에 즉사했다. 위대한 수학자가 되었어야 하는데.)을 들었을 때 "삶에 대한 관심을 모두 잃어버렸다."라고 말한 사람들도 있었다. 그건 무슨 의미였을까? 그녀는 의아했다. 그가 큰 막대기를 꽉 잡고 트라팔가 광장을 행진했을까?[78] 세인트존스우드에 있는 자기 방에 혼자 앉아서 읽지도 않으면서 책장만 연거푸 넘겼을까? 앤드루가 전사했다는 소식을 들었을 때 그가 무엇을 했는지 그녀는 알지 못했다. 하지만 그럼에도 그에게서 뭔가 달라진 것을 느꼈다. 그들은 층계에서 마주치거나 하면 하늘을 올려다보고 날이 맑겠다든가 하고 서로 중얼거렸을 뿐이다. 하지만 이것도 사람들을 아는 한 가지 방식이라고 그녀는 생각했다. 세부적인 것들이 아니라 윤곽을 아는 것. 정원에 앉아서 멀리 히스가 만발한 풀밭으로 흘러내리는 자줏빛 언덕 비탈들을 바라보는 것. 그녀는 이런 식으로 그를 알았다. 그가 어딘지 달라졌다는 것을 알았다. 그녀는 그의 시를 단 한 줄도 읽은 적이 없었지만, 천천히 낭랑한 시구로 이어지고 있음을 안다고 생각했다. 그의 시는 감미롭고 부드러웠다. 사막과 낙타, 종려나무와 석양에 대한 시였다. 그의 시는 개인적 감정을 극도로 억제했다. 죽음에 대해서는 뭐라고 말했지만, 사랑에 대해서는 거의 말하지 않았다. 그에게는 초연한 면이 있었다. 그는 다른 사람들을 거의 필요로 하지 않았다. 무슨 이유 때문인지 그리 좋아하지 않았던 램지 부인을 피하려고 애쓰면서 그는 신문을 겨드랑이에 끼고 늘 다소 어줍게 어기적거리며 응접실 창문을 지나가지 않았던가? 그렇기 때문에 물론, 램지 부인은 늘 그를 멈춰 세우려고 애쓰곤 했다. 그는 그녀에게 고개를 숙여 인사하곤 했다. 마지못해 멈춰 서서 고개를 깊

---

78) 반전 시위를 암시하는 부분이다. 런던 중앙 관청가 북쪽 끝에 있는 트라팔가 광장은 오랫동안 대중 항의의 집결지였고, "큰 막대기"에는 아마도 플래카드가 달려 있었을 것이다.

이 숙이곤 했다. 그가 자기에게 아무것도 바라지 않는 데 속상해서 램지 부인은 그에게 코트나 깔개, 신문이 필요하지 않은지(릴리는 그녀의 목소리를 생생히 들을 수 있었다.) 묻곤 했다. 아니, 그는 아무것도 필요하지 않았다.(이렇게 말하며 그는 고개를 숙였다.) 부인에게는 그가 그리 좋아하지 않는 구석이 있었다. 그것은 아마도 그녀의 지배적인 성향, 그녀의 적극성, 그녀의 현실적인 무미건조함이었으리라. 그녀는 매사에 너무나 단도직입적이었다.

(어떤 소음이 들리는 바람에 그녀는 응접실 창문을 바라보았다. 경첩이 삐걱거렸고, 가벼운 산들바람이 장난삼아 창문을 흔들고 있었다.)

부인을 몹시 싫어한 사람이 틀림없이 있었을 거라고 릴리는 생각했다.(그래, 응접실 층계가 텅 비어 있는 것을 깨달았지만, 그녀는 아무런 느낌도 받지 않았다. 지금은 램지 부인을 원하지 않았으니까.) 그녀가 지나치게 확신하고, 지나치게 과감하다고 생각한 사람들이 있었을 것이다. 그리고 그녀의 미모가 아마 사람들 마음에 거슬렸을 것이다. 얼마나 단조로운가, 늘 똑같다니! 사람들은 말했을 것이다. 그들은 다른 유형, 예컨대 가무잡잡하고, 활발한 유형을 더 좋아했다. 게다가 남편에게 무른 아내였다. 남편이 소란을 피워도 그녀는 내버려 두었다. 그런데다 그녀는 과묵했다. 그녀에게 어떤 일이 있었는지를 정확히 아는 사람은 아무도 없었다. 그리고 (카마이클 씨와 그가 부인을 싫어한 이야기로 되돌아가자면) 램지 부인이 오전 내내 잔디밭에 서서 그림을 그린다든지 누워서 책을 읽는 것은 상상할 수 없었다. 생각할 수도 없는 일이었다. 그녀의 볼일을 알려 주는 유일한 신호인 바구니를 팔에 걸고 그녀는 한마디 말도 없이 가난한 마을 사람들을 방문해서 통풍이 되지 않는 작은 침실에 앉아 있곤 했다. 게임을 하거나 토론을 하다가 릴리는 자주 보곤 했다. 부인이 바구니를 팔에 걸고 말없이 아주 꼿꼿한 자세로 걸어가는 것을. 부인이 돌아오는 것을 그녀는 눈여겨보았다. 그녀는 반쯤 비웃으면서(부인이 다도에 맞춰 까다롭게 차를 대접했기에) 그리고 반쯤은 감동을 받아(그녀는 숨 막힐 정도로 아름다웠기에) 생각했다. 고통 속에 감긴 눈들이 당신을 보았다고. 당신이 그곳에서 그들과 함께 있었다고.

그런데 램지 부인은 누군가 차 마시는 시간에 늦거나 버터가 신선하지 않거나 찻주전자의 이가 빠졌다고 화를 내곤 했다. 버터가 신선하지 않다고 그녀가 말하는 동안 그리스 사원[79]의 풍경이 연상되었고 아름다움이 그곳에 누워 있는 병자들과 함께 있었다는 생각이 떠올랐다. 그녀는 결코 병문안을 다니는 일에 대해서 언급하지 않았고, 시간이 되면 어김없이 곧장 갔다. 그렇게 병자들을 방문하는 것은 그녀의 본능이었다. 남쪽을 향해 날아가는 제비의 본능이나 햇빛을 향하는 국화꽃의 본능처럼, 그 본능은 그녀에게 어김없이 인간을 향하도록, 인간의 심정에 둥지를 틀도록 했다. 그리고 본능이란 늘 그렇듯이, 공유하지 않는 사람들에게는 다소 곤혹스러운 것이었다. 어쩌면 카마이클 씨에게도 그랬을 것이고, 릴리에게

---

79) 램지 부인의 아름다움 때문에 떠올리게 되는 이미지.

는 분명 그랬다. 이 두 사람은 행동이 무력하고 사고가 우월하다는 생각을 공유하고 있었다. 그러므로 부인이 환자들을 방문한 것은 그들에게 질책이나 다름없고 세상의 다른 축을 열어 놓는 것이었기에, 그들은 자신들의 선입관이 사라지는 것을 보면서 항의했고 자취를 감추는 선입관을 움켜잡았다. 찰스 탠슬리는 이러한 그들의 선입관을 질책했다. 그것이 그들이 그를 싫어한 이유 중 한 가지였다. 그는 릴리가 간직한 세계의 균형을 뒤집어엎었다. 그런데 그는 어떻게 되었더라? 그녀는 한가하게 붓으로 질경이를 휘저으며 생각했다. 특별 연구원직을 얻고, 결혼해서 골더스그린[80]에 산다던데.

전쟁 중 언젠가 그녀는 공회당에 가서 그의 연설을 들은 적이 있었다. 그는 무언가를 매도하고 있었고, 누군가를 저주하고 있었고, 형제애를 고취하고 있었다. 그리고 그녀가 느꼈던 것은 오로지, 어떤 그림을 다른 그림과 구별하지도 못하는 사람이 뒤에 와 서서 살담배를 피우며("30그램에 5페니예요, 브리스코 양.") 여자들은 글을 쓸 수 없다고, 여자들은 그림을 그릴 수 없다고 나서서 떠벌리던, 그 말을 믿었다기보다는 알 수 없는 기묘한 이유로 그러기를 바랐던 사람이, 어떻게 인간을 사랑할 수 있는가 하는 점이었다. 거기 연단에서 그는 불그스레한 여윈 얼굴에 쉰 목소리로 사랑을 설파하고 있었다.(그녀가 붓으로 휘저어 놓은 질경이 더미에서 개미들이 기어 다니고 있었다. 붉고 열정적인 개미들이 찰스 탠슬리와 약간 닮아 보였다.) 반쯤 비

어 있는 집회장, 그 차가운 공간에 사랑을 퍼부어 대는 그를 릴리는 자기 자리에서 비웃듯이 바라보았었다. 갑자기 낡은 통인지 무엇인지가 물결 사이에서 까닥거렸고 램지 부인이 조약돌 사이에서 안경 통을 찾고 있었다. "아, 저런! 정말 성가신 일이야. 또 잃어버리다니. 신경 쓰지 말아요, 탠슬리 씨. 여름마다 몇천 개는 잃어버리니까요." 그 말을 듣고 그는 그런 과장된 말에 동조하기를 거리끼는 듯이 턱으로 다시 옷깃을 내리눌렀지만, 자기가 좋아하는 부인의 말이라면 기꺼이 참아 줄 수 있었기에 매우 매력적으로 미소를 지었다. 긴 소풍을 나갔다가 뿔뿔이 흩어져서 돌아오는 길에 그는 부인에게 속사정을 솔직히 털어놓았던 게 틀림없다. 그가 어린 누이동생을 가르치고 있다는 사실을 램지 부인이 그녀에게 말해 주었던 것이다. 대단히 높이 살 만한 일이었다. 붓으로 질경이를 휘저으면서 릴리는 그에 대한 자신의 생각이 기이하다고 느꼈다. 다른 사람들에 대한 우리 생각은 어떻든 절반은 기이한 것이다. 그런 생각이란 사적인 목적에 보탬이 되는 것들이니까. 그녀에게 그는 매를 대신 맞는 아이[81]와 마찬가지였다. 그녀는 화가 날 때마다 그의 여윈 옆구리를 채찍질하는 자신을 그려 보았다. 그에 대해서 진지하게 생각하려면, 램지 부인의 말을 떠올리고 그 부인의 눈으로 그를 보아야 했다.

그녀는 조그만 언덕을 쌓아서 개미들을 올라가게 했다. 개

---

81) 중세 유럽 왕실에서 왕자의 학우로 두었던 평민 출신 소년으로, 왕자를 대신하여 매를 맞았다고 한다.

미들의 우주에 이렇게 훼방을 놓자 개미들은 우왕좌왕하며 광란 상태에 빠졌다. 어떤 개미들은 이쪽으로 내달렸고, 다른 개미들은 저쪽으로 달렸다.

눈이 쉰 쌍은 있어야 볼 수 있겠다고 그녀는 생각했다. 그 한 여자를 다 돌아보려면 쉰 쌍의 눈으로도 충분치 않겠어. 그녀는 생각했다. 그중에는 그녀의 미모에 목석처럼 무감각한 눈도 있어야 해. 열쇠 구멍으로 살금살금 들어가서, 뜨개질하거나 말하거나 창가에 홀로 말없이 앉아 있는 그녀를 둘러싸고, 기선의 연기를 감싼 공기처럼 그녀의 생각과 상상력, 그녀의 욕망을 받아서 소중히 간직하는, 더없이 은밀하고 섬세한 감각이 있어야 해. 산울타리가 그녀에게 무엇을 뜻했고, 정원이 그녀에게 무슨 의미가 있었으며, 파도가 부서질 때 그것이 그녀에게 무엇을 의미했는지를.(릴리는 고개를 드는 램지 부인의 모습을 보았던 대로 고개를 들었다. 그녀도 바닷가에서 부서지는 파도 소리를 들었다.) 그리고 아이들이 크리켓을 하면서 "아웃이야? 아웃이냐고?"라고 소리쳤을 때 그녀의 마음속에서 무엇이 흔들리고 떨렸는지를. 그녀는 잠시 뜨개질을 멈췄을 것이다. 그녀는 골똘히 바라보았을 것이다. 그런 다음 그녀는 다시 침잠했고, 서성거리던 램지 씨가 갑자기 그녀 앞에서 걸음을 멈추더니 거기 그녀 위에 버티고 서서 그녀를 내려다보았을 때 어떤 기이한 충격이 그녀 몸을 뚫고 지나갔고 그녀를 뒤흔들어 몹시 심란하게 만드는 것 같았다. 릴리는 그 모습을 떠올릴 수 있었다.

램지 씨가 손을 내밀어 그녀를 의자에서 일으켜 세웠다. 어째서인지 그가 전에도 그렇게 한 적이 있는 것 같았다. 한때 그가 똑같은 자세로 몸을 굽혀서 그녀를 배에서 일으켜 주었던 것 같았다. 그 배는 섬에서 십몇 센티미터는 떨어져 있어서 숙녀들이 뭍에 오르려면 신사들의 도움을 받아야 했다. 구태의연한 장면이었고, 그들이 입었을, 버팀대를 넣어 폭을 유지한 구식 스커트와 팽이 모양 바지도 마찬가지로 구태의연했을 것이다. 그의 도움을 받으면서, 램지 부인은 이제 때가 되었다고(릴리가 상상하기로는) 생각했다. 그래, 이제 그 말을 할 거야. 그래, 그와 결혼할 거야. 그리고 그녀는 천천히, 조용히 발을 땅에 디뎠다. 아마도 그에게 손을 잡힌 채로 그저 한마디만 했을 것이다. 당신과 결혼하겠어요. 그에게 손을 잡힌 채 말했을 것이고, 더 이상은 말하지 않았을 것이다. 똑같은 전율이 몇 번이고 거듭해서 그 두 사람 사이에 퍼져 나갔을 것이다. 릴리는 개미들을 위해 평평하게 길을 골라 주면서 그랬을 것이 분명하다고 생각했다. 그녀가 상상으로 꾸며 낸 것이 아니었다. 그저 몇 년 전에 받았던 포개진 인상이나 보았던 것을 반반하게 펼쳐 놓으려고 하고 있을 뿐이었다. 그 많은 아이들과 방문객들이 드나드는 혼란스럽고 어수선한 일상생활에서 무언가 반복되고 있다는 느낌을 늘 받았으니까. 뭔가 떨어진 바로 그 자리에 다른 것이 떨어지면서 메아리를 일으키고 공중에 울려 퍼져 공기를 떨리게 한다.

그러나 그 부부의 관계를 단순화하는 것은 잘못일 거야. 녹색 숄을 두른 부인과 넥타이를 휘날리는 램지 씨가 함께 팔짱을 끼고 온실을 지나 걸어가는 것을 상상하면서 릴리는 생각했다. 그들 관계가 늘 한결같이 행복한 것은 아니었어. 부인은 충동적이고 민첩했는데, 그는 진저리를 치며 음울한 기분에 빠져들곤 하는 사람이었으니. 아, 지고한 행복은 아니었지. 이른 아침에 침실 문이 세차게 닫히곤 했다. 그는 식탁에서 화를 내며 일어섰다. 그는 창밖으로 접시를 던진 적도 있었다. 그러면 마치 돌풍이 불 때 선원들이 서둘러 갑판 출입문을 닫고 물건들을 정돈하려고 동분서주하듯이, 온 집 안의 문들이 탕 소리와 함께 닫히고 블라인드가 펄럭인다는 느낌이 들었다. 그런 분위기에 싸인 어느 날 그녀는 폴 레일리를 충계 위에서 만났다. 그들은 어린애들처럼 웃고 또 웃었다. 램지 씨가 아침 식탁에서 우유에 든 집게벌레를 보고 그릇째 공중으로 날려서 바깥 테라스로 내던졌기 때문이었다. "아버지 우유에 집게벌레라니." 프루는 겁에 질려 중얼거렸다. 다른 사람들의 우유에는 지네가 들어 있을 수도 있는데. 그러나 그는 자기 주위에 신성한 울타리를 둘러치고 그 공간을 위풍당당하게 점유하고 있었기에 그의 우유에 든 집게벌레는 괴물이나 다름없었다.

그러나 접시가 윙 소리를 내며 날아가고 문들이 쾅쾅 닫히는 일들 때문에 램지 부인은 지쳤고, 다소 위축되었다. 그러면 부부 사이에 때로 완고한 침묵이 길게 드리우곤 했다. 그럴 때면 릴리의 속을 태웠던, 슬픈 듯하고 동시에 분개한 듯한 상태에 빠져서 부인은 그 폭풍우를 평온하게 극복하거나 남들처럼 웃어넘길 수 없는 것 같았고, 자신의 피로감에 무언가를 숨기는 것 같았다. 그녀는 생각에 잠겨 말없이 앉아 있었다. 얼마 후에 그는 그녀 주위를 은밀히 맴돌았다. 그녀가 편지를 쓰거나 이야기를 하면서 앉아 있는 창문 밑에서 어슬렁거렸다. 그가 지나갈 때면 그녀는 바쁜 척하면서 그에게 눈길을 주지 않고 그를 보지 못한 척했다. 그러면 그는 실크처럼 부드럽고 사근사근하고 세련된 태도를 띰으로써 그녀의 마음을 다시 얻으려 했다. 그래도 그녀는 가까이 다가오지 못하게 했다. 이윽고 부인은 자신의 미모에 당연히 잘 어울리지만 대개는 좀처럼 드러내지 않았던 도도하고 오만한 태도로 잠시 시위를 벌이곤 했다. 고개를 돌려 버리거나, 민타나 폴 혹은 윌리엄 뱅크스를 꼭 옆에 두고는 어깨 너머로 거만하게 돌아보곤 했다. 마침내 그는 그 무리에서 떨어진 곳에 꼭 굶주린 이리 사냥개 같은 모습으로 서서(릴리는 풀밭에서 일어나서 그가 서 있던 층계와 창문을 바라보았다.) 눈 위에서 짖어 대는 늑대와 아주 흡사하게 그녀의 이름[82]을 한 번 불렀다. 그래도 그녀는 망설였다. 그러면 그는 한 번 더 이름을 불렀다. 이번에는 그 목소리의 무엇인가가 그녀를 일깨웠고, 그러면 그녀는 갑자기 일어나 그들을 내버려 두고 그에게 갔으며, 그런 다음 그들은 함께 배나무들과 양배추, 나무딸기 화단 사이를 산책하곤 했다. 그들은 화해했을 것이다. 그러나 어떤 태도로, 어떤 말들로 화해했을까? 그들의 관계는 대단히 기품 있었으므로, 릴리와 폴과 민타는 호기심과 불편한 마음을 감추고 돌아서서 꽃을 따

82) 이 작품의 초기 원고에서 작가는 램지 부인의 이름('사라')을 언급하지만, 이후에 삭제한 것은 램지 부부를 보다 보편적인 인간관계를 상징하는 인물들로 제시하려는 의도였을 것이다.

거나 공을 던지거나 잡담을 하곤 했다. 마침내 저녁 식사 때가 되면 그 부부는 그곳에, 그는 식탁의 한쪽 끝에, 그녀는 다른 쪽 끝에 평소처럼 자리 잡고 앉았다.

"너희들 가운데 누군가 식물학을 전공하는 건 어떨까? ……이렇게 팔다리가 많은데 너희들 가운데 한 사람은 해 보는 것이……?" 이렇게 그들은 아이들 사이에서 평소처럼 말하고 웃었다. 모든 것이 평소와 다름없었지만, 다만 공중에 매달린 칼처럼 떨리는 진동이 그들 사이를 스쳐 지나갔다. 마치 배나무와 양배추 사이에서 시간을 보낸 후 그들 눈에는 수프 접시 주위에 앉은 아이들의 평소 모습이 새롭게 보이는 듯이. 특히 램지 부인은 프루를 홀끗 바라보곤 했다고 릴리는 생각했다. 프루는 형제자매들 중간에 앉아서 뭔가 잘못된 일이 없는지를 살펴보는 데 늘 정신을 쏟느라 말을 거의 하지 않았다. 우유에 든 집게벌레 일로 프루가 얼마나 심한 자책감에 빠졌을까! 램지 씨가 창밖으로 접시를 내던졌을 때 그녀의 얼굴이 얼마나 새파랗게 질렸던지! 이어진 긴 침묵 속에서 그녀가 얼마나 풀이 죽어 있었는지! 어떻든지, 그녀의 어머니는 이제 딸에게 보상해 주려는 것 같았다. 모든 일이 잘되었다고 안심시키고 조만간 너도 똑같은 행복을 누릴 거라고 약속하면서. 하지만 딸은 그 행복을 일 년도 채 누리지 못했다.

프루가 바구니의 꽃을 떨어뜨렸지. 릴리는 마치 그림을 보려는 듯 미간을 찡그리고 뒤로 물러서서 생각했지만 그림에는 손도 대지 않았다. 마음의 온갖 기능이 몽롱한 상태에 빠져, 겉은 얼어붙었지만 속에서는 급류가 되어 흐르고 있었다.

프루는 바구니의 꽃을 떨어뜨려 흩뜨리고 풀밭에서 뒹굴게 하고는 마지못해 망설이면서, 하지만 질문이나 불평은 한마디도 하지 않고(그녀에겐 완벽한 순종 능력이 있지 않았던가!) 마찬가지로 가 버렸다. 꽃들이 하얗게 흩뿌려진 들판을 내려가서 계곡을 가로지르는, 바로 이런 그림을 그리고 싶었을 것이다. 언덕들은 험준했다. 바위투성이에 가팔랐다. 저 아래 바위에 부딪힌 파도는 목이 쉰 듯이 거친 소리로 울렸다. 그들, 그들 세 사람은 함께 걸어갔고. 램지 부인은 모퉁이를 돌아 누군가를 만날 거라고 기대하는 듯이 앞에서 다소 빨리 걷고 있었다.

갑자기 릴리가 바라보고 있던 창문이 그 너머 밝은 것으로 인해 희끄무레해졌다. 그렇다면 마침내 누군가 거실에 들어간 것이다. 누군가 의자에 앉아 있었다. 제발 그들이 허우적거리며 밖으로 나와서 내게 말을 걸지 말고 거기 가만히 앉아 있기를. 그녀는 빌었다. 그가 누구였든 간에 다행히도 그 사람은 실내에 가만히 머물렀다. 그리고 더욱 다행스럽게도, 계단 위에 기묘한 삼각형 그림자를 드리우도록 자리 잡고 있었다. 그러자 그림 구도가 약간 달라졌다. 흥미로운 구도였다. 도움이 될 것이다. 릴리에게 뭔가 하려는 마음이 다시 일어나고 있었다. 그 강렬한 감정을, 더 이상 미루지 않겠다는, 혼란에 빠지지 않겠다는 결의를 한순간도 풀지 말고 계속 바라보아야 한다. 그 장면을 그렇게 죔쇠로 꼭 조여서, 그 무엇이든 끼어들어 망치는 일이 없도록 해야 한다. 내가 원하는 건 일상적 경험의 차원에서 이건 의자고 저건 식탁일 뿐이라고 느끼는 동시에 이건 기적이고 저건 희열이라고 느끼는 거야. 그녀는 신중하게 붓을 물감에 담그면서 생각했다. 그 문제는 결국 풀릴 거야. 아, 하지만 무슨 일이 일어난 것일까? 하얀 물결 같은 것이 창유리를 넘어갔다. 공기가 흔들리며 방 안의 커튼 주름을 휘저었음에 틀림없다. 심장이 쿵 뛰어올라 그녀를 움켜잡고 고문했다.

"램지 부인! 램지 부인!" 그녀는 원하고 또 원하면서도 갖지 못하는 데서 오는 예전의 공포가 되살아나는 것을 느끼며 소리쳤다. 아직도 부인이 이런 고통을 줄 수 있는 것일까? 그러고 나자 그녀가 스스로를 억제한 듯이 고요하게, 그것[83] 역시 의자나 탁자와 같은 일상적인 차원의 경험이 되었다. 램지 부인은 릴리에 대한 더없이 친절한 행동으로 거기에 조금도 꾸밈없이 앉아 있었고, 바늘을 이리저리 가볍게 움직이며 적 갈색 양말을 짜고, 층계에 그림자를 드리웠다. 거기에 그녀가 앉아 있었다.

자신이 생각하는 것과 보고 있는 것에 가슴이 벅차서, 마치 나눠 가져야 할 것이 있지만 이젤을 떠날 수 없다는 듯이 붓을 든 채 릴리는 카마이클 씨를 지나 잔디밭 끝으로 걸어갔다. 그 배는 지금 어디 있을까? 램지 씨는? 그와 이야기를 나누고 싶었다.

---

83) 램지 부인에 대한 릴리의 상실감을 말하는 듯하다.

12

램지 씨는 책을 거의 다 읽었다. 읽기를 마치는 바로 그 순간에 책장을 넘기려고 준비한 듯이 한쪽 손이 책장들 위에서 맴돌고 있었다. 모자를 쓰지 않아 머리카락이 바람에 날렸고, 전에 없이 햇빛과 바람에 노출되어 있었다. 그는 무척 늙어 보였다. 아버지는 모래에 박혀 있는 오래된 바위처럼 보여. 제임스는 잠시 등대를 배경으로, 이제는 광활한 바다로 흘러가 버리는 막막한 물결을 배경으로 머리를 드러내는 그를 보면서 생각했다. 부친은 마치 두 사람의 마음 뒤편에 늘 자리하던 것(두 사람이 세상사에 있어서 변치 않는 진실이라고 생각했던 외로움)의 화신이 되어 버린 듯했다.

그는 끝내기를 열망하듯 무척 빨리 읽고 있었다. 사실 이제 등대에 무척 가까워졌다. 저기 등대가 수직으로 높이 강렬한 흑백 빛깔로 견고한 모습을 드러냈고, 파도가 깨진 유리 파편

같은 흰 물거품으로 바위에 부서지는 것을 볼 수 있었다. 바위에 난 줄들과 금들도 볼 수 있었다. 창문도 선명하게 보였다. 하얗게 칠해진 창문 하나와 바위 위 작은 녹색 덤불도 볼 수 있었다. 어떤 남자가 나와서 안경 너머로 그들을 바라보다가 안으로 들어갔다. 그래, 등대가 저런 거였군. 제임스는 생각했다. 이 긴 세월 동안 만 건너편에서 보아 온 등대, 그것은 살풍경한 바위 위에 서 있는 견고한 탑이었다. 그는 그것에 만족했다. 그 모습은 자신의 성격에 대한 모호한 감정을 확인해 주었다. 노부인들이 정원에서 자기들 의자를 끌고 다녔지. 그는 집의 정원을 생각하면서 생각했다. 예컨대 늙은 벡위스 부인은 인생이 매우 멋있고 무척 감미로우며 그들은 무척 자랑스러워하고 무척 행복해야 한다고 늘 말했다. 하지만 사실 제임스는 바위 위에 서 있는 등대를 보면서 인생이 저 등대와 마찬가지라고 생각했다. 그는 다리를 꼭 웅크린 채 맹렬하게 책을 읽고 있는 아버지를 보았다. 그들 두 사람은 그것을 알았다. "돌풍 앞에서 질주하고 있다. 우리는 틀림없이 침몰할 것이다." 아버지가 이 말을 했을 때와 똑같이 그도 반쯤 소리 내어 중얼거리기 시작했다.

꽤 긴 시간 동안 아무도 말하지 않은 것 같았다. 캠은 바다를 바라보는 데 싫증이 났다. 검은 코르크 조각들이 떠다니며 흘러갔고, 배 바닥에 있던 물고기들은 죽어 있었다. 아버지는 여전히 책을 읽었고, 제임스는 그를 바라보았고, 캠은 제임스를 바라보았다. 그들은 죽을 때까지 폭정에 대항해서 싸울 거라고 맹세했었고, 아버지는 그들의 생각을 전혀 알지 못한 채 계속 책을 읽고 있었다. 이런 식으로 아버지가 위기를 모면했다고 그녀는 생각했다. 그래, 이마가 높직하고 코가 큰 그 사람은 작고 얼룩덜룩한 책을 꼭 붙들고 달아난 것이다. 그의 몸에 손을 대려고 하면, 그는 새처럼 날개를 펴고 날아가서 어딘가 손이 닿을 수 없이 멀고 황량한 그루터기에 앉을 것이다. 그녀는 광막하게 펼쳐진 바다를 보았다. 그 섬은 너무 작아서 이제는 나뭇잎처럼 보이지 않았다. 큰 파도가 금세 덮어 버릴 바위 꼭대기 같았다. 그 부서질 듯 위태로운 곳에 온갖 길이며 테라스, 침실, 그런 것들이 무수히 존재했다. 그러나 잠이 들려는 찰나에 사물들이 단순해져서 무수히 많은 세세한 것들 가운데 오직 한 가지만이 힘차게 스스로를 내세우듯이, 그 온갖 길과 테라스와 침실 들이 희미해지며 사라져 갔고, 푸르스름한 향로만이 남아 마음을 이리저리 가로지르며 규칙적으로 흔들린다고 그녀는 졸린 듯이 그 섬을 바라보면서 생각했다. 그것은 높은 곳에 있는 정원이었고, 새들과 꽃들과 영양들로 가득 찬 골짜기였다……. 그녀는 잠에 빠져들고 있었다.

"이제 가자." 램지 씨가 갑자기 책을 닫으며 말했다.

어디로 간다는 말일까? 어떤 특별한 모험을 떠나자는 것일까? 그녀는 깜짝 놀라서 깨어났다. 어딘가에 상륙해서, 어딘가로 올라간다고? 아버지가 그들을 어디로 이끄는 것일까? 끝없는 침묵 후에 나온 그 말에 그들은 깜짝 놀랐다. 그러나 터무니없는 말이었다. 그는 배가 고프다고 말했다. 점심을 먹을 시간이었다. 게다가, 봐라, 그가 말했다. 저기 등대가 있구나. "거의 다 왔어."

"젊은이가 잘하는군요." 매칼리스터가 제임스를 칭찬하며 말했다. "배가 흔들리지 않게 아주 잘 조종하고 있어요."

그러나 아버지가 결코 자기를 칭찬한 적이 없다고 제임스는 쓰라린 마음으로 생각했다.

램지 씨는 꾸러미를 풀어서 샌드위치를 나눠 주었다. 이제 그는 어부들과 함께 빵과 치즈를 먹으면서 행복해했다. 아버지는 오두막에 살면서 다른 노인들과 함께 담배를 피우며 항구에서 빈둥거리기를 좋아했을 거야. 제임스는 주머니칼로 치즈를 노란 조각들로 얇게 자르는 아버지를 지켜보며 생각했다.

바로 이거야, 이거라고. 캠은 삶은 달걀의 껍질을 벗기면서 생각했다. 이제 그녀는 노인들이 《타임스》를 읽고 있던 서재에서 느꼈던 감정을 느꼈다. 이제 나는 뭐든 내가 좋아하는 것을 계속 생각할 수 있어. 벼랑에서 떨어지거나 물에 빠지지 않을 거야. 저기서 아버지가 나를 지켜보고 있으니까. 그녀는 생각했다.

그러는 동안 보트가 바위 옆을 재빨리 지나고 있었는데 무척 흥미진진했다. 그들은 두 가지 일을 동시에 하는 것 같았다. 햇볕을 받으며 점심을 먹고 있었고 또한 난파된 후에 극심하게 몰아치는 폭풍우 속에서 안전한 곳을 찾고 있었다. 물이 모자라지 않을까? 식량은 모자라지 않을까? 그녀는 혼자 이야기를 꾸며 가면서, 그렇지만 동시에 무엇이 사실인지를 잊지 않으면서 물음을 던졌다.

자신들은 곧 세상에서 물러나겠지만 자식들은 신기한 것들

을 보게 될 거라고 램지 씨는 늙은 매칼리스터에게 말하고 있
었다. 매칼리스터는 지난 3월에 일흔다섯이 되었다고 말했다.
램지 씨는 일흔한 살이었다. 매칼리스터는 의사를 본 적이 없
었다고 말했다. 이 하나도 빠진 적이 없었다. 캠은 아버지가
바로 그렇게 자신의 자식들이 살기를 바란다고 믿었다. 아버
지는 그녀가 샌드위치 조각을 바다에 던지지 못하게 하고는,
어부들의 생활을 배려하는 듯이, 먹고 싶지 않으면 다시 꾸러
미에 넣어야 한다고 말했다. 음식을 낭비해서는 안 된다. 그의
말이 세상에서 일어나는 일들을 아주 잘 아는 듯이 지혜롭게
들렸기에, 그녀는 즉시 샌드위치 조각을 집어넣었다. 그러자
그는 자기 꾸러미에서 생강이 든 비스킷을 꺼내어 그녀에게
주었는데, 마치 창가에 선 숙녀에게 꽃을 건네주는 멋진 스페
인계 신사같이(그의 태도는 너무나 정중했다.) 느껴졌다. 그러나
그는 초라하고 소박하게 빵과 치즈를 먹고 있었다. 하지만 그
는 위대한 원정에서 그들을 이끌고 있었고, 어쩌면 그 원정에
서 그들 모두는 익사할지도 모른다.

"저기에서 그 배가 침몰했어요." 매칼리스터의 아들이 갑
자기 말했다.

"지금 우리가 있는 곳에서 세 사람이 빠져 죽었소." 노인이
말했다. 노인은 그들이 돛대에 매달려 있는 것을 직접 목격했
었다. 그곳을 바라보면서 램지 씨가 갑자기 큰 소리를 지를까
봐 제임스와 캠은 불안해졌다.

그러나 나는 더 거친 바다 밑에서

이렇게 그가 소리친다면, 그들은 도저히 참을 수 없어서 비명을 지를 것이다. 그들은 그의 내면에서 들끓는 열정이 또다시 폭발하는 걸 견딜 수 없을 것이다. 그러나 놀랍게도 그는 그저 "아."라고만 했다. 마치 그런 일에 무엇 때문에 수선을 피워야 하는지 모르겠다는 듯이. 폭풍우 속에서 사람들이 익사하는 것은 당연하고, 더없이 단순한 일이다. 그리고 깊은 바다라 해도(그는 샌드위치 봉지에 남아 있던 빵 부스러기를 깊은 바다 위에 흩뿌렸다.) 결국 그저 물일 뿐이다. 그런 다음 그는 파이프에 불을 붙였고 시계를 꺼냈다. 그는 주의 깊게 시계를 보았고, 아마 시간 계산을 해 보았을 것이다. 마침내 그가 의기양양하게 말했다.

"잘했다!" 제임스가 타고난 뱃사람처럼 배를 몰았던 것이다.

그것 봐! 캠은 속으로 제임스에게 말을 걸었다. 네가 마침내 얻었어. 네가 늘 원해 왔던 것을. 이제 그것을 얻었으므로 너무 기쁜 나머지 제임스가 그녀나 아버지나 어느 누구도 바라보지 않으리라는 것을 그녀는 알았다. 저기서 그는 키 손잡이에 손을 올려놓고 다소 골난 듯이 눈살을 약간 찌푸리며 똑바로 앉아 있었다. 그는 너무 기뻐서 그 기쁨의 한 톨도 다른 이들에게 나눠 주지 않을 것이다. 아버지가 그를 칭찬한 것이다. 아버지의 칭찬에 네가 한없이 무관심하다고 사람들은 틀림없이 생각하겠지. 하지만 너는 이제 그것을 받았어. 캠은 생각했다.

그들은 지그재그로 배의 방향을 바꾸었고, 흔들리는 긴 파도에 떠서 신속히 달렸다. 놀랍게도 상쾌한 파도들이 암초 옆으로 경쾌하게 이어지면서 그들을 넘겨 주었다. 얕아지면서 초록빛이 한결 진해 보이는 물속에서 왼쪽에 늘어선 바위들이 갈색으로 드러났다. 더 높은 바위 위에서 파도가 쉴 새 없이 부서졌고 자그마한 기둥처럼 물방울을 분출했으며 그 물방물들은 빗발치듯 쏟아져 내렸다. 물결이 철썩이는 소리와 물방울들이 후두두 떨어지는 소리, 그리고 파도의 쉿쉿 소리가 들려왔다. 파도는 이처럼 영원히 내던지고 뒹굴고 장난을 쳐 온 한없이 자유로운 야생 짐승처럼 구르고 뛰놀며 바위를 철썩 때렸다.

이제 등대에 있던 두 사람이 그들을 지켜보다가 그들을 맞으려고 준비하는 것을 볼 수 있었다.

램지 씨는 코트 단추를 잠그고 바지를 접어 올렸다. 그는 낸시가 준비해 준 엉성한 큰 갈색 종이 꾸러미를 들어 무릎에 올려놓고 앉아 있었다. 그렇게 상륙할 준비를 완전히 마친 다음에 그는 고개를 돌려 섬을 바라보았다. 원시가 있는 눈으로 어쩌면 그는 축소된 나뭇잎 모양 형체가 금색 접시 위에 똑바로 서 있는 것을 아주 선명히 볼 수 있었을지도 모른다. 아버지에게 무엇이 보일까? 캠은 궁금했다. 그녀에게는 모두 흐릿할 뿐이었다. 아버지는 지금 무엇을 생각하고 있을까? 그녀는 궁금했다. 아버지가 그렇게나 뚫어지게 바라보면서 말없이 찾는 것이 무엇일까? 그들은 둘 다, 아버지를 바라보았다. 모자를 쓰지 않은 채 무릎에 꾸러미를 올려놓고 앉아서 다 타 버린 무언가의 연기처럼 보이는 희미한 푸른 형체를 뚫어지게 응시하는 그를. 무엇을 바라시는 거예요? 그들 둘 다 묻고 싶었다. 그들 둘 다 말하고 싶었다. 우리에게 무엇이든 요구하세요. 그러면 드릴게요. 하지만 그는 그들에게 아무것도 요구하지 않았다. 그는 앉아서 섬을 바라보았고, 우리는 각자 홀로 죽어 갔지 하고 생각하고 있었을 것이다. 아니면, 나는 그곳에 닿았다, 나는 그것을 찾아냈다 하고 생각하고 있을지도 모른다. 하지만 그는 아무 말도 하지 않았다.

그러고 나서 그는 모자를 썼다.

"저 꾸러미를 가져오너라." 그는 등대에 가져가도록 낸시가 마련해 준 것들을 고개로 가리키며 말했다. "등대지기에게 줄 꾸러미를." 그가 말했다. 그는 일어서서 몸을 꼿꼿이 세우고 뱃머리에 우뚝 섰다. 마치 그가 온 세상에 "신은 존재하지 않는다."라고 말하는 듯하다고 제임스는 생각했고, 캠은 그가 허공으로 뛰어오르려는 것 같다고 생각했다. 그가 꾸러미를 들고 청년처럼 가볍게 바위에 뛰어올랐을 때, 그들 둘 다 일어서서 그 뒤를 따랐다.

13

　"램지 씨가 틀림없이 도착했을 거야." 릴리 브리스코는 큰 소리로 말했다. 갑자기 기운이 다 빠져 버린 기분이었다. 등대는 푸른 안개 속으로 녹아 들어가서 거의 보이지 않았고, 등대를 찾아보려는 노력과 거기에 상륙하는 그를 생각하려는 노력, 동일하게 보이는 이 두 가지로 그녀의 몸과 마음이 극도로 긴장했던 것이다. 아, 그러나 그녀는 긴장에서 풀려났다. 그날 아침에 그가 그녀를 두고 떠났을 때, 그녀가 그에게 주려던 것이 무엇이었든 간에 결국에는 그것을 주었던 것이다.

　"그는 상륙했어." 그녀가 큰 소리로 말했다. "이제 끝났어." 그때 늙은 카마이클 씨가 몸을 일으켜서 약간 숨을 헐떡이며 그녀 옆에 와 섰는데, 머리칼에 잡초들이 붙어 있고 삼지창을 손에 든(사실은 그저 프랑스 소설책이었다.) 텁수룩하며 늙은 이교도 신[84]처럼 보였다. 그는 잔디밭 끝에 있는 그녀 옆에 서서 약간 몸이 흔들리는 채 손으로 눈 위를 가리고 말했다. "이제 상륙했을 거요." 그래서 그녀는 자신이 옳았다고 느꼈다. 그들은 말할 필요가 없었다. 그들은 똑같은 것을 생각하고 있었고, 그녀가 아무것도 묻지 않았는데도 그는 그녀에게 대답한 셈이었다. 그는 인간의 온갖 나약함과 고통 너머로 손을 쭉 뻗은 채 거기 서 있었다. 그녀는 그가 관용을 품고 연민을 느끼며 인간의 궁극적인 운명을 내려다보고 있다고 생각했다. 이제 그가 손을 천천히 내려뜨렸다. 그러자 높은 곳에서 제비꽃과 수선화로 엮은 화관을 떨구고 그 꽃잎이 천천히 팔랑팔랑 떨어지면서 마침내 땅에 내려앉는 듯 느껴져서, 그녀는 그가 이 특별한 사건을 완벽하게 마무리 지었다고 생각했다.

거기 있는 무언가에 의해 불현듯 생각이 난 듯 그녀는 재빨리 캔버스로 몸을 돌렸다. 거기 그녀의 그림이 있었다. 그래, 초록색과 푸른색 선들이 올라가고 가로지르면서 무언가를 시도했지. 이건 다락방에 걸릴 거야. 그녀는 생각했다. 결국은 파괴되고 말겠지. 하지만 무슨 상관이란 말인가? 그녀는 붓을 다시 잡으며 스스로에게 물었다. 그녀는 층계를 바라보았다. 텅 비어 있었다. 그녀는 캔버스를 보았다. 흐릿했다. 갑자기 강렬하게, 마치 찰나의 순간 그것이 선명히 보인 듯이, 그녀는 그 한가운데 선을 하나 그었다. 완성했어. 끝났어. 그래, 그녀는 극도의 피로감이 밀려오는 가운데 붓을 내려놓으며 생각했다. 이제 그것을 보았어.

---

84) 카마이클은 다시 넵투누스나 포세이돈과 연결되고 있다.

작품 해설

1 죽음과 삶

　『등대로』는 그림 같은 소설이다. 1부 「창」은 스코틀랜드 해안에 있는 스카이 섬의 별장을 배경으로 램지 가족이 친지들과 휴가를 보내는 9월 어느 오후의 정경을, 2부 「시간이 흐르다」는 전시를 거치면서 폐가가 되어 가는 별장의 황량한 분위기를, 3부 「등대」는 다시 돌아온 램지 가족 일부가 등대 원정에 나서고 릴리 브리스코가 그림을 완성하는 9월 어느 오전의 풍경을 그려 낸다. 1부와 3부는 비교적 길고 상세히 묘사된 반면 십여 년의 세월을 담은 2부는 매우 짧은 지면에 시적이고 암시적인 서술로 풍경화 한 폭을 그려 낸다.

　이처럼 수채화 세 폭을 연상시키는 이 소설은 그림들이 본디 그렇듯 의미를 명시하지 않고, 여러 인물들의 의식과 생각,

대화가 어우러진 장면을 보여 줄 뿐이다. 가령 1부에서는 바다와 등대가 내려다보이는 언덕 위 별장의 창가에서 램지 부인이 뜨개질을 하면서 아들에게 책을 읽어 주거나 양말 길이를 재어 보고, 때로 창밖으로 등대를 바라보거나 남편과 이야기를 나눈다. 잔디밭에 선 릴리는 집과 산울타리, 창가의 부인을 소재로 그림을 그리고, 램지 씨는 큰 소리로 시구를 읊으며 베란다와 풀밭을 배회하고, 시인 카마이클은 몽롱한 상태로 테니스 코트 의자에 누워 있다. 별다른 사건도 일어나지 않고 플롯이라 할 만한 줄거리도 없는 이 소설은 수많은 이미지와 색깔, 형체 들로 장면을 만들어 내며 그 장면들의 의미를 거듭 음미하게 한다.

버지니아 울프의 다른 소설들도 그렇듯이 『등대로』의 상상력은 죽음이 가져올 소멸과 삶의 의미를 중심으로 전개된다. 1부의 중심인물인 매력적인 램지 부인과 출중한 학자가 될 재능이 있었던 앤드루, 빼어난 미모와 부드러운 심성을 지닌 프루의 돌연한 죽음은 대단치 않은 사건처럼 괄호 안에 몇 줄로 간단히 기술될 뿐이지만, 그렇기 때문에 더더욱 무작위로 생명을 앗아 가는 죽음의 엄연한 존재를 선명하게 부각한다. 울프는 13세에 어머니를 잃었고 이후 십일 년간 사랑하던 언니 스텔라와 오빠 토비, 아버지에 이르기까지 가족 네 명을 잃으면서 그때마다 심각하거나 가벼운 정신 질환을 앓았던 만큼 죽음과 소멸에 대한 강박관념에서 벗어나기 어려웠을 테고, 그래서 죽음이 작품의 중심적인 테마로 등장하게 되었을 것이다.

그러나 울프 당대에 죽음은 개인적이고 우연적인 사건일 뿐 아니라 사회적으로나 자연적으로 늘 존재하는 위협이었다. 서구 역사상 유례없는 대량 살상을 가능하게 했던 1차 세계 대전은 인간의 무모한 야만성에 대한 분노뿐 아니라 불안정한 인류의 운명에 대한 두려움을 극대화한 참사였다.

『등대로』의 2부는 전쟁으로 사람들이 떠난 별장에 밀려드는 부재, 퇴락, 폐허, 소멸의 어둠을 묘사하면서 인간이 일으키는 재난의 위협과 그에 상응하는 자연의 파괴적인 힘을 형상화한다. 스카이 섬이 부서져서 바닷속에 가라앉으리라는 반복되는 암시도 자연재해나 기상 이변으로 인한 소멸의 두려움을 일깨우며 인간의 위태로운 존재 상황을 부각한다. 소설 전편에서 끊임없이 들리는 파도 소리는 평화로운 자장가 소리처럼 여겨질 때도 있지만 무자비한 시간의 흐름이나 인간이 제어할 수 없는 막대하고 파괴적인 세계를 연상시키기도 한다. 인간사에 무관심하거나 적대적인 자연의 불가항력적인 힘에 노출되어 언젠가는 가라앉을 작은 섬, 인류의 운명을 상징하는 듯한 그 섬에서 의미와 안정감, 영속성을 찾으려는 인간의 노력은 용감하지만 부질없는 시도로 보인다. 『등대로』를 관통하는 문제의식은 이처럼 소멸 위기에 처한 불안정하고 부조리한 상황에서 인간 삶이 과연 어떤 의미를 지닐 수 있는가 하는 실존적 물음이다. 이런 의미에서 『등대로』는 1910년대 전후 시대의 정신적 풍경화를 그려 냈다고 볼 수 있다.

2 의식의 드라마

버지니아 울프는 모더니즘 미학 선언문이라 불릴 만한 에
세이 「베넷 씨와 브라운 부인」과 「현대 소설」에서 아널드 베
넷, 존 골즈워디, 허버트 조지 웰스 같은 소설가를 "유물론자"
라고 비판하면서 이들이 "영혼이 아니라 몸"에만 관심을 두
었기에 실망을 주었다고 말한다. 그들은 삶과의 유사성을 추
구하면서 외적 사물을 지나치게 사실주의적으로 묘사하고 정
형화된 형식으로 인생을 그려 냈다는 것이다. 삶이란 말끔하
게 정리되고 명확히 정의될 수 있는 "대칭적으로 배열되어 늘
어선 가로등"이 아니라 "의식이 시작되고 끝날 때까지 우리를
둘러싸고 있는 빛나는 후광이자, 반투명한 덮개"라고 울프는
말한다.

어느 일상적인 날의 평범한 마음을 잠시 고찰해 보자. 마음은
무수한 인상들을 받아들인다. 하찮거나 멋진 인상들, 덧없이 사
라지거나 날카로운 강철로 새겨진 인상들을. 쉴 새 없이 쏟아지
는 무수한 원자들처럼 인상들이 사방에서 밀려든다. 그 인상들
이 쏟아지면서, 그것들이 월요일이나 화요일의 삶을 형성하면
서, 예전과 다른 곳이 뚜렷이 강조되고, 여기가 아니라 저기가
중요한 순간이 된다. 그러므로 작가가 노예가 아니라 자유로운
인간이라면, 자신이 써야 하는 것이 아니라 스스로 선택한 것을
쓸 수 있다면, 소설 관습에 따라서가 아니라 자신의 감정에 입
각해서 작품을 쓸 수 있다면, 플롯도, 희극도, 비극도 없을 것이

고 기존의 양식에 따른 사랑 이야기나 대단원도 없을 것이다.

——「현대 소설」(*The Common Reader*, Mariner Books, 1925[2002])

일상적인 날의 평범한 마음이 받아들이는 무수한 인상들과 거기서 촉발되는 연상들과 기억들, 즉 '심리의 모호한 영역'에서 일어나는 일이 보다 진정한 리얼리티라는 것이다. 이처럼 전대의 소설과 확연히 다른 모더니즘 미학의 등장은 현대적 조건 및 상황과 불가분의 관계에 있다. 울프가 명시하지는 않았지만 모더니즘 미학이 대두하게 된 배경으로는 빅토리아 시대를 거치며 가속화된 기독교적 세계관의 몰락, 열역학 제2법칙 등 물리학 발전으로 제기된 태양 냉각설과 지구 종말론, 진화론 등 생물학 및 인류학의 발전으로 야기된 인간 위상의 추락, 프로이트 같은 심리학자들이 제기한 의식 및 잠재의식의 문제 등 과거와는 달리 확실성이 사라진 현대적 상황을 들 수 있을 것이다. 울프는 "정직하게 고찰해 보면 삶은 의문들을 연달아 제기하고, 이야기가 끝난 후에도 의문이 남아 답을 찾을 수 없는 질문을 이어 가며 우리를 깊은 절망에 빠뜨린다."라고 썼는데, 답을 찾을 수 없는 절망적 상황에 처한 인간 의식의 드라마, 이것이 곧 울프가 그녀 작품에서 그려 내고자 하는 것이다.

3 순간과 영원

울프는 이 소설을 집필하기 시작한 시기에 "이 소설의 분량은 꽤 짧을 것이다. 아버지의 성격을 완벽하게 다룰 것이다. 그리고 어머니의 성격과 세인트아이브스 및 어린 시절, 내가 늘 담으려고 하는 것(삶, 죽음 등등)을 다룰 것이다. 그러나 그 중심은 보트에 앉아 죽어 가는 고등어를 짓밟으며 우리는 각자 홀로 죽어갔지라고 읊조리는 아버지의 성격이다."라고 일기에 썼다. 실제로 완성된 소설에서 고등어를 잘라 내는 인물은 어부 매칼리스터의 아들이고 1부와 3부의 중심인물은 각각 램지 부인과 릴리이지만, 아버지가 오래 살아 있었더라면 자신의 삶은 끝났을 테고 창작은 어렴도 없는 일이었으리라는 울프의 언급에서 알 수 있듯이 아버지의 존재는 울프에게 큰 질곡으로 남아 있었던 듯하다. 유난히 자전적 요소가 많은 이 소설에서 울프는 아버지와 어머니, 그리고 작가 자신의 분신이라 볼 수 있을 화가 릴리 브리스코를 통해서 삶의 의미를 찾으려는 여러 시도를 벌인다.

울프의 아버지로, 저명한 철학자이자 비평가였던 레슬리 스티븐을 모델로 그려진 램지 씨는 울프가 『자기만의 방』에서 묘사한 대로, 자아에 대한 확신과 우월감을 얻고자 하는 남성의 심리를 보여 주는 인물이다. 그는 빅토리아 시대의 공리주의자들처럼 사실(fact)을 철저히 신봉하는 철학자로서 작품 첫머리에서 다음 날 비가 내릴 거라고 단언하면서 등대 원정을 기대하는 막내아들 제임스를 실망시키고 그의 섬세한 마음에 상처를 준다. 그는 우울하고 냉소적인 성향으로 집안에서 독단적으로 자신의 뜻을 강요하며, 현실적인 문제에 무심해서 아내에게 경제적 고통을 주기도 하고, 자신의 세계에 빠져서 파격적인 행동을 일삼으며, 무엇보다도 남들에게서 존중과 칭찬, 공감을 얻으려는 끈질긴 욕구를 보여 준다.

그는 위대한 철학자라는 명성을 통해서 유한한 존재를 넘어서는 의미를 찾으려 한다. 그렇기 때문에 남들의 평가에 전전긍긍하지만 내심으로는 스스로에 대해 회의적이라서 최근에 발표한 저서가 25세에 내놓은 저서에 미치지 못한다는 사실을 알고 있고, 위대한 철학자의 대열에 들지 못한다는 자의식에 괴로워한다. 최고의 지적 성취 단계에 이르지 못하고 정체했다는 자괴감, 자식이 여덟이나 있는 아버지로서는 그럴 수밖에 없다는 자기 정당화, "주체와 객체, 실재의 본질"에 대한 연구가 과연 노력을 들일 가치가 있는 것인지에 대한 회의, 또한 자신의 업적이 명성을 누릴 수 있을지에 대한 불안감으로 그는 늘 노심초사한다. 발에 걸어차이는 돌맹이도 셰익스피어보다 더 오래 남는다고 생각하며 영원한 명성을 바라는 자신의 집착을 희화화하기도 한다.

반면에 램지 부인은 단절되고 분열된 사람들 간의 화합을 꾀하려는 이타적 인물로 제시된다. 그녀는 자선 활동을 벌이고 남편에게도 그가 원하는 공감과 인정을 아낌없이 베풀어 주며 아이들의 냉대를 받는 젊은 철학자 탠슬리를 적극 감싸 주려 하고 민타 도일과 폴 레일리의 결혼을 주선하는 등 사람들 간의 결합과 유대를 추구한다. 1부의 끝 부분에서 묘사된 만찬 파티는 감정적으로 대립되어 있거나 이질적인 사람들의 마음을 보듬어 따뜻하고 조화로운 관계를 만들어 내려는 그녀 나름의 의식(儀式)이라 볼 수 있다. 파도가 휘몰아치는 어둡고 황량한 바깥세상에 맞서 각자 사적인 감정이나 반목을 넘어 공동의 의식으로 결합된 순간을 창조해 냄으로써 그녀는 여왕처럼 당당하고 아름답게 승리를 구가한다.

이처럼 램지 부인은 이타적인 인물로 제시되지만 그 이타성의 이면에 대한 의혹이 없는 것은 아니다. 그녀는 남편이 공감과 인정을 끊임없이 요구하도록 만든 것이 바로 자기 자신일지 모른다고 느끼기도 하고, 민타 도일의 애정을 친어머니에게서 가로챘고 위생이나 복지와 관련된 사회 활동에서 독단적으로 처신한다는 비난을 떠올리기도 한다. 자선 활동이나 이타적인 행동이 실은 허영심의 발로이자 다른 사람들을 자기 뜻대로 조종하려는 욕구의 소산일지 모른다는 의혹을 배제할 수 없는 것이다. 릴리에게 결혼을 종용하려는 그녀의 모습은 딸들의 삶을 간섭하고 지배하려는 독단적인 어머니와 다르지 않다.

또한 그녀가 추구한 조화로운 화합의 삶은 세월의 흐름 앞에 무력하기 그지없다. 램지 부인은 만찬 파티가 사람들의 기억에 남을 것이고, 특히 결혼을 앞둔 민타의 의식에 살아남아 그들이 화합으로 충만한 삶을 재연해 가기를 기대하지만 민타 도일은 방종적이며 개방적인 결혼 관계를 이어 가고, 램지 부인의 정신적 딸이라고 볼 수 있는 릴리는 부인의 기대에 따라 뱅크스와 결혼한 것이 아니라 독신을 선택했고 램지 씨에게 연민과 공감을 베풀어 주지 않는다. 램지 부인이 이루고자 했던 조화롭고 따뜻한 유대 관계는 그녀의 죽음과 더불어 사라진 것이다.

하지만 램지 부인에게도 화합을 추구하는 것은 혼돈과 무의미, 허무를 넘어서기 위해 혼신의 노력을 바쳐야 하는 일이었다. 그녀는 스스로를 "쐐기 모양의 어둠"으로 생각하며 혼자 있을 때 평안과 휴식을 느낀다. 그러다가 남편이 공감을 요구하면 그 요구에 반응하여 "자신의 온 에너지"를 응집해서 "빗발치는 에너지를, 한 줄기 물보라를 공중에 곧바로 쏟아 내는" 것이다. 그녀는 고통과 죽음, 가난 등 해결할 수 없는 문제들이 산적한 적대적인 삶에 저항하며 일시적이나마 활력과 생기를 투사한다. 이처럼 빛과 생명력을 발하면서 램지 부인은 어둠을 밝히는 등대 불빛과 스스로를 동일시하고, 충만한 합일감과 지고한 행복을 느끼기도 한다. 사물과 초월적 융합을 이룬 그 신비로운 순간은 우주에서의 영원성을 확보하는 순간일 것이다. 그러나 활력을 거듭 쏟아 내면서 그녀 자신의 생명력은 고갈되어 갔고 그녀의 때 이른 죽음은 이와 무관하지 않으리라 짐작할 수 있다.

4 존재의 순간

3부 「등대」는 램지 부부에 대한 다양한 감정들을 풀어내는 릴리 브리스코의 의식을 중심으로 전개된다. 램지 부인이 죽고 몇 년이 지난 후 별장에 돌아온 릴리는 부인의 부재로 인한 생경함과 공허함을 느낀다. 그러다가 램지 씨에게서 연민을 요구하는 무언의 압력을 느끼자 그러한 상황을 만든 램지 부인에 대해 분노를 느끼기도 한다. 램지 씨가 등대로 출발한 후 릴리는 그림에 몰입하려고 애쓰면서 갖가지 상념에 빠져든다. 그녀는 자신이 원하는 것이 "일상적 경험의 차원에서 이건 의자고 저건 식탁일 뿐이라고 느끼는 동시에 이건 기적이고 저건 희열이라고 느끼는" 것이라고 토로하며 자신이 본 대로 사물의 형태와 의미를 포착하여 화폭에 담으려고 애쓰지만 표현을 제대로 해낼 수 없으리라는 두려움과 자신의 그림이 무가치해서 소파 밑에 처박힐지 모르고 또 결국에는 소실되어 버릴 거라는 두려움에 시달린다.

이처럼 자신의 그림에 대한 의혹에서 비롯되어 "여자들은 그림을 그릴 수 없다, 글을 쓸 수 없다."라는 탠슬리의 모욕적인 발언을 떠올리고, 그 말에서 탠슬리의 강연을 들었던 기억과 바닷가에서 램지 부인이 지켜보는 가운데 탠슬리와 물수제비를 뜨던 어느 날의 기억을 떠올린다. '의식의 흐름'을 통해 떠올린 바닷가의 한 장면, 심술궂게 말다툼을 벌이던 자신과 탠슬리가 램지 부인을 통해서 우정을 느끼게 되었던 그날의 기억은 "오랜 세월이 흐른 다음에도 완벽하게 (……) 거의 예술품처럼" 마음에 남아서 릴리로 하여금 삶의 의미를 곱씹게 한다.

삶의 의미가 무엇일까? 그 물음이 전부였다. 이 단순한 물음이 세월이 흘러가면서 밀려들곤 했었다. 위대한 계시가 밝혀진 적은 단 한 번도 없었다. 아마도 위대한 계시가 찾아오는 일은 결코 없을 것이다. 대신에 사소한 일상의 기적이나 등불, 어둠 속에서 뜻밖에 켜진 성냥불이 있을 뿐이었다. 이것이 그 한 가지였다. 이것, 저것, 그리고 다른 것. 그녀와 찰스 탠슬리 그리고 부서지는 파도. 그들을 화해시킨 램지 부인. "삶은 여기에 정지해 있다."라고 말한 램지 부인. 그 순간을 영원한 것으로 만든 (다른 영역에서 릴리 자신도 순간을 영원한 것으로 만들려고 노력했듯이) 램지 부인. 이것이 계시의 본질을 드러내는 것이었다. 혼돈의 와중에 형상이 있었다. 외적인 변천과 흐름이(그녀는 지나가는 구름들과 흔들리는 이파리들을 보았다.) 영속성 안에 고정되었다. 삶은 여기에 정지해 있다고 램지 부인이 말했다. "램지 부인! 램지 부인!" 그녀는 되풀이해서 불렀다. 이 계시를 얻은 것은 부인 덕분이었다.

램지 부인이 다른 이들을 보호하려는 모성적 애정으로 갈등의 세계에서 창조한 화합의 순간은 혼돈의 와중에서 드러나는 형상처럼 영속적이고 불변적이다. 릴리는 자신의 그림을 통해 유동적인 일상의 흐름에서 조화로운 형상을 찾아내는 순간이 삶의 의미를 드러내는 기적이고 그것이 곧 영원성을 얻는 순간이라는 직관적 인식을 얻는다.

램지 씨에 대한 릴리의 감정도 변화를 겪는다. 치졸하고 이기적인 램지 씨에 대한 거부감은, 무한한 노고를 들여 단단한 판자를 문질러 닦듯이 오로지 철학적 사색에 전념하며 "주체와 객체"의 관계를 직시해 온 램지 씨의 얼굴에서 볼 수 있는 금욕적인 아름다움에 대한 찬탄으로 바뀐다. 그의 "타오르는 비세속성"은 그의 정수라고 말할 수 있을 텐데, 그는 구두(일면 그의 성품을 상징할)에 대한 찬사를 듣자 어린애처럼 즐거워하며 활기와 지적 호기심을 되찾은 듯 초연하고 당당하게 등대 원정에 나선다. 만을 항해하는 도중에 그가 폭풍우로 사람들이 익사하는 것은 당연한 일이고 바닷속 심연도 결국은 물일 뿐이라고 생각하는 장면은 인간의 유한성과 죽음을 담담하게 수용하게 된 의식을 보여 준다.

등대섬에 도착하여 발을 내딛는 그의 모습에 대해 제임스와 캠은 마치 그가 "신은 존재하지 않는다."라고 외치면서 허공으로 뛰어드는 것 같다고 느끼는데, 이는 일면 흄과 같은 영국 경험주의 철학자들이 도달한 극단적 회의주의를 아무런 환상도 없이 직시하며 받아들이는 그의 지적 정직성을 암시한다고 볼 수 있다. 그들이 도달한 등대는 맨 바위 위에 우뚝 선, 흰색과 검은색으로 칠해진 견고한 탑에 불과하다. 제임스는 인생이 바로 그 등대와 마찬가지라고 생각하는데, 환상이 개입될 여지가 없는 살풍경하고 준엄한 현실이 바로 삶의 기반인 것이고, 이런 점에서 그는 오로지 사실만을 직시하며 질풍 앞에서 "틀림없이 침몰할" 아버지의 질주에 동참한다.

하지만 사물을 의자나 식탁이면서 동시에 기적이자 희열로 느끼고 싶어 하는 릴리는 램지 씨의 마지막 몸짓에 동조하지 않는다. 제임스가 생각하듯이 "그 무엇도 어느 한 가지에 불과한 건 아니기" 때문에 가령 등대는 바위에 서 있는 견고한 탑이면서 더불어 더없는 희열을 느끼게 하는 대상인 것이다. 이런 점에서 릴리는 램지 씨의 준엄한 지적 통찰과 램지 부인의 초월적 감각을 동시에 원한다고 말할 수 있고 서로 상충하는 감성의 통합을 꾀한다고 볼 수 있다.

이 소설의 끝 부분에서 릴리가 그림 한가운데 선을 긋고 "그것"을 보았다고 말하는 장면은 무수한 해석의 여지를 남겨 놓는다. 그 선은 1부의 만찬 파티에서 릴리가 공간 문제를 해결하기 위해 가운데로 옮기겠다고 생각한 나무일 수도 있고, 3부에서 릴리가 멀리 푸르스름한 안개에 싸여 있는 배와 등대를 보려고 애쓰면서 등대에 도착한 램지 씨 일행을 상상하며 등대를 그린 것이라 볼 수도 있다. 혹은 용감하게 허무 속으로 돌진하는 램지 씨에 대한 찬탄의 표상일 수도 있고, 구체적인 지시 대상 없이 순전히 릴리의 비전을 드러내는 것일 수도 있다. 그것이 무엇을 가리키는가는 그리 중요한 문제가 아닐 것이다.

마지막 장면에서 램지 씨가 등대섬에 착륙했을 거라고 릴리가 큰 소리로 말했을 때 옆에 와서 선 카마이클은 신화적 인물처럼 세상사에 초연한 태도로 유한한 존재인 인간에 대한 연민과 축복을 내려 주는 듯이 묘사된다.

그는 인간의 온갖 나약함과 고통 너머로 손을 쭉 뻗은 채 거기 서 있었다. 그녀는 그가 관용을 품고 연민을 느끼며 인간의 궁극적인 운명을 내려다보고 있다고 생각했다. 이제 그가 손을 천천히 내려뜨렸다. 그러자 높은 곳에서 제비꽃과 수선화로 엮은 화관을 떨구고 그 꽃잎이 천천히 팔랑팔랑 떨어지면서 마침내 땅에 내려앉는 듯 느껴져서, 그녀는 그가 이 특별한 사건을 완벽하게 마무리 지었다고 생각했다.

그 순간 릴리는 자신의 그림이 다락방에 걸리거나 소실되더라도 상관없다고 느끼며 힘차게 선을 긋는다. 그녀에게 그 순간은 궁극적 소멸을 받아들이면서도 의미를 추구하는 인간적 시도를 긍정하는 깨달음의 순간, 존재의 순간이라고 말할 수 있을 것이다.

울프에게 이 작품은 부모에 대한 진혼곡이나 만가 같은 것이었다. 울프는 매일 아버지와 어머니를 생각하곤 했지만 『등대로』를 끝내면서 그 강박 관념에서 벗어나 어머니의 목소리도 들리지 않고 모습도 보이지 않게 되었다고 기술한다. 정신분석학자들이 환자들을 치료하듯이 자기 스스로 "아주 오랫동안 깊이 느껴 온 감정을 표현했고, 그것을 표현하면서 설명했으며, 그리하여 그 감정을 영원히 묻어 버렸다."라는 것이다. 부모에 대한 복잡다단한 감정을 풀어내면서 울프는 작품 속 릴리처럼 자신을 정립하고 작가로서 확고하게 자리매김할 수 있었을 것이다.

20세기 초반 영국 모더니즘 문학에서 가장 뛰어난 소설 중 하나로 꼽히고 또한 영국 소설의 정전에 포함되는 버지니아 울프의 『등대로』는 산문을 시의 경지로 끌어올렸다는 평가를 받을 정도로 풍부한 시적, 상징적 이미지와 극히 섬세하고 예리한 묘사가 일품이다. 이 소설은 다양한 의식들 사이의 빈번한 관점 이동, 울프 자신이 "간접 화법"이라고 부른 내적 독백과 실제 대화의 불분명한 경계, 다층적 시간, 외적 사건의 연속성 해체 등 파격적 서술 양식으로 인해 종래 소설과 달리 난해한 구조를 이룬다. 하지만 이처럼 참신한 서사 양식은 독자의 의식과 감각을 일깨워 새로운 눈으로 사물을 보게 하는 이점이 있다. 무엇보다도 의식과 마음이라는 포착하기 어려운 영역의 어둡고 모호한 부분에 빛을 밝힘으로써 삶의 영역을 확대한 것은 울프 소설의 큰 미덕이라 하겠다. 울프가 『자기만의 방』에서 묘사했듯이, 자연이 인간 마음의 벽 위에 보이지 않는 잉크로 그려 놓은 예감, 천재의 불길이 닿아야 눈에 보이는 스케치 중 하나가 바로 이 작품으로 탄생했다고 말할 수 있다.

이 책의 원서로는 옥스퍼드 대학 출판사에서 출간된 옥스퍼드 세계 고전 시리즈의 『To the Lighthouse』(2006)를 사용했다. 결코 쉽지 않은 이 작품을 세밀히 검토하고 편집 작업하는 동안 행복했다는 소감을 밝혀 주신 민음사 편집부에 특히 고마운 마음을 전한다.

2014년 1월
이미애

작가 연보

1882년   1월 25일 런던 출생. 본명은 애들린 버지니아 스티 븐. 아버지 레슬리 스티븐은 『영국 인명사전』을 편 찬하고, 명망 있는 잡지 《콘힐》을 편집한 당대 최 고의 지식인이자 작가였으며, 어머니 줄리아 스티 븐은 귀족 혈통의 뛰어난 미인이었음. 당대의 유명 한 문인들과 친분이 두텁고 교양이 높은 집안에서 성장함.

1895년   어머니의 죽음. 정신 질환을 일으킴.

1896년   언니 버네사와 이탈리아 여행.

1897년   이복 언니인 스텔라가 결혼 후 사망.

1899년   오빠 토비가 케임브리지의 트리니티 칼리지에 진 학하여 훗날 '블룸즈버리 그룹'을 이룰 리턴 스트 레이치, 레너드 울프, 클라이브 벨, 존 메이너드 케인스 등과 교류.

1902년 재닛 케이스에게서 그리스어를 배움.

1904년 아버지의 죽음. 이탈리아 여행 후 두 번째로 정신 질환을 일으키고 자살 기도. 처음으로 에세이를 발표하고 《타임스 리터러리 서플리먼트》에 정기적으로 서평을 게재. 블룸즈버리로 이사.

1905년 포르투갈과 스페인 여행. 런던 몰리 칼리지에서 노동자들을 위한 야간 강의를 시작.

1906년 그리스 여행. 토비는 여행 중 병에 걸려 26세에 사망.

1907년 버네사와 클라이브 벨의 결혼. 남동생 에이드리언과 함께 이사. 첫 번째 소설 『멜림브로지어』(후에 『출항』으로 개칭) 집필.

1908년 이탈리아 여행. 《타임스 리터러리 서플리먼트》와 《콘힐》에 서평 기고.

1909년 리턴 스트레이치의 구혼.

1910년 여성 참정권 운동에 참여. 요양원에서 두 달간 지냄.

1911년 터키 여행. 에이드리언과 브런즈윅스퀘어로 이사하여 케인스, 덩컨 그랜트, 레너드 울프와 한집에 거주.

1912년 레너드 울프와 결혼. 클리퍼드인으로 이사.

1913년 『출항』 원고를 완성하여 출판사에 보냄. 병세가 악화되어 자살 기도.

1915년 리치먼드의 호가스 하우스로 이사. 『출항』 출간. 2월에 극심한 정신 이상 증세를 보이고 11월에 회복.

1916년	여성 협동조합의 리치먼드 지부에서 강연.
1917년	호가스 출판사를 세워 「벽 위의 자국」을 출판.
1918년	서평들을 기고하고, 『밤과 낮』 집필.
1919년	『밤과 낮』 출간. 멍크스 하우스 구입.
1920년	단편들 발표. 『제이콥의 방』 집필.
1921년	여름 내내 병을 앓고, 짧은 소설 『월요일이나 화요일』을 호가스 출판사에서 간행.
1922년	1월부터 5월까지 병치레. 『제이콥의 방』 출간.
1923년	스페인 여행. 『댈러웨이 부인』의 초고 『시간들』 집필.
1924년	케임브리지에서 현대 소설에 대해 강연하고 그 원고를 정리하여 「베넷 씨와 브라운 부인」 발표. 『댈러웨이 부인』 완성.
1925년	평론집 『일반 독자』 출간. 『댈러웨이 부인』 출간. 호가스 출판사를 리치먼드의 집 지하실에서 런던으로 옮김.
1926년	『등대로』 집필.
1927년	프랑스, 이탈리아 여행. 『등대로』 출간. 『올랜도』 집필.
1928년	『올랜도』 출간. 케임브리지 대학 강연을 토대로 『자기만의 방』 집필.
1929년	베를린 여행. 『자기만의 방』 출간.
1930년	『파도』의 초고 완성.
1931년	프랑스 여행. 『파도』 출간. 『플러시』 집필.
1932년	『일반 독자』 속편 출간. 『파지터 가족』(『세월』로 개

칭) 집필.

1933년	프랑스와 이탈리아를 자동차로 여행.『플러시』출간.
1934년	『세월』집필. 로저 프라이 사망.
1935년	네덜란드, 프랑스, 이탈리아를 자동차로 여행.
1936년	『세월』완성.『3기니』집필.
1937년	『세월』출간.『로저 프라이 전기』집필. 버네사의 아들 줄리안 벨이 스페인 내전에 참전하여 사망.
1938년	『3기니』출간.『막간』구상.
1939년	『막간』집필. 런던에서 프로이트를 만남.
1940년	『로저 프라이 전기』출판. 런던의 집이 폭격으로 부서짐.『막간』완성.
1941년	정신 분열 조짐이 보이자 회복되지 않으리라는 두려움에 3월 28일 멍크스 하우스 근처 우즈 강에서 자살.『막간』출간. 이후 레너드 울프는 그녀의 자서전적 저술들과 에세이, 단편 소설, 편지, 일기 등을 출간.

세계문학전집 316

등대로

1판 1쇄 펴냄 2014년 2월 7일
1판 14쇄 펴냄 2023년 6월 7일

지은이 버지니아 울프
옮긴이 이미애
발행인 박근섭, 박상준
펴낸곳 (주)민음사

출판등록 1966. 5. 19. (제 16-490호)
서울특별시 강남구 도산대로1길 62(신사동) 강남출판문화센터 5층 (우편번호 06027)
대표전화 02-515-2000 팩시밀리 02-515-2007
www.minumsa.com

ISBN 978-89-374-6316-7 04800
ISBN 978-89-374-6000-5 (세트)

* 잘못 만들어진 책은 구입처에서 교환해 드립니다.

세계문학전집 목록

세계문학전집은 계속 간행됩니다.